고전서사와 종교의 담론적 만남

고전서사와 종교의
담론적 만남

김진영 지음

보고사
BOGOSA

지은이의 말

한국의 고전서사는 종교를 만나 서사 역량을 제고할 수 있었다. 종교 자체가 삶과 밀접한 관계가 있어서 그들이 서사를 구축하는 중요한 인자로 작용했기 때문이다. 때로는 종교적인 요소가 고전서사에 차입되기도 하지만 고전서사 작품을 통해 새로운 사상이 창출되기도 한다. 고전서사에 다양한 종교가 기능하면서 작품을 형상화하거나 전승을 추동했기에 가능한 일이다. 이 책에서는 그러한 점을 중시하여 고전서사와 종교가 이야기를 다채롭게 구축한 사정을 살폈다. 다만 종교 중에서 불교와 유교에 집중하고자 했는데, 이는 논점을 명확히 하는 강점이 있는 반면에 다양성을 확보하지 못한 측면에서는 아쉬운 점이 없지 않다.

이 책은 크게 네 부분으로 구성되었다. 같은 성향의 글을 셋씩 묶어 4부로 나누었다. 1부와 2부에서는 불교와의 만남을 다루었다. 제1부에서는 불교 본질이나 불교의 세계관을 바탕으로 형상화된 작품을, 제2부에서는 불교의 대중화를 바탕으로 세속화된 작품을 고찰하였다. 3부와 4부에서는 유교와의 만남을 다루었다. 3부에서는 유교의 관념화가 여전하여 유교적인 강상을 중시하면서 형상화된 작품을, 제4부에서는 유교의 통속화로 기존의 관념을 비판하거나 경제적인 이익을 도모한 작품을 고찰하였다.

제1부 '불교의 초월적 만남과 신성담론'에서는 불교적인 본질을 충실히 담아내거나 불교적인 세계관을 전제하여 형상화된 작품을 살폈다. 「팔상의 신앙성과 문예담론」에서는 불타의 일생을 여덟 단위로 나누어 불교적인 신화로 작화한 팔상의 문예적 특성을 검토하고, 그것이 포교나 오락의 목적에서 사찰을 중심으로 공연텍스트로 전개된 양상을 파악하였다. 그리고 「성불의 신비성과 포교담론」에서는 성불담의 각 유형이 신불층(信佛層)을 감안하여 서사전략을 구사했음은 물론, 그것이 후대 고전소설의 작화와 어떠한 상관성이 있었는지 짐작해 보았다. 마지막으로 「죽음의 윤회성과 이계담론」에서는 불교의 세계관을 바탕으로 죽음의 문제가 이야기에서 형상화된 사정을 삶과 죽음의 경계를 넘은 서사, 삶과 죽음의 경계에 머문 서사, 삶과 죽음의 경계를 허문 서사로 나누어 파악하고, 각 유형이 전설적 작화, 전기적 작화, 소설적 작화에서 유용함을 고찰하였다.

제2부 '불교의 대중적 만남과 세속담론'에서는 불교가 외연을 확장하면서 한국적으로 토착화되고, 그에 따라 불교서사가 아시아 보편문학에서 한국의 특수담론으로 전개된 양상을 고찰하였다. 「〈원효불기〉의 불전성과 이승(異僧)담론」에서는 원효의 일대기를 구축함에 있어서 불전을 원형으로 삼았음을 검토하고, 원효의 일대기가 한국 불교서사의 세속적인 모습을 잘 담아낸 것으로 파악하였다. 그리고 「〈조신몽〉의 변주성과 욕망담론」에서는 현실의 욕망을 실현할 방편으로 꿈을 선택했고, 그 꿈을 통해 세속적인 삶을 치열하게 담아낸 사정을 고찰하였다. 마지막으로 「〈균여전〉의 역사성과 예승(藝僧)담론」에서는 고

려 광종의 정치에 일조한 균여의 일대기를 고승 및 문예승의 측면에서 살피되 서사전략과 문학사적 위상에 초점을 두어 고찰하였다.

제3부 '유교의 관념적 심성담론'에서는 유교적인 강상을 중심으로 고전서사 작품을 형상화한 양상을 파악하였다. 이는 흥미성과 함께 유교의 이념을 중시한 담론 양상을 살핀 것이기도 하다. 「〈충암김정사적〉의 비극성과 충절담론」에서는 기호 사림인 충암 김정의 생애를 담은 사적(事蹟)을 바탕으로 유가적인 인물서사의 양상을 파악하였다. 그리고 「〈하생기우전〉의 관념성과 문사담론」에서는 하생의 문사적(文士的)인 양상을 살핀 다음, 그것이 왜곡된 유교이념인 입신양명과 부귀공명의 담론으로 나아가고 있음을 파악하였다. 마지막으로 「〈김씨열행록〉의 이타성과 절행담론」에서는 남편의 죽음을 설욕하는 담론에서 선악의 대결담으로 확대되고, 마침내 유교적 강상에 충실한 선인이 승리하여 권선징악이 실현되는 사정을 파악하였다.

제4부 '유교의 통속적 만남과 세태담론'에서는 유교적인 이념이 약화되면서 윤리 도덕적으로 타락한 인물군상이나 지나치게 세속적인 욕망을 추구하는 문제를 살폈다. 「고전소설의 익명성과 대중담론」에서는 고전소설의 제작 유통에 상층부가 가담했음에도 불구하고, 자존감이나 사회적인 분위기 때문에 신분을 드러내지 못함으로써 고전소설이 대중적인 담론으로 변모된 양상을 살폈다. 그리고 「〈게우사〉의 기교성과 경제담론」에서는 유교적인 이념이 이완되고, 경제적인 세속성이 강화되면서 나타난 사회문화적인 양상을 서사기법의 측면에서 고찰하였다. 끝으로 「〈변강쇠타령〉의 과잉성과 풍자담론」에서는 유교적인 이념이나 제도에 의해 억압 받거나 축출된 하층민의 삶과 사회제도적인 문제를 풍자하되, 그것이 극단적으로 과잉화되어 나타난 원인과 결과에 초

점을 두어 살폈다.

이 책은 기존에 발표했던 원고를 수합하여 최대한 공통분모를 찾아 가다듬은 것이다. 그래서 서로 간에 연결성이 부족하거나 다소 이질적인 내용도 없지 않을 것이다. 그럼에도 불구하고 그간의 연구 성과를 중간 결산하는 마음으로 간행에 부치기로 한다. 긴 노정을 생각하면서 깁고 다듬는 작업이 지속될 것임을 다짐할 따름이다.

이 책이 간행되기까지 알게 모르게 많은 분들의 도움을 받았다. 모든 분들께 깊은 감사의 말씀을 드린다. 특히 가정의 모든 일을 도맡아 처리하며 연구에 전념할 수 있도록 도와주는 아내와 각자 자신의 본분에 충실한 아이들에게도 따뜻한 마음을 전한다. 바쁜 시간을 쪼개어 교정을 맡아준 윤보윤 박사, 송주희 박사, 신효경 박사에게도 고마운 마음을 전한다. 끝으로 어려운 출판 여건에도 불구하고 기꺼이 원고를 받아준 보고사의 김홍국 사장님과 예쁘게 편집해준 이순민 선생님에게도 감사한 마음을 전한다.

2020년 5월 1일
매곡재(梅谷齋)에서 화사한 봄과 함께

차 례

· 제1부 ·

불교의 초월적 만남과 신성담론

팔상의 신앙성과 문예담론

1. 머리말

이 글은 팔상의 문예적 속성과 변용을 공연학적인 측면에서 조망하는 것이 주목적이다. 팔상은 부처의 현생담으로 불전(佛傳)이라 칭하기도 한다. 이 팔상은 종교적인 영웅담의 전형으로 각국의 이야기문학에 커다란 파장을 일으켰다. 문학의 내용은 물론이거니와 표현이나 세부적인 서사기법에 이르기까지 이야기문학의 형상화에 적잖은 영향을 끼쳤기 때문이다.[1] 그런가 하면 팔상문학을 기반으로 다양한 문화예술이 조응하면서 장르적인 다변화를 보이기도 하였다. 그래서 팔상은 특정한 장르에 국한되지 않아 문화복합적인 양상을 보이기도 한다.[2]

팔상의 문화예술적 다변화는 그것의 구술성과 공연성을 뒷받침하는 것이라 하겠다. 독립되었던 각개 장르가 총화되어 운용되면 공연문화

---

1) 우리의 경우 고려 말 조선 초에 간행된 불서의 다수가 팔상을 전제한 것이다. 대표적인 것으로 《석가여래행적송》·《석가여래십지수행기》 등의 한문불서와 《월인천강지곡》·《석보상절》·《월인석보》 등의 국문불서 모두가 팔상을 근저로 찬집된 것이다. 조선후기의 《팔상록》은 이러한 전적의 필사본이라 할 수 있다.
2) 문학에서도 서정과 서사, 그리고 희곡과 교술장르의 특성을 공유해 왔거니와 다양한 문화예술과도 긴밀한 상관성을 가지고 있었다.

로서의 위상을 갖기 때문이다. 이러한 현상은 팔상이 들어오고 지속되었기 때문에 장르의 분화와 총화가 반복되었음을 알 수 있다. 종교적인 목적에 의하든 문예적인 욕망에 의하든 공연문화 및 희곡문학과 긴밀한 상관성을 가져온 것이라 사실이다. 이를 감안하면 팔상의 문화예술적 전통은 물론 그 자체의 서사적 유연성을 전제하면서 극문학적 위상을 파악하는 것이 중요할 수 있다. 근현대에 들어와 종교적 계몽성을 강화하는 수단에서 팔상을 기저로 한 희곡작품이 양산된 것을 감안하면[3] 연구의 필요성이 더할 수밖에 없다.

　팔상의 공연문학적 전통을 중시해야 함에도 불구하고 우리의 경우 효율적이거나 적극적인 논의를 전개하지 못한 것이 사실이다. 중국의 경우 팔상변(八相變)을 중심으로 극문학적인 논의가 진척되는 데 반해[4] 우리는 자국문학적인 위상을 중시한 나머지 팔상에 대해서는 소극적이거나 표피적인 접근에 머문 감이 없지 않다. 그간 이 팔상에 대한 논의를 보면 형성 계통이나 후대적 변모를 실상을 중심으로 추적하거나[5] 팔상의 고전소설적 변용, 팔상을 통한 적강화소의 기원 탐색을 다루는 정도에 머물렀다.[6] 한편으로는 팔상을 기축으로 찬집된 국한문의 불서에 관심을 기울이기도 했다. 이를 테면 한문본의《석가여래행

---

3) 서설격인 본 논의를 기반으로 근현대에 들어와 다양한 희곡으로 각색된 팔상희곡에 대해서는 별고에서 구체적으로 다룰 예정이다.
4) 傅藝子, 「關於破魔變文-敦煌足本之發現」, 周紹良·白化文 編, 『敦煌變文論文錄』下, 明文書局, 1989, 495-502쪽.
5) 박광수, 「팔상명행록의 문학적 실상」, 충남대학교 대학원 박사논문, 1999.
6) 김진영, 「팔상의 구조적 특성과 소설적 전이」, 『한국언어문학』 47, 한국언어문학회, 2001, 23-43쪽.
　김진영, 「古典小說에 나타난 謫降話素의 起源 探索」, 『어문연구』 64, 어문연구학회, 2010, 89-117쪽.

적송》·《석가여래십지수행기》, 그리고 국문본《월인천강지곡》·《석보
상절》·《월인석보》에 대한 논의가 그것이다.[7] 이들은 큰 틀에서 부처
의 일생인 팔상문학에 대한 접근이라 해도 좋다. 이러한 논의를 통해
팔상의 변문적 특성이나 강창문학적 성격이 드러났을 뿐만 아니라 장
르복합적인 양상도 부각될 수 있었다.[8]

그간 팔상에 대한 논의가 다양했던 것은 사실이나 공연문학에 초점
을 두어 살피지 못한 아쉬움이 없지 않다. 이에 본고에서는 팔상을 원
형콘텐츠로 삼아 근현대에 각색·창작한 희곡작품을 전제하면서 팔상
의 공연문학적 속성을 종합적으로 살펴보고자 한다. 먼저 팔상의 유입
과 활용을 간략하게 살피고, 이를 바탕으로 팔상의 문예적 속성을 내
용이나 서사기법, 그리고 유통과 전승의 측면에서 검토하도록 한다.
이는 팔상의 공연문학적 자질을 짚어보는 일환이기도 하다. 이러한 전
통을 근저로 근현대의 희곡으로 전개된 양상을 문학사적인 측면에서
조망하고자 한다.

이상의 논의는 팔상을 바탕으로 한 근현대 희곡작품을 구체적으로
살피기 위한 근거를 확보하기 위한 것이다. 그래서 이 글의 온전한 성
과는 후속작업을 통해 완비되리라 본다.

---

7) 사재동, 「불교계 서사문학의 연구」, 『어문연구』 12, 어문연구학회, 1983, 137-198쪽.
   사재동, 「《월인석보》의 형태적 연구」, 『어문연구』 6, 어문연구학회, 1970, 33-64쪽.
8) 사재동, 「《月印千江之曲》의 몇 가지 問題」, 『어문연구』 11, 어문연구학회, 1982, 279-
   299쪽.

2. 팔상의 유변과 문예적 성격

팔상은 일찍이 인도에서 종교적인 영웅담으로 형상화되었다. 외도 (外道)[9]가 여전한 상황에서 불교 교조의 영웅적 행적을 앞세워 중생을 구제하고자 했기 때문이다. 신화소를 적극적으로 끌어들여 영묘한 인물담, 천상적 신성담을 구비한 이유도 여기에 있다. 이러한 팔상은 불교 전파지마다 유전되면서 문예적인 변화를 촉발하였다. 중국의 경우《석가보》와《석가씨보》등을 찬집하여 불교적인 종통(宗統)을 확립하는 한편으로, 민중적인 포교의 수단으로 유용하게 쓰이도록 하였다. 그러한 사정은 돈황 출토 팔상변문과 변상이 실증하고 있다.[10] 우리의 경우도 불교가 전래되면서 불조에 대한 숭앙이 자연스럽게 따를 수밖에 없었다.《삼국유사》곳곳에서 그러한 잔영을 확인할 수 있거니와[11] 고려조의 한문불전과 조선 초의 국문불전이 저간의 사정을 말해준다. 나아가 대중적인 유변이 활성화되면서 고전소설의 유통과 다를 바 없이 성행하기도 하였다.[12] 그것은 조선 후기의 팔상록류가 실증하고 있다.

아시아의 보편문학으로 통공시적 맥락을 가지고 있는 팔상은 각국의 문화와 예술, 그리고 문학에서 적잖은 파장을 일으켰다. 그것은 아

---

9) 여기에서 외도는 불교 이외의 다른 종교를 지칭하는 것이다. 물론 불교 이외의 종교를 신앙하는 것도 외도라 할 수 있다.

10) 대표적인 것으로 〈八相押座文〉·〈太子成道經〉·〈悉達太子修道因緣〉·〈太子成道變文 1-5〉·〈八相變〉·〈破魔變文〉 등을 들 수 있다(潘重規,《敦煌變文集新書》上下, 中國文化大學 中文硏究所, 1983).

11) 김진영, 「불교전래 과정의 서사문학적 수용과 그 의미」, 『한국언어문학』 79, 한국언어문학회, 2011, 113-136쪽.

12) 김진영, 「불전과 고전소설의 상관성 고찰」, 『어문연구』 33, 어문연구학회, 2000, 203-230쪽.

시아 각국이 불교를 국시로 내세우면서 불교에 대한 신앙심을 바탕으로 팔상을 다양하게 향유하였기 때문이다. 그 중에서 우리의 경우 팔상의 유변과 문예적 성격이 어떠한지 살펴보고자 한다.

첫째, 팔상은 다양한 예술로 전개되어 주목되는 바가 크다. 먼저 음악으로 유통되었다. 팔상은 불타에 대한 공양과 각종 의식의 절차에서 음악이 필수될 수밖에 없었다. 성악으로는 부처의 일대기를 형상화한 작품을 가창하거나 낭송할 수 있었고,[13] 변문의 유통방식으로 주목되는 강창의 방식을 선택할 수도 있었다.[14] 그러한 성악적인 유통에 가세하여 종합적인 공연양상을 조성한 것이 기악이다. 아악이나 속악을 막론하고 기악의 합주가 필수적이기 때문이다. 부처의 일대기를 형상화한 《월인천강지곡》이 악장으로 전승되었음을 감안하면 기악의 합주가 팔상의 유통에서 필수적이라 하겠다. 이는 청각예술로 팔상이 향유되었음을 의미하는 것이다.

팔상은 미술로도 향유되었다. 미술로서 우선 주목되는 것이 조소이다. 조소 중에서 불상은 부처의 온전한 모습을 형상화한 것이라 하겠다. 원만상을 조성함으로써 만민을 구제할 위용과 자애가 드러나도록 했기 때문이다. 한편으로 주목되는 것이 건축이다. 대웅전이 부처가 안주하는 공간이라면 팔상전은 부처의 영웅적 위용을 서사적으로 형상화한 건축물이라 하겠다. 주요 사찰마다 팔상전을 축조하고 그에 상응해 부처의 일대기를 제시한 것은 종교적인 영웅의 일생을 활용하여 민중적인

---

13) 대표적인 것이 《석가여래행적송》과 《월인천강지곡》·《팔상가》 등을 들 수 있다.
14) 《석가여래십지수행기》와 《월인석보》의 작품들이 이에 해당될 수 있다. 이들은 동양의 성악인 강창음악으로 유통된 것이라 할 수 있다(한만영·전인평, 『동양음악』, 삼호출판사, 1996 성악 중 강창 참조).

[그림 1] 『월인석보』의 수하항마상

감화력을 높이기 위한 것이라 하겠다. 불탑 또한 건축의 측면에서 주목
되는 바가 크다. 탑이 곧 부처를 상징하기 때문이다. 그래서 인도에서는
불탑의 네 기단에 부처의 일생을 네 개의 상으로 부조하기도 하였다.
미술 중에서도 특히 주목되는 것이 벽화·회화·판화로 그려진 팔상변
상이다.[15] 이 팔상변상은 인도는 물론 중국에서도 주목되는 바가 컸다.
이 변상을 배경 또는 텍스트로 삼아 변문을 공연했기 때문이다.[16] 그러
한 사정은 우리의 경우도 짐작하기에 어렵지 않다. 《월인석보》 권두에
삽화형태로 팔상변상이 그려졌는가 하면, 각 사찰의 팔상전에 이 팔상
변상이 안치되어 신화적인 신비감을 조성하기 때문이다. 법주사 팔상

15) 김진영, 「불교계 서사문학과 회화의 상관성에 대하여」, 『한국언어문학』 37, 한국언어
　　문학회, 1996, 305-321쪽.
16) 팔상변상과 팔상변문이 병치되거나 병존하는 것이 그를 방증하고 있다.

전의 경우 네 방면에 두 개 상씩 모두 여덟
폭의 그림이 배치되었는데 공간적인 특성
상 이들 팔상은 구연의 텍스트로 활용하
기에 적절할 수 있다.[17] 이로 보면 팔상은
시각예술로도 주목되는 바가 크다.

팔상은 무용으로도 전개되었다. 물론
팔상변문이나 팔상변상처럼 팔상을 내세
운 무용은 없지만 팔상문학의 유변 과정
에서 불교무용이 가미되는 것은 자연스
러운 일이다. 팔상을 기축으로 형상화된
《월인천강지곡》을 기생이 부르는 과정에
서는 궁중악의 속성상 무대(舞隊)가 수반
될 수밖에 없었다. 이처럼 무용은 팔상의

[그림 2] 법주사 팔상전의 도솔래의상

유변 과정에서 자연스럽게 가미될 수 있
다. 팔상의 '녹원전법상'과 관련된 영산회상에서도 불보살을 찬탄하는
음악과 무용이 수반된다. 이러한 곳에서 이른바 작법무로 나비춤·바
라춤·법고춤 등이 기능하기도 한다. 이것은 팔상과 불가분의 관계를
맺으며 무용이 작동했음을 의미한다. 이처럼 팔상은 행위예술로 유변
되기도 했다.

팔상은 연극으로도 유변되었다. 팔상은 그 자체의 유장한 유통과
다양한 변인으로 연극을 통해서도 향유되었다. 그것은 종교적인 목적,
계몽적인 의도가 내재되어 가능할 수 있었다. 팔상을 바탕으로 부처의

---

17) 김진영, 「팔상문학과 법주사의 팔상전」, 동국대학교 한국문학연구소 편, 『불교문학
연구의 모색과 전망』, 동국대학교 한국문학연구소, 도서출판 역락, 2005.

위신력을 제고하는 차원에서 대중적인 연행을 전제한 변문이 나타났고, 이 변문의 배경이나 그림연행의 텍스트로 변상이 기능할 수 있었다. 어쨌든 변문의 유통방식이 일반적으로 노래와 창을 섞은 강창유통이라고 할 때 적어도 일인극의 연극형태로 팔상이 유변되었음을 알 수 있다. 그러한 사정은 불타의 포교를 극화한 영산회상도 마찬가지이다. 이 영산회상은 접근하는 방법에 따라 다양한 측면에서 검토가 가능하다. 그만큼 종합예술적인 면모를 가지고 있기 때문이다. 영산회상극이라 해도 될 만큼 종합예술의 면모를 보이고 있다. 그래서 영산회에서의 설법은 불보살에 대한 차탄을 모방·재현한 연극과 다를 바가 없게 되었다.[18] 한편으로 근현대의 다양한 선전 계몽극으로 팔상이 활용되었다. 그것은 팔상을 모태로 한 다양한 팔상희곡이 공연되어 그를 실증하고 있다. 이로 볼 때 팔상은 종합예술로도 연변되었음을 알 수 있다.

둘째, 팔상은 다양한 문학으로 유통되었다. 문학이 위에서 제시한 예술적인 유변의 저본임을 상기하면 다양한 장르의 문학을 상정할 수 있다. 실제로 팔상은 장단편의 작품으로 전승되면서 문학의 각 장르에 해당하는 작품군을 양산하였다. 이것은 예술장르와 적절히 호응하면서 문학장르적인 파생태를 낳은 것으로 보아도 좋다.

먼저 팔상은 서정장르로 유변되었다. 팔상과 관련된 서정장르는 다양할 수 있다. 이미 고려후기의 《석가여래행적송》이 고시체로 읊은 서사시이면서도 산문의 개입으로 분절·독립된 작품은 절구나 율시형

---

18) 박영산, 「한일 구비연행서사시의 희곡화의 비교연구」, 『比較民俗學』 48, 비교민속학회, 2012, 373-399쪽.
　　이보형, 「악학궤범 나례 의식의 기능과 조곡 영산회상의 원류 – 무의식 및 불교 재의식의 기능과 비교하여」, 『한국음악문화연구』 5, 한국음악문화학회, 2014, 15-24쪽.

의 한시로 볼 수 있다. 그래서 이들은 한시형 서정장르라 할 만하다. 그런가 하면《월인석보》소재 운문도 거시적으로는 팔상과 관련된 서정성의 국문시가라 할 수 있다. 이러한 전통은《월인천강지곡》의 내용을 수렴한 동시에 조선후기의《팔상록》으로 넘겨주어 통시적인 맥락을 확보하기도 하였다.

팔상은 서사장르로 유변되기도 하였다. 팔상은 이야기의 긴밀성을 살리면서 소설처럼 읽히기도 하였다. 이른 시기의 불교계 전기로 유통되었기 때문이다.《석가여래십지수행기》의 제10지〈실달태자전〉이 저간의 사정을 짐작케 한다.〈실달태자전〉은 부처의 일대기를 긴밀성과 통일성을 전제하면서 형상화한 작품으로 고전소설의 서사기법에 준하고 있다. 물론 현전본이 충주 덕주사판(1660)이지만 그 조본(祖本)이 고려 충렬왕 때임을 상기하면 비교적 이른 시기에 불교전기로서 소설적인 작법을 보인다 하겠다. 그리고 이러한 서사구조는 시가형으로 정립되기도 하였다.《석가여래행적송》의 거시구조가 한문서사시이거니와《월인천강지곡》은 그에 대응하는 국문서사시이다. 이들과 산문으로 결집된《석보상절》을 유기적으로 직조한《월인석보》도 거시구조가 부처의 일대기임을 감안하면 서사문학이 기저에 깔려 있다. 마찬가지로 조선후기의《팔상록》도 이들과 궤를 같이한다.

팔상은 희곡장르로 연변되기도 하였다. 팔상은 생래적으로 구연의 속성을 띨 수밖에 없었다. 불교는 상하민중 모두를 구제하기 위한 종교이다. 그러다 보니 하층의 문맹인에게는 구연을 통해 부처의 위신력을 드러낼 수밖에 없었다. 중국의 돈황에서 팔상변문과 변상이 발견되는 것도 그와 무관하지 않다. 우리의 경우도 불교 초전기에 그러한 연행에 의한 전승이 불가피했을 것으로 본다. 그러던 것이 신앙으로 확고하게 자리 잡은 다음에는 부처의 위신력을 고양하고 불교의 명절을 기념하는 차원에서 팔상을 적극적으로 활용했을 것으로 보인다. 이른 바 불교의 명절인 불탄재, 출가재, 성도재, 열반재에서 팔상을 기저로 한 공연문화가 전개되었을 것으로 본다. 불교의 명절이 팔상을 전제한 것이기에 이러한 의식과 행사에서 팔상을 텍스트로 활용하는 것이 아주 자연스럽기 때문이다. 한편《월인석보》에 수록된 여덟 폭의 팔상변상도를 상기하면《월인석보》의 서사가 융통성 있게 그림과 호응하며 연행되었을 것으로 짐작된다. 더욱이 팔상변상을 텍스트로 하거나 그것을 배경으로 연행하는 일도 가능할 수 있어서 팔상은 여러 모로 연극적인 유변이 가능할 수 있었다. 비록 고졸할지라도 그러한 연극의 대본으로 팔상이 활용된 것만은 틀림이 없다. 그래서 근대문학의 발양기에 연행의 전통을 살린 팔상희곡이 양산된 것으로 본다.

팔상은 교술장르로도 전개되었다. 팔상은 내용이 긴밀한 서사물로 유통되기도 하고, 공연의 목적에 맞게 분절되기도 하였다. 필요에 따라서는 팔상에 수반된 부연(敷衍)의 글이 이화(異話)처럼 첨입되기도 하였다. 이러한 글은 서사성이나 희곡성과는 일정한 거리를 둔 것으로, 팔상을 이해하는 데 요구되는 설명이면서 불교의 세계를 파악할 수 있도록 한 실용적인 글이기도 하다. 팔상은 문학성의 이면에 계몽성이나 신앙성을 중시하고 있다. 그래서 불교의 교리나 불교천문학 나아가 불교의 사상이나 용어가 생경할 때는 그것을 알려주기 위해 부가적인 글을 쓰곤 하였다. 이처럼 부가된 글이 찬집에서 산견되는데 이들은 교술장르적 속성이 농후하다. 중수필적인 특성을 가지면서도 알려주기 위한 설명적 글이라는 점에서 교술의 성격이 다분하기 때문이다. 실제로 팔상과 관련하여 근본을 풀어주고 이해를 도모한 글은 교술로 보는 것이 합당할 수 있다.

이상에서 보는 바와 같이 팔상은 연변과정을 통해 다양한 문예현상을 보여 왔다. 팔상이 유변되면서 예술적으로나 문학적으로 다양한 파생태를 낳은 결과이다. 가용한 방편을 모두 동원하여 청각예술, 시각예술, 행위예술, 종합예술로 전개된 것이다. 문학에서도 모든 장르와 연계되어 국한문의 서정장르, 설화와 소설의 서사장르, 다양한 연행을 바탕으로 한 희곡장르, 모르는 것을 알려주는 교술장르로 유변되었다. 그래서 팔상은 다양한 문예적 속성을 갖추게 되었다. 이것은 유구한 시간 상하민중에게 신앙의 목적이나 문예의 수단으로 향유되어서 가능할 수 있었다. 그래서 팔상은 하나이면서 여럿으로 분화되고, 여럿이면서 하나로 귀착되는 문예적 속성을 가지게 되었다. 이것이 팔상이 우리의 문화예술과 문학에서 파장을 일으킬 수 있었던 동인이기도 하다.

3. 팔상의 문학적 자질

팔상은 앞에서 본 바와 같이 예술과 문학이 유기적으로 혼용되면서 다양한 장르로 파생되었다. 이러한 장르적 유변은 다양한 사정이 개입된 결과이다. 그중에서도 가장 강력한 유변의 동인은 공연이라 하겠다. 음악·미술·무용이 모두 공연과 일정한 거리에 있거니와 종합예술인 연극은 말할 것도 없이 공연예술의 정수이다. 그래서 공연을 토대로 예술이 분화하고, 이 예술의 기저에 깔린 텍스트가 팔상문학이라 하겠다. 팔상이 서정장르와 서사장르, 그리고 극장르와 교술장르로 분화된 것도 공연방식에 부응하기 위한 것이라 하겠다. 이를 감안하면서 팔상의 공연문학적 자질을 몇 가지로 나누어 살펴보도록 한다.

1) 감동성과 계몽성의 서사내용

팔상은 불교 교조의 행적을 영웅적으로 형상화하여 문학적인 측면
에서의 감동성과, 종교적인 측면에서의 계몽성이 겸비되어 있다. 어려
운 여건에도 불구하고 투쟁을 통해 자신이 목표로 했던 바를 성취하
고, 그를 바탕으로 불특정 다수를 끝없이 구제한 것에서 감동성과 계
몽성을 확인할 수 있다. 영웅의 일대기에서 오는 이타적인 행위가 감
동과 계몽의 원천이 될 수 있었던 셈이다. 문제는 이러한 감동성과 계
몽성의 고양에 유용한 것이 천-인-천을 차례대로 밟아나가는 부처의
일생이라는 점이다. 그것도 파격적인 변주가 이루어지는 서사내용을
통해 강화될 수 있었다. 그래서 그 격변의 과정을 네 단계로 나누어[19]
감동성과 계몽성을 살피도록 한다.

첫째, 발단부는 도솔래의상과 비람강생상을 들 수 있다. 도솔래의상
에서는 호명(선혜)보살이 도솔천에서 천인과 상의한 후 가필라국의 정
반왕과 마야부인에게 의탁해 지상으로 내려온다. 천상에서 지상으로
의 하강을 마야부인의 꿈을 통해 형상화하였다. 비람강생상은 마야부
인이 비람원을 산책하던 중 산기가 있어 무우수(無憂樹) 가지를 잡고
우협(右脇)으로 태자를 낳는 부분이다. 신화적인 상징성을 바탕으로 출
생담을 특별하게 그렸다. 그래서 도입부에서는 천상적 존재의 지상적

---

19) 실제로 팔상의 구조를 간략하게 보면 발단부, 전개부, 절정부, 결말부로 나눌 수 있다.
　　물론 서사전개상의 다섯 또는 여섯 단계로 구획할 수도 있지만 팔상을 기본으로 삼아
　　넷으로 나누는 것이 유용할 수 있다.

출생을 신화적으로 형상화하여 그가 남다른 능력의 소유자임을 부각하고 있다.

둘째, 전개부는 사문유관상과 유성출가상을 들 수 있다. 지상에 강림한 호명보살이 가필라국의 왕자로 태어나 인류의 고통에 대하여 번뇌하는 곳이다. 이를 통해 깨달음을 이루어야 할 당위성을 마련하고 있다. 사문유관상에서는 수많은 중생의 고통과 번민이 무엇인지 생로병사를 통해 확인하고 태자궁으로 돌아와 깊은 번민에 사로잡힌다. 그러다가 유성출가상을 통해 파격적인 출가를 단행한다. 아버지의 만류에도 불구하고 몰래 담을 넘어 출가를 실행한 것이다. 깨달음을 얻기 위한 의지를 보이는 곳으로, 역사적인 영웅에게 수반되는 가출 및 기아모티프와 유사하다.

셋째, 절정부는 설산수도상과 수하항마상을 들 수 있다. 설산수도상에서는 출가하여 수행정진하면서 겪는 고통을 부각하여 성불의 당위성을 드러내고 있다. 마치 역사적인 영웅담에서 특정한 타계에서 도승에게 각종 술법을 익히는 것과 상통한다. 이곳에서의 정진이 원만하게 진행되다가 스스로의 방법으로 깨달음을 얻고자 결행하는 곳이 수하항마이다. 이제 자신만의 방법인 중도(中道)로 보리수 아래에서 명상에 잠겨 마음속의 온갖 마귀를 물리친다. 마왕과 마녀 등이 동원되어 갖은 방법으로 방해하지만 굳은 의지로 모든 사악함을 물리치고 성불에 이른다. 천상에서 내려와 지상의 중생을 구제하고자 했던 뜻이 이곳을 변곡점으로 하여 가능하게 된다. 깨달음의 절정을 이루는 부분으로 태자의 신분이 속세의 인물에서 성세(聖世)의 신격으로 변모하는 곳이다.

넷째, 결말부는 녹원전법상과 쌍림열반상을 들 수 있다. 녹원전법상에서는 부처가 깨달은 바를 제자를 비롯하여 많은 중생에게 설파한다.

깨달음은 자신을 위한 것이기도 하지만 그것을 불특정다수에게 전할 때 목표한 바를 달성하는 것이면서 영웅적 행위의 완수라 할 수 있다. 열반에 이를 때까지 전법륜을 통해 헤아릴 수 없는 득익자를 만드는 것도 그 때문이다. 이제 혼돈에 빠진 민중을 신앙을 통해 구제하고는 법신(法身)으로 변화한다. 그러한 사정을 다룬 부분이 쌍림열반상이다. 이곳에서는 법신으로 변화하여 여전히 끝없는 득익자를 만든다. 역사적인 영웅이 죽은 후에 산신으로 변화하여 생사를 초탈한 이적을 보이는 것처럼, 부처 또한 그러한 능력을 보임으로써 신화적인 영웅임을 드러내고 있다.

팔상은 이처럼 영웅적인 서사성을 확보하고 있다. 이러한 구조는 문학적인 감동성을 주기에 충분하다. 영웅의 투쟁과 성공의 과정을 체험하면서 정서적인 자극을 받을 수 있기 때문이다. 도입부에서는 신화적인 출생의 신비성을, 전개부에서는 주인공이 겪는 번민과 고뇌의 갈등을, 절정부에서는 성취에 따른 기쁨과 환희를, 종결부에서는 성공과 임무의 완수에 따른 안도감을 느낄 수 있다. 신화적인 서사구조를 바탕으로 감정의 기복을 경험하면서 극적인 정화도 가능할 수 있다. 이는 팔상이 종교적인 영웅을 다룬 신화로서의 자질이 돋보여 가능할 수 있었다. 한편으로 이 팔상은 종교적인 계몽성의 측면에서도 주목되는 바가 있다. 일반 문학작품의 경우 일회적인 측면에서 읽고 감동하는 것으로 향유가 이루어진다. 그런데 팔상은 종교적인 신앙서사라는 점에서 불교와 함께 지속적인 향유가 가능하다. 단편적인 감동성을 넘어 계몽성의 측면에서 주목되는 바가 여기에 있다. 팔상을 수용하면서 자연스럽게 불교가 생기게 된 내력을 알게 된다.[20] 불타의 남다른 의지와 고통을 극복한 성과로서 불교가 생겨났고, 이러한 불교에 중생을 이롭

게 하는 교리가 있음을 확인하게 된다. 이것은 불자들에게 감동을 넘어
계몽까지 가능하게 한다는 점에서 유용하다. 마치 역사적인 신화에서
주인공의 내력을 좇는 과정에서 한 나라가 있게 된 사정을 밝히는 것과
흡사하다. 또는 서사무가에서 신의 내력을 확인하는 본풀이와 그 맥을
같이 하기도 한다. 그래서 신앙적인 측면에서 보면 유용한 지식을 공유
하고 전파하는 계몽성이 내재되었음을 알 수 있다. 이것은 일반서사와
종교서사가 변별되는 점이라 하겠다. 감동성에다 이러한 계몽성으로
인해 팔상은 더 적극적으로 공연물의 텍스트가 될 수 있었다.[21]

2) 분절성과 연계성의 서사구조

팔상은 다양한 측면에서 분절성과 연계성을 보인다. 그것은 팔상이
부처의 방대한 일대기를 형상화하되 전생과 현생을 연계시키기도 하
고, 장편을 장회로 분절하기도 하고, 산운문 교직을 구비하기도 했기
때문이다. 이는 각종 의례와 행사의 필요에 따라 문학적인 변용을 거
친 결과라 할 수 있다. 즉 공연물이나 공연의 기저텍스트로 활용되는
과정에서 이와 같은 특성을 드러난 것이라 하겠다.

첫째, 현생담과 본생담의 분절과 연접이다. 팔상은 끝없이 많은 세
계에 나툰 부처 중 현세의 일대기를 정리한 것이다. 현세의 이야기로
집약된 것이 팔상인 반면, 끝없는 세계에서 활약한 부처의 이야기는
본생담으로 형상화하였다. 문제는 현생담이든 본생담이든 거시적인

---

20) 이는 본풀이 신화류의 공통점이라 할 수 있다. 건국신화에서는 나라가, 무조신화에서
   는 신이 있게 된 내력을 확인할 수 있다.
21) 실제로 1930년대 창작한 팔상희곡도 대중불교를 지향하면서 나타난 현상이다. 각 사찰
   의 성도재에서 설법 전의 연극텍스트로 활용하기 위해 팔상희곡을 창작하였다.

측면에서는 모두 부처의 일대기라는 점이다. 팔상에서 부처의 위신력이나 신앙심을 고취할 목적에서 본생담과 적절히 연계되도록 했기 때문이다. 이는 현생담과 본생담이 필요에 따라 분절과 연접이 가능함을 말하는 것이기도 하다. 실제로 부처의 일대기를 열 개의 마당으로 정리한 《석가여래십지수행기》와 《십지행록》에서는 본생담과 현생담이 연계와 분절이 가능하도록 배치하였다. 즉 두 찬저의 본문 제1지부터 제9지까지는 본생담을 서사하고, 제10지에서 현생담을 다루고 있다. 얼핏 보아 본생담과 현생담이 이질적이라서 분절된 것으로 볼 수 있지만, 본생담의 다양한 세계에서 부처의 중생구제 의지를 거듭 강조하다가 마침내 제10지의 〈실달태자전〉에 와서 그러한 의지가 정점에 오르도록 결구한 것이라 하겠다. 토대로서의 본생담과 그것을 바탕으로 축조된 것이 바로 팔상인 〈실달태자전〉이다. 이는 본생담과 현생담이 분절되어 있으면서도 궁극적으로는 부처의 일대기를 형상화한다는 점에서, 그것도 세계관을 초월하여 그 위신력을 고양한다는 측면에서는 연계된 작품이라 할 수 있다.

조선 초기에 찬집된 《석보상절》과 《월인석보》에서도 분절과 연접을 확인할 수 있다. 잘 아는 것처럼 두 찬저는 불타의 방대한 이야기를 팔상의 거시구조로 묶은 것이다. 문제는 현생담인 팔상을 기축으로 하되 그곳에 단편서사인 본생담을 혼입(混入)했다는 점이다. 팔상인 현생담의 위신력을 제고할 목적에서 곳곳에 본생서사를 배치한 것이다. 이때의 본생담은 분절된 독립작품으로 틈입된 성격도 있지만, 거시적으로는 부처의 일대기를 신비롭게, 그리고 영웅적으로 형상화하는 데 동원된 것이라 하겠다. 이때의 본생담은 자연스럽게 팔상과 적절히 연접되는 서사라 할 수 있다. 부처의 일대기라는 공통분모 때문에 수시로 연접될 수 있지만, 필요에 따라서는 자연스럽게 분절되는 속성도 가지고 있었다.

둘째, 장별 분절성과 전체의 연계성이다. 팔상은 불조(佛祖)를 전면에 내세워 불교의 본질적인 속성과 포교의 당위성을 드러내는 담론이다. 그래서 이 팔상은 능소능대의 이야기로 전개될 수 있었다. 그리고 유통의 적재적소에서 활용할 목적으로 장으로 구획할 필요성도 있었다. 그래서인지 팔상은 크게 여덟 개의 장으로 나뉜다. 이는 장별로 독립시켜 활용할 필요성 때문이라 하겠다. 잘 아는 것처럼 불탄재, 출가재, 성도재, 열반재가 불교의 4대 명절이다. 이것은 불타의 출생에서 열반에 이르기까지의 일대기 중 변곡점마다 재의를 실행한 것이라 하겠다. 이 재의의 기저텍스트로 활용된 것이 바로 팔상이다. 그런데 이 팔상의 장절이 각기 분절되어 이 재의에서의 활용이 수월하다. 하지만 분절된 장별로 활용한다고 해도 궁극으로는 팔상 전체를 염두에 두어야 수용의 감동성이나 신앙성이 고취될 수 있다. 그런 점에서 팔상은 분절과 연계가 필요에 따라 자유롭게 일어날 수 있다. 이러한 분절성과 연계성을 시각적으로 보이는 것이 바로 팔상변상이다. 이는 《월인석보》 권두의 판화변상에서 확인할 수 있거니와 각 사찰의 팔상전과 팔상변상이 그를 확증하고 있다. 이러한 팔상의 분절은 그것의 공연문학적 속성을 드러내는 것이라 하겠다. 판소리가 눈대목 위주로 공연되는 것처럼 주요부분을 발췌·공연할 필요성 때문에 장별이 필요했던 것이라 하겠다. 판소리계 소설의 서사성과 공연의 분절성을 이 팔상에서도 확인할 수 있다. 이것은 팔상이 종교나 문예적인 목적에서 공연물로 기능해 왔기에 가능한 일이라 하겠다.

셋째, 문학장르의 교직에 의한 분절성과 연동성이다. 팔상은 다양한

장르가 혼용·유통되었다. 잘 아는 것처럼 고려 말에 불교가 위기에
처하자 불교 본연으로 돌아가고자 불조를 다룬 팔상에 관심을 기울였
다. 《석가여래행적송》과 조술본인 《석가여래십지수행기》가 그것이다.
나아가 억불시대인 조선 초기에도 내불당을 중심으로 팔상에 관심을
기울여 찬집된 전적이 《월인천강지곡》·《석보상절》·《월인석보》이다.
모두 부처 집안의 내력에서부터 부처의 일대기를 방대하게 편찬한 전적
이다. 고려 말의 한문전적에서 연접과 분절이 주목되는 것은 바로 《석
가여래행적송》이다.[22] 이 찬저는 고시체의 한문서사시와 그에 상응하
는 산문이 부기되어 있다. 전체적으로 연접하면 불교대서사시가 되거
니와 분절하면 절구와 율시의 근체시형에다 산문단편을 확인할 수 있
다. 따라서 이 찬저는 연접의 관점에서 보면 방대한 불교서사시에 불교
서사산문의 특징이 있지만 분절된 상태로 보면 다양한 한시형에다 장단
형의 산문이 서사되어 있다. 이와 마찬가지로 조선 초의 《월인천강지
곡》은 장편의 악장으로 유통되는 한편으로, 이것이 국문산문과 호응하
면서는 분절된 시가형으로 변용되기도 했다. 실제로 이 서사시형은 산
문인 《석보상절》을 만나 장단형의 국문시가형으로 분절되기도 하였
다.[23] 한편으로 《석보상절》과 《월인석보》의 산문이 운문시가형의 개입
으로 독립되어 단편의 국문서사문학과 교술문학으로 분절되기도 하였
다. 연접과 분절을 통해 팔상의 문학적인 연변이 서정과 서사, 그리고
교술장르로 전개되었음을 알 수 있다. 한편으로 산문과 운문이 연접된
상태로 분리될 수도 있다. 이것은 산문과 운문의 내용이 동질의 것끼리

---

22) 《석가여래십지수행기》의 각 작품도 산문과 운문이 중첩된 특성을 보이지만 현전하는
   것은 조선후기의 판본이다.
23) 사재동, 「《월인석보》의 강창문학적 연구」, 『애산학보』 9, 애산학회, 1990, 1−29쪽.

묶여 분절된 것을 말한다. 이른바 강창단위로 분절된 것을 들 수 있다. 이것은 노래와 이야기 중심의 강창연행과 관련된 것이기도 하다. 어느 경우든 당시의 활용성 때문에 문학적인 파생태를 낳으면서 분절과 연접을 반복한 것이라 할 수 있다. 이처럼 팔상문학의 탄력적 운용은 공연문학과 관련된 것이라 하겠다. 시가를 통해서는 가창과 음영의 공연이, 서사를 통해서는 낭송이나 강담의 공연이, 교술을 통해서는 계몽성을 살린 종교적인 연행이, 산운교직은 강창단위의 공연이 가능했기 때문이다.

3) 융통성과 개방성의 유통방식

팔상문학의 특성 중에 하나가 산문과 운문의 혼재와 변용이다. 산문 작품이 유통의 필요성에 따라 운문으로 변용되기도 하고, 운문이 내용의 충실성을 보완하여 산문으로 조정되기도 한다. 때로는 산문과 운문이 교용(交用)되면서 한 작품으로 형상화되기도 한다. 종교적인 목적이나 오락적인 수단에서든 간에 장르적인 변화를 주어 목적한 바에 맞게 탄력적으로 운용한 결과라 하겠다. 팔상이 필요에 따라 능소능대함은 물론 장르적인 변환에도 융통성이 있었음을 뜻하는 것이다. 이것은 이미 인도 아리아인의 찬가인 베다문학, 우파니샤드에서 신을 찬양하는 방식이기도 했다. 즉 가창을 위한 운문, 설명을 위한 산문, 노래와 설명을 위한 운산문이 종교문학의 표현방식으로 부각되었다. 그러한 전통이 불교에 영향을 주고 부처의 일대기를 형상화하는 데도 작동한 것이다. 그 실상을 차례대로 본다.

첫째, 팔상은 운문으로 유통되며 그 기능을 발휘하였다. 리그베다와

같은 찬가로서 부처를 찬양한 것이다. 《석가여래행적송》의 서사시가
거시적으로 찬송의 노래이거니와 《월인천강지곡》도 그 성격을 같이하
고 있다.[24] 전자가 한문의 찬송시라면 후자는 국문의 찬양가라 하겠다.
이것은 음영과 가창의 방편으로 대중적인 향유를 도모한 것이기도 하
다. 특히 《월인천강지곡》은 《용비어천가》와 쌍벽을 이루는 악장이라
는 점에서 가창연행의 전형적인 작품이라 할 만하다. 문제는 이들이
장편의 서사시형이라는 점에서 전체 내용을 가창이나 음영하기 어려웠
다는 점이다. 그래서 의미의 분절단위로 공연할 수밖에 없었는데, 판소
리에서 특정 대목을 선택하여 공연하는 것과 유사했을 것으로 본다.
이 운문형은 음악 중심의 공연물로 전승된 팔상텍스트라 할 수 있다.

둘째, 팔상은 산문으로 전승되며 그 직능을 보여주었다. 팔상은 종교
적인 신화이다. 건국신화나 무속신화가 신앙성을 전제한 것처럼 팔상
또한 신앙성을 바탕으로 형상화된 이야기이다. 그래서 팔상은 그 생래
적인 특성상 불교 교주에 대한 본풀이적인 산문이 될 수밖에 없었다.
지금 전하는 작품의 다수가 산문으로 찬집된 것도 그러한 사정 때문이
다. 이미 《석가여래행적송》의 강설부가 산문체를 보이고 있었다. 이들
은 인도 베다문학의 본집부 주석인 브라마나(Brāhmaṇa)와 흡사하다.
다소 건조한 산문으로 서사된 점에서 동일하기 때문이다. 그런가 하면
조술본이 고려 충렬왕(1328) 때 찬집된 《석가여래십지수행기》의 〈실달
태자전〉은 서사성이 돋보이는 산문이다. 그리고 국문이 창제되고 처음
산문으로 기록된 《석보상절》은 방대한 신화이면서 곳곳에 본생담을
틈입시켜 단편 산문까지 구비하고 있다. 그러한 전통은 그대로 《월인석

---

24) 신현규, 「불교서사시의 맥락 연구 -《석가여래행적송》과 《월인천강지곡》을 중심으로」,
『어문론집』 26, 중앙어문학회, 1998, 141-159쪽.

보》로 계승되어 초기 국문산문의 좋은 본보기가 되었다. 조선후기의 《석가여래십지행록》이나 《팔상명행록》도 그러한 산문의 전통을 계승한 것이다.[25] 이들은 종교적인 신앙서사라는 점에서 통시적인 맥락이 더욱 확고하였다. 산문전승은 종교적인 계몽성이나 오락적인 흥미성을 감안한 강담이나 강설 중심의 공연물로 활용하는 데 유용했다.

셋째, 팔상은 산운교직으로 유통되었다. 팔상은 미시담론이나 거시담론을 막론하고 산문과 운문이 교직된 특성을 보인다. 형식적인 특성을 감안할 때 문학을 산문과 운문으로 나눌 수 있다. 내용적인 특성까지 감안하면 서사시와 같은 시가형식에 산문내용을 담거나 자유시와 같은 산문형식에 시가적 정서를 담는 경우도 있다. 게다가 시가와 산문을 막론하고 글의 서술지향에 따라 교술장르를, 그리고 서사장르적인 특성에 공연을 전제한 희곡장르를 담기도 한다. 하지만 크게는 산문과 운문으로 양분할 수 있다. 이들이 표현에서 가장 보편적이기 때문이다. 그래서인지 팔상 또한 산문과 운문이 교차되는 것이 일반적이다. 《석가여래행적송》은 물론 《석가여래십지수행기》의 〈실달태자전〉모두 시가와 산문의 교직을 보이거니와 《월인석보》의 거시나 미시구조 모두 산운교직이 형식적인 특성이다. 이것은 포교를 전제한 변문의 가장 보편적인 문체이기도 하다. 공연에서 운문은 가창하고 산문은 강설하는 이른바 강창연행을 전제한 구조라 할 수 있다.

이상에서처럼 팔상은 유통환경에 따라 탄력적으로 대응하여 융통성과 개방성이 아주 강함을 알 수 있다. 그래서 산문과 운문을 자유롭게 넘나들면서 다양한 공연상황에 맞게 효율적으로 대응한 것으로 볼 수

---

25) 박광수, 『팔상명행록 연구』, 충남대학교 출판부, 2001.

있다. 운문으로 편찬된 것은 가극의 창사로 활용하기 위한 것이라 하겠거니와 산문의 서사는 강설이나 강담의 구연을 전제한 것이라 하겠다. 그런가 하면 노래와 이야기를 엮은 운산교직은 강창연행을 목적으로, 적어도 강창예술을 기저로 한 문체적 특성이라 하겠다.

4. 팔상의 문학적 계승과 한계

팔상은 근대계몽기에도 계승되면서 문학적으로 변용되었다. 그것도 희곡문학으로 적절히 변용되면서 시대의 변화에 탄력적으로 대응해 왔다. 그 이유는 신극(新劇)으로 불교를 포교하되 팔상문학을 적극적으로 활용했기 때문이다. 1930년대 초반에 팔상을 바탕으로 창작한 희곡은 대중포교를 위한 것이었다. 새로운 시대에 맞게 불교개혁을 단행하되 강력한 포교의 수단으로 연극을 앞세우고 그 극본으로 팔상을 선택한 것이다. 중세에서 근대로 이행되면서 외부적인 충격이 가해지자 불교계에서 연극과 희곡을 내세워 탄력적으로 대응한 결과이다. 여기에서는 그러한 실상을 살피고 이어서 계승의 한계점도 짚어보고자 한다.

1) 문학적 계승

팔상의 문학적 계승, 그 중에서도 희곡적 계승을 개화기를 중심으로 살펴보도록 한다. 근대계몽을 앞세운 새로운 문화는 구습의 문화를 일신하게 만들었다. 불교의 경우도 그간의 탄압에서 풀려 자생력을 키워야만 했다. 계몽의 목적성과 포교의 방편에서 불교를 대중화할 필요성이 있었기 때문이다. 문제는 불교의 혁신이나 포교의 근본이 불조인 팔상을 선양하는 것으로 모아졌다는 점이다. 불교 본연으로 돌아가 계몽성을 강조하거나 신앙심을 고취하는 것이 유용한 것으로 보았기 때문이다. 그러한 사정은 고려 말과 조선 초의 불교계에서 단행했던 불교혁신 운동과 맥을 같이한다. 여말선초의 불교가 대중성을 표방하면서 공연물로 활용하기에 적절하도록 텍스트를 변용한 것처럼[26] 중세에서 근대로 변환되는 개화기의 불교도 연극과 희곡을 통해 포교를 단행하고자 했기 때문이다. 그 중심의 텍스트, 기저 텍스트가 바로 팔상이다. 1930년대 초에 팔상을 바탕으로 하거나 그것을 전제하면서 창작한 희곡은 도합 여섯 작품이다. 그 중 탄생과 관련된 작품으로 〈우주의 빛〉(김소하, 1930)을, 출가에 해당하는 작품으로 〈출가〉(홍사용, ?)와 〈입산〉(김삼초, 1931)을, 성도를 다룬 것으로 〈승리의 새벽〉(김소하, 1930)과 〈연애〉(천애자, 1926)를, 열반을 형상화한 것으로 〈불멸의 광〉(김소하, 1931)을 들 수 있다.[27] 이들은 공통적으로 팔상의 일대기에서 중대한 변화가 수반되는 부분에 관심을 기울였다. 이제 팔상의 어떠한 면을 희곡으로 각색·활용했는지 살펴보도록 한다. 다만 앞에서 나눈 희곡적 자질을 바탕으로 계승 양상을 짚어보도록 하겠다.

첫째, 감동성과 계몽성을 살린 희곡적 계승이다. 팔상을 희곡으로 재창작한 작품의 대부분은 팔상 중에 사상(四相)을 중심에 두었다. 부처의 일대기 중에 탄생·출가·성도·열반에 기반을 두고 작품을 형상

---

26) 김진영, 「여말선초의 불교서사와 유교의 관계」, 『어문연구』 78, 어문연구학회, 2013, 103–127쪽.

27) 송재일, 「한국 근대 불교희곡의 팔상 수용 양상」, 『고전희곡연구』 2, 한국공연문화학회, 2001, 269쪽.

화한 것이다. 이것은 팔상의 일대기 구조에서 커다란 변곡점을 희곡으로 창작한 것이라 하겠다. 감동과 충격이 큰 부분을 발췌하여 희곡화한 것이라 하겠다. 그렇게 하는 것이 포교의 목적이나 문예적인 감동성의 측면에서 유용하기 때문이다.

〈우주의 빛〉은 팔상 중 지상강탄을 다룬 것이다. 천상의 흰 코끼리를 타고 보살이 마야부인의 몸에 들고, 처가에 간 마야부인이 무우수 가지를 잡고 우협으로 태자를 낳으니 신룡이 물을 뿜어 아이를 씻기고, 천지가 진동하고 꽃잎이 날린다. 선인이 등장하여 아이가 출가하여 성불을 이룰 것이라고 예언한다. 그래서 이 부분은 무한한 우주의 세계에서 불타가 지상의 부처로 변신하기 위해 강림한 것이라 하겠다. 끝없는 반복적인 삶에서 염부제 중생을 구제하고자 신분적인 변화를 보이는 곳이라 하겠다. 세계를 달라하면서까지 지상으로 강림했기 때문에 그 득익자를 예견할 수 있다. 그래서 이야기의 발단이면서 부처가 될 당위성을 마련한 곳이라 하겠다. 그러한 변화를 극적으로 포착한 것이 바로 〈우주의 빛〉이다.

〈출가〉와 〈입산〉은 각기 세속적인 부귀를 벗고 고행의 길로 들어서는 불굴에 의지를 형상화한 작품이다. 이는 성스러운 세계로 나아가는 단계이기에 중시할 만하다. 이른바 성속의 교차점에서 갖은 고통을 감내하는 사정을 효과적으로 보이고 있다. 〈출가〉에서는 사문유관한 태자가 인간의 생로병사로 번뇌하면서 출가를 고민하자 부왕과 부인이 적극적으로 만류하여 갈등이 증폭된다. 그러한 악조건에도 결국 태자가 출가를 결행함으로써 깨달음에 대한 굳은 의지를 드러낸다. 이는 세속의 공간을 떠나 신성의 공간으로 전환되는 부분이라 하겠다. 세속적인 욕망의 절연을 통해 진여(眞如)의 세계에 진입하고자 한 것이다.

〈입산〉은 출가한 후에 설산에서 세속의 인연을 단절하는 아픔과 깨달음에 대한 굳은 의지를 부각하였다. 시자(侍者)들과 헤어지면서 세속과 관련된 의복이나 장식을 모두 끊음으로써 성불의지를 다지고 있다. 공히 신성으로 나가려는 의지를 단호하게 보임으로써 그가 성웅이 될 당위성을 마련하였다.

〈승리의 새벽〉과 〈연애〉는 성도(成道)와 그 후의 사정을 극화한 것이다. 이는 세속을 완전히 벗고 신성의 세계로 진입한 불타의 모습을 그린 것이다. 즉 속에서 성으로 변환된 사정을 신비롭게 형상화하고 있다. 〈승리의 새벽〉은 온갖 마왕과의 싸움에서 승리를 거두고 깨달음을 얻는 과정을 극화하였다. 이는 중국 돈황변문의 파마변문(破魔變文)과 흡사하다. 태자가 중도의 방법으로 명상에 잠기고 장차 깨달음에 이르려 하자 마왕과 마녀가 그것을 방해한다. 이것은 내적인 번뇌와 갈등을 그렇게 표현한 것이기도 하다. 마녀는 이른바 욕희(欲姬)·취희(醉姬)·환희(歡姬) 등으로 욕망에 대한 문제를 잠재운 것이라 하겠고, 마왕은 청귀(靑鬼)·적귀(赤鬼)·야차(夜叉) 등인데 부처가 이들에게 승리하여 기쁨을 한껏 누리도록 했다. 그래서 부처의 위대함을 보이는 극적 장치라 할 만하다. 〈연애〉는 천애자의 작으로 환희의 깨달음을 얻고 그 깨달음을 다른 사람들에게 두루 펴서 이른바 불특정다수를 구제하는 영웅적인 행위를 다루었다. 그래서 두 작품 공히 세속의 인물에서 신성의 인물로 국면전환이 이루어져 영웅으로서 우뚝한 지위에 올라섰음을 보인 것이다. 이것은 인류를 구제하는 큰 스승으로 재탄생한 상황을 그렇게 극화한 것으로 볼 수 있다.

〈불멸의 광〉은 불타의 입멸을 다룬 것으로 이른바 깨달은 성자에서 법신불로 영원함을 보인다. 부처는 운집한 대중에게 열반설법을 마치고 입적한다. 입적하자 천악(天樂)이 울리고 모든 중생이 슬퍼하는 상황이 전개된다. 그러다가 입멸이 곧 새로운 출발임을 확인하고 있다. 그것은 적멸이 아니라 법신으로 영원함을 보이기 때문이다. 그래서 끝없는 세상을 함께하면서 모든 중생의 의지처로 부처가 잠복해 있음을 알 수 있도록 한다. 영원불로의 국면 전환이라는 점에서 신화적인 감동성이 내재될 수 있다.

이상에서처럼 부처의 일대기 중에서 내 개 상을 전면에 내세우면서 신앙심을 고취하거나 문예욕을 자극하고 있다. 그러는 중에 불교인은 물론이거니와 비불교인까지도 정서적인 변화를 촉발할 수 있었다. 이렇게 감동적인 정서를 전제한 것은 다른 한편으로는 불교의 핵심에 대한 정보를 주지시키는 것으로 계몽성과도 밀접한 관계가 있다. 개화의 변혁기에 불교를 일신하여 대중에게 접근하고자 했기 때문에 강렬하면서도 감동적인 서사를 내세워 계몽성을 극대화한 것이라 할 수 있다. 그래서 감동성이나 계몽성을 고양할 만한 요소를 전통서사인 팔상에서 적극적으로 끌어내어 재창작한 것이라 할 수 있다.

둘째, 분절성과 연계성을 살린 희곡적 계승이다. 장편의 불전인 팔상은 다양한 분절성이 담보되어 있다. 본생불전과 현생불전이 연접과 분절을 반복했거니와 현전불전인 팔상 자체도 장편으로 인해 장회로 분절되었다. 연극이 두 시간을 상회하기 어려운 점을 감안하면 팔상의 방대한 내용은 각색될 수밖에 없었다. 중국이나 우리나라에서 팔상이 여러 장으로 분절되어 유통된 것은 그만한 사정이 있었기 때문이다. 즉 공연시간에 탄력적으로 부응하고자 분절이 일어난 것으로 볼 수 있다. 이는 이미 중국의 팔상 중 파마변문이 성도부분만 중점적으로 다룬 것에서 짐작할 수 있거니와 우리의 경우도 변상이나 변문이 장회로 처리된 것이 그러한 필요성 때문이라 하겠다.

먼저 현생불전과 본생불전의 연계성과 분절성을 살린 희곡적 계승이다. 이에 해당하는 대표적인 작품이 바로 〈구리선녀〉이다. 이 작품의 내용은 보광부처가 설법하러 온다는 소식에 왕이 모든 꽃을 사서 보시하고자 꽃의 판매를 금지했다. 그런데 설산에서 선혜라는 이름으로 수행하던 부처가 구리라는 선녀에게 꽃을 사서 공양할 수 있었다. 이때 구리선녀가 꽃을 파는 조건으로 결혼을 청하였으나 선혜가 출가 수행하는 처지라 어렵다고 하면서 내세에서나 가능하다고 말한다. 선녀가 그것을 믿고 꽃을 팔아 선혜가 공양할 수 있었다. 이 선혜가 지금의 부처이고 구리선녀가 부처의 부인 야수다라이다. 그래서 이 작품은 부처의 본생담으로 부처의 출생과 연접되는 특성을 가지고 있다. 문제는 《석보상절》과 《월인석보》에서와 같이 장편의 팔상으로 불전을 찬집할 때는 본생담이 부가적인 설명이나 위신력의 제고, 그리고 영험성이나 감동성을 보장하는 장치로 연접되지만, 팔상이 단편으로 유전되거나 필요에 따라 분절·활용될 때는 본생담이 탈락되는 것이 일반적이다. 마찬가지로 본생담도 팔상을 전제한 것이지만 독립작품처럼 유통기도 했다. 그러한 분절과 연계의 사정을 보이는 것이 바로 〈구리선녀〉이다. 연접된 불전에서 본생담만을 독립시켜 희곡작품으로 형상화한 것이라 하겠다.

다음으로 팔상 자체의 분절과 희곡적 계승이다. 팔상은 그 내용을 연역하면 장편소설에 준할 수 있다. 일대기구조가 장편을 지향하기 때문에 불타의 신화적 일대기는 자연스럽게 장편일 수밖에 없다. 더욱이 《석보상절》과 《월인석보》의 방대한 팔상구조는 대장편을 지향하고 있다. 조선후기의 《팔상명행록》도 사정이 마찬가지이다. 그래서 이들의 전모를 현장적인 연극으로 공연하는 것은 불가능할 수 있다. 여러 부로 나뉜 미니시리즈 및 드라마와 영화적인 기법의 시나리오라면 모를까 연극에서 팔상 전체를 다루는 것은 수박 겉핥기가 되기 쉽다. 그래서 팔상은 그림이나 문학 모두 장절로 분화되어 전승된 것으로 볼 수 있다. 의식이나 행사 나아가 공연이나 연극에서 적절한 부분을 효과적으로 활용하기 위해서이다.

실제로 지금 전하는 근대희곡도 모두 분절된 내용을 활용하면서 희곡으로 재창출되었다. 앞에서 말한 것처럼 그것도 불타의 일대기에서 감동성을 유발할 만한, 또는 신앙적인 의취가 부각될 만한 곳을 집중적으로 활용하였다. 〈우주의 빛〉은 도솔래의상과 비람강생상에서 보인 전세에서 현세로의 변환을 강탄이라는 점에 주목하여 희곡으로 각색하였고, 〈출가〉와 〈입산〉은 사문유관상과 유성출가상에서처럼 세속에서 신성으로 변환되는 사정을 출가 및 입산이라는 점에 주목하여 희곡화하였으며, 〈승리의 새벽〉과 〈연애〉는 설산수도상과 수하항마상과 같이 인간적인 신분에서 신적인 영웅으로 변환되는 내용을 극적으로 형상화했고, 〈불멸의 광〉은 녹원전법상과 쌍림열반상에서와 같이 살아있는 부처에서 법신불로 상주하는 국면 전환의 내용을 전법과 열반이라는 측면에서 희곡으로 각색하였다. 그래서 근대기의 팔상 희곡 모두는 분절된 형태를 적극적으로 활용하면서 극화했음을 알 수 있다. 그것은 팔상 자체가 여덟 개 장으로 분절되면서도 유기적으로 연계되어 가능한 일이었다. 이는 전통적인 기법을 준수하면서 근대적인 희곡으로 각색한 것이라 할 수 있다.

셋째, 융통성과 개방성을 살린 희곡적 계승이다. 팔상은 유전과정에서 운산문을 자유자재로 넘나들었다. 그것도 장편과 단편을 오가며 복합적인 장르체계를 구축했다. 그러다 보니 구체적인 산문에 초점을 두어 희곡으로 각색하는 일도 가능했고, 상징적이고 함축적인 운문에 기대어 가극본으로 각색하는 것도 가능할 수 있었다. 팔상이 이처럼 변화무쌍한 전승을 겪어왔기 때문에 필요에 따라 산문과 운문을 적재적소에서 응용할 수 있었다. 개화기의 팔상희곡도 그러한 전통을 계승하면서 희곡으로 각색되었다. 앞에서 살핀 대부분의 희곡이 팔상의 산문을 바탕으로 장착하였거니와 일부의 경우 가극의 운문형으로 형상화되기도 하였다. 운문성을 살린 것은 고려대의 《석가여래행적송》과 조선 초의 《월인천강지곡》을 적극적으로 원용한 것이라 하겠고, 산문성에 주목한 것은 조선 초의 《석보상절》과 《월인석보》를 감안한 것이라 하겠다. 이러한 전통을 온전하게 받아들여 개화기의 팔상희곡도 산문과 운문을 중시한 희곡으로 제작되었다. 산문은 앞에서 다룬 대부분의 작품이 해당된다. 다만 팔상희곡 중 가극본으로 각색하여 공연한 작품은 〈승리의 새벽〉뿐이다. 이 작품은 무수한 번뇌와 싸우는 불타의 행적을 치밀하게 다루었다. 이른바 마녀와 마왕에 대항하여 불굴의 의지를 보이다가 마침내 깨달음을 얻은 환희를 노래극으로 표출하였다. '승리'는 모든 사악한 것을 벗고 성스러운 부처가 되었음을 천명한 것이면서 동시에 '새벽'은 새로운 희망과 밝음의 세계를 상징한 것이라 하겠다. 성도함으로써 달라지는 세계를 그렇게 형상화한 것이라 하겠다. 그 기쁨과 환희를 가극단이 부름으로써, 신명을 더하면서 깨달음의 의미를 알 수 있도록 했다. 그런가 하면 가극은 아니지만 찬불가로 〈월인천강곡찬불가〉·〈고행가〉·〈룸비니원〉 등이 창작·활용되기도 하였다. 모두 팔상의 운문전승을 계승한 것이라 할 만하다. 팔상의 개방성과 융통성이 여러 유형의 공연물을 창출하는 데 일조한 것으로 볼 수 있다.

2) 계승의 한계

개화기 팔상희곡은 6-7편에 지나지 않는다. 그리고 이들은 전통적
인 팔상의 내용을 비교적 충실히 따르면서 공연을 위한 대본으로 각색
하였다. 전통을 계승하면서 그것을 토대로 불교를 중흥하고자 했던 사
정을 읽을 수 있다. 문제는 희곡적 각색이 순문예적인 측면보다 종교
적인 목적성이 강하여 일정한 한계를 드러내고 있다는 점이다. 즉 순
기능의 이면에 한계를 일정하게 노정하고 있다.

첫째, 작자가 다변화되지 못했다는 점이다. 팔상을 희곡으로 각색한
인물은 천애자·홍사용·김소하·김삼초 등이다. 천애자와 홍사용, 김
삼초가 각각 1편씩 짓고, 나머지는 모두 김소하 작품이다. 그런데 김소
하는 1930년대 불교의 대표기관인 교무원의 중앙포교사 김태흡의 예
명이다. 여기에 김삼초 또한 김태흡의 또 다른 이름으로 보고 있다.[28]
그렇게 보면 작자가 도합 세 명에 지나지 않고, 그것도 김태흡의 작품
이 대부분임을 알 수 있다. 이렇게 된 데에는 팔상의 생래적인 특성
때문이기도 하다. 팔상은 불타의 일대기라서 불교사상과 교리의 근간
을 이루고 있다. 그렇기 때문에 이에 대한 재해석과 변용이 수월할 수
없었다. 서사무가처럼 주인공의 일대기가 명문화되거나 확정된 텍스
트가 없을 때에는 이화가 양산될 수 있고, 각 이화가 나름의 의미를
가질 수 있다. 그런데 팔상은 오랫동안 전승되면서 전범화되어 경전처
럼 인식되었고, 그래서 변화를 가하는 데 주저될 수밖에 없었다. 기존
의 팔상에 획기적인 변화를 가하며 문학성이나 문예성을 고양할 수

---

28) 김기종, 「근현대 불교인물 탐구⑥ 김태흡」, 『불교평론』 49, 만해사상실천선양회,
   2011.

없었던 이유이라 하겠다. 그러한 사정으로 포교에 전념했던 승려나 신불문사 정도가 기존의 팔상을 수용하여 포교의 극본으로 조정하는 선에서 만족한 듯하다.

둘째, 포교극에 치중했다는 점이다. 작자가 한정된 것처럼 연극의 공연도 포교의 목적성이 강했다. 그 또한 김태흡이 주도했다. 그는 포교사로서 범패를 부르거나 강사로서 능력을 보이기도 했다. 대중불교의 이론가이면서 실천가이기도 해서 불교가극단 '월인코러스'를 만들기도 했고, 불교연극단 '룸비니드라마클럽'도 창설했다. 아마추어 포교단을 활용하여 연극을 공연했기 때문에 그 목적성이 분명했다. 이는 개화의 신문명기에 불교를 개혁하면서 나타난 결과이다. 강한 계몽성을 전제하면서 기획과 연출을 단행한 셈이다. 그 외의 팔상 연극도 선암사·각황사 등의 사찰에서 공연되었다. 김태흡이 희곡을 지은 것은 성도절 기념법회에 앞서 공연할 목적 때문이었다. 불교의 사대명절을 기념하여 공연되는 연극에서 팔상희곡이 적극적으로 활용되었음을 알 수 있다. 이 또한 신도를 중심으로 한 종교적인 공연이라 하겠다. 〈목련경〉과 관련된 희곡이 사찰공연에서 인기를 얻자 일반극장으로 진출한 것과는 달리 팔상희곡은 일반극장에서 공연되지 못했다. 그만큼 종교적인 목적성이 강했음을 짐작할 수 있다. 결국 팔상은 종교의 울타리 안에서 공연되는 한계를 가지고 있었다. 물론 창작불교희곡이야 사정에 따라 얼마든지 일반극장에서 공연이 가능했다. 다만 팔상은 불교교조라는 점에서 불교를 선전하거나 불교의 포교텍스트로 활용하는 선에서 희곡으로 재편되어 공연되었을 따름이다.

5. 맺음말

이 글은 팔상의 공연문학적 자질과 희곡적 계승을 살피는 것이 주목적이었다. 이를 위해 팔상의 유변과 문예적 성격을 검토하고, 다음으로 팔상문학의 공연문학적 자질을 확인하였다. 이를 바탕으로 팔상의 근대적 계승과 한계를 짚어보았다. 지금까지 논의한 것을 요약하면 다음과 같다.

첫째, 팔상의 유변과 문예적 성격을 살펴보았다. 팔상은 아시아 보편의 문학이요 문화예술이다. 불교가 전파되는 곳마다 불타의 일대기를 형상화한 팔상이 문학과 예술, 그리고 문화에 영향을 끼쳤기 때문이다. 그래서 팔상은 불교를 수용한 모든 곳에서 종교적인 신앙물이면서 문예적인 감상물로 기능해 왔다. 그러한 특성 때문에 팔상은 가용한 방편으로 민중에게 다가가고자 했다. 팔상이 문화예술 그리고 문학으로 다변화될 수 있었던 이유도 여기에 있다. 실제로 팔상은 음악의 청각예술로 전개되었는가 하면, 미술의 시각예술 측면에서도 주목되는 바가 크다. 그런가 하면 무용의 행위예술과 연극의 종합예술로 유변되기도 하였다. 이러한 예술적 유변의 근저에는 팔상문학이 자리하고 있었다. 이 팔상문학은 서정장르는 물론 서사와 극, 그리고 교술장르에 이르기까지 그 편폭을 넓히면서 문화예술의 기저텍스트로 기능해 왔다.

둘째, 팔상문학의 공연문학적 자질을 검토하였다. 팔상은 문학성과 종교성을 동시에 가지고 있다. 문학을 포교의 수단으로 삼으면서 나타난 특성이라 하겠다. 특히 불타를 신화적인 영웅으로 형상화하여 종교적으로나 문학적으로 돋보도록 했다. 이러한 특성은 대중포교를 수월하면서도 강렬하게 단행하기 위해서이다. 그래서 팔상은 내용과 구조,

그리고 유통에서 공연문학적인 자질이 발현될 수 있었다. 그러한 실태
를 팔상텍스트를 통해서 검증할 수 있다. 우선 주목되는 것이 감동성
과 계몽성을 중시한 서사내용이다. 감동성은 신화이기 때문에 당연한
것이지만 그것을 신비롭게 형상화하여 주목된다. 즉 인격에서 신격으
로 변모하는 과정을 충격적으로, 그것도 초월적인 방법으로 형상화하
여 감동성의 측면에서 유용하다. 이는 계몽성과도 관련된다. 불교의
교조를 인상 깊게 형상화하고, 그를 바탕으로 불교의 이념과 사상을
대중에게 설득력 있게 제시할 수 있었기 때문이다. 다음으로 팔상은
분절과 연계를 반복하는 서사구조를 가지고 있다. 팔상은 그 자체가
불타의 일대기이기 때문에 장편일 수밖에 없다. 그래서 필요에 따라
발췌해서 활용할 수 있도록 일대기를 모두 여덟 개 장면으로 세분해
놓았다. 팔상의 구조가 능소능대의 자질을 갖도록 한 것이다. 여기에
불전이라는 공통분모 아래 본생불전까지 가세하여 유기적인 불전문학
을 구비하기도 했다. 거시구조로 찬집된 팔상에서는 본생불전이 틈입
되지만, 축소구조로 유통될 때에는 본생불전과 현생불전이 분리된다.
이 또한 공연의 규모와 장소 등을 감안하여 발췌·활용할 필요성 때문
이라 하겠다. 마지막으로 융통성과 개방성의 전승방식이다. 팔상은 운
용방식에 따라 운문과 산문이 분리되어 유통되기도 하고, 그 양자가
유기적으로 직조되어 유통되기도 했다. 이는 노래와 강설, 그리고 강
창과 대화 등의 공연과 무관하지 않아 공연문학적 자질을 증거하는
것이라 하겠다.

   셋째, 팔상의 희곡적 계승과 한계이다. 개화기에 신문화의 경향에
따라 불교도 변화를 통해 새로운 활로를 모색하고자 했다. 그렇게 해서
나타난 것이 대중불교를 위한 포교활동이다. 이 포교활동의 일환으로

연극을 내세우고, 그 텍스트로 불조의 일대기인 팔상을 적극적으로 활
용하였다. 팔상을 활용하되 먼저 감동성과 계몽성을 중시했다. 개화기
팔상희곡 대부분은 네 개 상에 집중되어 있다. 그것은 이 네 개 상이
불타의 위신력을 증폭하고 나아가 신앙심을 고취하는 데 유용했기 때문
이다. 첫 번째로 불탄재와 관련된 것으로 도솔래의상과 비람가생상을
핵심으로 형상화하였다. 이에 해당하는 것이 〈우주의 빛〉이다. 두 번째
로 출가재와 관련된 것으로 사문유관상과 유성출가상을 희곡으로 마련
하였다. 이에는 〈출가〉와 〈입산〉이 해당된다. 세 번째로 성도재와 관련
된 것으로 설산수도상과 수하항마상을 희곡화하였다. 이는 〈새벽의 승
리〉와 〈연애〉가 해당된다. 네 번째로 열반재와 관련된 것으로 녹원전법
상과 쌍림열반상을 극본화한 것이다. 이에는 〈불멸의 광〉이 해당된다.
모두 서사적인 긴장이 담보되어 신앙심을 고취하는 데 도움이 될 만한
것이다. 이는 문학의 감동성과 종교의 계몽성을 적절히 안배한 결과라
하겠다. 다음으로 분절성과 연계성을 계승하면서 희곡을 창작하였다.
팔상은 근본적으로 장편을 지향할 수밖에 없었다. 그래서 연극의 공연
시간에 맞게 조정할 필요가 생겼다. 여덟 개의 장면이 그에 해당되는데,
이렇게 구획된 장절을 적절히 활용하는 것이 중요했다. 개화기 팔상희
곡 모두가 장절 중에 핵심적인 부분을 선택하여 희곡으로 형상화한
것도 그러한 전통을 수렴한 결과라 하겠다. 마지막으로 융통성과 개방
성의 유통방식을 계승하면서 희곡화하였다. 즉 산문과 운문을 자유롭
게 넘나들면서 유통되어 그것에 준하여 희곡을 창작할 수 있었다. 산문
성은 다양한 팔상희곡을 집필할 때 유용했다. 《석보상절》·《월인석보》
등이 대표적인데, 이들이 팔상희곡을 창작할 때 영향을 준 것으로 본다.
그런가 하면 노래 중심의 극본에서는 운문성을 살린 팔상이 유용했다.

《석가여래행적송》과《월인천강지곡》이 좋은 본보기라 할 만하다. 〈우주의 빛〉처럼 극가·성가의 극본으로 형상화하는 데 이들이 밑거름이 될 수 있었다. 팔상문학이 근현대의 희곡으로 각색된 것은 전통의 계승이라는 측면에서 긍정적으로 평가할 수 있다. 하지만 팔상희곡을 각색한 작자가 한정적이고, 종교적인 목적성이 다분하여 일반극장에서 보편적으로 공연되지 못한 것은 한계로 지적될 수 있다. 종교나 신앙성을 강조한 나머지 순문예적인 문학으로 확장하는 데 어려움이 있었기 때문이라 하겠다.

성불의 신비성과 포교담론

1. 머리말

　서사문학은 사람의 일생을 다양한 측면에서 형상화한다. 그것이 운문일 경우 서사시로 나타나고, 산문일 경우 설화에서 전문학을 거쳐 소설로 형상화된다. 이렇게 사람의 삶에 관심을 기울이다 보니 이야기 문학은 성속을 막론하고 지향하는 세계가 비교적 뚜렷하다. 세속담의 서사에서는 현실적인 행복 추구의 과정을 성취담으로 형상화하고, 신성담에서는 신앙적인 수행 과정을 득도담으로 그려낸다. 이 글에서는 이 중에서 불교적인 득도담, 즉 성불담의 작화전략에 주안점을 두고 논의를 전개하고자 한다.

　성불담은 신성담에 해당하는 것으로 종교적인 성취담이라 할 수 있다. 수행 과정에서 역량강화가 이루어지고, 이것이 밑바탕이 되어 부처의 경지에 이르는 이야기이기 때문이다. 그런데 이 성불담은 문학사회학적으로 다양한 의미를 가지고 있다. 작화전략이 신앙서사의 지향점을 함축하였거니와 이러한 서사전략이 후행의 세속서서에 영향을 끼쳤기 때문이다. 그래서 성불담의 서사전략을 중점적으로 살피면서 그것을 후행의 서사문학과 견주면 그 통시성을 짚어낼 수도 있다.

지금까지 성불담에 대한 연구는 간헐적으로 진행되어 왔다. 일부의 작품을 대상으로 성불담의 실태를 점검하기도 하고,[1] 성불서사의 서사적 전통을 검토하거나[2] 성불담이 갖는 의미를 종교서사나 인간담론의 측면에서 살피기도 하였다.[3] 성불담이 다양한 방법으로 유통되었음에도 불구하고 아직까지 그것의 본질적인 의미를 깊이 있게 검토하지 못한 것이 사실이다.

이제 성불담이 갖는 서사문학적 의미를 종합적으로 살펴볼 필요가 있다. 이 글에서는 먼저 성불담의 유형을 설정하고 그 특징을 간략하게 검토한 다음, 성불담의 작화전략이 유형별로 어떻게 형상화되었는지 살피도록 하겠다. 이를 바탕으로 성불담의 문학적 가치나 문학사적 의미를 조망해 보도록 하겠다. 이러한 논의가 효과적으로 진행되면 적어도 성불담의 작화상의 특성과 전통을 이해할 수 있으리라 본다.

2. 성불담의 문학적 양상

성불담은 불교서사이기 때문에 불교서사물을 온축한 전적에 다수

---

1) 김승호, 「〈南白月二聖〉의 창작 저변과 서사적 의의 -《顯應錄》소재 〈曇翼傳〉과의 비교를 중심으로」, 『열상고전연구』 37, 열상고전문학회, 2013, 509-534쪽.
2) 윤보윤, 「성불경쟁담의 문학적 실태와 형상화 방식 연구 - 〈남백월이성〉과 〈부설전〉을 중심으로」, 『불교문화연구』 9, 한국불교문화학회, 2007, 149-167쪽.
  박용식, 「이인성불담(二人成佛譚)의 발원과 성취구조」, 『국학연구론총』 4, 택민국학연구원, 2009, 203-223쪽.
3) 이강옥, 「《삼국유사》 출가 득도담 및 출가 성불담의 초세속 지향 양상」, 『고전문학연구』 30, 한국고전문학회, 2006, 213-250쪽.
  주재우, 「인간 탐구로서의 고전문학교육 연구 - 이인성불담(二人成佛譚)을 중심으로」, 『국어교육연구』 23, 서울대학교 국어교육연구소, 2009, 131-157쪽.

이입되어 있다. 그 중에서도 내용에서 주목되는 성불담이 《삼국유사》
에 다수 실려 있다. 일부의 경우 성불담이 독립단편으로 제작·유통되
기도 했지만 전반적으로 불가열전의 성격이 강한 《삼국유사》에 성불
담이 상당수 실려 있다. 현전하는 주요 성불담을 살펴보면 작화의 성
향에 따라 대체로 셋으로 나눌 수 있다. 서사전략을 신성지향으로 설
정한 것과, 신성과 세속을 적절히 교용(交用)한 것, 그리고 세속지향적
인 것이 그것이다. 거시적으로는 신성담이라 할 수 있지만 성불을 유
도하는 작화에서는 세속성 또한 무시할 수 없었다. 이를 감안하면 성
불담을 성지향형, 성속양립형, 속지향형으로 나눌 수 있다.

1) 성지향형 성불담의 양상

성불담의 다수는 조력자가 등장한다. 조력자가 있어서 성불을 향한
의지가 확대되고, 성불의 당위성도 강화될 수 있다. 조력이 자연에 의한
것도 있고, 신중(神衆)에 의한 것도 있으며, 성불의 경쟁자가 되기도
한다. 이러한 경우 성불을 이루는 과정이 대체로 치열하지 못하다. 즉
어려움에 봉착할 때마다 조력자가 등장하여 문제를 해결하기 때문에
성불 주인공이 피동적·수동적으로 행동할 따름이다. 성불자가 높은
신분이기 때문에 종교적인 신성성이 강화된 결과이다. 이 유형이 불교
신화적 특성을 보이는 이유도 여기에 있다. 이에 해당하는 작품으로
〈대산오만진신(臺山五萬眞身)〉·〈명주오대산보질도태자전기〉, 〈포산이
성〉 등을 들 수 있다. 이들은 공통적으로 성지향성이 강하며 성불 주인
공과 주변 환경의 조응이 적극적이다.[4] 그만큼 주인공을 위한 세계의

---

4) 신화에서처럼 성불주인공을 위해 모든 것이 배치되어 있다. 자연환경의 성소화는 물론

도움이 근저에서 작동하고 있는 셈이다. 여기에서는 같은 내용을 작화한 〈대산오만진신〉과 〈명주오대산보질도태자전기〉 중에서 〈대산오만진신〉을 선택하고, 나머지 〈포산이성〉도 함께 살펴보도록 한다.

(1) 〈대산오만진신〉의 양상

〈대산오만진신〉은 전체적으로 성지향성이 강하다. 그래서 주인공이 스스로 운명을 개척하면서 신불에 집중하지 않는다. 이미 모든 조건이 충족된 상태에서 타력(他力)에 의해 수행과 성불이 이루어지기 때문이다. 공간도 성소화(聖所化)되었을 뿐만 아니라 그곳에 각종 신격이 군집하여 성불을 소망하는 주인공에게 전격적인 도움을 준다. 그러한 사정을 개조식으로 정리하면 다음과 같다.

① 정신대왕(淨神大王)의 태자 보천(寶川)과 효명(孝明)이 속세를 벗어날 생각으로 남몰래 도주하여 오대산(五臺山)에 숨어드니 시자(侍者)들이 간 곳을 찾지 못하다가 서울로 돌아간다.

② 두 태자가 산속에 이르렀을 때 푸른 연꽃이 핀 곳에 보천이 암자를 짓고, 그곳에서 육백여 보 떨어진 남쪽 기슭에 효명 역시 암자를 짓고 업을 닦는다.

③ 형제가 다섯 봉우리에 예를 올리는데 동쪽 대의 만월산에는 관음보살의 일 만 진신이, 남쪽 대인 기린산에는 팔대보살을 우두머리로 한 일 만의 지장보살이, 서쪽 대인 장령산에는 무량수여래를 중심으로 일 만의 대세지보살이, 북쪽 대의 상왕산에는 석가여래를 필두로 오백의 대아라한이, 중앙 대인 풍로산에는 비로자나불을 우두머리로 일 만의 문수보살

신격의 조력자가 문제를 해결해주는 것도 그러하다. 이는 주인공의 신분에 맞게 성불담을 구비하여 나타난 특성이기도 하겠다.

이 나타난다.

④ 두 태자가 오 만 보살의 진신에게 일일이 예를 올리고, 아침마다 서른여섯 가지의 모양으로 나타나는 문수보살을 위해 골짜기 물을 길어다가 차를 공양하며, 밤이 되면 각기 암자에서 도를 닦는다.

⑤ 이때 정신왕의 아우가 왕과 왕위를 다투므로 나라사람들이 두 태자를 맞아가려고 찾아와 먼저 효명의 암자에 이르러 만세를 부르니 오색구름이 칠 일 동안 그곳을 덮는다.

⑥ 나라사람들이 두 태자를 함께 맞아가려 하지만 보천이 울면서 사양하자 효명을 모시고 가서 왕위에 오르도록 한다.

⑦ 보천이 항시 영동(靈洞)의 물을 마셨기에 만년(晚年)에 육신이 공중을 날아 울진국(蔚珍國) 장천굴(掌天窟)에 이르러 '수구다라니경'을 외우니, 장천굴신(掌天窟神)이 현신하여 굴의 신이 된 지 이천 년이 지나서야 '수구다라니경'의 진리를 들었다고 한다.

⑧ 굴신이 계를 받은 이튿날 굴이 형체 없이 사라지자 보천이 놀라며 그곳에서 이십 일 동안 머물다가 오대산 신성굴(神聖窟)로 돌아온다.

⑨ 신성굴에서 오십 년 동안 마음을 닦으니 도리천의 신이 삼시로 설법을 듣고, 정거천중이 차를 달여 올리며, 사십 명의 성인(聖人)이 하늘을 날면서 그를 항시 호위하고, 그의 지팡이가 하루에 세 번씩 소리를 내며 방을 도는데, 이것을 쇠북과 경쇠로 삼아 업을 닦자 문수보살이 보천의 이마에 물을 붓고 성도(成道)를 기별한다.

⑩ 보천이 죽던 날 국가를 이롭게 하기 위해, 오대 중 동대에는 관음보살을 모신 원통사(圓通社)를, 남대에는 지장보살을 모신 금강사(金剛社)를, 서대에는 미타불을 모신 수정사(水精社)를, 북대에는 나한과 석가불을 모신 백련사(白蓮社)를, 중대에는 문수보살을 모신 화엄사(華嚴社)를 창건하고 각기 복전승으로 하여금 인연 있는 경전을 염송하도록 한다.

이상에서 보는 바와 같이 이 작품은 태자 보천의 성불과 관련된 서사라 하겠다. 태자가 출가하여 성불할 뜻을 가지고 불연지에 도피하여 업을 닦을 때 왕위 계승의 필요성 때문에 귀경해야 했다. 하지만 보천이 극구 사양하여 아우 효명이 왕위를 계승한다. 이때부터 본격적으로 수행하되 모든 조건이 충족되어 보천은 남다른 성불을 이루게 된다. 주변의 수많은 신격이 호응하며 그의 성불을 도와주기 때문이다. 부처의 수하항마상과 다름이 없거니와 성불 후에 보인 이적도 불교 신화적 특성과 관련된다. 이것은 그의 신분과 무관하지 않다.

(2) 〈포산이성〉의 양상

이 작품은 포산, 즉 감싸 안은 산을 배경으로 두 성사의 성불을 다룬 것이다. 포산이라는 특정한 장소, 그것도 산신이 불보살의 출세를 보장하는 곳을 배경으로 성불담을 다루고 있다. 이 포산의 산신 정성천왕(靜聖天王)은 이미 가섭불 시대에 부처님의 부탁을 받고 이 포산에서 일 천여 명의 출세자를 내기로 다짐하였다. 두 성사가 성불하여 중생을 구제하는 것도 그러한 배경이 전제된 것이다. 그런 점에서 조력형 성불이면서 귀족 지향적인 성불담이라 할 수 있다. 역시 자력보다는 타력에 의해 성불이 가능했음을 알 수 있다. 작품의 내용을 개조식으로 정리하면 다음과 같다.

① 신라시대에 두 성사 관기(觀機)와 도성(道成)이 포산에 숨어살았는데 그들의 신분을 알 수 없다.
② 관기는 남쪽에 암자를 지었고, 이곳에서 십여 리쯤 떨어진 북쪽 굴에 도성이 살면서 구름을 헤치고 달을 노래하며 서로 왕래한다.

③ 도성이 관기를 부를 때는 산의 수목이 모두 남쪽으로 굽어서 맞이하는 것과 같아 이를 보고 관기가 도성에게로 가고, 반대로 관기가 도성을 부를 때도 같은 현상이 나타난다.

④ 서로 왕래하기를 여러 해가 되었을 때 도성이 자신이 살고 있는 뒷산의 바위에서 좌선하다가 어느 날 갑자기 바위 사이로 몸이 치솟아 허공으로 날아간다.

⑤ 도성이 간 곳을 알 수 없었는데 혹자는 수창군(壽昌郡)에 가서 죽었다는 말을 하기도 했다.

⑥ 관기도 뒤를 따라 세상을 떠났는데 역시 성불하여 왕생한 것이다.

⑦ 후에 도성암 굴 아래 절을 짓고, 중 성범이 만일 미타도량을 열고 오십여 년 동안 힘쓰니 여러 번 상서(祥瑞)가 있었다.

⑧ 현풍(玄風)의 신도 이십여 명이 결사(結社)하여 향나무를 주워 절에 바치니 그 향나무가 촛불처럼 빛나자 사람들은 두 성사의 영감(靈感)이거나 산신(山神)의 도움이라 했다.

⑨ 포산에서는 반사·첩사·도의·자양·성범·금물녀·백우사에다 두 성인을 합쳐 모두 아홉 명이 중생구제를 위해 출세하였다.

이 작품은 성지(聖地)에 상주하는 두 성사(聖師)가 성불을 통해 중생구제를 결행한 담론이다. 두 성사는 비록 그 생몰연대나 신분을 알 수 없지만 성사라는 말 속에 그들의 신분을 어느 정도 짐작할 수 있다. 불교가 아무리 평등종교라고 해도 하층민을 성사로 떠받들기는 어려웠기에 적어도 준 귀족 이상의 신분을 가진 승려였으리라 본다. 그러한 그들이기에 포산의 산신이 서원을 발하고, 그들이 성불할 수 있도록 조력한 것으로 본다. 그것도 선의의 경쟁으로 대응하면서 도를 닦을 수 있도록 했다. 그런 점에서 이 작품 또한 성지향형 성불담이라 할 수 있다. 물론 서사 성격상 귀족지향의 성불담이기도 하다.

2) 송속양립형 성불담의 양상

승속양립형 성불담은 세속을 절연하지 않고 성속(聖俗)이 적절히 호응하면서 성불을 도모한 경우이다. 가족구성원과 생업의 필요성을 중시하는 한편으로, 불교적인 깨달음을 적극적으로 모색한 것이라 할 수 있다. 그래서 다소 어려운 역경을 성불자 스스로 겪어야 하며 그러한 노력의 결과가 어느 정도 숙성되었을 때 신성한 조력자가 등장하여 성불이 완결되도록 한다. 따라서 현실적인 삶을 중시하면 세속담이 되고, 여인으로 나타난 관음의 조력을 생각하면 신성담이 될 수 있다. 성과 속을 적절히 아우르며 성불을 모색하여 나타난 결과이다. 당시에는 이것이 보편적인 신앙행위의 하나로 인식되었을 것이다. 온전히 신앙에 매달릴 수도 없고, 그렇다고 생업에 전념할 수도 없었던 사정이 이러한 유형의 성불담을 만들어낸 것으로 보인다.

(1) 〈광덕엄장〉의 양상

〈광덕엄장〉은 세속적인 삶을 살면서도 곧은 마음으로 수행하여 성불에 이르는 이야기이다. 둘은 선의로 경쟁하다가 먼저 깨달은 자가 알린 후 서방으로 갈 것을 약속한다. 광덕이 먼저 깨닫고 서방왕생하자 그 뒤를 엄장이 따른다. 전반적으로 수행의지가 극점에 이르렀을 때 극락왕생이 실현되도록 했다. 광덕과 엄장은 거처를 확보하고 비교적 안정적인 상황에서 성불을 소구하였다. 광덕은 분황사의 사하촌 서쪽 마을에, 엄장은 남악의 암자에 기거하며 수행 정진한다. 세속적인 공간에 머물면서 깨달음을 갈구한 것이다.[5] 그 소망에 부응하여 광덕

---

5) 김동욱, 「〈광덕엄장(廣德嚴莊)〉 이야기의 공간인식과 그 의미」, 『어문학연구』 16, 상

부인이 두 사람 모두 극락으로 인도한다. 이 부인이 바로 관음보살이다. 그래서 성속이 겸비된 서사적 특성을 갖게 되었다. 전체 내용을 개조식으로 정리하면 다음과 같다.

① 광덕과 엄장이 각기 거처를 정하고 본업을 꾸리며 수행 정진하되 엄장과는 달리 광덕은 부인이 있다.

② 어느 날 저녁에 광덕이 자신이 먼저 극락으로 간다면서 엄장에게 뒤따를 것을 당부하기에 엄장이 밖을 보니 천악(天樂)이 들리는 가운데 광명이 있다.

③ 엄장이 이튿날 광덕의 집을 찾아가니 과연 그가 죽어서 그 부인과 함께 장례를 치른다.

④ 이제 엄장이 부인에게 남편이 죽었으니 자신과 함께 살 것을 청하고, 부인도 흔쾌히 허락하여 동침하려 하니 부인이 거절하며 광덕의 행업을 설명한다.

⑤ 광덕은 자신과 십 년을 같이 살면서 한 자리에서 잔 적이 한 번도 없었고, 항상 단정히 앉아서 아미타불을 염하거나, 십육관(十六觀)을 닦다가 창으로 들어온 달빛 위에 올라 결가부좌했다고 말한다.

⑥ 부인은 엄장의 행동이야 말로 연목구어(緣木求魚)와 같아 동방은 몰라도 서방으로 가기는 어려울 것이라고 꾸짖는다.

⑦ 엄장이 이를 크게 부끄러워하고 원효를 찾아 정관법을 익혀 수행한다.

⑧ 몸을 깨끗이 하고 스스로를 반성하며 일심으로 관(觀)을 닦아 엄장 역시 성불하여 극락왕생한다.

이 작품은 자력담과 타력담이 적절히 조응하고 있다. 광덕은 수면욕

명대학교 어문학연구소, 2004, 1-18쪽.

이나 색욕을 멀리 하면서 수행할 따름이었다. 이것은 스스로 원만상이 완비되도록 수행했음을 의미한다. 즉 자력으로 성불할 수 있는 일정한 요건을 갖춘 셈이다. 마찬가지로 엄장도 스스로의 문제를 직시하고 성찰적으로 수행하여 깨달음을 얻는다. 특히 원효를 찾아가 올바른 수행법을 익히고 그것에 매진하여 성불할 수 있었다. 그래서 두 사람 모두 스스로의 노력이 성불의 밑천이 되었음을 알 수 있다. 하지만 두 사람을 왕래하면서 함께 생활한 부인의 조력이 없었으면 성불이 불가했을 것이다. 부인의 숨은 희생과 노력이 있었기에 안정적으로 수행하고 성불에 이를 수 있었기 때문이다. 관음 응신인 부인이 두 사람을 서방정토로 견인한 것은[6] 신성성이 내재된 타력담이라 할 만하다. 그래서 이 작품은 성속이 병치된 담론의 특성을 갖게 되었다.

(2) 〈백월산양성성도기〉의 양상

〈백월산양성성도기〉도 성속의 특징을 가지고 있다. 두 성사가 깨달음을 얻지만 성지향의 작품에서 보이는 바와 같이 신분이 고귀하지도 않고, 타력에만 의존하지도 않는다. 스스로의 수행으로 원만상을 이루고 그것을 바탕으로 성불에 이르되, 관음이 응신하여 전격적으로 완결되도록 한다. 그런 점에서 초월성만을 강조하지도 않고 세속성만을 중시하지도 않은 담론이 되었다. 역시 개조식으로 작품을 정리해 본다.

① 백월산의 선천촌(仙川村)의 노힐부득과 달달박박은 모두 풍채와 골격이 비범하고 성불의 서원을 세운 좋은 친구이다.

---

6) 김헌선, 「불교 관음설화의 여성성과 중세적 성격 연구 –《삼국유사》 소재 자료를 중심으로」, 『구비문학연구』 9, 한국구비문학회, 1999, 21–50쪽.

② 스무 살에 마을 동북쪽의 법적방(法積房)으로 출가하고, 이어서 치산촌 법종곡(法宗谷) 승도촌(僧道村)의 대불전과 소불전에 각각 살았다.

③ 부득은 회진암에서 박박은 유리광사에서 살았는데 각기 처자를 거느리고 농사지으며 항시 속세를 떠나고자 하였다.

④ 하루는 두 사람 모두 금색 팔이 내려와 정수리를 어루만지는 꿈을 꾸고, 백월산 무등곡(無等谷)에 들어가 박박은 북쪽의 판방(板房)에 부득은 동쪽의 뇌방(磊房)에 거처하면서 부득은 미륵불을, 박박은 미타불을 정성껏 염했다.

⑤ 어느 날 저녁 자태가 곱고 향내가 좋은 처녀가 박박의 암자에 찾아와 유숙하기를 청하니 박박이 깨끗해야 할 절에 여인을 들일 수 없다며 외면한다.

⑥ 여인이 부득에게 찾아가서 같은 방법으로 청하니 부득이 그녀를 선뜻 받아들인 후 조용히 염불한다.

⑦ 밤이 깊었을 때 여인이 해산의 기미가 있다고 하자 부득이 짚자리를 보아 아이를 낳게 하고, 이어서 물을 받아 여인을 목욕시키니 물이 금색으로 변하면서 향내가 진동한다.

⑧ 여인의 권유로 부득이 그 물에 목욕하니 금색의 미륵불이 되고 옆에 연화대가 생겨 그곳에 정좌하자 여인은 자신이 관음이라고 밝힌 후 사라진다.

⑨ 박박이 부득의 파계를 예견하고 찾아와 금불이 된 것을 보고 놀라자 부득이 자초지종을 말하고, 박박은 자신이 장애가 많아 좋은 기회를 놓쳤다고 후회한다.

⑩ 부득이 박박에게 남은 물에 목욕하도록 하여 그 또한 미타불이 되어 두 부처가 마주하여 앉는다.

⑪ 사람들이 그 소식에 다투어 찾아와서 찬탄하고, 두 성인은 불법의 요채를 설하고 구름을 타고 사라진다.

노힐부득과 달달박박은 처자식과 함께 가정을 꾸리고 지냈다. 그러면서도 특출한 용모에다 깊은 불심으로 성불을 소망하고 있다. 생업을 버릴 수 없어, 일정한 거처를 정하고 생활하며 불심을 추구한 것이다. 먼저 법적방으로 출가하고 이어서 승도촌에 각자 암자를 정하여 가족과 함께 지나다가 금손의 현몽으로 무등곡의 판방과 뇌방에 이르러 수행 정진한다. 각기 세속공간에서 신성화된 공간으로 점진(漸進)하며 수행하다가 관음 현신인 여인의 도움으로 성불에 이른다.[7] 그래서 속과 성이 서사에서 대등한 비중을 차지한다. 속을 중심에 두고 깨달음을 갈구하다가 마지막에 가서는 신성공간으로 옮겨 성불하기 때문이다. 인물에서도 자력과 타력이 교차되도록 하여 세속성과 신성성이 적절히 조응하도록 하였다.

3) 속지향형 성불담의 양상

이 유형에서는 타력이 그렇게 중요하지 않다. 이미 자력으로 성불의 조건이 충족되었기 때문에 타력은 그것을 증명하는 수준에 머물 따름이다. 성지향형에서는 타력이 절대적인 영향력을 행사하고, 승속양립의 경우 타력의 도움을 받아야 성불이 완결되었던 것과는 달리, 이 유형은 자력으로 성불의 조건을 구비하고 조력자는 그것을 증명하는 것에 만족한다. 그래서 가장 투쟁적이고 치열한 성불담이라 할 수 있다. 타력에 의존할 지위에 있지 못한 하층민의 서사이기 때문이다. 이제 해당 작품의 문학적 양상을 개괄해 본다.

---

7) 강진옥, 「《삼국유사》〈南白月二聖〉의 서술방식을 통해본 깨달음의 형상」, 『한국민속학』 43, 한국민속학회, 2006, 5-42쪽.

(1) 〈욱면비염불서승〉의 양상

〈욱면비염불서승〉은 최하층의 인물이 어렵게 성불하는 과정을 그린 서사이다. 그래서 성불의 과정이 그만큼 치열하고 투쟁적으로 형상화되어 있다. 노비인 욱면은 모든 세계가 주인공에게 호의적인 신성담론의 주인공, 비교적 안정된 터전에서 수행하는 승속양립 담론의 주인공과는 전혀 다르다. 욱면은 남의 집 종으로 구속되어 있을 뿐만 아니라 행동에도 크게 제약을 받는다. 더욱이 불교적인 신행조차 자유로울 수 없는 처지였다. 상층귀족이나 자유로운 양인과 달리 모든 조건이 열악한 상황이라서 욱면이 할 수 있는 것은 인고의 정진뿐이었다. 신격이 지근거리에서 그녀를 돕는 것도 아니고, 신성한 원조를 단행하지도 않는다. 오로지 스스로의 능력으로 서원을 달성할 따름이다. 향전과 승전의 기록을 겸하여 내용을 개조식으로 정리한다.

① 승려 팔진이 무리 일천 명을 거느리고 구제를 위해 노력했으나 계를 받지 못한 한 사람이 축생도로 떨어져 부석사의 소가 된다.

② 축생도를 살게 된 소가 부석사의 불경을 나른 공덕으로 아간 귀진의 종 욱면으로 태어난다.

③ 귀진은 신도들과 계를 모아 미타사를 창건하고 서방왕생을 갈구하는데 욱면이 주인 귀진과 동행해 절 마당에서 승려를 따라 열심히 염불한다.

④ 귀진이 못마땅하게 여겨 매일 곡식 두 섬을 주고 방아 찧을 것을 하명하니 욱면이 초저녁에 그 일을 모두 마치고 밤낮 염불을 게을리 하지 않는다.

⑤ 욱면은 절 뜰에 말뚝을 박고 자신의 손바닥을 뚫어 노끈을 관통시킨 다음 노끈의 양 끝을 말뚝에 맨 후 손을 좌우로 움직이며 정진한다.

⑥ 하늘에서 욱면에게 법당으로 들어가 염불하라 하니 많은 사람들이

그녀를 법당으로 인도하여 정진하도록 한다.

⑦ 얼마지 않아 천악이 울려 퍼지는 가운데 욱면이 몸을 솟구쳐 대들보를 뚫고 서쪽 교외로 나가 육신을 버리고 연화대에 앉아 광명을 발하며 사라진다.

⑧ 사람들이 욱면이 신발을 떨어뜨린 곳과 육신을 버린 곳에 각각 제일 보리사와 제이 보리사를 창건한다.

⑨ 귀진이 자신의 집이 신묘한 사람이 의탁한 곳이라며 희사하여 법왕사를 창건한다.

〈욱면비염불서승〉은 전체적으로 욱면의 간절한 서원과 처절한 수행이 뜻을 이루어 성불하는 담론이다. 욱면은 신분상 최하위일 뿐만 아니라 여성이라는 악조건에 있기도 했다.[8] 그래서 그녀를 도와줄 그 무엇도 없었다. 오히려 그녀의 염불수행을 주인인 귀진이 방해하고 나서기까지 하여 어려움이 가중된다. 그런 그녀에게 신성한 원조자가 나타나는 것도 아니었다. 스스로의 노력으로 원만상을 갖추었을 때 그녀를 법당으로 인도하고, 이어서 천상으로 데려갈 따름이다. 그녀가 성불을 이룬 것은 자력에 의한 것이고, 그것도 속세의 온갖 어려움을 극복하여 가능할 수 있었다.

(2) 〈부설전〉의 양상

〈부설전〉은 작자와 연대를 알 수 없는 불교전기로 시대배경은 신라 진덕여왕 때이다. 부설의 아들 등운과 월명의 이름을 따서 사찰을 건립했다는 점에서 다른 성불담과 같이 사찰연기담의 성격을 갖는다. 이

---

8) 신은경, 「《삼국유사》 소재 '郁面婢念佛西昇'에 대한 페미니즘적 조명」, 『여성문학연구』 27, 한국여성문학회, 2012, 7-31쪽.

작품에서는 근엄하면서도 적연하게 도를 닦던 부설이 구무원 딸의 간절한 청혼에 따라 세속적인 삶을 살면서 깨달음에 이른다. 즉 성속의 갈림길에서 속을 선택하고, 그 세속적인 삶을 치열하게 완수한 다음에 스스로의 간구를 통해 성불하게 된다. 그래서 자력에 의해, 그것도 가족을 동반한 속세의 공간에서 성불하여 속지향의 성불담이라 할 수 있다. 내용을 개조식으로 제시하면 다음과 같다.

① 신라 진덕여왕 즉위 초에 서라벌의 진씨가 아들 광세를 낳았는데 아주 영리했을 뿐만 아니라 불도를 즐기고 살생을 싫어했다.

② 불국사의 원정(圓淨) 선사에게 출가하여 부설이라는 법명을 받았는데 행동거지가 단정하고 명확하여 당시의 석덕들이 그를 쓸 만한 그릇이라고 칭한다.

③ 그는 지붕 위의 박처럼 한 곳에 매달려 살아가는 것을 슬퍼하며 도반 영조·영희와 함께 기숙(耆宿)을 찾고자 떠난다.

④ 세 사람은 도를 구하는 것에서 벗어나는 일이 없었으며 탐욕을 경계하고 대범하게 생활한다.

⑤ 세 사람은 남해를 거쳐 지리산에 머물다가 천관산에서 오 년을 지낸 다음 변산으로 거처를 옮겨 두문불출하며 도를 연마하여 학문이 궁극의 경지에 도달한다.

⑥ 평소 오대산으로 가기를 소망하던 차에 변산의 암자를 떠나 도중에 구무원(仇無冤)의 집에서 머물게 되었다.

⑦ 구무원은 청신거사(淸信居士)로 세 사람을 극진히 맞이하는데 일기가 고르지 않아 한동안 그 집에 머물게 된다.

⑧ 구무원에게 딸 묘화가 있는데 가난한 집에서 태어났지만 용모와 재예가 뛰어나고 온화하면서도 절조가 있다.

⑨ 그녀는 부설을 보고 가까이 모시면서 떨어지려 하지 않을 뿐만 아니

라 오대산 구법을 만류하며 자신과 결혼할 것을 간청한다.

⑩ 번뇌 끝에 부설이 구도의 길을 접고 그녀와 함께 살기로 결정하자 영조와 영희가 그를 조롱하는 시를 남기고 오대산으로 떠난다.

⑪ 부설은 참과 거짓이 다름이 아니고 속과 성이 한 몸임을 생각하여 남기로 하면서 영조와 영희에게 먼 훗날 깨달은 바를 가르쳐줄 것을 당부한다.

⑫ 부설이 속세에 있으면서도 항시 물외를 생각하여 따르는 자가 많았는데 그러한 생활이 십오 년이 지속되었고, 그러는 중에 총명 강기한 두 아들을 두었다.

⑬ 세속적인 삶을 살던 부설이 두 아이를 아내에게 맡기고, 별당을 짓고 죄업을 참회하며 수행 정진하여 밝은 별과 같은 깨달음을 얻었지만 남에게 발설하지 않는다.

⑭ 영조·영희가 명산을 편력하다가 마침내 부설을 만나게 되고, 이 자리에서 부설은 그들을 극진히 예우하면서 병의 물로 자신의 도력이 더 뛰어남을 증명하자 신선의 음악이 울려 퍼지는 가운데 허물을 벗고 열반에 든다.

⑮ 성사(聖師)의 아들 등운과 월명이 머리를 깎고 아버지와 같이 속세에서 덕을 사랑하며 깨달음을 얻자 그 득익자가 무수하다.

⑯ 두 아들이 열반에 들자 석덕들이 두 아들의 이름을 따서 등운암과 월명암을 창건한다.

〈부설전〉은 미흡한 면이 없지 않지만 불교소설적인 특성을 갖추고 있다. 한편으로는 사찰연기담이라는 점에서 당해 사찰의 증거물로 작용하는 전설적인 면도 없지 않다. 그래서 전설과 소설의 경계점에 있는 작품이 이 〈부설전〉이라 할 수 있다.[9] 이 작품은 소설성을 드러내기

---

9) 유정일, 「〈浮雪傳〉의 傳奇的 性格과 소설사적 의미」, 『동양고전연구』 26, 동양고전학

때문에 자연스럽게 세속적인 삶을 중시할 수밖에 없었다. 부설의 삶이 세속에서 이루어지고, 삶의 내용 또한 두 아들을 두는 등 속인의 그것과 다르지 않다. 치열한 세속적인 삶을 완수한 후에 자력으로 깨달음을 얻어 극락왕생하기 때문에 속지향의 담론이라 할 만하다. 실제로 부설의 행동 전반을 보았을 때 초창기의 성스러운 삶에서 차츰 세속으로 자리를 옮겨 자신이 소망하던 대승적인 깨달음을 완수한다. 정처 없이 떠돌던 구법승의 어려운 처지와 그들의 깨달음을 이렇게 형상화한 것으로 볼 수 있다.

3. 성불담의 작화 전략

성불담은 종교서사로서 기본적으로 깨달음의 경지를 신비롭게 형상화하고자 한다. 불교는 평등종교라서 정진 수행하면 누구나 부처가 될 수 있다고 하여 상하층을 막론하고 성불을 위해 노력하였다. 그 결과 성불담의 작화전략도 상하층을 모두 포섭하기 위하여 다변화될 수밖에 없었다. 상층의 귀족에게는 성지향형 성불담이, 자영적인 중산계층에게는 성속양립형 성불담이, 경제나 신분적으로 예속되거나 떠돌이 처지에게는 속지향형 성불담이 선호될 수밖에 없었다. 이것은 신분에 따라 포교의 목적을 극대화하려는 전략일 수도 있다. 각기 처지에 맞는 담론으로 포교에 임해야만 소기의 목적을 이룰 수 있었기 때문이다. 그래서 성불담도 신분적으로, 경제적으로 층위가 나타난 것이 아닌가 한다. 그러한 사정을 각 유형별로 상론하면 다음과 같다.

회, 2007, 125-150쪽.

1) 성지향형 성불담의 전략

성지향형 성불담은 형상화 및 포교의 대상이 상층부라 할 수 있다. 명시적으로 상층부인 경우도 있고 암시적으로 상층부를 예견할 수 있는 경우도 있다. 그래서인지 이들의 서사전략은 불교신화적인 신성성이 아주 강하다. 초월적인 세계를 공간으로 제시하고, 그곳에서 성불자가 큰 노력을 기울이지 않으면서 목적을 달성한다. 신격의 조력자가 모든 것을 지원하기 때문에 가능한 일이다. 이는 기득권을 옹호한 성불이라 할 수 있다. 그래서 귀족 영합적 성불담의 특성을 보이는 것으로 이해할 수 있다. 이제 공간과 인물의 행위를 검토하고, 그것을 통해 형상화된 작화의식을 짚어보도록 한다.

첫째, 이 유형의 공간은 신성한 장소가 핵심이다. 신성지향 성불담에서 주된 서사적 요소는 바로 공간배경이다. 특정한 신성공간을 제시하고, 그곳에서 보수적이거나 귀족적인 인물이 등장하여 성불을 완수하기 때문이다. 먼저 〈대산오만진신〉을 보면 그 공간이 오대산으로 설정되어 있다. 그런데 이 오대산의 각 봉우리는 신성한 불역(佛域)이라서 수시로 불교의 각종 보살이 군집을 이루어 나타난다. 동대인 만월산에는 일 만의 관음진신이, 남대인 기린산에는 일 만의 지장보살이, 서대인 장령산에는 일 만의 대세지보살이, 북대인 상왕산에는 석가모니와 오백의 대아라한이, 중대인 풍로산에는 일 만의 문수보살이 나타난다. 그래서 오대산은 불교의 각종 신격이 상주하는 곳이라 할 수 있다. 그만큼 오대산이 불교적인 성역으로 설정되어 있음을 알 수 있다.[10] 이러한

---

10) 염중섭, 「《三國遺事》五臺山 관련기록의 내용분석과 의미 I」, 『사학연구』 101, 한국사학회, 81-125쪽.

신성공간을 설정하고, 불교의 온갖 신격이 상주하도록 하여 귀족 신분의 인물이 수행하기에 적절하다. 〈포산이공〉이 상주했던 포산 또한 신성한 공간이다. 이곳은 산신인 정성천왕이 이미 가섭불 시대부터 부처의 부탁을 받고 상주하면서 세상에 이익을 줄 출세자를 배출하고자 노력해 왔다. 그렇게 배출한 인물이 바로 관기와 도성이다. 실제로 이 산의 나무는 관기와 도성이 상호 조응하면서 성불할 수 있도록 돕는다. 관기가 도성을 찾으면 나무가 모두 관기를 향하여 기울어져 도성이 그것을 보고 관기를 찾아갔으며, 도성이 관기를 찾을 때도 같은 현상이 일어난다.[11] 이는 이 산이 신성공간으로 두 인물이 성불할 적지임을 드러낸 것이라 하겠다. 성불을 위해 그만큼 안전성과 신성성을 구비하여 성불자의 인고가 줄어들게 된다. 그래서 이 공간 또한 귀족의 성불에 유용한 곳이라 할 수 있다.

둘째, 이 유형은 인물이 귀족이거나 상층부이다. 〈대산오만진신〉의 보천이야 당연히 성골귀족이고, 〈포산이성〉의 두 성사도 상층의 귀족일 것으로 짐작된다. 그래서인지 이들의 행위가 남다른 데가 있다. 이들은 생업을 걱정하지 않으며, 자발적인 노력보다 타력에 의해 수행을 이어간다. 먼저 〈대산오만진신〉의 보천은 왕위를 계승해야 할 적장자이다. 하지만 동생 효명에게 양위하고 자신은 오대산에 남아 성불을 소망한다. 문제는 그곳에 불교의 각종 신격이 자리하여 그들에게 예경하며 자신 또한 신성한 존재로 변해간다는 점이다. 더욱이 생업을 걱

---

11) 산신이 불제자를 돕는 것은 무불습합의 사례로 이해할 수 있다. 불교가 점차 우위에 서자 산신이 조력자로 등장한 사정을 짐작할 수 있다.(김진영, 「불교전래 과정의 서사문학적 수용과 그 의미 -《삼국유사》 설화를 중심으로」, 『한국언어문학』 79, 한국언어문학회, 2011, 113-136쪽 참조)

정하지 않고 영동(靈洞)의 물을 마셔 육신이 공중을 날아다니기도 하고, 문수보살이 그의 성불을 기별하기도 한다. 자력보다는 신격이나 신성소의 작동으로 성불에 이를 수 있었던 것이다. 그만큼 성불을 위한 인물의 행위가 귀족 취향적이며 피동적·수동적임을 알 수 있다. 모든 조건이 갖추어져 그곳에 상주하면서 그 조건에 호응하기만 하면 자신이 목표한 바를 성취할 수 있었던 것이다. 〈포산이공〉의 두 성사도 자발적인 노력이 턱없이 부족하다. 그들은 참선하며 성불을 희망할 따름이다. 그런데 그들의 이름에서 이미 성불을 예견할 수 있다. 관기(觀機)가 불교의 근기를 본다는 뜻이고, 도성(道成)은 말 그대로 도를 이룬다는 의미이다. 그래서 이미 정해진 운명대로 궤적을 밟아나가는 귀족담론이 되고 말았다. 그러기에 그들에 자연물 혹은 산신이 호응하여 조력자로 적극 나선 것이다. 신격의 도움이 성불을 이끌어 다분히 상층부를 전제한 작화라 할 만하다.

셋째, 이 유형은 작화가 상층부의 성불을 의도하고 있다. 앞에서도 말한 바와 같이 불교서사는 수시로 포교의 법화로 활용된다. 포교 텍스트로 쓰일 때에는 대상의 수준과 신분에 맞게 작화해야 마땅하다. 상층부에게 포교할 때에는 그들의 취향에 맞아야 하고 그 반대의 경우도 사정은 마찬가지이다. 그런데 신성지향의 성불담은 아무래도 상층부의 신불자를 대상으로 작화할 수밖에 없었다. 그래서 배경공간이 신성한 성지로 설정되었거니와 인물의 행위 또한 주어진 환경에 순응하면서 성불을 이룬다. 이는 신화적인 신성성이 강화되어 나타난 특성이기도 하다. 〈대산오만진신〉의 경우 배경이 오만 진신이 상주하는 오대산의 불교성지이거니와 인물도 왕위를 계승해야 할 왕자이다. 불연지라는 특성화된 공간에, 역시 신불의지가 강한 고귀한 혈통의 세자가 초월적

인 성불의지를 보인다. 그래서 이 작품은 전반적으로 상층부의 불교신
앙을 대변하거나 수렴한 작화라 할 만하다. 〈포산이성〉의 경우도 사정
이 다르지 않다. 이미 포슬산인 포산은 감싸 안는다는 뜻으로, 성불의지
가 남다른 인물을 포용하여 세상의 득익자로 만드는 곳이기 때문이다.
그래서 이 산도 불교적인 영험지이면서 성역이라 할 수 있다. 그렇기
때문에 두 성사가 이곳에 머물 때 산신의 도움으로 모든 초목이 그들에
게 감응한 것이다. 역시 상층의 귀족에게 부응할 담론이라 하겠다.

2) 승속양립형 성불담의 전략

이 유형의 성불담은 이른바 중산층의, 그리고 비교적 자유로운 양인
의 성불의지를 작품으로 형상화한 것이라 하겠다. 불교입국의 사회가
되고 많은 민중이 불교에 귀의하는 상황에서 현실적인 문제와 종교적
인 문제를 어떻게 조화롭게 극복해야 하는지를 보이는 작화라 할 수
있다. 종교를 멀리하고 생업에 전념할 수도 없었고, 그렇다고 가족을
버리고 출가하여 깨달음만 추구할 수도 없는 인물군상을 이 이야기가
포착한 것이라 하겠다. 그래서 이 유형은 자영농으로서 비교적 안정적
인 위치에 있었던 대중을 전제한 작화라 할 수 있다.

첫째, 이 유형은 성속양립적인 공간이 배치되었다. 하나는 생업의
공간이고 다른 하나는 깨달음의 공간이다. 그래서 속과 성을 동시에
구유한 특성을 보인다. 〈광덕엄장〉의 경우 광덕은 분황사 서쪽마을에
거처를 정하였고, 엄장은 남악에 암자를 짓고 생활했다. 하나는 사하
촌에 하나는 암자에 거처하면서 깨달음을 갈구한 것이다. 그래서 해당
공간은 성과 속의 접점이라 하겠다. 이곳에서 세속적인 삶을 영위하는

한편으로 종교적인 성취를 소망하기 때문이다. 신성과 세속의 두 가지 성격을 공유한 셈이다. 〈백월산양성성도기〉의 경우 배경이 더 입체적으로 활용된다. 부득과 박박은 각기 자신의 생업으로 가족을 부양하는 위치에 있다. 그래서 처음은 세속공간을 비중 있게 제시하고 깨달음을 유도한다. 그러다가 세속에서부터 세 차례에 걸쳐 점진적으로 신성한 공간으로 이동한다. 그런 다음 목적했던 바의 깨달음을 완수한다. 이는 세속의 과업을 완수하고 성불을 이루거나 정신적으로 깨달음을 향해가는 과정을 그렇게 다룬 것이기도 하겠다. 어쨌든 공간에서 성속을 의미 있게 다룬 것만은 분명하다.

둘째, 이 유형의 인물은 생업을 위해 스스로 노력해야 한다. 더욱이 자신에게 딸린 가족을 위해서 노력해야 하는 처지이다. 생활인과 신앙인 양자를 모두 완결해야 하는 상황이라 하겠다. 이것이 당시의 신앙생활에서 가장 보편적인 형태라 할 수 있다. 〈광덕엄장〉의 경우 광덕은 사하촌에 거주하면서 수공업으로 생계를 꾸렸다. 즉 신 삼는 일로 생업을 유지하면서 신불의지를 보였다. 이에 반해 엄장은 농사짓는 것으로 업을 삼았다. 두 사람 모두 생업에 충실히 임하면서 깨달음에 대한 의지를 드러낸 인물이다. 그래서인지 이들의 성불에서는 자구적인 노력에 한계가 있다. 신앙생활에 전념할 수 없는 처지이기에 그들의 자력만으로 성불에 이를 수 없었기 때문이다. 그래서 그들을 지근거리에서 원조하거나 전격적으로 도움을 주는 초월적인 인물을 배치하였다. 관음으로 응신한 여인이 이에 해당된다. 〈백월산양성성도기〉의 경우도 세속적 생업에 얽매이며 깨달음을 갈구하다가 마침내 불연지로 옮겨 깨달음을 얻는다. 그래서 성속을 병행하며 성불했음을 알 수 있다. 특히 세속적인 공간에서 생업을 위하여 오랫동안 생활하다가 전격적으로 절속(絶俗) 공간으로 옮겨 생활할 때 관음응신이 조력자로 등장한다. 이는 속의 담론에 성의 이야기를 첨입한 것이라 할 수 있다. 자력적인 노력이 고조되고 그러한 정도가 숙성되었을 때 타력적인 도움이 영향을 끼친 것이다. 성불에 따른 시간이나 공간의 제약을 그러한 방법으로 극복한 것이라 하겠다.

셋째, 이 유형은 세속에서 신성한 깨달음을 지향하고 있다. 〈광덕 엄장〉의 경우 각기 자신의 거처를 확보하고 성불의지를 불태운다. 그 중 광덕은 부인을 거느리고 생활한다. 부인을 거느린 세속적인 환경에서도 광덕은 매양 신불의지를 불태우며 금욕의 나날을 보낸다. 그 공덕이 정점에 이르렀을 때 육신을 버리고 극락왕생한다. 이제 광덕부인과 엄장이 함께 거처하는데, 엄장이 통정을 요구하기로 그 부인이 문제점을 지적하고 정진할 것을 요구한다. 이에 엄장이 정관법을 터득하고 정진하여 역시 성불에 이른다. 성속이 비중 있게 성불에 기여함을 알 수 있다. 특히 부인의 원조는 관음의 신격이기 때문에 세속담이 신성담으로 작화될 수 있도록 하였다. 그래서 이 작품은 현실을 긍정적으로 인정하면서 신불의지를 보이는 양민 계층을 대변하는 작화라 할 만하다. 〈백월산양성성도기〉의 경우 부득과 박박은 각기 처자를 거느리고 세속의 공간에서 머물며 신불의지를 다진다. 그러다가 점진적으로 불연지로 옮겨가며 그 의지를 더욱 강화한다. 마침내 금 손의 현몽으로 세속적인 과업을 완수하고 불연지로 들어가 정진한 끝에 차례로 성불을 이루게 된다. 물론 이 때에도 여인이 등장하여 그 둘의 수행 정도를 판단하고, 그 결과를 바탕으로 성불에 이르게 한다. 부득의 경우 미륵불이, 박박의 경우 미타불이 되어 서방으로 사라진다. 이는 모두 현실의 생업에 충실히 종사하다가 마침내 종교적인 수행에 전념하여 목적한

바를 달성한 것이라 하겠다. 신성과 세속 모두를 중시하면서 성불하는
데 이것은 당시의 보편적인 신앙담론이라 할 수 있다. 현실적인 생업과
종교적인 관념이 적절히 조응하는 것이 가장 이상적인 신앙생활일 수
있기 때문이다. 그래서 일반대중을 위한 포교를 목적으로 하거나 그들
의 신앙생활을 수렴한 것이 이 유형의 성불담이라 하겠다.

3) 속지향형 성불담의 전략

　속지향형의 성불담은 가장 속화된 담론이라 할 수 있다. 그래서 작화
의 공간이 성소(聖所)를 벗어날 뿐만 아니라 등장인물 또한 하층민이거
나 어느 곳에 귀속되지 않는 유랑인이다. 그만큼 작화가 하층민 지향성
을 보인다. 그런 요인으로 작화의 기법이 가장 격렬하고 치밀하게 구성
되어 있다.[12] 그도 그럴 것이 하층민의 성불을 다루는 것이기에 신화소
를 활용하는 것도 이상하고, 신격이 전격적으로 가세하는 것도 부자연
스럽다. 이 유형의 신불자는 오로지 자신의 노력과 성불의지로 깨달음
을 완결한다. 그래서 이 유형은 처절하게 투쟁하여 깨달음을 성취하는
작화가 되었다.[13] 종교에서도 신분이나 사회적 지위에 따라 행업이 달
리 나타날 수 있음을 이 유형을 통해 확인할 수 있다.

　첫째, 이 유형은 세속적인 공간을 중시하였다. 속세의 공간에서 깨
달음을 얻을 수 있다는 역발상의 이야기라서 세속의 공간을 더 의미
있게 다루었다. 하층민의 삶 속에서 깨달음을 그린 작화라서 세속의

---

12) 이 유형은 세속적인 고통이나 자기희생을 감내해야만 성불에 이를 수 있기 때문에
　　현실의 고난담적 특성을 보이기도 한다.
13) 이러한 점을 감안하면 〈홍길동전〉·〈전우치전〉과 같은 서민적 영웅소설의 주인공과
　　흡사하다 하겠다.

공간은 필연적이라 하겠다. 〈욱면비염불서승〉의 경우 욱면은 아간 귀진의 계집종이다. 그가 거처하는 곳은 귀진의 집이며, 그가 행하는 것도 종으로서 감내해야 할 노역이다. 다만 그가 주인을 따라 갔던 사찰이 신성공간일 수 있지만 이것도 그녀의 신불의지를 고취하는 수단이지 그 공간이 그녀를 성불로 이끄는 핵심은 아니다. 이 작품에서는 전체적으로 세속의 공간이 더 의미 있게 다루어졌다. 〈부설전〉에는 다양한 신성공간을 편력하며 깨달음을 얻고자 했지만 궁극의 공간으로 설정한 곳은 묘화의 집, 곧 민가이다. 이 민가를 바탕으로 세속적인 삶을 영위하기 때문이다. 그러면서 큰 업보일 수 있는 자식을 둘이나 낳고 단란한 가정을 꾸리게 된다. 하지만 이 세속의 공간에서도 일념으로 깨달음에 정진하여 성불에 이른다. 속세에서라도 열심히 궁구하면 성불에 이를 수 있음을 역설한 담론이라 하겠다.

둘째, 이 유형의 인물은 하층의 신분으로 자립생활이 불가했다. 이 유형의 인물은 모든 문제를 스스로 해결하되 다른 사람에게 의지해야 했다. 경제적으로 타인에게 의지하고 신앙생활을 모색한 것이다. 하층의 신분에서 신앙생활이 얼마나 어려운지를 보이는 담론 유형이라 하겠다. 〈욱면비염불서승〉의 욱면은 가장 천한 노비에 지나지 않는다. 하지만 평등종교를 지향했던 불교는 그러한 계층에게도 문호를 열어 두었다. 남녀노유귀천을 가리지 않고 모두 부처가 될 수 있다는 이념 때문이다. 최하층의 신분에서 포기하지 않고 신불의지를 불태울 수 있었던 이유도 여기에 있다. 하지만 현실에서는 그것이 쉽게 실행될 수 없었다. 욱면의 경우도 염불하며 깨달음을 갈구하지만 주인의 방해로 어려움에 봉착한다. 그러한 어려움을 극복하기 위해 심지어 지신의 육신을 자해하면서까지 정진한다. 그러한 처절한 인고의 정진을 통해 마침내 부처의 반열에 오를 수 있었다. 〈부설전〉의 경우도 사정이 다르지 않다. 부설은 묘화의 간절한 요청에 호응하여 그녀와 결혼하고 아이를 둘씩이나 낳을 정도로 세속적인 삶을 추구하였다. 원래 부설은 오대산을 찾아 불법을 구하고자 하였다. 성스러운 곳에서 수행하여 깨달음을 얻고자 한 것이다. 하지만 성속이 다르지 않고, 거처하는 곳과 무관하게 깨달음을 얻을 수 있다는 신념으로 묘화와 결혼까지 단행한다. 타인의 간절함을 수용하는 대승적 인성이야말로 깨달음의 밑천이라고 생각한 것이다. 그렇게 해서 묘화의 집에서 희생적인 노력을 기울여 성불에 이른다. 철저하게 자력에 의해 깨달음을 얻은 것이다. 이는 거처 없이 떠돌아야 했던 유리승(遊離僧)이 민가에서 개척적인 정신으로 수행에 임했던 사정을 부설의 행위를 통해 보인 것이라 할 수 있다.

셋째, 이 유형은 지향의식을 신불대중의 구제에 두었다. 이 유형에 등장하는 주인공은 신분이 높지 않다. 하층민에게 유용한 포교담이거나 그러한 계층의 신앙 행위를 적절히 포착하여 형상화한 결과라 하겠다. 그래서 이 유형의 작화에는 하층민을 교화하기 위한 전략이 숨어있다. 〈욱면비염불서승〉의 경우 사물처럼 한 집안에 예속되어 있는 인물이 욱면이다. 이동과 의사결정의 권한마저 박탈된 신분이라는 점에서 가장 어려운 여건에 놓인 신불자라 할 수 있다. 그런 사람들에게도 종교적인 희망을 심어줄 필요가 있었고, 그래서 이러한 담론이 생성된 것으로 볼 수 있다. 즉 작화 전략이 하층민의 사정을 헤아린 것이라 하겠다. 〈부설전〉에서도 부설은 정처 없이 떠돌던 승려이다. 한곳에 안착하지 못하는 성격의 이면에 현실적으로 어려운 처지에 놓인 유랑승을 짐작할 수 있다. 그래서 이러한 인물이 민간에서 전격적으로 의탁하고, 그곳에서 자신의 능력을 발양하여 깨달음을 얻은 것이라 하겠다.

실제로 부설은 묘화의 집에 머물며 온갖 희생을 감내하다가 마침내 깨달음을 얻는다. 어려운 여건에 놓인 구도자가 극적으로 성불하는 과정을 그린 것으로 볼 수 있다. 그래서 〈부설전〉은 하층민 지향, 민중지향 담론이 될 수 있었다.

4. 작화전략을 통해 본 문학사적 의의

어느 시대와 지역을 막론하고 이야기문학의 전통은 단절이 아니라 계승이다. 기존의 장르가 사멸했다 해도 해당 장르의 각 작품들은 전체적이든 파편적이든 간에 후대 이야기문학의 작화에 영향을 끼친다. 종교적인 성취를 다양한 방법으로 형상화한 성불담이 후대의 이야기문학에 그 잔영을 남기는 것도 그래서 자연스러운 일이다. 특히 성불담이 성속을 포괄적으로 다루었기 때문에 성과 속을 사정에 따라 자유롭게 활용한 고전소설의 작화에 좋은 본보기가 될 수 있었다. 그런 점에서 성불담의 문학사적 의의를 다양한 측면에서 짚어볼 수 있다.

첫째, 성지향형 성불담의 문학사적 의의이다. 앞에서 살핀 바와 같이 성지향적 성불담은 성불의 주체가 자발적인 일이 거의 없다. 성불에 대한 스스로의 노력보다는 주변의 환경과 신격이 그를 성불의 세계로 이끌기 때문이다. 타인의 조력에 의해 성불에 이르는 것이 핵심이다. 특히 성불을 목적으로 거처하는 곳이 성소로 기능하여 성불이 필연적일 수밖에 없다. 실제로 〈대산오만진신〉에서 오대산은 오만 진신이 상주하는 신성공간이고, 〈포산이공〉에서 두 성사가 거처한 포산 또한 불연지로서 성스러운 장소이다. 성지향형 성불담의 공간배경을 특수한 성지로 설정하여 성불인을 남다르게 형상화한 것이라 하겠다. 물론 그곳에서는 신격이 성불주인공을 전격으로 원조하여 뜻한 바를 무사히 성취하도록 돕는다. 그래서 이 유형의 주인공은 자력보다는 타력에 의해 성불이 가능함을 알 수 있다. 높은 신분이기에 수동적·피동적으로 성불에 이르는 것이다. 정해진 운명에 따라 신격의 조력자들이 음조하여 성불을 완수하기 때문이다. 요컨대 이 유형은 성스러운 공간에서 특출한 신격의 조력으로 성불이 완결된다.

문제는 위와 같은 작화가 성지향적인 신성서사에서 보편적이라는 점이다. 특히 고전소설의 주인공이 성공을 지향할 때 이러한 공간이 필수적으로 수반된다. 고전소설의 귀족적 영웅소설의 주인공은 천상에서 강림한 인물로 고귀한 혈통을 타고 난다. 그의 운명은 이미 천상에서 결정된 것이기에 그는 주어진 운명의 궤적을 밟아나가면 그만이다. 그러는 중에 주목되는 곳이 바로 신성공간과 그곳에 상주하는 인물이다. 잘 아는 것처럼 귀족적 영웅의 경우 특정한 공간, 즉 심산구곡에서 도사나 신승에게 천문지리나 술법을 익힌 후 국란을 평정한다. 마침내 이를 인정받아 재상의 반열에 올라 세속적인 성공담·성취담을 완결한다. 타고난 귀족의 혈통에다 성스러운 공간에서 신격의 조력이 있어 가능한 일이었다.[14] 이를 감안하면 신성지향 성불담의 작화와 귀족지향 영웅담의 작화가 아주 흡사함을 알 수 있다. 다만 차이가 있다면 성불담이 신앙적인 목적에서 작화되어 신성성이 강한 반면, 영웅담은 세속적인 측면에서 작화되어 흥미성이 강할 따름이다. 하지만 목표를 달성하는 방법에서 동등한 작화 양상을 보이는 것이 사실이다. 따라서 이야기문

---

14) 전성운, 「〈조웅전〉 형성의 기저와 영웅의 형상」, 『어문연구』 74, 어문연구학회, 2012, 333-362쪽.

학이 전통의 계승과 변용임을 상기하면 성불담의 신화적 신성성이 고전소설의 영웅담에 영향을 끼치는 것은 자연스러운 일이라 하겠다.

둘째, 성속양립형 성불담의 문학사적 의의이다. 앞에서 본 바와 같이 성속양립형 성불담은 가족을 동반한 수행이라는 점에서 세속적 욕망과 성불을 향한 이상이 교직(交織)되어 있다. 현실 문제를 도외시하고 오로지 깨달음을 소망할 수 없는 사정이 그러한 성불담을 낳은 것으로 보인다. 이 양립형 성불담은 어느 하나도 도외시하지 않다가 마침내 대승적인 포용을 통해 성불에 이르도록 하였다. 자력과 타력이 적절히 조응하면서 성불담을 형상화하였음을 알 수 있다. 실제로 이 유형에서는 주인공이 성불의지를 보이는 한편으로 신격의 조력이 뜻한 바를 이루도록 돕는다. 이들이 거처하는 곳은 신성한 공간인 한편으로 세속공간과 완전하게 절연된 것도 아니다. 세속과 신성의 접점에서 깨달음을 향해 정진할 따름이다. 그래서 그들을 돕는 신격도 관음보살로 통일하여 응신하도록 할 따름이다. 물론 이 관음이 응신하여 돕는 것은 타력적인 성불이라 할 수 있지만 이 유형에서는 그것만으로 충족되지는 않는다. 적어도 성불을 이루는 주체가 세속적인 욕망을 떨치고 성불을 향해 강한 집념을 보여야 하기 때문이다. 이러한 이유로 이 유형은 세속성과 신성성이 교차하는 작화라 할 수 있다.

성속양립 성불담의 작화는 후대의 이야기문학에서도 보편적이다. 고전소설 다수의 작품은 성과 속을 교차하면서 작품을 형상화한다. 주인공의 성공담을 극적으로 그리기 위해 필연적으로 성소와 신격이 필요했기 때문이다. 〈구운몽〉·〈심청전〉이나 〈별주부전〉처럼 불교서사의 전통을 계승한 작품은 물론이거니와[15) 몽유소설이나 가정소설 등에서도 신성공간의 인물과 세속공간의 인물이 상보하면서 이야기를 전개한다. 이는 현실과 가상을 교차 혹은 병행하면서 작화한 성속양립형 성불담의 그것과 큰 차이를 보이지 않는다. 성속공간과 성속인물을 활용하면서 성불담을 형상화한 것처럼, 고전소설에서도 성속의 배경과 인물로 성공담을 형상화한 것이다. 문학사회의 작용과 그것의 긍정적 계승이 이러한 결과를 낳은 것으로 볼 수 있다.

셋째, 속지향형 성불담의 문학사적 의의이다. 이 유형은 자력에 의해 성불을 이루는 담론이다. 〈욱면비염불서승〉의 욱면이나 〈부설전〉의 부설은 모두 세속에 철저히 얽매여 있으면서도 희생적인 노력을 통해 성불에 이른다. 이들이 거처하는 공간은 더 이상 신비로운 장소가 아니다. 성지향형에서는 세속과 격리된 신앙공간이, 승속양립형에서는 세속과 신성의 접점이 제시되다가 이 속지향형에 오면 철저하게 세속의 생활공간이 배경으로 활용된다. 오로지 자신의 희생과 노력으로 뜻한 바의 성불을 이루는 것이다. 투쟁적인 노력이 수반되어야 비로소 깨달음의 경지에 오를 수 있음을 그렇게 보인 것이다. 이 유형이 다른 유형보다 민중영합성이 강한 이유이기도 하다. 전체적으로 세속공간에서 자력에 의해, 그것도 희생적·투쟁적으로 노력해야 성불할 수 있음을 보이고 있다.

지식층의 소산이었던 고전소설은 대중과 영합하면서 대중문학 장르로 넘어온다. 그런데 앞에서 살핀 속지향형 성불담은 주인공이 세속에서 성불하기 때문에 민중취향의 서사라 할 수 있다. 비록 이 유형이 불교라는 종교담으로 형상화되었을지라도 작화의 방식에서만큼은 고전소설의 그것과 큰 차이를 보이지 않는다. 고전소설 중에서도 개척적

15) 김진영, 「〈심청전〉의 구조적 특성과 그 의미: 본생담과의 비교를 중심으로」, 『어문학』 73, 한국어문학회, 2001, 317-341쪽.

인 삶을 집중적으로 형상화하면서 나름의 성공을 보장받는 이른바 서
민적 영웅담과 유사하다. 이들 또한 자신의 능력을 믿고 희생과 투쟁
을 통해 세속적인 성공을 성취한다.[16] 그래서 종교적인 외피를 벗은
성불담은 세속적인 성공담의 그것과 다를 것이 없다. 이를 감안하면
속지향형 성불담의 형상화 기법이 고전소설의 작화에 영향을 끼쳤을
것으로 짐작된다.

5. 맺음말

지금까지 불교의 성불담을 작화의 측면에서 살펴보았다. 먼저 성불
담의 유형을 설정하고 문학적 실태를 개괄한 다음, 성불담의 작화방식
을 배경·인물·지향의식을 중심으로 고찰하였다. 이러한 논의를 바탕
으로 성불담의 문학사적 의의를 고전소설의 작화와 견주며 짚어보았
다. 이상의 논의를 결론 삼아 요약하면 다음과 같다.

첫째, 성불담의 유형을 크게 셋으로 나눌 수 있다. 성불담은 근본적
으로 종교적인 신성담에 속한다. 신앙적인 깨달음을 효과적으로 보여
야 했기 때문에 당연한 일이라 하겠다. 하지만 불교가 평등종교를 표
방하여 신분의 상하를 막론하고 성불담이 생겨날 수 있었다. 이는 각
계층에 어울리는 포교담이나 신앙행위를 수렴하면서 나타난 결과이기
도 하다. 목표의식이 상이한 관계로 지극히 성스러운 성불담이 필요했
는가 하면, 현실의 고난극복을 다룬 세속적인 성불담도 소용되었다.

---

16) 김현우, 「국가 영웅의 '영웅성' 고찰 – 〈임경업전〉을 중심으로」, 『한국어문연구』 16,
한국어문연구학회, 2005, 71-87쪽.

이를 전제하면 성불담을 성지향형, 성속양립형, 속지향형으로 유형화할 수 있다.

둘째, 성불담의 작화전략을 검토해 보았다. 성불담은 작화유형에 따라 명료한 특징을 보이고 있다. 성지향형 성불담은 종교적인 성역의 공간에 신격의 불보살이 상주하도록 했다. 그런 다음 주인공이 그곳에 등장하여 자연환경이나 신격의 조력으로 성불을 이루게 한다. 이때 성불자는 자연스럽게 귀족신분이라서 고행을 수반하지 않고 깨달음을 얻는다. 신화의 주인공이 좌절하지 않고 모든 것을 성취하는 것과 상통한다. 자연스럽게 작화의 지향의식도 상층부를 옹호하면서 그들의 깨달음을 유도한다. 이는 상층의 신불자들에게 포교할 필요성 때문이거나 그들의 신앙생활을 수렴하면서 나타난 결과라 하겠다. 성속양립형은 세속과 신성의 접점을 공간배경으로 설정하고 깨달음을 유도한다. 이때의 주인공은 결혼하여 자식을 두거나 생업을 위해 노력하는 처지라서 세속공간을 아주 떠날 수 없었다. 그러면서 성불을 지향하여 생업과 신앙을 겸비해야만 했다. 성불자의 신분이 자영적(自營的)인 양인인 것도 그 때문이라 하겠다. 이들의 이야기는 전설적인 인물형상화와 유사하다. 지향의식 또한 다수 양인의 신앙생활의 사정을 대변하거나 그들의 신앙심을 고취하고자 하였다. 속지향형은 더 이상 신성공간을 전제하지 않고 생활공간이 배경으로 제시되었다. 이곳에서 다른 사람에게 예속되거나 정처 없이 떠도는 사람들의 성불을 다루었다. 신분이 낮은 관계로 첫째나 둘째 유형에서와 같이 신성성이나 사실성이 필요하지 않아 판타지적인 민담적 요소가 주요하게 작동하였다. 지향의식도 신분이 낮은 계층에서 보이는 성불의지를 민담에서와 같이 초월적인 방법으로 담아내었다.

셋째, 성불담의 문학사적 의의를 살펴보았다. 어느 문학 장르든 창안·지속되기 위해서는 기존의 다양한 문학 장르를 수렴·발전시켜야 한다. 그래서 한 장르의 기원을 말할 때는 기존의 다양한 장르의 특성이 총결된 것으로 보아야 하겠다. 이를 전제하면 성불담의 작화원리가 후행의 서사문학에 영향을 끼치는 것은 아주 자연스러울 수 있다. 특히 기존의 다양한 화소(話素)를 수렴하여 구조를 고도화한 고전소설에 영향을 미치는 것은 일반적인 현상이라 하겠다. 종교적인 성불담이 세속적인 성공담과 적절히 조응되는 이유를 여기서 찾을 수 있다. 실제로 성불담이 종교적인 외피를 벗으면 세속적인 성공담으로 얼마든지 변용될 수 있다. 그러한 사정을 세 유형의 성불담에서 확인할 수 있다. 성지향형 성불담은 고전소설의 귀족적 영웅담의 형상화와 긴밀하게 연결된다. 배경과 조력자, 그리고 지향의식이 상통하기 때문이다. 승속양립형 성불담은 고전소설의 작화 중에서 세속과 신성을 겸비한 서사기법과 관련이 깊다. 고전소설 중 다수는 성과 속을 교직하면서 작품을 형상화하는데 이러한 전통이 성속양립형 성불담에 확립되어 있었다. 속지향형 성불담은 서민적 영웅을 형상화한 고전소설의 그것과 흡사하다. 서민적 영웅소설의 특징 중의 하나가 민담모티프를 적극 활용한 것인데 이는 속지향형 성불담에서 하층민의 깨달음을 유발하기 위해 필요했던 것이기도 하다. 이렇게 보면 성불담의 다수가 고전소설의 형상화에 영향을 준 것으로 볼 수 있다. 성불담이 문학사적으로 남다른 의미가 있는 것도 바로 이 때문이라 하겠다.

죽음의 윤회성과 이계담론

1. 머리말

이 글은 불교의 윤회관을 바탕으로 하는 죽음이 서사문학적으로 어떠한 역량을 발휘하는지 살피는 것이다. 고전서사는 사람의 일대기를 다루는 것이 주종을 이룬다. 일대기를 다루다 보니 삶과 연접된 죽음을 다루지 않을 수 없었다. 그런데 이 고전서사에서 삶과 죽음의 경계를 어떻게 설정하고 작화했는가를 살피면 서사문학사의 통시적인 궤적을 읽어내는 데 도움이 될 수 있다.[1] 죽음의 문제를 현실과 얼마나 연접하느냐, 즉 죽음을 현실로 끌어오는 정도가 어떠냐에 따라 서사의 하위 장르가 분별될 수 있기 때문이다.

죽음을 다루는 고전서사는 다음처럼 셋으로 나눌 수 있다. 즉 죽음의 문제를 경외시하면서 저승의 인물이 이승에 관여하지 못하는 경우, 저승과 이승의 경계인 명계(冥界)를 설정하고 저승의 인물이 이승에 일시적으로 머무는 경우, 저승과 이승을 구분하되 저승의 인물이 이승의

---

[1] 서경호, 『중국소설사』, 서울대학교출판사, 2004, 제4장 '소설적 경험의 축적'과 제5장 '당송시기의 소설적 흐름'에서 저승과 죽음이 지괴를 거쳐 전기로 넘어가는 과정을 비교적 상세하게 다루어 시사하는 바가 크다.

삶을 영속하는 경우로 나눌 수 있다. 첫 번째 것을 삶과 죽음의 경계를 넘은 서사 유형으로, 두 번째 것을 삶과 죽음의 경계에 머문 서사 유형으로, 세 번째 것을 삶과 죽음의 경계를 허문 서사 유형으로 설정할 수 있다. 경계를 넘은 서사는 이른바 전설의 성격이 강한 것으로 저승의 인물이 이승에 관여할 수 없다. 반면에 저승과 이승의 경계에 머문 서사는 전기(傳奇) 서사로 죽은 인물이 이승에 대한 욕망 때문에 저승으로 가지 못하고 일시적으로나마 이승으로 돌아온다. 삶과 죽음의 경계를 허문 서사는 일반 고전소설로 저승의 인물을 아무런 부담 없이 현실로 소환하여 평생의 부귀공명을 보장한다.[2] 이는 사회문제를 다루는 소설이 소재의 차원에서 죽음을 활용한 때문이라 하겠다.

그간 고전서사와 죽음의 문제를 다양하게 논의해 온 것이 사실이다. 사상적인 기반을 중심으로 죽음을 다루기도 했고[3] 작품의 형상화에서 유의미하게 취급하기도 했다. 하지만 죽음의 통시적 맥락을 문학 장르와 관련하여 살핀 경우는 없어 보인다. 삶과 죽음을 통해 고전서사의 통시적 맥락을 짚어내거나 문학사회학적인 관점에서 유의미한 성과를 기대할 수 있음에도 불구하고 이에 대한 논의가 없었던 것이 사실이다.

---

2) 죽은 사람을 소환하는 동인이 전기의 경우 사건 해결이, 소설의 경우 사연 전개가 중점임을 알 수 있다.

3) 이현수·김수중, 「한국 고전소설에 나타난 죽음의 연구」, 『인문과학연구』 13, 조선대학교 인문과학연구소, 1991, 1-22쪽.

　　최운식, 「고전문학 및 한문학 설화를 통해서 본 한국인의 삶과 죽음에 대한 의식」, 『국제어문』 13, 국제어문학회, 1991, 173-198쪽.

　　박영희, 「고전소설에 나타난 죽음인식」, 『이화어문논집』 13, 이화여자대학교 이화어문학회, 1994, 387-404쪽.

　　박영호, 「고전소설을 통해 본 한국인의 죽음 의식」, 『문학한글』 10, 한글학회, 1996, 5-30쪽.

이를 감안하여 이 글에서는 죽음을 의미 있게 다룬 작품을 중심으로 통시적 맥락을 짚어보고자 한다. 먼저 삶과 죽음의 경계를 넘은 서사, 머문 서사, 허문 서사의 성격과 작품의 경향을 살핀 다음, 그 의미를 서사의 하위 장르 측면에서 파악하고자 한다. 그렇게 하면 서사문학사의 발전 과정에서 죽음의 기능과 의미가 합리적으로 부각되리라 본다.

2. 죽음의 서사적 활용과 성격

죽음을 의미 있게 다루는 서사장르는 다수이다. 설화인 신화·전설·민담은 물론이거니와 한문이나 국문의 기록서사와 민요나 무가의 구비서사, 여기에 죽음을 다양한 방법으로 서사한 소설에 이르기까지 아주 다양하다. 이중에서 이 글에서는 삶과 죽음의 경계를 예리하게 포착하여 작품을 형상화한 장르를 중점적으로 살피고자 한다. 죽음을 통해 현실의 비극성을 고취한 전설, 죽음의 세계에서 일시적으로 소환하여 현실의 욕망을 한정적으로 달성한 전기, 죽은 인물을 반영구적으로 소환하여 부귀영화를 보장한 소설에 집중하여 논의를 펼치고자 한다.[4]

1) 삶과 죽음의 경계를 넘은 서사

죽음은 누구에게나 닥치는 자연적인 현상이다. 삶을 영위하다 궁극

---

4) 삶보다는 죽음에 경도된 서사나 죽음의 세계만을 다룬 서사는 제외하였다. 적어도 죽음이 인간의 삶에서 장애요소로 작용하고, 그 장애를 문학작품을 통해 어떻게 극복했는지 집중적으로 다룬 장르만을 선택하였다. 초월적인 세계관을 다룬 기록 및 구비신화나 모든 세계를 자유롭게 초극하는 민담을 논의대상에서 제외한 이유이다.

에는 죽음으로 마감하는 것이 인생이기 때문이다. 삶과 죽음의 경계를 넘은 서사는 이러한 죽음을 경외시하면서 공포의 대상으로 다룬다. 죽음을 자연적인 현상, 실제 상황으로 담담하게 그리면서 나타난 특징이라 하겠다. 죽음을 영결(永訣)로 다루면서 비극적인 상황을 숭고하게 형상화한다. 영결을 다루기에 죽은 사람은 다시는 현세로 돌아오지 못한다. 이제 이 유형에 해당하는 서사의 전반적인 성격과 주요 작품을 살펴보도록 한다.

(1) 서사적 성격

삶과 죽음의 경계를 넘은 서사는 특정 인물이 사망하여 저승으로 떠나고 더 이상 이승에 영향력을 행사하지 못한다. 그래서 죽음은 산 사람과의 단절과 분리를 의미한다. 이승과 저승의 차단이 완벽하여 죽은 자는 이승으로 돌아오지 못하고, 산 사람도 죽은 사람에게 영향력을 행사할 수 없다. 죽음이 자연의 이치이면서 경외의 대상일 따름이라 죽음에 따른 공포와 두려움이 서사의 핵심이다. 더 이상 만날 수 없기에 이승에 남겨진 사람에게는 죽음이 불행이요, 슬픔이요, 절망이다. 그래서 전설의 비극적인 특징이 농후하다. 이 유형의 작품들은 몇 가지 공통되는 특성이 있다.

첫째, 인물의 유한성이다. 죽음의 경계를 넘은 서사에서는 해당 인물이 유한성을 보인다. 즉 이승의 삶이 끝나면 더 이상 현실과 무관하다. 죽어서 저승으로 가면 저승의 삶이 있을지 몰라도 이승에 전혀 등장하지 않음은 물론 물리력을 행사하지도 못한다. 그래서 남겨진 사람들에게는 죽음이 충격과 공포로 다가오게 된다. 저승에 대한 희망과 기대를 가질 수 있지만 그럴지라도 저승으로 떠난 인물이 이승에 영향을 끼치

지 못한다. 이는 죽음이 현세의 모든 것이 종식되었음을 선포하는 것과
같다. 삶과 죽음의 경계를 넘은 서사에서의 주인공은 현세를 중심으로
보았을 때 생명과 능력의 유한성을 보인다. 현세에서의 삶이 마감되면
모든 것이 마무리되어 현세에 남겨진 인물들과 결별할 따름이다. 현세
와 내세 간에 연계가 없는 단절이기 때문에 죽은 사람은 생명이 유한한
존재이다. 이것은 삶이 완수되고 죽음의 세계로 넘어가면 모든 것이
종결되는 자연적인 삶의 궤적을 수렴한 결과라 하겠다. 그래서 이 유형
을 삶과 죽음의 문제를 그리는 원초적인 서사라 할 만하다. 이는 세계의
높은 장벽을 넘지 못하고 좌절과 패배, 그리고 죽음으로 종결되는 전설
과 밀접하게 관련된다. 주인공이 세계의 장벽과 부딪혀 패배하고, 이
패배를 돌이킬 수 없어 저승으로 떠났기 때문에 전설의 비극성이 내재
되어 있다. 비극이 전제되어 남겨진 사람들에게는 충격이요, 슬픔이
아닐 수 없다. 현세적인 관점에서 삶의 유한성을 활용하여 비극을 강화
함으로써 숭고미가 발현되도록 했다.

둘째, 공간의 폐쇄성이다. 삶과 죽음의 경계를 넘은 서사는 시공간
이 폐쇄적이다. 공간의 경우 현세적인 삶만 다루기 때문에 저승의 공
간이 유의미하게 쓰이지 못한다. 저승으로 떠나면 사자(死者)의 삶이
어떠한지 서사에서 전혀 다루지 않는다. 현세에서 죽을 때까지의 행위
만 의미 있게 다루고 죽음 이후의 서사는 남겨진 사람들의 몫이다. 특
히 현세의 삶을 마감하고 사선을 넘은 사람은 현세로 다시 오는 일이
없다. 일방적으로 공간을 옮겼을 뿐, 다시 찾아오지 못한다. 저승의
삶이 어떠한지 확인할 방법조차도 없다. 저승으로 진입했다고 확인될
따름이지 그 타계의 공간이 어떠한지 알 수 없다. 그래서 경계를 넘은
서사는 필연적으로 단일 세계만을 주요하게 서사한다. 즉 현세만 집중

적으로 서사하여 세계관이 한정적이다. 공간이 새로운 세계로 열려야 풍성한 서사가 가능할 수 있는데 이 유형은 그러하지 못하다. 당연히 시간적 배경에서도 저승과 연계되지 못하여 단일한 시간이 중심을 이룬다. 그래서 저승에서 현세로 돌아오거나 저승의 인물이 현세에 영향을 끼치는 등의 전도(顚倒)된 서사가 불가하다. 오로지 현세의 순차적인 삶만 있을 뿐, 죽음의 경계를 넘어서면 모든 것이 종식된다. 그래서 서사의 확장이 용이하지 않을 뿐만 아니라 단발적인 사건을 다루어 이야기의 기복도 단조로운 편이다. 이 또한 전설적인 세계관과 무관하지 않아 보인다.

셋째, 지향의 단절성이다. 죽음의 경계를 넘은 서사에서는 지향이 단절적이다. 즉 현실에서의 삶이 종결되면 저승으로 떠나고 이야기가 갈무리된다. 더 이상 환생이나 재생을 통해 이승에서의 삶을 지속하지 못한다. 죽음이 곧 단절이기 때문에 더 이상 삶을 반복하지도 못한다. 이것은 불교적인 윤회전생을 전제하지 않고 삶을 시간적 흐름으로 해석한 결과이다. 물론 내세라는 또 다른 세계를 부정한 결과이기도 하다. 영속할 수 없는 인간의 생명, 그래서 언젠가는 죽음으로 종식되어야 할 운명을 나타낸 서사라 할 만하다. 자연의 섭리를 있는 그대로 형상화한 것으로 자연에 대한 경외심이 작품 형상화에 일조한 것이라 하겠다. 즉 사회나 개인의 문제보다 자연이나 집단의 문제에 초점을 둔 서사라 할 수 있다. 그래서 이 유형에서 죽음은 현실 문제를 해결하기 위한 방편이 아니라 그 자체가 최종 목적과도 흡사하다. 죽음으로 최종적인 결과가 드러나기에 서사 전개가 명징할 수 있다. 서사적인 지향이 단일하면서도 종결을 중심으로 추진하여 비극미나 숭고미의 발현에[5] 도움이 된다.

(2) 작품의 경향

이 유형과 관련된 서사는 이른 시기의 작품에서 확인할 수 있다. 주요한 것을 보면 〈김현감호〉·〈원광서학〉·〈욱면비염불서승〉·〈광덕엄장〉 등을 들 수 있다. 이들 서사에서는 모두 죽음을 의미 있게 다룬다. 비록 저승의 개념이 확보되어 있을지라도 그곳은 망자의 세계일 뿐 현세와는 무관하다. 그래서 죽은 자가 한번 저승으로 가면 다시 현세로 돌아올 수 없다. 이는 자연의 질서와 섭리를 충실히 따르면서 죽음을 서사한 것이라 하겠고, 그 결과 죽음은 비극을 다루는 기법 중의 하나로 활용된 것이라 하겠다. 죽음이 비장미를 구현할 수 있는 원천적인 이유도 여기에 있다. 그중에서 〈김현감호〉를 들어 죽음의 서사전략을 살피도록 한다. 이 작품이 죽음을 통해 구현하는 의미가 남다른 점이 없지 않기 때문이다. 실제로 이 작품은 죽음을 통해 산 자와 죽은 자의 굴곡진 마음을 헤아릴 수 있도록 한다.

〈김현감호〉는 김현과 호녀의 애정을 서사한 다음, 호녀가 김현에게 죽음으로 보은하는 내용을 다룬 작품이다. 죽음이 산 자와 죽은 자를 가르는 경계이면서 영원한 이별을 고하는 징표로 작동한다. 앞에서 살핀 것에 준하여 이 작품을 살펴보도록 한다.

먼저 인물의 유한성이다. 김현과 호녀는 탑돌이로 만난다. 김현이 사람으로 변한 호녀를 흠모하여 탑돌이를 마치고 그녀를 따라간다. 호녀가 만류함에도 불구하고 그녀의 집을 찾아가니 그 어머니가 딸에게 공연한 일을 했다며 김현을 숨긴다. 이때 오라비 호랑이들이 나타나 사람 냄새를 맡고 포효한다. 마침 하늘에서 호환을 일삼는 호랑이 중

---

5) 김재용, 「전설의 비극적 성격에 대한 고찰」, 『서강어문』 1, 서강어문학회, 1981, 109-126쪽.

한 마리를 죽여 경계하겠다고 하자 호녀가 자진하여 죽기로 다짐한다. 그러면서 미물인 자신을 사랑한 김현에게 감사의 선물을 제시한다. 이튿날 자신이 저잣거리를 혼란스럽게 돌아다니면 나라에서 호환을 해결하는 자에게 후한 보상을 약속할 것이니 그때를 기다렸다가 자신을 찾아와 죽이라고 말한다. 마침내 모든 일이 끝나고 김현이 숲에서 호녀를 만나지만 차마 죽이지 못할 때 호녀가 자신을 위해 호원사 창건을 당부하고 자결한다. 그 대가로 김현은 현실적인 보상을 받는다. 호녀가 미물에 불과한 자신을 사랑했다는 이유로 김현에게 목숨을 건 보은을 결행한 것이다. 하지만 죽음의 경계를 넘어선 그녀는 더 이상 김현에게 직접적인 접촉이 불가하다. 불교적인 작화원리에 의해 내세의 명복을 빌고자 호원사가 등장하지만 그것은 죽음의 세계를 제시할 뿐 현세와는 무관하다. 즉 호녀가 사선을 넘어선 이후부터는 김현에게 어떠한 방법으로든 돌아올 수 없다. 호녀는 현세의 그 어떤 것에도 직접적인 영향력을 행사할 수 없다. 죽음이 모든 것의 종식이기에 남겨진 인물도 비탄에 빠져 그리워할 뿐 재회하는 것은 불가능하다. 그래서 호녀에게 부여된 세계는 한정된 현세뿐이다. 저승으로 떠나면 모든 것이 종식되어 유한성을 보이는 이유이기도 하다.

다음으로 공간의 폐쇄성이다. 이 작품은 김현의 현실적인 결핍을 해결하기 위하여 호녀를 등장시켰다. 그래서 우의적인 수법으로 작품을 형상화한 것이라 하겠다. 현실의 외로움을 달래는 수단으로 죽은 여인을 소환하는 것과 유사한 면이 없지 않다. 동물의 환신을 동원하여 부족함을 메우려 한 것은 삶의 지향이 현세에 있음을 의미하는 것이라 하겠다.[6] 적어도 김현의 관점에서 보면 그러한 면이 없지 않다. 하지만 호녀의 측면에서 보면 현세의 삶에 주안점이 있다고 단정할 수는 없다. 그녀가 현세에서 김현과 잠시 사랑했을지라도 저승을 기약하고 자결했기 때문이다. 이 죽음으로 김현은 충격과 함께 외로움이 가중될 뿐이고, 호녀는 모든 것을 단절하며 영별의 세계로 떠나고 말았다. 죽음이 서사미를 증폭하는 인자라 할 만하다. 문제는 저승으로 떠난 호녀의 사정을 헤아릴 방법이 없다는 점이다. 현세에 남겨진 김현의 삶만이 유의미하게 다루어지고[7] 호녀의 삶은 더 이상 서사되지 않는다. 경계를 넘은 세계는 현실과 단절된다는 관념이 지배하여 나타난 결과라 하겠다. 그래서 공간적인 확장을 꾀할 수도 없었다. 현실계만 유의미하게 다루고 새로운 세계를 활용하지 못하여 공간이 그만큼 폐쇄적이라 할 수 있다. 시간 또한 단발적이면서도 순행적이라서 확장될 여지가 없다. 죽음의 경계를 넘어선 세계는 현실과 단절된다는 전제 아래 작화했기 때문이다.

마지막으로 지향의 단절성이다. 이 작품은 현세지향적인 특성이 있다. 현세에서 내세로 넘어가면서 모든 서사가 종결되도록 했기 때문이다. 그래서 지향의식이 단발·단절적인 성향을 보인다. 재생이나 환생을 통해 현실의 삶을 이어가도록 한 서사와 차이를 보이는 핵심이라 하겠다. 김현의 은혜에 보답하고자, 그리고 자신의 가족을 지키고자 죽음을 선택한 호녀는 호원사를 지어 달라 발원하고 자결한다. 내세를 짐작할 수 있지만 그녀가 죽은 후의 세계와 삶이 어떠한지는 다루지 않는다. 호녀의 입장에서 보면 모든 삶이 이곳에서 종결되고 만다. 죽

---

6) 이는 죽은 여인을 소환하여 자신의 현실적 욕망을 성취하는 전기서사의 특성을 일정 부분 가진 것으로 보아도 좋다.

7) 김용기, 「전기소설의 죽음에 나타난 인연·운명·세계 - 〈김현감호〉·〈최치원〉을 중심으로」, 『온지논총』 53, 온지학회, 2017, 9-33쪽.

음을 통해 단절을 말하면 그 의미지향도 사뭇 달라질 수 있다. 죽음의 단절을 통해 죽은 여인의 숭고한 의지, 남겨진 자의 외로운 비애 등이 증폭되어 나타날 수 있기 때문이다. 실제로 이 작품의 숭고미와 비극미의 정점이 여인의 죽음으로 발현될 수 있었다. 이것은 죽음 그 자체를 서사전략으로 유의미하게 활용한 것이라 하겠다. 죽음에서 오는 복합적인 감정을 산 자와 죽은 자 모두를 통해 극대화하였기 때문이다. 이는 지향의 단절성에서 오는 서사미이기도 하다.

2) 삶과 죽음의 경계에 머문 서사

삶과 죽음의 경계에 머문 서사는 죽은 사람이 이승에 대한 미련 때문에 저승으로 가지 못하고 이승과 저승의 경계에 머문 서사를 말한다. 저승으로 완전히 가지도 않고, 그렇다고 이승의 현실인이 될 수도 없어 중간자적인 성격을 구유한 유형이라 할 만하다. 이는 산 사람의 입장에서는 현실에서의 결핍을 해결하려고 죽은 사람을 소환한 것이고, 죽은 자의 입장에서는 억울한 죽음이나 현실에 대한 미련으로 저승으로 떠나지 못하고 경계에 머문 것이라 하겠다. 이제 이 유형의 전반적인 성격과 작품 경향을 살펴보도록 한다.

(1) 서사적 성격

서사문학의 발달사를 보면 구비문학인 설화에서 기록문학인 전기를 통해 소설로 넘어온다. 설화 중에서 전설이 전기에 많은 영향을 끼쳤고, 이것의 진전된 서사체가 바로 전기소설이다. 전설적인 경우 죽음을 경외의 대상으로 다루면서 서사하는 반면에 전기의 경우 죽음을 수단으로 한 서사라 할 수 있다. 현실 문제를 중시하다 보니 죽음이 그것을 해결하는 방안으로 활용된 것이다.[8] 그래서 이 유형은 삶과 죽음의 양면을 다룬 서사라 할 만하다. 현실만을 강조할 수도 없고, 죽음을 무시할 수도 없는 경계에 걸친 서사의 특성이 강하다. 이 유형의 특성을 앞에서처럼 세 항목으로 나누어 살피면 다음과 같다.

첫째, 유한과 무한의 혼재된 인물형이다. 삶과 죽음의 경계에 머문 서사는 전반적으로 양면성을 보인다. 즉 삶과 죽음을 모두 의미 있게 다루면서 작품을 형상화한다. 그러는 중에 죽음을 맞는 인물이 유한성을 전제하면서도 그것을 넘어서고자 하여 무한성이 내재되기도 한다. 삶의 세계와 죽음의 세계를 적절히 양립하면서 서사를 추동했기 때문이다. 그래서 인물의 경우 유무한의 혼재성을 갖게 되었다.[9] 현실계에서 만족한 삶을 영위하지 못한 자가 죽어서 원귀(寃鬼)가 되어 현실로 복귀한 후 일정한 삶을 누린 다음 다시 저승으로 돌아가기 때문이다. 현실계에서 맞닥뜨린 상대가 워낙 막강하여 그를 넘어설 수 없을 때는 죽음이라는 극한 상황으로 치달아 유한성을 보인다. 그것이 혼사장애로 인한 애정의 결핍이든, 전란으로 인한 원통한 죽음이든 간에 충족되지 못한 삶을 살고 말았다. 뜻한 바를 실현하지 못하고 죽음으로 내몰린 것은 인물의 유한성을 보이는 바라 하겠다. 하지만 이 유형은 서사가 여기에서 종결되지 않고 일전(一轉)하는 특징이 있다.[10] 죽음으로 유한성을

---

8) 이상구, 「나말여초 전기의 특징과 소설적 성취-당대 지괴 및 전기와의 대비를 중심으로」, 『배달말』 30, 배달말학회, 2002, 317-346쪽.

9) 민관동, 「중국고전소설에 나타난 죽음의 세계」, 『中國小說論叢』 10, 한국중국소설학회, 1999, 63-80쪽.

10) 전기에서 죽음을 다루면 서사의 시작과 끝은 동일할지 몰라도 과정만큼은 복잡하면서도 굴곡질 수 있다. 다시 말해 죽은 사람을 소환하여 미진한 사건이나 사연을 풀어놓음

드러냈던 인물이 원귀가 되어 현실계로 다시 돌아오기 때문이다. 그렇게 돌아온 것은 유한성을 극복한 것이지만, 이 또한 일정한 한계가 없지 않다. 현실계로 돌아와 머무는 시간이 특정되거나 명수(冥數)로 정해져 있기 때문이다. 그럴지라도 죽음으로 종식되었던 현실계를 다시 찾은 것은 서사의 추동 면에서 확장 가능성이 보장된 것이라 하겠다.

둘째, 공간이 폐쇄와 개방의 접경성(接境性)을 보인다. 삶과 죽음의 경계에 머문 서사는 기본적으로 현세와 내세를 전제한 것이다. 다만 내세로 넘어가면 현세에 어떠한 영향력도 행사할 수 없음은 앞에서 본 유형과 다름이 없다. 그래서 내세로 완전히 넘어가기 전에 특수한 공간을 설정하고 현세로 넘어 올 수 있도록 조치하였다. 이른바 현세와 내세의 접경으로 원귀가 거처하는 공간이 설정된 것이다. 양의 기운이 응집된 신(神)은 저승으로 넘어가서 현세에 미련을 두지 않는 데 반해, 억울하게 죽어 음의 기운이 응집된 귀(鬼)는 내세로 넘어가지 못하고 명계를 떠돈다. 그래서 공간적인 접경성을 갖게 되었다. 경계를 넘은 서사가 폐쇄성을 전제한 담론이라면, 경계에 머문 서사는 개방의 융통성이 담보된 서사라 하겠다. 폐쇄를 넘어 개방으로 향하는 과정이라서 공간이 다소 확장될 여지가 없지 않다. 현실의 욕망을 달성하기 위해 죽음의 공간을 임시 차용하면서 나타난 특성이라 하겠다. 어쨌든 경계를 오가는 과정에서 이야기의 부연과 확장이 가능해져 이 유형의 서사는 공간적인 측면에서 변화된 양상을 보인다. 이야기의 내용이 그만큼 절박하여 가능한 변주라 할 만하다.

셋째, 단절과 연속의 중첩적인 지향성이다. 첫 번째 유형에서는 지

으로써 서사 과정이 풍성해질 수 있다. 모두 허구에 해당하는 것으로 소설로 발전하는 데 도움이 된다.

향이 단일할 수밖에 없다. 삶의 영역을 벗어나 죽음의 세계로 진입하면 모든 서사가 종결되기 때문이다. 삶에 대한 내용을 단편적이면서도 순차적으로 기술하여 그러할 수 있었다. 하지만 이 유형에서는 현세에 대한 삶의 집착이 강하여 지향의식도 그만큼 강렬하게 지속된다. 특히 능력 있는 인물이 자신의 뜻을 펼치지 못했을 뿐만 아니라, 그 뜻의 실현이 현실에서 불가할 때 초월적인 인물을 소환해서라도 자신의 뜻을 구현한다. 현실에서 이루지 못한 욕망을 기이한 방법을 동원해서라도 실현하는 것이다. 대리만족의 수단으로 문학이 필요했고, 그것에 대한 진정성을 보이는 수단으로 죽은 사람을 소환하여 풀어낸 것이라 하겠다.[11] 그래서 이 유형에서의 지향은 사뭇 치열하다. 먼저 현실에서 욕망을 실현하고자 한다. 그것은 산 사람이나 죽은 사람 모두가 동일하다. 애정의 성취와 사회적인 지위의 확보 같은 것이 이에 해당될 수 있다. 문제는 현실에서 그것이 실현되지 못하거나 실현되었다 해도 만족스럽지 못한 상황에서 죽음을 맞았다는 점이다. 그러할 때 현실적인 지향의식을 죽은 사람을 소환해서라도 성취하고자 한다. 죽은 사람이 소환되는 것은 현실에서의 부족함을 충족하기 위해 오는 경우도 있고, 산 사람의 소원을 해결해주기 위해 나타나기도 한다. 현세에 대한 욕망의 치열함이 죽은 사람을 내세로 보내지 못하고 그 경계에 머물도록 한 것이다. 이는 서사가 현세에 대한 집착이 얼마나 큰지를 반증하는 것이기도 하다. 죽어야 산다는 말이 있듯이 이 유형에서는 죽음으로 현실 문제를 더 곡진하게 표현하고 있다. 현실에서의 욕망이 단절되고 말 것을 명계라는 공간을 통해 그 욕망이 속개되도록 하여 중첩

11) 정성인, 「傳奇에 나타난 '죽음'의 문제에 대한 재고」, 『동악어문학』 65, 동악어문학회, 2015, 171-196쪽.

과 반복된 의식을 읽을 수 있다.

(2) 작품의 경향

이 유형과 관련된 서사는 구비문학에서 기록문학으로 변모하는 과정에서 나타난 것이 주종을 이룬다. 일대기를 기록하되 기이한 소재에 중점을 둔 전기서사에서 이 죽음이 주효하게 작동한다. 이는 전설적인 소재를 받아들여 문식층에서 자신들의 의취를 가미하여 작화한 때문이다. 특히 이 유형에 해당하는 전기는 문식층에서 자신들의 욕망 구현의 수단으로 적극 활용하면서 대두되었다. 이 유형에서는 현실의 욕망이 좌절되었을 때 죽음을 통해 더 절절하게 현실 문제를 부각하곤 하였다. 그래서 죽음은 현실 문제를 드러내는 유용한 서사전략이라 할 수 있다. 죽음을 다룬 전기 서사가 대부분 여기에 해당되는데, 〈최치원〉·〈수삽석남〉·〈이생규장전〉·〈만복사저포기〉 등이 대표적이다. 이들 서사 모두 현실에서의 결핍 해결의 수단으로 죽음을 내세웠다. 죽음을 통해 현실에서 부족했던 것이 충족되도록 한 것이다. 이들이 자기 서사적 성격이 강한 이유도 여기에 있다. 〈최치원〉을 내세워 이 유형의 작품 경향을 살피도록 한다. 이 작품이 죽은 자나 산 자 모두의 욕망 실현을 다루었기 때문이다. 죽은 자의 경우 현실에서 이루지 못한 애정을, 산 자의 경우 외로움 극복이나 능력 확인을 위해 만남이 필요하였다.

〈최치원〉은 최치원과 쌍녀분의 두 여인이 만나 사랑하는 내용을 형상화한 작품이다. 최치원은 이미 죽은 혼령을 만나 운우지정을 나눔으로써 이방인의 외로움을 해결할 수 있었다. 한편으로는 자신들의 뜻을 이루지 못하고 죽은 두 자매의 원한을 푸는 계기이기도 했다. 현실인이나 명계의 원귀 모두가 자신들의 결핍을 해결했다는 점에서 현세와 내세의 접점 서사라 할 만하다. 이제 앞에서 다룬 내용을 기준으로 작품의 성격을 죽음에 준하여 살펴보도록 한다.

먼저 유한과 무한의 혼재적인 인물형이다. 이 작품의 주요인물은 최치원과 두 낭자, 그리고 선녀라고 불리는 시비 등을 들 수 있다. 최치원은 향시에 합격하고 율수현위로 제수되었다. 부모의 뜻에 따라 당나라에 와서 벼슬에 오르지만 이방인으로서의 외로움은 감내하기 쉽지 않았다. 더욱이 어린 나이에 당나라로 건너갔기 때문에 부모와 고향에 대한 그리움은 사무칠 수 있었다. 그러한 외로움을 비유적으로 풀어내고자 쌍녀분의 두 낭자를 만난 것이다. 현실의 불만이나 부족함을 죽은 사람을 소환해서 해결한 것이라 할 수 있다. 최치원은 초현관에서 머물다가 죽은 혼령을 만난다. 그래서 초현관은 산자와 죽은 자를 연결해 주는 매개 공간이라 하겠다. 물론 만남의 직접적인 매개물은 최치원의 시이다. 그 시가 최치원이 현사(賢士)임을 드러내고, 그에 화답하여 두 여인이 현실계로 나오기 때문이다. 먼저 시비가 홍대(紅袋)에다 두 낭자가 화답한 시를 담아 최치원에게 전하는데, 그녀의 자태가 선녀와도 같아서 그녀가 모시는 두 낭자에 대한 기대감이 커진다. 마침내 두 낭자가 세상으로 나와 최치원과 교유하며 운우지락을 나눈다. 그래서 시비를 포함한 두 낭자는 현실과 내세를 오가는 초월적인 속성을 갖는다. 현세적 삶을 살고 죽어서 저승으로 가야 하지만 원통하게 죽어 삶과 죽음의 경계에 머물게 된 것이다. 혼령이 되어 다시 현세로 돌아와 그간의 미진함을 해결한 다음 저승으로 떠나는 것이다. 이는 현실인에게는 불가한 것으로 이들의 무한한 자질의 일부를 드러낸 것이라 할 수 있다.

다음으로 폐쇄와 개방의 접경적인 공간이다. 두 낭자는 죽어서 쌍녀분에 묻혔다. 그들은 살아서 어진 선비를 배필로 얻기를 바랐다. 정신적으로 교감하면서 지우지기처럼 낭군을 모시며 살고 싶었다. 하지만 부모는 경제적인 안정을 생각하여 차장수와 소금장수에게 시집갈 것을 강요한다. 자신들의 뜻이 관철되지 못하자 그들은 죽음을 선택하고 말았다. 뜻한 바를 이루지 못하여 원귀로 떠돌며 이승을 기웃거리게 된 이유이다. 그런데 그들이 묻힌 쌍녀분 앞의 초현관을 최치원이 찾아와 머문다. 마침내 최치원이 두 낭자의 죽음을 애통하게 생각하고 감응의 글을 남김으로써 결연의 단초가 된다. 밤이 되자 무덤에서 죽은 여인들이 찾아와 생시와 다름없는 화락한 한때를 보낸다. 그래서 무덤과 그녀들이 찾아온 밤은 독특한 공간으로 자리매김한다. 먼저 무덤은 현실과 내세의 공간적인 접경으로 주목되는 바가 크다.[12] 죽어서 영혼은 저승으로 가고 그 육체는 무덤에 묻혀 이승에 남는 것이 일반적이다. 하지만 혼령이 편안하게 저승으로 가지 못할 때는 어디든 거처할 곳이 필요하다. 그런데 이 작품에서는 그러한 공간으로 무덤을 설정하였다. 그들의 육체가 묻힌 곳이라서 자연스러운 일이기도 하다. 더욱이 그들이 바랐던 어진 선비가 올 수 있도록 초현관을 지어놓기도 했다. 그 선비를 만나 미진했던 현세의 욕망을 완수하기 위해서이다. 그래서 그들이 잠시 머무는 무덤과 환생하여 최치원과 교유한 초현관은 저승과 이승을 매개하는 공간이면서 저승과 이승을 포용하는 장소이기도 하다. 현세적인 공간에 초월성을 부여하여 또 다른 공간으로 확장될 수 있도록 하였다. 그들이 찾아와 활동한 어두운 밤은 시간적인 배경으로서 의미가 있다. 이 밤이 자연적·물리적인 밤 시간을 의미하기보다는 초월적·가상적인 시간으로 설정되었기 때문이다. 이른바

---

12) 이학주, 「《신라수이전》 소재 애정전기의 사생관」, 『동아시아고대학』 2, 동아시아고대
　　학회, 2000, 35-75쪽.

밤 시간은 음의 기운이 극성하여 혼령들이 활동하기에 적절한 배경으로 설정된 것이다. 두 낭자는 원통하게 죽어서 저승으로 가지 못하고 자신들의 소망대로 현사(賢士)를 만나고자 했다. 그래서 밤 시간을 설정하여 생시에 이루지 못한 욕망을 달성하도록 한 것이다. 밤 시간이 산 사람과 죽은 사람이 만나는 특수한 시간이면서 저승과 이승을 연계하는 초월적 배경으로 자리한 것이다. 이러한 요인으로 서사의 변폭이 확장되어 이야기의 곡진함도 강화될 수 있었다.

끝으로 단절과 연속의 중첩적인 지향의식이다. 삶과 죽음을 단절로 인식하는 것이 순차적인 자연의 삶에서는 당연한 것이다. 그러한 것을 계기적으로 기술하는 첫 번째 유형에서는 죽음이 단절을 의미하기에 그것으로 이야기는 종식된다. 하지만 삶과 죽음의 경계에 머문 이 작품에서는 사정이 좀 다르다. 죽음이 종결이 아니라 새로운 이야기를 추동하는 수단으로 작용하기 때문이다. 두 낭자는 자신들의 뜻을 이루지 못하고 죽고 말았다. 그래서 이승에 대한 미련이 남아 있다. 즉 현사를 만나 사랑을 나누고자 했던 욕망이 그들을 저승으로 가지 못하게 했다. 마침내 그들의 뜻은 어진 선비인 최치원을 만나 해결할 수 있었다. 현세에서 못 다한 사랑을 죽어서라도 실현한 것이다. 그럼으로써 지향의식이 죽음으로 단절되지 않고 죽어서라도 이루어지도록 했다. 그만큼 현실적인 문제를 다루는 장치로 죽음이 적절히 활용되었음을 알 수 있다. 단절을 극복하고 그것이 연속되도록 했다는 점에서 이야기 전개의 폭이 확장되었음을 알 수 있다. 현세에서의 지향의식을 충족하고자 죽은 사람을 소환하여 삶과 죽음의 경계에서 그것이 충족되도록 했기 때문이다. 죽은 사람의 욕망을 삶과 죽음의 경계로 설정하여 다루는 한편으로 산 사람의 욕망을 성취하는 데도 유용하도록 했다. 최치원은 어린 나이

에 유학하여 향시에 합격하고 율수의 현위가 되었지만 이방인으로서의
외로움이 컸음은 물론이다. 더욱이 다른 나라를 위해 헌신하지만 외국
인을 대하는 주변인의 시선은 냉소적일 수밖에 없었다. 그러한 것이
복합적으로 작용하여 그를 고독한 예외자·이방인으로 만들었다. 그
외로움이 증폭되었을 때 만나는 것이 바로 두 낭자이다. 그래서 이 두
장자는 미진했던 자신들의 현세적 욕망을 성취하는 한편으로 최치원의
외로움을 달래주는 상대이기도 했다. 산 사람이나 죽은 사람 모두 문제
를 해결했다는 점에서 그 지향의식이 중첩적일 수 있다. 하지만 무엇보
다도 현세적인 욕망을 명계를 통해서라도 달성한 것에서 지향의식의
지속성을 확인할 수 있다.

3) 삶과 죽음의 경계를 허문 서사

삶과 죽음의 경계에 머문 서사가 '죽어야 사는 서사'라면, 삶과 죽음
의 경계를 허문 서사는 '죽어도 사는 서사'라 할 수 있다. 죽음이 단절
을 의미하는 첫째 유형이나 일시적인 재회를 다룬 두 번째 유형과는
달리 이 유형은 죽음을 크게 의식하지 않는다. 죽음을 자연현상의 질
서로 인식하지 않고 서사의 수단으로 여긴 까닭이다. 즉 현실의 문제,
그것도 부귀와 공명을 의미 있게 다루는 과정에서 일시적인 서사기법
정도로 인식하여 죽음이 더 이상 서사전개의 파탄이나 종결을 초래하
지 않는다. 죽음이 현실 문제를 곡진하게 펼치는, 그러면서 감정의 기
복을 노리는 장치로 활용되어[13] 삶과 죽음의 경계를 허문 서사가 등장

---

13) 김수중, 「한국신화와 고소설에서의 죽음 초극 방법에 관한 고찰」, 『한국언어문학』
   38, 한국언어문학회, 1997, 159-176쪽.

했다. 일반 고전소설의 대부분이 여기에 해당된다. 특히 속지향성이
강하여 세속적인 복락을 강조하는 작품에서 그러한 경향이 짙다.

(1) 서사적 성격

이 유형의 서사는 죽음의 경계를 허물었기 때문에 고전소설의 세속
화를 밀도 있게 보이는 경향이 있다. 실제로 이 유형에서는 죽음이 단
절을 의미하지도 않고, 임시적인 만남의 장치도 아니다. 죽었다 재생
하여 현실적인 삶을 완수하는 특징이 있기 때문이다. 그래서 죽음에
대한 긴장감이 떨어지는 반면에 이야기에 대한 흥미성은 강화될 수
있다. 죽음을 통해 현실적인 담론을 충족되게 그리되 운명론적인 행복
관을 완벽하게 소화한다. 죽음은 일시적인 도피처요, 인물의 의지를
드러내는 장치일 뿐이고, 그 죽음을 초월한 재생과 복락이 의미 있게
그려지는 특징이 있다. 이 유형에 나타난 죽음의 서사적 성격을 앞에
서처럼 셋으로 나누어 살펴보도록 한다.

첫째, 인물의 무한성이다. 이것은 이원론적인 세계관을 구비한 작품
에서 더 일반적이다. 죽음으로 모든 것이 종식된다든지, 죽었다가 일시
적으로 현실과 연계됐던 앞의 유형과는 달리 삶과 죽음의 경계를 허문
서사는 죽음이 현실의 문제를, 그것도 충족된 일생을 보장하는 장치로
활용되곤 한다. 그래서 인물도 초월적인 성향을 갖게 된다. 초월성을
갖기 때문에 자연스럽게 신성성을 전제하면서 이야기가 전개된다. 종
교적인 신성성의 내재로 서사가 단발적으로 끝나지 않는다. 물론 인물
이 죽어서 사라지지도 않는다. 전세의 삶에서 현세의 삶으로 이어지고,
이 현세를 중시하다 보니 죽은 사람을 반영구적으로 소환하여 현실의
문제를 곡진하게 다룬다. 그러한 다음 다시 초월계인 천상으로 복귀한

다. 운명론적으로 정해진 초월적 삶이라서 그만큼 무한으로 삶과 죽음
을 반복한다. 실제로 이 유형의 인물은 죽음을 초극하는 특성을 갖는다.
현실에서 불만을 가지고 억울하게 죽는 것은 앞에서 다룬 두 번째 유형
과 다를 바 없다. 하지만 삶과 죽음의 경계에 머문 서사에서는 죽은
사람이 현실로 복귀하는 것이 극히 짧은 시간에 지나지 않는다. 제한적
인 시간이 주어지고 그 시간 안에서 미진했던 욕망을 일시적으로 성취
해야 한다. 하지만 삶과 죽음의 경계를 허문 서사에서는 죽음이 현실과
단절되지 않는다. 죽은 인물이 현실로 복귀하여 산 사람과 동일하게
나머지 인생을 이어간다. 그것도 그에게 주어진 천수를 누리면서 애정
은 물론 부귀와 영화까지 성취한다. 자신의 행복을 확장하여 구현함은
물론이거니와 자식까지도 부귀영화를 누린다. 그래서 이 유형의 인물
은 무한한 능력을 가지고 삶과 죽음을 초극하여 현세적인 복락을 누린
다. 고전소설이 현세적인 문제를 중시하자, 죽음조차 현세의 복락을
추구하는 수단으로 활용된 것이라 하겠다.

둘째, 공간의 개방성이다. 공간 또한 이원론적인 세계관 때문에 개
방성이 확대될 수 있다. 천상과 지상을 연계하다 보니 죽음이 시공간
을 확장하는 구실을 담당한다. 지상의 현세적인 삶을 위해 천상이나
저승을 끌어들여 서사하는 과정에서 공간이 무한히 개방·확장될 수
있었다. 공간의 개방으로 저승의 인물이 현세에 자연스럽게 왕래할 수
있음은 물론, 현세에 와서 다양한 영향력을 행사하기도 한다. 삶과 죽
음의 경계를 넘은 서사가 저승으로 떠나면 이승에 전혀 영향을 미치지
못하고, 삶과 죽음의 경계에 머문 서사가 일정하게 현실에 영향력을
행사함에 반해 삶과 죽음의 경계를 허문 서사는 죽은 사람이 현실에
복귀하여 갖은 행위를 통해 미진한 인생을 완수한다. 그것은 삶의 공

간인 현세와 죽음의 공간인 저승이 개방되어 가능한 일이다. 더욱이 죽은 사람을 혼령이라는 인식 없이 곧바로 사람으로 환치하여 시공간에 제약 없이 활동하도록 한다. 죽은 사람과 산 사람의 경계를 무색하게 만드는 요인 중의 하나이다. 실제로 죽은 사람은 잠시 유폐되어 있을 뿐 언제든지 새롭게 복귀할 수 있다. 생사의 공간이 열려 있어서 가능한 일이다. 고전소설이 지극히 세속적인 문제를 중시하기 때문에 저승의 공간에서 이승의 공간으로 넘어오는 것을 자연스럽게 인식한 때문이다. 서사의 중핵이나 무게의 중심추가 이승의 행복에 놓여 있어서 가능한 일이다. 저승은 그저 현실 문제를 효과적으로 부각하기 위한 수단 또는 전략에 지나지 않을 따름이다. 이는 삶과 죽음의 경계를 허물면서 공간이 개방되어 가능한 일이라 하겠다.

셋째, 지향의 연속성이다. 이 유형은 주제를 함축한 지향의식 또한 연속성을 보인다. 고전소설의 다수가 왜곡된 유교이념을 실현하는 것이 핵심이다. 유교적인 본질은 심성수양이다. 그 수양을 위해 글을 읽고 쓰다가 출사하게 된다. 출사한 다음에 명예는 물론 권력과 부를 축적한다. 그러는 중에 세속적인 욕망 성취를 이상적인 유교 이념으로 각인되도록 했다. 애정의 성취도 궁극적으로는 그러한 방향으로 나아가기 위한 전제 조건 중의 하나이다. 문제는 고전소설이 그러한 삶을 강조해서 다루다 보니 현실 문제를 곡진하게 형상화한 장르가 되었다. 행복한 결말을 지향하는 낙관론이 자리하면서 죽음조차 현실 문제로 귀착시킨 이유가 여기에 있다. 즉, 죽음을 서사의 수단으로 활용하면서 현실의 이상을 성취하고자 한 것이다. 물론 죽음을 맞은 인물은 현실에서 외부의 폭력에 항거하다가 순절하거나 타살되었다. 그래서 그들은 현세에서 만족할 만한 생을 누리지 못했다. 애정 성취에 실패한 경우도 있고,

일부종사하며 행복을 누리지 못하기도 했다. 결핍을 안고 죽음에 이르 렀기 때문에 죽은 자는 물론 산 자들에게조차 안타까울 따름이다. 죽은 자는 억울함을 호소하면서 생환을 소망하고, 산 사람은 죽은 사람을 소환하여 미진한 생을 충족하고자 했다.[14] 이러한 요인이 죽은 사람을 현실로 복귀시켜 부귀영화를 맛보도록 한 것이다. 그러는 과정에서 지 향의식이 연속됨을 알 수 있다. 살았을 때나 죽었을 때의 지향의식에 차이가 없기 때문이다. 생사를 불문하고 연속된 지향의식을 전제하여 죽은 사람이나 산 사람 모두 일관된 목표를 향하게 된다. 이는 고전소설 이 세속화되면서 민중이 소망하는 이상을 주제의식으로 형상화하여 나타난 특징이기도 하다. 소설에서나마 충족된 복락을 맛보고자 죽은 사람까지 부담 없이 소환하여 작품을 형상화한 때문이다. 그만큼 현실 의 문제가 소중하기에 죽은 사람까지 동원한 것이라 하겠다. 생사를 막론하고 지향의지의 연속성을 보이는 이유도 바로 여기에 있다.

(2) 작품의 경향

삶과 죽음의 경계를 허문 서사에서는 공통적으로 죽은 사람이 큰 부담 없이 현실로 복귀하여 단절되었던 삶을 이어간다. 원귀가 되어 혼령으로 나타나는 것도 아니고 본래의 면목으로 생을 이어가는 것이 특징이다. 일부의 경우 윤회전생으로 죽은 사람을 다시 소환하기도 하 지만 대부분 죽었다가 살아나서 자신의 신분으로 활동한다. 그만큼 삶 과 죽음의 경계가 불명함을 알 수 있다. 현실의 삶을 중시하면서 죽음을 서사의 수단으로, 즉 소재나 제재로 삼아 가능한 일이다. 서사의 긴장이

---

14) 김수연, 「명통(冥通)의 상상력, 죽음과 불사의 대화 – 〈주씨명통기(周氏冥通記)〉와 〈설공찬전〉을 중심으로」, 『한국고전연구』 37, 한국고전연구학회, 2017, 133-162쪽.

나 변주를 위해 죽음을 활용한 대다수의 작품이 이에 해당한다. 주요한 작품으로 〈정을선전〉·〈왕랑반혼전〉·〈하생기우전〉·〈권익중전〉·〈김학공전〉·〈장화홍련전〉·〈숙영낭자전〉·〈옥단춘전〉 등을 들 수 있다. 이들 작품 모두 주인공이 죽음에 이르지만 현실적인 필요성에 따라 생환하여 나머지 인생을 화려하게 장식한다. 억울함을 극대화하는 장치로 죽음을 활용하다가 마침내 모든 것이 해결되어 최고의 행복을 맛보도록 의도한 결과이다. 여기에서는 〈정을선전〉을 들어 서사전략을 살펴보도록 하겠다. 이 작품이 죽은 사람을 소환하여 다시금 굴곡진 인생을 총체적으로 살도록 했기 때문이다. 모두 삶과 죽음의 경계를 허물어서 가능한 일이다.

〈정을선전〉은 남주인공 정을선과 여주인공 유추연의 결연과 사별, 그리고 환생을 통한 재회와 행복이 서사의 근간을 이루고 있다. 인물의 독특성을 강조하는 과정에서 종교적인 신비주의가 작동하기는 하지만, 남녀 결연과 행복한 가정을 꾸리는 내용을 극적으로 그리는 장치로 죽음이 유의미하게 쓰였다. 현실의 세속적인 행복을 다양한 방편으로 확장할 필요성 때문에 죽은 여인을 소환한 것이다. 고전소설이 세속적인 문제를, 그것도 낙관론적인 측면에서 부귀영화를 다루는 과정에서 야기된 일이라 하겠다.

먼저 인물의 무한성이다. 〈정을선전〉에서 여주인공 유추연이 죽은 이유를, 끝없이 그녀를 죽이기 위해 집착했던 계모 노씨, 노씨의 계략에 말려 결혼 첫날 유추연을 버린 정을선에게서 찾을 수 있다. 먼저 계모 노씨는 그녀를 죽이기 위해 음식에 독을 타는 등 갖은 방법을 동원한다. 하지만 그러한 악행에도 불구하고 유추연이 정을선과 혼인하게 되자 그 잔악상은 더해만 간다. 특히 유추연의 결혼으로 경제적인 손실이 따를까 걱정하여 결사적으로 혼인을 막고 나선다. 그 목적을 위하여 결혼 첫날 자신의 사촌을 매수하여 유추연의 간부로 행동하도록 한다. 그 사촌의 행패에 놀란 정을선은 유추연을 의심하면서 본가로 돌아가 버린다. 그렇게 해서 유추연은 어떠한 잘못도 없으면서 부정한 여인으로 낙인찍히고, 그 한스러움을 이기지 못하여 자결하고 만다. 억울하게 죽은 그녀의 혼령이 통탄스럽게 울고, 그 울음을 들은 사람들은 모두 죽게 된다. 마을사람 모두 죽고 부모도 죽어 마을 전체가 폐허가 된다. 다만 그녀의 유모 부부만이 살아남아 집을 지킬 따름이다. 문제는 죽은 유추연의 혼령이 계속해서 현실에 개입하여 사람을 죽게 만든다는 점이다. 고을이 황폐해지자 정을선이 어사가 되어 찾아온다. 정을선은 유추연의 유모를 만나 그간의 사정을 확인하고 자책한다. 정을선은 유추연 혼령의 말을 듣고 금성산에서 구슬을 구해와 유추연을 환생시킨다. 환생한 유추연을 원비(元妃)로 삼자 먼저 혼인한 부인이 유추연을 모함하여 죽이려 한다. 여기에 시어머니까지 가세하여 유추연이 도망하여 지함(地陷)에서 사경을 헤매며 아들을 낳는다. 출장했던 정을선이 이를 듣고 찾아와 모함한 부인을 죽이고 유추연과 함께 부귀영화를 누린다. 따라서 이 작품의 여주인공인 유추연은 무한한 능력을 보이는 인물이다. 그녀는 자결하여 혼령으로 원통함을 호소했을 뿐만 아니라 정을선에게 소생할 약(구슬)을 구해 오도록 종용하기도 한다. 살아나서는 정실부인이 되어 아들을 낳고 부귀영화를 누린다. 그녀는 삶과 죽음의 경계를 어렵지 않게 넘나들면서 능력을 발휘했다. 죽음의 장치가 오히려 유추연의 무한한 능력을 증폭해서 보인 것이다. 어쨌든 죽어서 사라지는 것이 아니라 소생하여 기존과 다름없는 삶을 영위한다는 점에서 무한성을 보인다 하겠다.

다음으로 공간의 개방성이다. 이 작품은 삶과 죽음을 자유롭게 넘나들도록 하여 공간의 개방성이 돋보인다. 유추연이 죽어 혼령으로 활동하는가 하면 그녀를 살리기 위하여 도교적인 금성산이 등장하기도 한다. 무엇보다 그녀가 다시 살아나면서 공간이 무한히 확장될 수 있었다는 점이다. 죽음으로 이야기가 종식되면 단출한 작품이 되고 말았을 것이다. 이야기의 부연이 불가하여 장편으로 형상화하기 어려울 수 있었다. 그런데 유추연이 생환함으로써, 즉 삶과 죽음의 경계를 허물어 버림으로써 이야기의 추동 공간이 확대될 수 있었다. 유추연의 생환으로 공간이 유추연의 집에서 정을선의 집으로 이동하고, 이곳에서 갖가지 사건이 벌어짐으로써 서사역량을 제고한다. 특히 유추연을 정실로 삼음으로써 먼저 혼인한 부인과의 처처갈등이 촉발되고, 거기에 시어머니까지 가세하여 유추연을 죽이려 함으로써 현실적인 가정사의 문제가 복합적으로 부각된다. 그러한 상황에서 정을선이 출장하여 공을 세우는가 하면, 돌아와 가정사의 제반 문제를 엄정하게 처결한 후 유추연과 그녀가 낳은 아들을 중심으로 행복을 구가한다. 이러한 공간의 확장은 삶과 죽음의 경계를 허물어서 가능한 일이었다.[15]

끝으로 지향의 연속성이다. 이 작품은 초반에는 정을선과 유추연의 결연과 혼사가, 중반은 유추연의 계모 노씨와 유추연의 갈등이, 그리고 마지막은 정을선을 둘러싼 두 부인의 쟁총과 부귀공명이 핵심이다. 이를 서사적 의미의 정도에 따라 다시 살피면 정을선과 유추연의 만남과 행복의 추구가 서사의 중핵을 이루고, 거기에 계모 노씨와 정을선과 먼저 결혼한 정렬부인을 배치하여 갈등을 강화하는 수단으로 삼았

---

15) 김진영, 「〈하생기우전〉의 결말구조 양상과 그 의미」, 『열린정신인문학연구』 19-2, 원광대학교 인문학연구소, 2018, 181-206쪽.

다. 그래서 이야기의 중핵을 좇아 지향의식을 보면 남녀결연을 통해 단란한 가정을 꾸리고 행복을 완수하는 것이라 할 수 있다. 그런데 그러한 이야기의 추동에 걸림돌로 작용하는 노씨 때문에 유추연이 죽고 만다. 유추연은 살아서 정을선과 행복을 추구했지만 그것을 실현하지 못하고 원귀가 되고 말았다. 그래서 현실로 복귀하여 미진한 삶을 완수할 필요성이 생겼다. 다행히 정을선의 도움으로 소생한 유추연은 우여곡절이 있었지만 못다 이룬 꿈을 완벽하게 성취한다. 이는 삶과 죽음을 막론하고 지향의식이 현세적인 복락에 있음을 보인 것이라 하겠다. 삶과 죽음의 경계를 무시하면서까지 현실적인 행복을 구축한 것은 지향의식의 핵심이 바로 그곳에 있었기 때문이다. 그러한 지향의식을 완수하기 위하여, 그것도 극적으로 완수하기 위하여 죽음을 일시적인 서사 수단으로 삼은 것이라 하겠다. 이것은 고전소설의 서사지향이 그만큼 세속화되었음을 의미하는 것이기도 하다.

3. 죽음의 서사 전략과 그 의미

삶과 죽음을 다루는 서사는 아주 흔하다. 그것은 서사문학이 사람의 일대기를 다루는 것이라서 종국에는 죽음을 취급하지 않을 수 없었기 때문이다. 하지만 평면적인 일대기를 다루는 곳에서의 죽음은 그리 큰 의미가 없다. 적어도 죽음이 서사적인 축조 과정에서 전략적으로 쓰일 때 기법 면에서 의미가 있기 때문이다. 그런데 그러한 기법으로서의 죽음이 서사장르별로 차이를 보인다는 점이다. 그래서 죽음의 서사전략을 바탕으로 서사문학사의 궤적이나 특성을 짐작할 수 있다. 그러한 것을 몇 가지로 나누어 살펴보도록 한다.

첫째, 장르별로 서사역량을 확인할 수 있다는 점이다. 본 글에서 다룬 서사문학의 각 장르는 죽음을 다루는 작화방식에서 차이가 있다. 그것은 죽음의 세계를 현실로 끌어들이거나 혼령이나 죽은 사람을 현세로 복귀시킴으로써 작화의 범주와 밀도에 변화가 생겼기 때문이다. 먼저 경계를 넘은 서사는 시공간이 제한적임을 알 수 있다. 그래서 서사역량도 그만큼 단발적이면서도 강렬할 수 있다. 죽음이 서사의 단절을 의미하고, 죽음으로써 의도한 바의 지향의식이 모두 완결되도록 했기 때문이다. 현실 문제를 순차적인 정보처럼 다루다가 죽음으로 이야기가 종결되어 서사의 확장이나 변주가 용이하지 않은 면도 없지 않다. 죽음을 자연현상으로 인식하였기 때문에, 그리고 그 죽음을 서사전개의 귀결점으로 상정했기 때문에 사사역량이 그만큼 단선적이다. 다음으로 삶과 죽음의 경계에 머문 서사이다. 이 유형은 현실의 문제가 워낙 중요하여 죽음으로 이야기를 종식할 수 없게 되었다. 산 사람이나 죽은 사람 모두 자신의 욕망을 성취하기 위해 노력하지만 죽음이 그것을 방해하고 나선다. 그래서 죽음을 초월한 서사가 필요하게 되었다.[16] 현실의 미진함을 이어갈 필요성 때문에 죽은 사람을 혼령으로 소환한 것이다. 그러는 중에 이야기의 밀도가 더해져 서사역량이 확대될 수 있었다. 문제는 그러한 만남에 전제 조건이 있었다는 점이다. 욕망 성취를 위해 주어진 시간이 지극히 제한적이기 때문이다. 하루나 길어야 수년이라는 명수로 주어져 충족된 삶을 이어가는 데 어려움이 따른다. 갈급을 해결하는 정도의 시간이 허락될 뿐이

---

16) 김수연, 앞의 논문, 133-135쪽.

었다.[17] 삶과 죽음의 경계를 넘은 서사보다 서사역량이 확장되었지만, 일정한 한계가 있어 단편에 머무는 특징이 있다. 즉 단일한 욕망을 해결하는 수단으로 혼령을 소환했기 때문에 서사역량의 확장에도 일정한 한계가 있었다.[18] 하지만 삶과 죽음의 경계를 허문 서사에 오면 사정이 급변한다. 삶과 죽음의 경계에 머문 서사에서는 일시적인 욕망 성취가 목표였다. 그래서 단일한 목표가 성취되면 이야기가 종식된다. 반면에 삶과 죽음의 경계를 허문 서사에서는 죽은 사람을 혼령으로 소환하지 않고 본래의 몸으로 복귀시켜서 일상사를 소화하도록 했다. 일상사 전반이 다루어지다 보니 서사역량이 더욱 확장될 수 있었다. 부귀와 공명을 두루 누리면서 행복한 삶을 살기도 하고, 다른 인물과의 갈등이 첨예화되면서 감정의 기복을 더하기도 하고, 여기에 자식이나 가문의 문제까지 새롭게 가미시켜 서사역량이 크게 확대된다. 이는 현실 문제를 곡진하게 다루는 소설의 세속화와 무관하지 않다. 그래서 경계를 넘은 서사가 단발적인 서사역량을 보인다면, 경계에 머문 서사는 제한적인 선에서 서사역량이 확장된다. 마지막으로 경계를 허문 서사에서는 무한의 서사 역량과 확장성을 가진다. 이는 전설에서 전기로, 전기에서 소설로 넘어가는 과정에서 죽음을 전략적으로 활용하여 나타난 결과라 하겠다.

---

17) 하지만 사자에게 현실의 시간이 충족되게 주어지면 단순한 사건이 아니라 인간사의 제반 사연을 다루어 장편으로 변모할 수 있다. 일반 고전소설의 죽음이 그러한 성격을 갖는다.

18) 그런 점에서 3년의 명수를 가지고 돌아온 〈이생규장전〉의 최씨녀는 시사하는 바가 있다. 그것은 단발적인 사건을 넘어 다양한 사연을 굴곡 있게 그리도록 했기 때문이다. 이러한 전통이 확대되어 죽은 사람을 소환하여 평생의 삶을 보장하면서 부귀영화를 누리도록 한 것이 신광한의 〈하생기우록〉이다. 그렇기 때문에 전기서사의 서사적 확장과 세속화 경향을 죽은 사람의 소환을 통해도 파악할 수 있다.

둘째, 장르별로 현실적인 담론이 변별된다는 점이다. 서사문학에서 죽음은 현실 문제를 더 곡진하게 드러내는 장치이다. 경계를 넘은 서사에서는 현실적인 삶이 미진 또는 충족되거나 간에 그것을 완수한 다음에 죽음의 선을 넘어선다. 그러면 더 이상의 작화는 불가하다. 죽은 사람이 혼령이나 사람으로 재생하지 않기 때문이다. 자연의 순차적인 질서를 강조하면서 사실 위주로 이야기를 전개하여 현실담론은 죽음의 선을 넘어서기 전까지라 할 수 있다. 죽음을 기점으로 이야기의 확장이나 현실담론으로의 변이가 불가하다. 하지만 경계에 머문 서사는 현실 문제를 더욱 절박하게 다룬다. 삶과 죽음의 언저리에 있던 혼령이 자신의 미진한 회포를 위해, 그리고 산 사람의 욕망 성취를 위해 투쟁적으로 다시 만나기 때문이다. 그 만남으로 현실에서 부족했던 문제가 전격적으로 해소된다. 그러는 중에 현실담론이 자연스럽게 속개된다. 죽음을 통해 현실 문제를 더 핍진하게 다룬 것이라 하겠다. 죽음을 소재로 활용하면서 현실의 우여곡절을 더 적극적으로 형상화한 것이라 하겠다. 이는 충족되지 못한 욕망을 죽음을 동원하여 완수하기 위한 작법이기도 하다. 하지만 이 현실 담론은 명계라는 특정 공간에서 그것도 일시적으로 이루어져 한계가 없지 않다. 그럴지라도 현실에서 미비했던 문제를 끌어와 속개했다는 점에서 현실 담론을 확장한 것만은 틀림없다. 마지막으로 경계를 허문 서사는 현실담론이 중심을 이룬다. 죽음이 인물의 절개와 지조를 강조하는 수단으로 쓰이다 보니 그러한 인물에게 전격적인 보상이 주어져야 했다. 그것이 죽은 인물의 혼령을 부르는 것을 넘어 본래의 신분으로 복귀시켜 현실에서의 모든 삶을 다채롭게 살도록 한 이유이다. 현실로 복귀하여 행복과 불행을 반복하도록 하다가 행복으로 이야기가 귀결되도록 하기도 하고, 아예

복귀와 동시에 온갖 부귀영화를 보장하기도 한다. 따라서 죽음은 왜곡
된 유가 이념에 해당하는 부귀영화를 보장하기 위한 예비단계에 지나
지 않는다. 이는 현실담론에 이야기의 방점을 찍고, 그것을 확장적으
로 그리기 위해 죽음을 활용한 것이라 하겠다.

　셋째, 서사문학사의 통시적 변이를 확인할 수 있다는 점이다. 이야
기문학은 통시적인 변화를 거치며 지금에 이르고 있다. 그러한 변화의
궤적은 다양한 징표를 들어 설명할 수 있다. 그런데 죽음이 서사문학
의 형상화와 사적 전개에서도 유의미한 가치를 가지고 있다는 점이다.
죽음을 어떻게 다루느냐에 따라 서사문학의 장르적인 특성과 변화를
읽어낼 수 있기 때문이다. 죽음의 경계를 넘어선 서사는 현실적인 이
야기만을 다루어 사실담 위주가 될 수밖에 없다. 사물이나 인물을 증
거로 내세우면서 이야기의 사실적 정보를 강조하는 것이다. 현실에 충
실한 이야기라서 삶과 죽음의 경계를 넘어서면 비극이 극대화될 뿐
죽은 사람이 현실로 복귀하지 못한다. 경계를 넘은 서사가 전설적인
징표가 다분한 이유도 여기에 있다. 경계에 머문 서사는 전설적인 특
성을 받아들여 이야기가 비극으로 종결되는 경향이 있다. 하지만 경계
를 넘은 서사에서처럼 곧바로 비극으로 치닫지 않고 희비극을 거쳐
마침내 비극으로 종결되도록 한다.[19] 그것은 죽은 사람을 잠시나마 혼
령으로 소환하여 미진했던 욕망을 성취하기 때문이다. 이처럼 죽음을
통해 현실의 문제를 부가적으로 다루다 보니 허구화가 촉발되고, 그러
는 중에 장르적인 변화가 생겨 전기(傳奇) 서사가 등장한다. 하지만 경
계에 머문 서사는 단발적인 결핍을 해결하는 장치로 죽음을 활용하여

───────────────

19) 이는 이야기의 행로, 즉 사건전개의 방향이 다변화되었음을 뜻한다. 시간의 역행이나
　　공간의 확장, 그리고 인물의 의지 등이 사건을 훨씬 더 복잡하게 만든 것이다.

장편으로 나가지 못하는 한계가 있었다. 그런데 경계를 허문 서사에 오면 죽은 사람이 현실로 재생하는 방식에 큰 변화가 생긴다. 죽은 사람이 자신의 몸으로 복귀하여 기존의 삶을 계승하도록 했기 때문이다. 죽음이 현실과 내세를 가르는 기준이 되지 못하고 서사의 전략적 장치로 활용된 때문이다. 그러면서 서사가 증폭되어 그 밀도에서 차이가 생겼다. 이는 필연적으로 허구적인 장편을 지향하도록 하여 소설의 장르적 속성을 강화하기도 한다. 죽음이 현실의 문제를 증폭해서 보이는, 또는 강조해서 형상화하는 장치로 활용된 때문이라 하겠다.

4. 맺음말

지금까지 서사문학에 나타난 죽음을 서사전략의 측면에서 통시적으로 살펴보았다. 먼저 삶과 죽음의 경계를 설정하고, 그 경계를 넘은 서사, 경계에 머문 서사, 경계를 허문 서사로 나누고 각각의 서사적 성격과 작품의 경향을 개관하였다. 이를 바탕으로 각각의 장르에서 죽음의 서사전략이 어떠했는지 살피면서 그 의미를 짚어보고자 하였다. 이상의 논의를 결론삼아 요약하면 다음과 같다.

첫째, 삶과 죽음의 경계를 넘은 서사는 죽음으로써 이야기가 종식된다. 죽음으로 모든 것이 종결되기 때문에 죽은 사람이 현실로 복귀하지 못할 뿐만 아니라 어떠한 물리력도 행사하지 못한다. 이 유형의 죽음은 일회적인 생을 마감하는 것이기에 인물이 유한적임은 물론 공간도 폐쇄적이다. 지향의식도 단절성이 강해 일회적으로 끝나는 경우가 많다. 이는 전설적인 특성에 부합하는 것으로 현실적인 사실담론에서 일반적이다. 〈김현감호〉와 같이 주인공이 죽음으로써 모든 것이 종식되는 작품들이 이 유형에 해당될 수 있다.

둘째, 삶과 죽음의 경계에 머문 서사는 삶과 죽음을 이분법적으로 구획하지 않고 양계(兩界)의 언저리에 추상적인 삶의 공간을 설정한 것이다. 즉 산 사람과 죽은 사람이 공존할 수 있는 시공간을 마련하고 이야기를 엮어간다. 죽은 사람을 일시적으로 소환하여 부족한 것을 충족으로 호환할 필요성 때문이다. 그래서 이 유형은 산 사람과 죽은 사람의 처지를 모두 헤아리면서 작화한 특성이 있다. 그로 인해 인물이 유한과 무한을 겸비하기도 하고, 공간이 폐쇄와 개방의 접경성을 보이기도 하며, 지향의식도 단절성과 연속성을 공유하기도 한다. 일정한 한계 내에서 서사의 확장을 기대할 수 있는 이유가 여기에 있다. 〈최치원〉과 같이 죽은 혼령과 일시적으로 사랑하면서 산 사람의 경우 현실의 외로움을, 죽은 사람의 경우 미진한 욕망을 성취하는 작품이 이 유형에 해당된다.

셋째, 삶과 죽음의 경계를 허문 서사는 세속적인 행복이 서사의 핵심이다. 그래서 죽음은 단지 현실의 복락을 극대화해서 보이는 장치로 활용될 따름이다. 이 유형에서는 죽음이 종결이 아니라 일시적인 휴지(休止)와도 같다. 죽음보다 삶의 문제, 그것도 세속적인 부귀영화를 중점적으로 다루어서 빚어진 일이다. 그래서 인물이 무한의 능력을 발양하도록 하고, 공간에서도 삶과 죽음의 경계를 자유롭게 넘나들어 개방성이 돋보인다. 지향의식 또한 현실과 죽음의 세계를 연접하여 충족되도록 한다. 〈정을선전〉처럼 죽은 인물을 현실로 복귀시켜 일상사를 차질 없이 소화하도록 한 작품들이 이 유형에 해당된다.

넷째, 죽음의 서사 전략과 의미를 살펴보았다. 서사문학의 각 장르는 죽음을 의미 있게 다루어 왔다. 먼저 각 장르별로 서사역량을 제고하는 장치로 이 죽음을 활용했다는 점이다. 경계를 넘은 서사에서는 죽음이 서사역량을 극대화하면서 핵심적인 주제가 부각되도록 했는가 하면, 경계에 머문 서사에서는 죽음을 통해 인물의 결핍을 강조하고 그 결핍을 해소하기 위해 죽은 사람을 혼령으로 소환한다. 그러는 중에 공간이나 사건의 부연이 가능하여 서사 역량이 확장될 수 있었다. 그리고 경계를 허문 서사에서는 죽은 사람을 본래의 사람으로 복귀시킴으로써 현실의 우여곡절을 다방면으로 소화하도록 했다. 그만큼 이 유형은 서사역량이 제고되어 서사적인 변폭도 클 수 있다. 다음으로 각 장르별로 현실담론에서 차이를 보인다는 점이다. 즉 죽음 이후의 현실 담론에 차이가 생긴다. 경계를 넘은 서사에서는 죽은 사람이 현실적인 담론에 전혀 영향을 미치지 못하고, 경계에 머문 서사는 제한적이지만 현실문제에 개입하면서 미진했던 욕망을 성취한다. 그리고 경계를 허문 서사는 현실에 복귀하여 충족된 삶을 반영구적으로 이어간다. 그래서 이야기의 허구화 정도에 따라 죽음 이후의 현실담론에 차이가 있음을 알 수 있다. 마지막으로 서사문학사의 통시적 변이를 확인할 수 있다는 점이다. 삶과 죽음의 경계를 넘은 서사에서는 죽음이 자연 질서를 추수(追隨)하면서 경외심을 드러내는 장치로 활용되는데 이것은 현실담·사실담을 지향하는 전설적인 속성이라 하겠다. 삶과 죽음의 경계에 머문 서사는 삶과 죽음의 경계를 넘어선 전설에다가 현실의 문제를 추가하기 위해 죽은 사람을 소환하여 서사 확장을 도모한 것이라 하겠다. 전기서사가 이러한 특성을 잘 반영하고 있다. 삶과 죽음의 경계를 허문 서사는 일시적으로 소환되던 죽은 사람을 반영구적으로 불러내어 현실의 복잡다단한 문제를 망라식으로 다루는 것이다. 이는 일반 고전소설에서 보편적인 것이다. 따라서 죽음을 다룬 이야기가 지속적으로 속화 및 허구화되면서 서사역량이 확장되어 전설에서 전기로, 전기에서 소설로 변주되었음을 알 수 있다.

· 제2부 ·

불교의 대중적 만남과 세속담론

〈원효불기〉의 불전성과 이승(異僧)담론

1. 머리말

이 연구는 승전(僧傳)인 〈원효불기(元曉不羈)〉를 중심으로 불전적(佛傳的) 구조를 찾아 대비함으로써 승전의 문학적 성격과 불전이[1] 한국문학에 끼친 영향을 확인하는 데 목표를 둔다. 잘 아는 것처럼 불전은 고려 말과 조선 초에 다양한 문학 장르를 파생하며 속문학 분야에서 큰 반향을 일으킨다.[2] 마찬가지로 승전 역시 고려 말에 와서 다양하게 찬집되면서 서사문학사에서 중시할 만한 위상을 드러낸다.[3] 그런데 불전과 승전의 구조가 유사하다는 점에서 양자 간의 긴밀한 상호관계가 있었을 것으로 짐작된다. 적어도 두 장르는 초월적인 담론을 중심으로 입전했다는 점에서 유사성이 있거니와 깨달은 자는 모두 부처라는 불교의 평등의식 때문에 기승(奇僧)이나 신승(神僧)을 부처처럼 형상화하는 것

---

1) 불전은 크게 현생담과 본생담으로 나눌 수 있다. 현생담은 부처의 일대기를 크게 여덟 개의 상으로 나눈 것을 말하고, 본생담은 부처의 전생담을 의미한다. 이중 본고에서는 부처의 현생담을 불전으로 지칭하였다.
2) 이 시기에 불전을 찬집한 주요한 전적으로 한문본으로는 《석가여래행적송》과 《석가여래십지수행기》, 국문본으로는 《월인천강지곡》·《석보상절》·《월인석보》 등을 들 수 있다.
3) 대표적인 것이 《해동고승전》과 《삼국유사》 소재 작품이다.

[그림 1] 일본 교토 고산사 소장
원효대사 진영

도 이상할 것이 없었다.[4] 승전이 불전의 전형성을 따르는 것이 당연시되어 승전에 불전적 요소가 다수 수렴될 수밖에 없었다.

다만 불전과 승전을 일반론적으로 다루면 양자 간의 유사성을 범박하게 살피고 말 것이기에 이 글에서는 불전의 전형성을 근간으로 승전이 어떻게 대응해 왔는지 〈원효불기〉를 들어 구체적으로 살펴보고자 한다. 기실 〈원효불기〉는 다양한 의미를 가지고 있다. 원효가 육두품 출신의 하급귀족이지만 당대를 대표하는 성사(聖師)가 되었거니와 그가 보인 속지향적인 포교활동으로 그와 관련된 사적이 전국 곳곳에 산재하기 때문이다.[5] 문학적으로도 그 업적을 주목할 수 있는데, 그가 찬한 논소 중에는 문학적인 작품이 다수이거니와 그를 입전한 설화문학도 주목할 만하다.[6] 민중의식이 가미된 설화문학에서는 불전의 구성이나 화소(話素)를 대폭적으로 수렴한 특성이 있다.

---

4) 잘 아는 것처럼 불교는 브라만교와는 달리 평등종교를 지향하였다. 브라만교가 기득권 종교로 한정되었기에 불교는 그와는 변별되는 방법을 선택한 것이다. 그래서 남녀귀천을 불문하고 숭신할 수 있었고, 깨달은 자는 신분에 관계없이 부처가 된다고 했다. 더욱이 깨달은 자는 자신만의 안존(安存)을 목표로 하지 않고 타인에게 그것을 알리기 위하여 부단히 노력했다. 이른바 위로 깨달은 것을 아래로 퍼뜨려 평등복리를 추구한 것이다. 그러는 과정에서 자연스럽게 불타는 물론 깨달은 모든 사람의 일대기가 이타적 구조를 갖게 되었다. 이른바 종교적인 영웅서사 구조를 구비하게 된 것이다.

5) 원효와 관련된 전국의 사찰은 70여 개소로 확인되고 있다. 그만큼 그가 대중적인 인물로 인식되었기 때문이다.(김영태, 「전기와 설화를 통한 원효 연구」, 『불교학보』 17, 동국대학교 출판부, 1980, 33-76쪽)

6) 사재동, 「〈원효불기〉의 문학적 연구」, 『배달말』 15, 배달말학회, 1990, 173-212쪽.

그를 동방의 부처로 인식하여 불전과 동일하게 형상화한 것으로 볼
수 있다. 따라서 〈원효불기〉를 중심으로 불전적 구조를 살피는 것은
나름대로 다양한 의미를 찾을 수 있으리라 본다.

그간 불전과 〈원효불기〉에 대해서는 각기 여러 측면에서 논의되어
왔다. 불전에 대해서는 본생담과 현생담으로 나누어 그것의 문학적 특
성이나 문학사적인 위상을 체계적으로 고찰해 왔다.[7] 그 결과 불전이
아시아의 보편성을 넘어 한국문학으로 변용된 사정이 어느 정도 부각
될 수 있었다.[8] 〈원효불기〉에 대한 논의는 설화문학이나 연희문학의
측면에서 다양하게 논의되어 왔다.[9] 더욱이 원효의 논찬을 문학적으
로 살핀 논의도 주목할 만하다.[10] 하지만 불전과 〈원효불기〉가 구조나
표현, 그리고 세부적인 화소가 동일함에도 불구하고[11] 양자의 친연성

7) 권기현, 「본생담의 기원과 전개에 대한 분석적 연구」, Banaras Hindu University,
   1999.
8) 사재동, 「불교계 국문소설의 형성 경위 – 국문불서《월인석보》등을 중심으로」, 『백제
   연구』 4, 충남대학교 백제연구소, 1994, 142-183쪽.
   김한춘, 「한국 불전문학의 연구」, 『어문연구』 22, 어문연구학회, 1991, 199-272쪽.
   김진영, 「불전과 고전소설의 상관성 고찰」, 『어문연구』 33, 어문연구학회, 2000,
   203-230쪽.
   김진영, 「〈심청전〉의 구조적 특성과 그 의미 – 본생담과의 비교를 중심으로」, 『어문학』
   73, 한국어문학회, 2001, 317-341쪽.
9) 김영태, 「전기와 설화를 통한 원효 연구」, 『불교학보』 17, 동국대학교 불교문화연구원,
   1980, 33-76쪽.
   황인덕, 「전설로 본 원효와 의상」, 『어문연구』 24, 어문연구학회, 1993, 367-389쪽.
   김지연, 「《삼국유사》에 나타난 원효의 이인적 성격」, 『한국문학논총』 24 한국문학회,
   1999, 35-57쪽.
   이동근·정호완, 「〈원효불기〉의 문화콘텐츠적 탐색」, 『선도문화』 12, 국제뇌교육종합
   대학원대학교 국학연구원, 2012, 327-362쪽.
10) 양광석, 「한역불경의 문체와 원효의 문풍」, 『안동대학교논문집』 6, 안동대학교, 1984,
   105-116쪽.
11) 석길암, 「불교의 동아시아적 전개양상으로서의 불전재현(佛傳再現) –《삼국유사》〈원

을 들어 문학적 가치를 구명하거나 문학사적 의의를 조망하는 데까지
나아가지는 못했다.

이에 이 글에서는 먼저 승전과 불전의 전승환경을 확인하고, 이어서
〈원효불기〉의 불전구조를 분석하도록 하겠다. 이를 바탕으로 〈원효불
기〉의 불전구조가 갖는 의미를 통시적으로 살펴보도록 하겠다.●이와
같은 논의를 통해 불전이 한국서사문학사에 끼친 영향관계를 짚어볼
수 있으리라 본다. 적어도 건국신화에서 기원했던 관념적인 초월계를
이 불전서사에서도 찾을 수 있기 때문이다. 이는 한국의 고전서사에서
비중 있게 다루어지는 성지향적인 영웅담론을 이해하는 데도 유용하
리라 본다.

2. 불전과 승전의 전승환경

잘 아는 것처럼 불전은 영웅서사구조를 취하고 있다. 삶에 대해 회의
하거나 방향성을 잃은 불특정다수를 갖은 노력 끝에 구제한 것이 그러
한 영웅서사구조를 만든 것이다.[12] 그러기에 불전을 중심으로 한 부처
의 일대기가 신앙이 되는 것은 당연한 일이라 하겠다. 브라만교와 달리

효불기〉를 중심으로」, 『불교학리뷰』 Vol.8, 금강대학교 불교문화연구소, 2010, 167-
190쪽.

12) 불전의 일대기가 종교적인 영웅으로 형상화되어 있음은 익히 알려진 사실이다. 그래서
석가모니불을 모셔놓은 전각을 두고 대웅전(大雄殿)이라 부른다. 말 그대로 큰 영웅을
모셔놓은 전각이라는 뜻이다. 이는 그가 상구보리(上求菩提)한 다음 혼돈 속에서 헤매
는 무수한 군중을 광명의 세계로 인도했기 때문이다. 즉 인류 구제에 앞장서서 수많은
사람을 안온의 세계로 이끌어 가능할 수 있었다. 이렇게 형상화된 이야기는 전범을 확보
하고 각처에 보급되어 문학적인 파장이 주목된다.

평등종교를 지향했던 불교에서는 깨달은 자는 모두 부처라 칭하여 일반 승려도 부처와 같은 반열에 오를 수 있었다. 그래서 승전으로 입전된 승려의 일대기도 부처의 그것처럼 신앙의 대상이 될 수 있었다. 불교신도가 부처와 승려, 그리고 불법에 귀의하고자 했던 이유도 여기에 있다.

불전과 승전이 이처럼 동일한 반열에서 신앙의 대상으로 확립된 것은 불교의 세계관이나 신앙관의 개방성에서 기인한다. 불교에서는 신앙의 대상이 아주 다양하다. 본존불인 석가모니불은 물론이고 그의 전생담까지도 신앙의 대상이 된다. 그런가 하면 불교천문학적인 세계관의 주재자들, 이를테면 각종 보살 또한 신앙의 대상이다. 여기에 나한을 비롯한 불제자, 즉 신승들 또한 신앙의 대상으로 여긴다. 각종 성물도 숭신의 대상임은 물론이다. 그래서 불교는 목적에 따라 신앙 대상이 달라지는 개방성과 다신교적 특성을 갖추고 있다. 그러기에 불전과 동일하게 승전을 신앙의 대상으로 여길 수 있었던 것이다.

실제로 불전과 승전은 아주 오랫동안 종교적으로 숭신의 대상이었다. 불전의 경우 상당수의 불경이 불타와 관련되었기에 그를 숭신의 대상으로 섬기는 것은 아주 자연스러운 일이었다. 더욱이 어느 종교를 막론하고 교조를 절대적인 대상으로 인식하거니와 그 교조를 숭신하는 것이 공신력을 확보하는 방편이기도 했다. 우리나라에서 불전을 의미 있게 다룬 것은 고려후기이나 실은 불교의 유입과 함께 민중에 의해 숭앙되었을 것으로 짐작된다. 《삼국유사》의 다양한 조목에서 불타의 영향력과 신비력을 확인할 수 있기 때문이다. 선도산성모가 부처를 도왔다는 기록에서 이미 부처가 상당한 권위를 가지고 토착 신을 능가했던 사정을 짐작할 수 있거니와[13] 선덕여왕이 자신을 부처로 지칭하면서 부모를 정반왕과 마야부인으로 설정한 것도 불타를 신앙의 대상으로 삼은 사례라 하겠다.[14] 불교를 국시로 했던 신라에서 불조(佛祖)를 신성시하면서 신앙의 대상으로 숭신한 것은 아주 자연스러운 일이라 하겠다. 그러다가 장편의 서사형태로 역사의 전면에 나선 것은 역설적으로 불교의 탄압이 시작되는 고려 말에 와서이다.

고려 말의 불전에서는 종교와 문학의 만남이 두드러진다. 고려 말에는 신진사대부에 의해 지속적으로 불교가 공격을 받는다. 선종의 지배 하에 있던 불교는 여전히 왕권을 등에 업고 맹위를 떨친다. 그러한 상황에서 새로운 세력으로 부상한 신진사대부들이 신유학을 이념으로 내세우면서 불교와 대립하게 된다. 지식층의 배척을 받는 상황에서, 그리고 선종만 남은 상황에서 불교계에서는 스스로 말법시대로 인식하고 새로운 활로를 모색한다. 문제가 난마처럼 얽혔을 때는 근원으로 돌아가라는 말처럼 불교는 근본불교로 돌아가 활로를 모색한다. 그러면서 불교의 근본인 불조, 즉 불타의 일생에 관심을 기울인다. 그렇게 해서 나타난 것이 운문의 경우《석가여래행적송》이고[15] 산문의 경우《석가여래십지수행기》이다.[16] 이러한 불전은 본생담을 아우르고 있어 대장편의 한문불전으로 유통될 수 있었다. 그러던 것이 조선조에 들어와《월인천

---

13) 《삼국유사》 권5 감통편의 〈선도성모수희불사(仙桃聖母隨喜佛事)〉를 참고할 만하다.

14) 진평왕의 이름 백정(白淨)은 부처의 아버지인 정반왕(淨飯王)에서 비롯된 것이고, 그 왕비를 마야부인(摩耶夫人)이라 칭한 것도 부처의 어머니 이름에서 따온 것이다. 선덕여왕이 사후에 낭산에 묻힌 것은 그곳을 도솔천으로 인식했기 때문이다.

15) 김기종, 「〈석가여래행적송〉의 구조와 주제의식」, 『어문연구』 62, 어문연구학회, 2009, 99-130쪽.

16) 최호석, 「《석가여래십지수행기》의 소설사적 전개 - 〈선우태자〉·〈적성의전〉·〈육미당기〉를 중심으로」, 고려대학교 대학원, 1994.
　　전진아, 「〈석가여래십지수행기〉의 구성방식 - 저본불경과의 내용비교를 중심으로」, 『한국고전연구』 3집, 한국고전연구학회, 1997, 187-224쪽.

강지곡》의 운문서사시와《석보상절》의 산문서사로 유통되다가 이 둘
이《월인석보》로 합편되면서 방대한 강창형태의 국문불전을 이루게
된다.[17] 이렇게 구축된 불전은 고전소설처럼 인기를 얻으며 조선후기
의《팔상록》으로 전승되기도 하였다.[18] 그래서 종교적인 숭신의 대상
이 문예적으로 연변(演變)되어 소설처럼 인기를 끌게 된다. 그만큼 불전
에 대중문학·속문학적인 속성이 내재되어 가능한 일이다.

 승전의 경우도 아주 일찍이 신앙의 대상으로 여기며 유통된 것은
불문가지의 일이다. 이미 삼국의 승려가《송고승전》에 수록되었는가
하면 개별적으로 유통되는 것도 얼마든지 있었기 때문이다. 문제는 우
리의 경우 승전의 집록이라 할 수 있는 것 역시 고려 말에 와서 집중적
으로 간행된다는 점이다. 대표적인 사례가 각훈의《해동고승전》과 일
연의《삼국유사》이다. 삼국의 승려를 중심으로 입전한 것은 새로운
관점에서 역사를 기술할 목적 때문이다. 재래유학에 입각해 편찬된 김
부식의《삼국사기》에서는 유교를 중심으로 편찬하면서 승전을 전혀
다루지 않았다. 그러다가 무신의 난을 계기로 고려후기로 들어서고 신
진사대부와 선승들이 새로운 역사를 개척하는 과정에서 기존의 역사
관을 바로 잡는 일이 전개된다. 선승인 각훈이 유교적인 인물전과는
달리 불교의 고승석덕을《해동고승전》으로 찬성한 이유이다. 문제는
이《해동고승전》이 전의 형식에 충실한 나머지 내용이 소략하다는 점
이다.[19] 이에 고승의 행적을 소상히 밝혀 내용이 충실해진 찬저가 등장

---

17) 인권환,「《석보상절》의 문학적 고찰」,『민족문화연구』9, 민족문화연구원, 1975, 143-
173쪽.
 사재동,「《월인석보》의 강창문학적 연구」,『애산학보』9, 애산학회, 1990, 1-29쪽.
18) 송재일,「한국 근대 불교희곡의 '팔상(八相)' 수용 양상」,『고전희곡연구』2, 한국공연
문화학회, 2001, 267-285쪽.

하였으니 그것이 바로 《삼국유사》이다.[20] 삼국과 고려 모두 불교입국의 사회였고, 승려가 일정하게 역사 전개에 기여해온 사실을 중시하여 그것을 중심으로 새롭게 기술한 것이 《삼국유사》이다. 이로 볼 때 불전이나 승전 모두 유교적인 세계관에 대응하는 과정에서 찬집형태로 다변화되었음을 알 수 있다. 불전이 신유학으로 무장한 신진사대부들의 가치관에 대응하기 위한 것이었다면 승전은 김부식 등의 유교적인 역사관을 시정하려는 차원에서 찬집되었다. 그렇지만 양자 공히 불교가 점차 위기로 내몰리는 상황에서 그것을 극복할 필요성 때문에 찬집된 특성이 없지 않다.[21]

불전이나 승전 모두 불교적인 숭신의 대상으로 신앙되었기에 불교의 다양한 의식에서 전승되었을 뿐만 아니라, 문예적인 연변 또한 확대될 수 있었다. 즉 양자 모두 종교적으로나 문예적으로, 그리고 역사적으로 공통의 기반 위에서 전승된 서사물이라 하겠다.[22] 그래서 서로의 장처를 주고받을 수 있었는데, 아무래도 불교가 들어올 때부터 전범적으로 유전되던 불전이 승전에 영향을 끼치는 것이 자연스러운 현상이었다. 영향을 주고받으면서 대중적으로 연행되어 양자는 전승환경이 흡사할 수밖에 없었다.

19) 김승호, 「승전의 서사체제와 문학성의 검토 - 《해동고승전》을 중심으로」, 『한국문학연구』 10, 동국대학교 한국문학연구소, 1987, 257-274쪽.
20) 최연식, 「고려시대 승전의 서술 양상 검토 - 《수이전》·《해동고승전》·《삼국유사》의 아도와 원광전기 비교」, 『한국사상사학』 28, 한국사상사학회, 2007, 161-191쪽.
21) 김진영, 「여말선초의 불교서사와 유교의 관계」, 『어문연구』 78, 어문연구학회, 2013, 103-127쪽.
22) 강은해, 「《삼국유사》 고승담의 갈등 양식과 의미 - 당《속고승전》 송《송고승전》과 비교하면서」, 『한국문학이론과 비평』 24, 한국문학이론과 비평학회, 2004, 253-277쪽.

3. 〈원효불기〉의 불전 구조 실태

〈원효불기〉는 여러 모로 불전 구조를 보이고 있다. 둘 다 사람의 일생을 문학적으로 형상화하되 신화적인 요소를 가미했기 때문이다. 불교신화인 불전은 아주 다양한 화소가 판타지적인 특성을 보이면서 불조(佛祖)를 영웅으로 형상화하였다. 그렇게 해야만 신성성을 확보하여 신중에게 효과적으로 다가설 수 있었기 때문이다. 이와 마찬가지로 당시 민중에게 높이 추앙받던 원효도 판타지적 화소에다가 기승적인 면모를 가미하여 민중에게 큰 반향을 불러일으켰다. 물론 입전과정에서 불전의 구조와 화소 등이 승전인 〈원효불기〉에 틈입되었음은 물론이다. 이제 그러한 실태를 집중적으로 검토해 보도록 한다. 먼저 불전의 전체 구조를 개괄적으로 살핀 다음에 〈원효불기〉를 그에 대입해 보도록 하겠다.

1) 불전의 구조 양상

불전은 일찍이 인도에서 영웅의 일대기로 확립되었다. 초기의 불전이 사각의 탑 면에 부조된 것이 그를 방증하고 있다.[23] 초기의 불전은 전체구조가 모두 네 개의 상이었지만 그것이 점차 세분화되어 최종적으로는 여덟 개의 상으로 정립된다. 이러한 불전은 서역을 통해 중국에 유입되고, 그것이 우리나라에도 영향을 주었다. 특히 돈황에서 발굴된 팔상변문은 이른 시기에 불전이 여덟 개 상으로 확립되었음을

---

23) 인도에서 초기의 불전은 사면의 탑의 기단에 부조되었다. 그래서 네 개의 상으로 일대기를 형상화하였다. 그러다가 점차 내용이 조정되면서 여덟 개의 상으로 정립되어 나갔다. 둔황의 막고굴에서 발견된 팔상변문 등에서 부처의 일대기를 지금과 같이 구획하였다.

알 수 있거니와 속문학으로 연변(演變)되었음도 짐작할 수 있다. 불교
가 유입·성행하자 불조의 신화적인 영웅의 일대기도 문학적으로 전승
된 것이다.

우리의 경우 불전이 팔상변문으로 유통된 것은 고려 말이다. 물론
그 이전부터 일대기 구조가 민중에게 크게 호응을 얻었을 것임은 물론
이다. 이제 불전을 여덟 개의 상으로 나누어 제시하면 다음과 같다.[24]

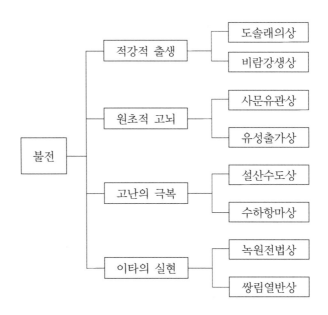

위의 도표에서 보는 바와 같이 불전은 대분류에서는 넷으로 소분류
에서는 여덟로 나뉜다. 불교신화적인 탄생을 보이는 적강적 출생, 인
류 근원의 문제로 번민하는 원초적 고뇌, 초극적인 방법을 통해 구원

---

24) 불전의 전체구조는 고려 말에 운묵선사가 편찬한 《석가여래행적송》의 내용을 따랐다.

을 얻는 고난의 극복, 모든 중생을 구제하고 열반에 드는 이타의 실현
이 그것이다. 자신보다는 불특정다수의 평안을 위해 노력했다는 점에
서 종교적인 영웅이라 할 만하다. 이제 각각의 대분류를 구체적으로
살펴보도록 한다.

강림적 출생이다. 여기에는 도솔래의상과 비람강생상이 해당된다.
먼저 도솔래의상이다. 이 부분에서는 천상의 보살이 지상 강림에 대해
천인(天人)과 논의한다. 오랜 숙의 끝에 가필라국의 정반왕 부부에게 의
탁하기로 결의하고 하강을 결행한다. 호명보살이 흰 코끼리를 타고 적강
하는 가운데 수많은 천인이 태자의 전법륜을 듣기 위하여 동반 하강한
다. 마야부인이 기둥에 기대어 잠시 조는 사이에 위와 같은 태몽을 꾼
것이다. 이후 태기가 있어 열 달 후에 태자를 낳는다. 다음으로 비람강생
상이다. 마야부인이 임신 열 달이 되었을 때 룸비니동산을 산책한다.
이때 갑자기 태기가 있어 무우수 가지를 잡고 오른쪽 옆구리로 태자를
낳는다. 태자는 태어나서 특별한 배움 없이 모든 것을 깨친다. 천상천하
에서 자신만이 깨달은 존재라고 천명하는 등의 이적을 보이기도 한다.

원초적 고뇌이다. 여기에는 사문유관상과 유성출가상이 해당된다.
먼저 사문유관상에서는 태자가 인간 본연의 고통에 대해 회의를 느낀
다. 출생할 때 이미 출가할 것이라는 바라문의 예견이 있었기에 정반
왕은 태자궁을 항시 깨끗이 정비하고 예쁜 비빈을 집중 배치하여 다른
생각을 갖지 못하도록 한다. 세상사의 궂은일과 더러운 일을 보지 못
하도록 하여 지락(至樂)의 삶을 살도록 한 것이다. 그럼에도 불구하고
정거천인의 도움으로 태자는 사람들의 원초적인 고통에 대하여 번민
한다. 그러다가 부왕의 허락을 얻어 성의 네 문을 유관(遊觀)하게 된다.
부왕이 네 문 앞을 모두 깨끗이 정비한 다음 유관을 허락하지만 정거천

인이 화하여 인간의 생로병사를 실증해 보인다. 다음은 유성출가상이다. 태자는 환궁하여 더 큰 고민에 빠진다. 마침내 부왕에게 출가를 알리니 후사도 없이 출가할 수 없다며 윤허하지 않는다. 이에 태자가 야수다라 부인의 배를 가리키며 생남(生男)하리라 하니 후에 그대로 실행된다. 어쩔 수 없이 몰래 담을 넘어 출가하고 종자(從者)를 통해 부왕에게 출가를 알린다.

고난의 극복이다. 이곳에는 설산수도상과 수하항마상이 해당된다. 먼저 설산수도상이다. 출가한 태자는 다양한 능력을 갖춘 현인들을 찾아가 깨달음을 얻기 위하여 문답한다. 즉 고행주의자·배화주의자·수정주의자 등을 찾아가 사사받으며 해탈을 꿈꾼다. 하지만 그러한 방법으로는 생로병사에서 자유로워질 수 없었다. 하는 수 없이 홀로 고행하다가 이련하(泥蓮河)에서 목욕하고 목녀에게 우유죽을 얻어 마신 다음 중도(中道)의 방법으로 수행한다. 다음은 수하항마상이다. 태자가 몸과 마음을 깨끗이 하고 중도의 방법으로 명상에 잠겨 깨닫고자 한다. 태자가 무고안온의 세계로 들려 하자 마왕이 두려워서 방해한다. 먼저 미인을 보내 유혹하다가, 이어서 많은 군사로 위협하지만 태자는 미동도 없이 정진하여 성등정각을 이룬다. 이에 천상과 지상의 모든 사람이 즐거워하고 음악이 울려 퍼지며 꽃이 흩날린다.

이타의 실현이다. 여기에는 녹원전법상과 쌍림열반상이 해당된다. 깨달음을 얻은 태자는 그것이 자신만을 위한 것이어서는 소용이 없다고 생각한다. 많은 사람들이 깨달음을 얻어 무고안온의 세계에 들어야 한다고 여겼다. 갖은 방법으로 포교에 임하는 이유도 여기에 있다. 가장 먼저 자신을 따르던 교진여 등 5인에게 설법을 단행한다. 이른바 초전법륜이다. 태자의 그러한 노력으로 무수한 세계의 사람들이 혜택을 받음은 물론, 제 보살이 무명에서 벗어나 지행(至幸)의 삶을 살게 된다. 다음으로 쌍림열반상이다. 태자는 깨달음을 얻어 부처로서의 삶을 마감하고 열반에 든다. 영웅적인 행위로 사부대중에게 큰 위안을 안겨준 다음 입적한 것이다. 기이한 빛이 흐르고 꽃이 날리는 가운데 우협으로 누워 열반에 든다. 의미 있는 완결이기에 슬픔보다는 기쁨이 충만된 상황이다. 마침내 구시나계라 역사들이 관을 옮기려 하지만 미동도 않다가 스스로 공중에 떠서 사방을 떠돌아 평등복리를 보인다. 더욱이 관욕(灌浴) 이후에 다비하고자 했지만 제자인 가섭이 없어서 뜻을 이루지 못한다. 가섭이 부리나케 도착하자 그제야 두 다리를 들어 보인 다음에 다비가 이루어진다. 다비가 끝난 다음 사리를 수습하여 각처에 불탑을 세워 영원히 공양한다.

이상에서 보는 바와 같이 불타의 일생은 종교적인 영웅으로 형상화되었음을 알 수 있다. 그래서 역사적인 영웅에 필적할 서사구조를 완비한 것으로 볼 수 있다. 강림적 출생에서 불타의 혈통과 신이한 탄강을 다루어 영웅이 될 모든 조건이 완비된다. 즉 출생에 따른 태몽과 기이한 출생으로 비범한 인물임을 보이고 있다.[25] 이어서 원초적 고뇌에서는 인간의 생로병사로 대변되는 고통을 고민한다. 즉 인간사의 제반 문제에 대하여 고민하면서, 어떻게 하면 그 모든 것으로부터 자유로워질 수 있는지 궁구한다. 그러다가 사문유관을 통해 고통 받는 군상을 직접 목격하고 구제할 방법을 다각도로 모색한다. 마침내 부왕의 반대를 무릅쓰고 출가를 단행한다. 몰래 담을 넘어 인간의 모든 고뇌를 없애기 위해 출행한 것이다. 고난의 극복에서는 먼저 가학적인 방

---

25) 김진영, 「고전소설에 나타난 적강화소의 기원 탐색」, 『어문연구』 64, 어문연구학회, 2010, 89–117쪽.

법으로 깨달음을 얻고자 한다. 수정주의자와 배화주의자 등이 이미 현인으로 알려졌기에 그들을 찾아가 고통스러운 수행을 감행한 것이다. 하지만 그러한 방법은 일시적인 안온에 만족해야만 했다. 그래서 몸과 마음을 안정시킨 다음 중도의 방법으로 명상에 잠긴다. 마침내 깨달음의 경지에 이를 때쯤 마왕이 온갖 방법을 동원하여 태자를 방해한다. 하지만 태자는 그 모든 것을 극복하고 무고안온의 깨달음을 얻는다. 오랫동안 고민하면서 자신을 고통으로 몰아넣었던 태자가 마침내 그토록 원하던 깨달음을 얻어 충족된 원만상을 갖게 된다. 이제 태자는 비범한 인물임은 물론 신격으로 자리하게 된다. 이타의 실현에서는 영웅으로 완비된 태자가 자신이 깨달은 것을 사부대중에게 알려 은혜가 골고루 퍼지도록 한다. 그러기 위해 끝없는 포교의 자리가 마련된다. 이른바 법륜(法輪)을 굴려 득익자를 양산한다. 그러한 구제의 노력에 진력하다가, 마침내 이적을 보이며 열반에 든다.

불전은 전체적으로 보았을 때 영웅서사구조를 보이고 있다. 그것은 출생에서부터 열반에 이르는 과정이 중생을 구제하는 원대한 목표를 향해 나아가기 때문이다. 자신의 편안한 삶을 포기하고 수많은 사람들의 평온을 위해 헌신하기 때문에 이타적인 삶, 그것도 고난을 통해 구제했기 때문에 대웅(大雄)의 삶이라 할 만하다. 큰 영웅으로의 족적은 각 지역에 전파되어 유사한 서사물을 양산했다. 지금까지 논의한 내용을 간략하게 보이면 다음과 같다.

비범한 태몽 – 기이한 출생 – 구제의 발원 – 고행의 출행 – 자학적 수행 – 영웅의 완비 – 구제의 실행 – 신이한 죽음

이처럼 비범한 출생에서부터 신이한 죽음에 이르기까지의 내용이 이타적인 삶에 초점이 놓여 있다. 즉 특별하게 출생한 다음에 인류구제의 거대한 서원을 세우고, 그것의 실현을 위해 개인적인 삶을 철저히 희생한다. 마침내 터득한 방법을 모든 중생에게 알려 득익자를 양산하다가 열반에 든다. 그래서 불전은 종교적인 영웅서사의 전형성을 갖추게 되었다. 승전에서 이 불전을 반복해서 패러디한 사정을 그래서 짐작할 수 있다.

2) 〈원효불기〉의 불전 구조

〈원효불기〉는 성사(聖師) 원효의 특출한 일대기를 다양한 자료를 바탕으로 일연선사가 재편한 작품이다. 전체적으로 유기적인 맥락은 부족할지 몰라도 원효의 특이한 행적은 어느 정도 수렴한 것으로 판단된다. 〈원효불기〉는 당대를 대표하던 승려, 그것도 민중적인 기승에 대한 이야기이다. 이 작품에서는 그러한 행적을 다수 집록하여 내용이 풍성한 승전이 되었다. 일연이 불교적인 사적을 중심으로 역사를 이해하고자 했기 때문에 내용에 역점을 둔 결과라 할 수 있다.[26] 〈원효불기〉의 불전적 구조를 살피기 위해 서사내용을 불전과 같이 화소로 정리하도록 한다.

---

26) 일연선사는 몽고의 난으로 인멸되는 문화재를 보고 가슴 아파했다. 그래서 우리의 문화재를 수습하고, 나아가 민중적인 역사를 체계화하는 방법을 모색했다. 그것이 내용에 주안점을 둔 인물전을 짓게 된 동인이다. 민중에 회자되던 특출한 이야기를 수집하여 역사 이해의 수단으로 삼은 것이다.

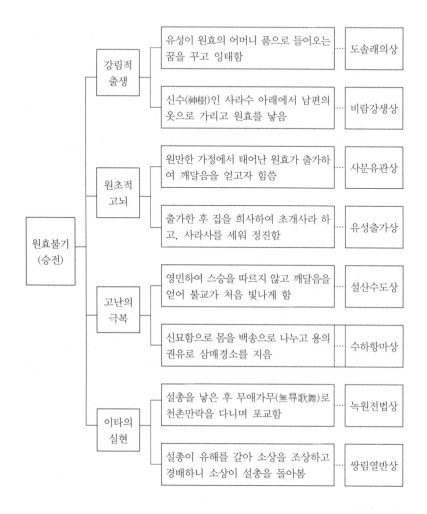

이상의 내용을 보면 전체적으로 불전을 지향했음을 알 수 있다. 출생에서 열반에 이르기까지의 서사구조가 유사성을 보이기 때문이다. 특히 신묘한 경지에 이르러 불특정다수를 구제한 것은 큰 차이를 보이지 않는다. 그만큼 입전한 내용이 유사하다 하겠다. 이제 각 화소별로 유사성을 구체적으로 살펴보도록 한다.

첫째, 적강담이 불전의 도솔래의상과 비견된다. 원효의 어머니는 유성(流星)이 품안에 들어오는 꿈을 꾸고 잉태하여 원효를 낳는다. 원효가 천상적 인물임을 그렇게 표현한 것이다.[27] 이는 도교적인 요소로 해석할 여지도 있지만 불교의 천문학적인 세계관으로 이해하는 것이 타당할 수 있다. 불전의 호명보살이 백상을 타고 하강하는 것과 같은 것으로 볼 수 있기 때문이다. 다만 불전은 인도에 연원을 두어 코끼리가 등장할 따름이고, 〈원효불기〉에서는 동아시아의 방법인 유성으로 하강담을 구비한 것이라 하겠다. 공통적인 것은 태몽을 통해 두 인물의 하강을 다루고 있다는 점이다.

둘째, 출생담이 불전의 비람강생상과 비교된다. 원효는 불지촌의 사라수(娑羅樹) 아래에서 태어났다. 그의 어머니가 만삭으로 길을 가다가 사라수 아래에서 산기를 느낀다. 급하게 남편의 옷을 그 나무에 걸고 원효를 낳는다. 그런데 그 밤나무가 신수(神樹)의 특징이 있어 주목된다. 그 나무의 밤 하나가 바리에 가득할 정도로 영험이 있기 때문이다. 그래서 신묘한 나무 아래에서 원효를 낳은 것이 부처의 그것과 다르지 않다. 불전에서도 부처의 출생이 무우수(無憂樹)와 관련이 있기 때문이다. 근심과 걱정이 없는 나무를 잡고 부처가 태어난 것처럼 원효도 먹을 것이 걱정 없는 사라수 아래에서 태어났다. 모두 신격으로 출생인물을 형상화한 것이라 하겠다. 더 특징적인 것은 부처가 사라수 아래에서 열반에 들었다는 점이다. 쌍림열반상의 쌍수가 사라수이다. 그래서 부처가 입적할 때의 사라수와 원효가 출생할 때의 사라수가 연계되어 있다. 이것은 부처의 입적이 곧 동방에서 생불로 태어났음을 보이

---

27) 이는 〈균여전〉의 '강탄영험분(降誕靈驗分)'과 유사하다.

기 위한 장치라 하겠다. 이는 원효를 불격(佛格)으로 인식하여 가능한 서사라 할 수 있다.

셋째, 깨달음을 얻고자 노력하는 부분이 불전의 사문유관상에 해당될 수 있다. 원효는 관채지년(丱髮之年)인 10대 후반에 출가하여 심혈을 기울여 배운다. 이것은 어린 나이에 깨달음을 얻고자 노력했음을 의미한다. 〈원효불기〉에서는 그러한 내용이 누락되어 있지만《송고승전》에서는 원효가 불교에 입문하여 스승에게 배웠다고 했다. 특히 일정한 곳 없이 떠돌며 배우되, 마음이나 글 모두에서 흔들림 없이 굳세게 정진했다고 하였다. 이는 어린 시절부터 깨달음을 위해 힘껏 노력했음을 뜻한다. 정처 없이 떠돌아다닌 것은 부처가 여러 현인을 찾아 수행한 것과 유사하다.

넷째, 출가 후의 행적이 불전의 유성출가상과 비견된다. 원효는 10대에 출가한 후 정처 없이 떠돌며 배운다. 누구를 특정하지 않고 깨닫기 위한 방법을 다양하게 모색한다.[28] 그렇기 때문에 자신이 거처했던 집을 희사하여 사찰로 활용할 수 있었다. 이른바 초개사가 그것이다. 여기에 그치지 않고 그가 태어난 곳에 사라사를 창건하여 불심을 더 키워나가기도 하였다. 이처럼 자신이 가진 모든 것을 희사하고 자신은 무소유로 정진한다. 모든 것을 희생하고 정처 없이 떠돌며 정진한 것이 불전의 그것과 흡사하다.

다섯째, 모든 것을 스스로 터득하며 정진한 것은 불전의 설산수도상을 연상케 한다. 원효는 일찍이 출가하고 떠돌면서 불법을 익힌다. 이것은 부처가 출가하여 금욕주의자·배화주의자·수정주의자 등을 만나

---

28) 이는 부처가 출가하고 깨닫기 위하여 궁구한 것과 흡사하다. 특히 부처가 수정주의자·배화주의자·금욕주의자 등의 현인을 찾아 배운 것과 유사한 면이 있다.

깨달음을 얻고자 한 것과 동일하다. 부처는 천상천하 유아독존이기에 스스로 중도의 방법으로 명상에 잠겨 깨달음을 얻는다. 그와 마찬가지로 원효도 처음에는 정처 없이 떠돌며 궁구하다 마침내 스스로 정진하여 깨달음을 얻는다. 그 또한 부처와 마찬가지로 나면서부터 모든 것을 알았기에 가능한 일이었다. 나아가 깨달은 바를 더 궁구하여 집필에 몰두하기도 하고 묘력(妙力)을 보이기도 한다. 그의 법호 원효(元曉)가 첫 새벽, 첫 깨달음을 상징하는 것도 바로 이 때문이라 하겠다.

여섯째, 신묘함으로 자재한 능력을 보이는 곳이 불전의 수하항마상에 비견된다. 원효는 십지(十地)의 위계에서 초지보살이 되어 송사 때 몸을 백송으로 나누어 보인다. 게다가 바다용의 조서를 받고 삼매경소를 짓기도 한다. 보살의 경지에 올랐기 때문에 가능한 일이었다. 바다의 용까지 그를 존숭한 이유가 거기에 있다. 게다가 그가 남긴 논소와 종요는 불경을 대중적으로 연역한 것이기에 법보시와 불보시의 큰 뜻을 시행하기도 한다. 특히 절대적인 신격으로 추앙되던 용의 조서를 받고 삼매경소를 지은 것은 원효의 신묘함이 토착의 신격을 압도한 것이라 할 수 있다. 불타가 마왕이 보낸 무수한 마귀를 물리치고 깨달음을 얻은 것과 상통하는 바라 하겠다.

일곱째, 원효가 설총을 낳은 후 천촌만락(千村萬1落)을 돌아다니며 포교하는 곳이 불전의 녹원전법상과 비견된다. 원효는 뜻한 바가 있어 일찍이 천주요(天柱謠)를 부르며 돌아다닌다. 즉 하늘을 떠받칠 기둥을 만들겠다며 자루 없는 도끼가 필요하다고 외친다. 그 뜻을 이해한 태종무열왕이 원효를 모셔와 홀로된 요석공주와 함께 있도록 한다. 그 이후로 요석공주가 잉태하여 설총을 낳는다. 원효는 스스로 파계했다고 선언하고 무구(巫具)로 불구(佛具)를 만들어 전국 방방곡곡을 떠돌며 포교에 전념한다. 그 결과 무식한 하층민까지 염불할 수 있게 된다. 포교의 효과가 그만큼 컸음을 뜻한다. 실제로 원효는 '무애가'와 '무애무'를 활용하여 속강적인 포교를 단행한다. 하화중생의 모범을 그렇게 보인 것이다. 자신의 격을 낮추어 민중과 나란히 하고 포교를 감행하여 효과가 증폭될 수 있었다. 더욱이 신라 십현(十賢)인 설총을 낳은 것은 부처가 십대 제자인 나후라를 낳는 것과 동일하다. 원효는 일부러 물에 빠져 옷을 적시고 태종의 명령을 받고 온 궁리(宮吏)들을 따라 요석궁에 당도한다. 옷이 젖어 어쩔 수 없이 벗고 기거하는데 그 이후로 공주가 임신한다. 이것은 부처가 출가 전에 야수다라 부인의 배를 가리키며 후에 생남하리라고 한 것과 다름이 없다. 모두 깨달음의 경지에 오르지만 세속적인 일 때문에 득자(得子)하는 것이 공통적이라 하겠다.

여덟째, 소상(塑像)의 이적이 쌍림열반상과 비견된다. 원효는 깨달음을 궁구하여 달성하고, 그 깨달은 바를 민중에게 두루 펴기 위하여 부단히 노력하였다. 이른바 하화중생을 위해 파격적인 행보를 보였다. 속화된 방법으로 성스러운 일을 수행한 것이다. 위로는 깨닫고 아래로는 포교에 전념한 후 성사·영웅으로서의 삶을 마감한다. 이에 아들 설총이 아버지의 유해를 갈아 소상을 만들어 세우고 경건한 마음으로 경배하니 그 소상이 고개를 돌려 설총을 바라본다. 서후(逝後) 이적을 강렬하게 보이고 있다. 영원한 법신의 면모를 그렇게 보인 것이기도 하다. 그런데 이와 같은 이적이 불전에서도 동일하게 나타난다. 열반에 든 부처를 다비하고자 했지만 그 뜻을 이루지 못한다. 보관(寶棺)이 전혀 움직이지 않았기 때문이다. 모두 부처의 상수제자인 가섭이 부재하여 벌어진 일이다. 가섭이 이웃나라에서 당도하니 그제야 보관이 움직여 다비가 이루어진다. 가섭이 생전에 염화미소로 부처의 뜻을 알았기에 그가 도착할 때까지 기다린 것이다. 원효의 신묘한 이적과 부처의 그것이 상통함을 알 수 있다.

이상에서 보는 바와 같이 〈원효불기〉를 여덟 개 단위로 나누면 불전의 그것과 상통한다. 그것은 깨달은 자는 모두 부처라는 불교의 평등의식 때문에 가능한 일이었다. 상구보리 하화중생의 모범이 불타이고, 그 일대기를 정리한 것이 불전임을 감안하면 승전 또한 그러한 구조를 가질 수밖에 없었다. 고승 또한 궁구하여 깨닫고, 그 깨달은 바를 두루 포교했기 때문이다. 한편으로는 가장 이상적인 일대기를 불전으로 정립하고 그것의 새로운 버전을 승전으로 양산한 것이라 하겠다. 이제 양자의 유사성을 확인하는 차원에서 앞에서 제시했던 불전의 일대기 구조와 마찬가지로 〈원효불기〉의 그것을 들어보면 다음과 같다.

비범한 태몽 – 기이한 출생 – 깨달음의 발원 – 고행의 출가 – 자발적 수행 – 신묘한 지위 – 포교의 실행 – 신이한 죽음

이상에서 보는 바와 같이 비범한 출생과 특출한 행적, 특히 이타적인 행적을 부각하고 마침내 신이한 입적을 다루었다. 그래서 전체적으로 사부대중의 이익을 위해 노력한 일대기 구조를 갖게 되었다. 이것은 앞에서 살핀 불전도 마찬가지였다. 그래서 양자는 구조적인 면에서 동질성이 확인된다. 경북 경산의 제석사에서 원효의 일대기를 마치 불전의 그것처럼 팔상으로 조성한 것도 이러한 맥락 때문이라 하겠다. 불타나 원효 모두 지향하는 바나 실천한 행적, 그리고 이룬 업적 등에서 유사성이 강하여 가능했던 것이다. 〈원효불기〉의 승전에 불전의 특성을 수렴한 것은 불전이 아시아 공통의 서사문학에서 신라적인 서사문학

[그림 2] 경북 경산시 제석사의 원효성사 팔상

으로 변용되었음을 뜻한다. 그래서 자국문학으로 인식하고 향유·전승
에 제한을 두지 않았다. 이것이 한국의 전기서사의 발달에 추동력이
되었음은 물론이다.

4. 〈원효불기〉의 불전 구조와 그 의미

잘 아는 것처럼 문학은 통시적 맥락을 확보하고 있다. 저명한 작품은
단절되지 않고 후속 작품에 영향을 끼치며 생명력을 유지하기 때문이
다. 더욱이 고대로 소급될수록 원래의 이야기에 변화를 주어 향유하는
전통이 강했다. 신화가 그러하고 전설 또한 마찬가지이다. 같은 이치로
원래의 이야기인 불전에 변화를 가해 새로운 서사작품으로 양산한 것이

승전이라 하겠다. 즉 원화(原話)인 불전을 응용하여 새로운 창작품으로 양산된 것이 승전인 셈이다.[29] 그러한 승전의 대표적인 작품이 바로 〈원효불기〉이다. 그를 전제하고 작품의 가치와 문학사적인 의미를 조망할 필요가 있다.

첫째, 〈원효불기〉의 문학적 가치이다. 〈원효불기〉가 불전을 수렴하여 재창출된 것은 서사문학적인 측면에서 남다른 의미가 있다. 우선 주목되는 것이 허구의 연역이라는 점이다. 앞에서도 살핀 것처럼 이 작품은 여러모로 불전을 닮아 있다. 그렇게 된 데에는 불전이 성직자의 이상적인 삶을 잘 형상화해 놓았기 때문이다. 그것이 종교적인 영웅담의 좋은 본보기가 되어 전파된 각 지역마다 다양한 변이태를 낳은 것이다. 〈원효불기〉가 그러한 산물의 좋은 본보기라 하겠다. 그런데 불전에는 초월계 서사가 아주 다채롭게 형상화되어 있다. 불전을 지향한 〈원효불기〉 또한 초월적인 담론이 큰 비중을 차지한다. 원효는 유성의 입태(入胎)로 임신하고, 백송으로 나뉘는 신묘함을 보이기도 하였다. 그런가 하면 바다용의 부탁으로 조서를 쓰기도 하고, 더 나아가 유해를 갈아 만든 소상이 움직이기까지 했다. 이들의 개입으로 〈원효불기〉는 전체 서사가 현실계와 초월계가 교차되는 특성이 강하다.[30] 이는 유교적인

---

29) 이야기의 전승에서 중시되는 모범적인 것이 원화(原話)이다. 이 원화를 필요에 따라 패러디하면서 새로운 이야기가 창출된다. 고대로 소급될수록 작화에서 원화가 중시될 수밖에 없었다. 대표적인 것이 동명신화이다. 동명신화는 동이족이 거주했던 대부분의 지역에서 확인된다. 즉 서국·부여·고구려 등의 건국신화가 모두 유사하다. 그것은 이보다 우수한 이야기를 창안하기 어려워 조금의 변형을 가해 우월성을 강조하는 방법으로 활용했기 때문이다. 마찬가지로 불전이 불교계 서사의 원화로서 본생담은 물론, 승전에도 영향을 끼친 것으로 보아야 한다.

30) 이것은 불교서사의 특성 중의 하나이다. 특히 불전을 국문화한 《월인천강지곡》·《석보상절》에서 일반적이다. 이들의 영향으로 성지향적인 고전소설의 다수가 그러한 구성을

전문학과는 변별되는 요소라 할 수 있다. 모두 허구적·신이적인 내용을 연역하여 나타난 것이라 하겠다. 이 또한 불전의 그것을 답습하여 나타난 특성임은 물론이다.

〈원효불기〉는 한편으로 속문학의 속성이 아주 강하다. 후사를 이을 아들이 필요하다고 하자 부처가 부인의 배를 가리키며 생득남하리라 말한다. 그 말대로 부인이 임신하여 아들을 낳고 그 아들이 부처의 10대 제자가 된다. 그런 다음 부처는 성불하여 포교에 전념하다가 열반에 든다. 아들을 낳고 생활하는 전반이 민중 지향적이라 할 만하다. 마찬가지로 원효도 요석공주와의 사이에서 아들 설총을 낳아 신라 10현으로 키운다. 그런 다음 '무애무'와 '무애가'를 활용하여 대중교화에 전념하다 입적한다. 특히 속강사로 활약하여 대중 친화적인 성향이 농후하다. 둘 다 거룩하거나 신성시되는 종교담론에서 벗어나 친숙하고 민간적인 세속담론을 지향하고 있다. 이러한 것이 속문학으로 발전하는 촉매가 되었다. 물론 불전의 그것에 준하여 원효의 일대기를 입전했기 때문에 이러한 동질성이 나타날 수 있었다.

둘째, 문학사적 의의이다. 현전하는 불전문학을 확인할 수 있는 시기는 고려 말과 조선 초이다. 이때에 와서 한문과 국문의 방대한 불전문학이 찬집(撰集)되었기 때문이다. 모두 불교가 위기로 내몰리는 상황에서 불교 본연으로 돌아가 혁신을 다짐하면서 유교에 적절히 대응한 결과이다. 그렇게 하여 문학사적으로 남다른 의미를 갖는 작품이 양산되었다.[31] 그들이 허구의 연역이나 속문학의 발달, 국문문학의 형성

갖게 되었다. 대표적인 작품이 〈심청전〉이다.
31) 불전문학을 중심으로 국문문학이 시작되었고, 국문문학의 다양한 장르도 활성화될 수 있었다. 특히 국문소설의 형성과 발양에 이들이 절대적인 영향을 끼쳤다.

등에서 크게 기여했음은 물론이다.

문제는 불전 그 자체만으로는 한국의 역사와 문화를 설명하는 데 한계가 있다는 점이다. 불전은 불조의 일대기이기에 자연스럽게 인도에서 종교서사의 전범이 되었을 것이다. 그래서 불교 발생국인 인도를 제외하고는 불전을 자국의 문학으로 거론하기가 어려울 수 있다. 다소 유연하게 해석하면 불전을 아시아 공통의 문학으로 볼 수는 있겠다. 불교의 전파와 토착화 과정에서 이 불전이 보급되어 문학작품처럼 유통되었기 때문이다. 그러는 과정에서 각 지역의 여건에 맞게 변용되거나 이웃한 장르에 영향을 끼치며 문학적인 파생작을 낳은 것이다. 그 파생작은 특정 지역의 문학 이른바 특수문학으로 취급될 수 있다. 이처럼 자국화한 특수문학의 대표 장르가 바로 승전이다. 승전은 자국의 고승이나 기승, 그리고 신승을 입전한 것이기에 비록 불전을 지향했을지라도 특정 지역의 민족이나 자국문학이라 할 만하다. 불전에서 영향을 받아 창작된 승전은 더 이상 국적이나 민족의 범주를 놓고 고민하지 않아도 된다. 자국의 승려에 대한 입전이기 때문에 그것은 자국의 문화요, 문학이요, 역사이기 때문이다. 그래서 승전의 다양한 유통이 해당 지역의 서사문학을 발양하는 촉매가 될 수 있었다. 불전적 승전인 〈원효불기〉가 그를 실증하고 있다. 이렇게 보면 승전은 초월적·허구적 서사의 전범이 될 만한 것을 불전에서 물려받아 자국의 문학으로 변용한 종교적 영웅서사라 할 만하다.

불전을 답습한 승전이 한국적인 영웅담으로 형성·유통되는 과정에서 성지향적인 초월계 서사가 발전할 수 있었다. 건국신화의 영웅담이 속지향적 민중영웅소설에 영향을 끼친 것처럼 불전의 영웅담이 성지향적인 민중영웅서사의 발달에 일조한 것으로 볼 수 있기 때문이다.

역사계 영웅서사의 통시적 맥락은 그 실체가 어느 정도 드러난 반면에[32] 종교적인 영웅서사의 맥락은 명료하게 논급되지 못했다. 종교적인 영웅서사가 드물어 관심을 덜 기울이는 한편으로, 종교적인 영웅서사에 대한 탐색 또한 미진했기 때문이다.[33] 그런데 불전에 관심을 기울이고 그 자장을 승전에서 찾아 확인하면 종교적인 영웅서사의 작화전통을 확립하는 데 크게 기여하리라 본다. 〈원효불기〉가 그를 실증해 보이기 때문이다. 〈원효불기〉가 문학사적으로 남다른 의미를 갖는 이유도 바로 여기에 있다.

5. 맺음말

이상으로 〈원효불기〉의 불전적 구조와 그 의미를 살펴보았다. 먼저 불전과 승전의 전승환경을 개관한 다음, 〈원효불기〉의 불전 구조를 검토해 보았다. 이를 바탕으로 〈원효불기〉의 불전 구조가 갖는 의미를 조망해 보았다. 지금까지 논의한 것을 결론 삼아 요약하면 다음과 같다.

첫째, 불전과 승전의 전승환경을 검토하였다. 불전은 부처의 일대기를 형상화한 것으로 불교신화적인 특성이 강하다. 고통에 시달리는 만민을 구제하는 과정이 역사계 신화에서의 영웅과 흡사하기 때문이다. 이 불전은 신중에게 신앙의 대상으로 여겨지며 아주 이른 시기부터 서사담론으로 기능하였다. 승전 또한 불전의 구조를 추수(追隨)하여 불

---

32) 김나영, 「고전 서사문학에 나타나는 영웅적 특징과 그 의미 - 주몽신화·아기장수전설·홍길동전을 중심으로」, 『돈암어문학』 13, 돈암어문학회, 2000, 233-262쪽.
33) 윤보윤, 「고전소설에 나타난 영웅인물의 유형과 형상화 연구」, 충남대학교 대학원, 2013.

전과 마찬가지로 상구보리하화중생(上求菩提下化衆生)의 일대기를 구비
하였다. 승전이 종교적으로 숭신의 대상이 된 것도 바로 이 때문이다.
깨달은 자는 모두 부처라는 불교의 평등이념 때문에 가능한 일이었다.
이처럼 불전과 승전 모두 민중의 신앙물이면서 동시에 문예욕구를 충
족시키는 서사물로 기능해 왔다. 그래서 전승의 목표나 환경이 유사함
을 알 수 있다.

둘째, 〈원효불기〉의 불전 구조 양상을 살펴보았다. 여기에서는 먼
저 불전의 전체 구조를 개괄적으로 고찰하였다. 즉 일대기를 팔상으로
구획하여 검토하였다. 그 결과 불전은 전형적인 종교영웅서사임을 확
인할 수 있었다. 출생과 성장, 행적과 열반에 이르는 과정이 이타적인
행위를 전제하여 직조하였기 때문이다. 다음으로 〈원효불기〉의 불전
구조 양상을 살펴보았다. 〈원효불기〉는 고승이면서 신승, 그리고 기승
을 입전한 작품이라서 전체적인 구도가 불전의 그것과 흡사하다. 불전
과 마찬가지로 그 일대기가 여덟 개 상으로 구획된 종교적인 영웅서사
물이라 하겠다. 즉 출생과 성장, 행적과 입적이 희생적인 영웅의 일대
기를 구비하고 있다. 거시구조는 물론 미시적인 화소(話素)까지 불전을
전제한 작화이기에 가능한 일이다.

셋째, 〈원효불기〉의 불전 구조가 갖는 의미를 검토하였다. 먼저 불
전 구조를 통해 본 〈원효불기〉의 문학적 가치이다. 누차 말한 것처럼
〈원효불기〉는 여러모로 불전을 닮았다. 그래서 불전의 신화적인 모티
프가 개입되어 초월적인 담론이 되었다. 이 초월적인 세계관은 서사문
학이 허구·연역화되는 데 크게 기여하였다. 이것은 구비문학인 설화
에서 기록문학인 전기 및 소설로 나아가는 원동력이기도 했다. 불전의
가공성(架空性)을 따르면서 서사의 편폭이 확장되어 작화가 다변화된

것이다. 게다가 민중지향성 때문에 속문학·민간문학의 발양에도 보탬
이 되었다. 설총을 낳은 후 속강을 단행하거나 서후(逝後) 이적 등의
화소가 속문학의 발전에 기여할 수 있었다. 이것은 〈원효불기〉에 국한
되지 않고 승전문학 전반에 해당되는 것이기도 하다. 불전은 원형적으
로는 인도문학이다. 외연을 넓혀 생각하면 아시아 공통의 문학이라고
할 수 있다. 그런데 불전을 따라 형상화된 승전은 자국문학으로 논의
하는 데 주저할 이유가 없다. 이것이 승전이 활성화된 주요 이유이기
도 하다. 그러는 중에 불전의 영웅서사구조를 계승하고, 그것을 후대
의 영웅서사물에 물려줄 수 있었다. 불전에서 속문학으로 이어지는 영
웅서사의 전통을 〈원효불기〉와 같은 승전이 매개한 것으로 볼 수 있
다. 따라서 역사적인 영웅서사의 연원을 건국신화에서 찾듯이 종교적
인 영웅서사의 근원을 불전에서 찾아야 마땅하겠다.

〈조신몽〉의 변주성과 욕망담론

1. 머리말

이 글은 〈조신몽〉에서 변주된 시공간이 불행으로 점철된 원인과 문학적 성격을 파악하는 것이 주목적이다. 〈조신몽〉은 구조상의 특성과 유려한 문체 때문에 초창기 연구에서부터 집중적인 관심의 대상이었다. 그것은 이 작품이 전기(傳奇) 또는 전기소설(傳奇小說)의 성격을 구유하여 빚어진 일이다. 물론 사찰연기설화라는 엄연한 징표가 없지 않지만,[1] 그럼에도 불구하고 구비전승의 전설을 넘어 기록문학의 전기로 변화한 사정을 이 작품을 내세워 살피는 데 주저하지 않는다. 그만큼 이 작품이 서사적인 역량이 강화되어 가능한 일이다. 이 작품은 현실의 문제를 직설적으로 다루기 어려워서, 혹은 단조로운 서사를 극복하고자 꿈이라는 초월적인 시공간을 창안했다. 그리하여 시공간이 가상인 만큼 서사의 확장이나 부연도 자연스러워 문학적인 역량을 강화하는

---

[1] 이 작품의 마지막 부분에서 조신은 무소유를 실천하기 위해 자신의 사가(私家)를 희사하여 사찰을 조성한다. 이는 세속적인 욕망이 전혀 없음을 그렇게 보인 것이기도 하다. 다만 이 사찰이 전설적인 근거라 하여 이 작품을 전설로 취급하는 것은 생각해 볼 일이다. 어느 장르든 새롭게 변화할 때는 계승한 기존 장르의 특성을 수반하는 것이 보편적이기 때문이다.

데 유용할 수 있었다. 문제는 기존의 유교계의 전기와는 다르게 변주된 시공간에서 벌어지는 사건이 비극이라는 점이다. 대부분의 꿈 이야기가 부귀영화를 다루는데 반해, 이 작품만은 처절할 정도의 비극으로 일관된다. 이 글에서는 변주된 시공간에서 나타나는 불행의 의미를 살피고, 그것이 장르적인 문제와 어떻게 연계되는지 짚어보고자 한다.

이 작품의 우수성과 독특성 때문인지 연구 성과도 상당한 수준에 이르렀다. 주로 설화문학과 전기 또는 전기소설적인 관점에서 주목해 왔다. 그리고 불교서사라는 점에서 포교텍스트, 변문의 측면에서 주목한 성과도 없지 않다.[2] 설화문학적인 측면에서는 전설적인 근거를 내세워 사찰연기설화의 관점에서 다루고,[3] 전기 또는 전기소설적인 측면에서는 환몽구조에다 꿈속 이야기의 유려한 문체와 절절한 내용에 주목하였다.[4] 그러면서 통시적인 맥락을 감안하여 꿈 소재 서사의 원류적인 작

2) 채용복, 「조신구조의 분석적 고찰」, 『어문학』 49, 한국어문학회, 1988, 233쪽.
　　김승호, 「불교전기 소설의 유형설정과 그 전개 양상」, 『고소설연구』 17, 한국고소설학회, 2004, 107-131쪽.
　　김진영, 「〈조신몽〉의 형성배경과 문학적 성격」, 『불교어문론총』 10, 한국불교어문학회, 2005, 119-149쪽.
3) 차용주, 「조신설화(調信說話)의 비교연구」, 『韓國文化人類學』 2, 한국문화인류학회, 1969, 57-73쪽.
　　임철호, 「조신설화 연구」, 『연세어문학』 7-8, 연세어문학회, 1976, 267-284쪽.
　　이윤석, 「조신설화의 문학적 가치에 관한 소고」, 『전통문화연구』 4, 효성여대 한국전통문화연구소, 1988, 167-189쪽.
4) 지준모, 「전기소설의 효시는 신라에 있다 - 〈조신몽〉을 해부함」, 『어문학』 32, 한국어문학회, 1975, 117-134쪽.
　　임형택, 「나말여초의 전기문학」, 『한국한문학연구』 5, 한국한문학회, 1981, 89-104쪽.
　　김종철, 「서사문학사에서 본 초기소설의 성립문제-전기소설과 관련하여」, 『고소설연구논총』, 다곡이수봉선생 화갑기념논총 간행위원회, 1988, 184쪽.
　　김종철, 「고려 전기소설의 발생과 그 행방에 대한 재론」, 『어문연구』 26, 어문연구학회, 1995, 529-552쪽.

품으로 내세우기도 한다.[5] 그러다 보니 자연스럽게 중국에서 꿈을 다룬 전기와의 상관성이나 비교 연구도 이루어졌다.[6] 이상의 논의에도 불구 하고 이 작품에서만 유독 꿈속의 이야기가 불행으로 점철되었는지 분명 하게 해명하지 못한 듯하다.

이에 본 글에서는 〈조신몽〉의 제작의도와 작품의 구도를 살피고, 꿈으로 환치된 시공간에서 벌어지는 사건을 바탕으로 서사적인 변용 을 검토하도록 한다. 이를 바탕으로 이 작품의 장르문제와 서사문학사 적인 의의를 짚어보도록 하겠다. 이러한 논의가 효율적으로 진행되면 이 작품의 불교 전기적 속성이 부각되고, 그러한 전통이 후대의 불교 서사에 끼친 영향관계가 확인될 것으로 본다.

2. 제작의도와 작품의 구도

이 작품은 꿈속에서 남녀의 애정문제를 다루고 있지만 실은 꿈이라 는 장치를 통하여 신불(信佛) 문제를 부각한 것이라 할 수 있다. 꿈속에 서 세속적인 욕망을 다루다가 마침내는 불교적인 깨달음을 천명했기 때문이다. 이처럼 성불의 목적성을 가지고 작화하여 그 제작의 주체는 당연히 불교계의 인사라 할 수 있겠다. 그래서 작품의 구도 또한 불교적

곽정식, 「〈조신전〉의 갈래 규정」, 『효성대학교논문집』 21-2, 효성대학교, 2000, 45-60쪽.

5) 오대혁, 「〈조신전〉의 구조와 형성배경」, 『한국문학연구』 20-1, 동국대학교 한국문화 연구소, 1998, 349-386쪽.

6) 김광순, 「〈조신전〉과 〈침중기〉에 나타난 꿈의 양상과 의미지향」, 『한국고소설사와 론』, 새문사, 1990, 149-169쪽.

인 깨달음의 문제를 효과적으로 부각하는 데 유용하도록 했다. 이러한
점을 전제로 제작의도와 작품의 전반적인 구도를 살펴보도록 한다.

1) 제작의도

앞에서 말했듯이 〈조신몽〉은 불교계 지식인이 제작했을 것으로 본
다. 그렇게 제작·전승되던 것을 일연이 《삼국유사》에 수렴한 것으로
볼 수 있다. 그것은 일연의 문체와는 다르게 서사된 작품 자체가 증명하
는 터이다. 더욱이 아려한 문체로 작성되어 문언문체의 기록서사로 주
목할 만하다. 일연이 《삼국유사》를 찬하기 전에 유전되었음을 감안하
면, 이 작품의 창작 시기는 자연스럽게 소급되어야 마땅하고, 그와 유사
한 작품이 등장한 때에 제작되었을 것으로 본다. 문언문체의 기술물이
라는 점에서 이 작품은 전기적인 속성이 농후한데, 이 전기가 나말여초
에 등장하여 문학적인 관습을 일신토록 한 것은 이미 잘 아는 사실이다.
　우리의 전기가 나말여초에 주목받을 수 있었던 것은 중국문학과도
무관하지 않다. 즉 당대의 전기와 밀접한 관계를 갖는다 하겠다. 중국
의 경우 육조의 지괴가 소설적인 변주를 거듭하다가 저승의 인물이
이승에 관여하는 일이 확대되고[7] 마침내 당대 전기에 와서 소설적인
모습을 보인다. 구비문학에서 기록문학으로 변화하면서 소설로의 진
척이 가속화된 것이다. 소설적인 변화에 일조한 것이 바로 서생(書生)
이나 문사(文士)이다. 유식층의 개입으로 개인적인 문제가 이야기에 담
기면서 소설적인 변화를 촉발했기 때문이다.[8]

---

7) 서경호, 『중국소설사』 서울대학교출판사, 2004, 제4장 '소설적 경험의 축적'을 참고하
　기 바란다.

특히 행권·온권으로 불리는 서생에 대한 평가 때문에 서생들은 자신의 글재주를 인정받을 목적에서 전기를 적극적으로 활용하였다.[9] 서생이 지은 전기가 아려한 문언문체에다 각종 서식의 글이 개입된 것도 그러한 사정 때문이다. 한편으로는 식자층에서 자신들을 써주지 않는 사회에 대한 불만을 부각한 것이기도 하다. 인재로서 충족되었다고 생각하지만 사회에서 인정해 주지 않자 그것을 확인하는 우의적인 수단으로 전기를 활용한 것이다. 그래서 전기의 주인공들은 현실에서 부족했던 온갖 욕망을 가상의 작품 속에서 한때나마 충족되게 성취하는 특징이 있다.

〈조신몽〉은 그와 같은 유교계 전기와는 사뭇 다르게 형상화되었다. 가상의 시공간인 꿈에서 조신이 겪는 모든 것은 그야말로 비극의 연속이다. 행복한 유교계 전기와는 다르게 현실 문제를 정반대로 다루고 있다. 따라서 가상의 세계에서 현실의 욕망이 성취되는 유교계 전기와는 다르게 현실의 욕망이 불행의 근원이라는 점을 강력하게 부각한다. 그와 같은 것은 작자가 기존의 전기를 필요한 대로 재해석하여 가능한 일이라 하겠다. 유교는 지극히 현실적인 윤리를 중시하고 현실에서 지켜야 할 수범적인 내용을 강조한다. 그것을 준수했을 때 주어지는 행복이 유가적인 삶의 목표라 할 수 있다. 전기에서는 그러한 삶을 살지 못한 서생이나 문사의 욕망이 충족되도록 담아놓았다. 전기의 가상세계에서 충족된 지식과 이념, 애정의 성취와 명예의 확보, 그리고 출사와 권력의 쟁취 등을 주요하게 다루는 이유이다.[10] 반면에 불교에서는

---

8) 기록문학인 소설은 집단보다는 개인의 심각한 문제를 고도화된 구조와 세련된 표현으로 담아내는 특징이 있다.

9) 서경호, 『중국소설사』, 서울대학교출판부, 2004, 221-223쪽.

현실을 부정하고 불교에 귀의하여 깨달음을 얻을 때 무궁한 행복이 보장된다고 보았다. 현실을 부정하는 데서 행복을 추구했기 때문에 불교전기에 나타나는 가상의 시공간에서는 현실의 모든 것이 불행의 근원이라고 말해야만 했다. 그래서 〈조신몽〉의 내부액자에 해당하는 가상의 꿈이 불행으로 점철된 것이라 할 수 있다.

위의 내용을 감안할 때 꿈에서의 불행은 불교적인 깨달음을 전제한 작화라 하겠다. 제작의도가 다분히 종교적인 목적이 내재되어 있음을 알 수 있다. 이를 감안하면 이 작품이 민중적인 포교담인가의 문제를 생각해 볼 일이다. 전기가 필요에 의해 지식층이 가담하면서 발양된 장르이고, 그 지식인 개인의 문제가 심화될 때 소설이 등장하기 때문이다. 그래서 기록서사로 변주된 〈조신몽〉을 구비적인 포교담으로 쓰였다고 단정하기보다는 식자층을 전제하면서 불교계의 지식인이 제작한 것으로 보아야 하겠다. 이른바 서승(書僧)이 출가자거나 재가자거나 간에 신불문사를 독자층으로 생각하고 제작한 것이라 하겠다. 하층의 대중적인 담론을 넘어 상층의 귀족적인 담론으로 격상된 것이 바로 이 작품이라 하겠다. 이는 가상의 시공간인 꿈의 세계가 비극으로 점철되고, 그로 인해 현실을 부정하고 불교로 귀의할 수 있도록 유도한 고도의 수법에서도 짐작할 수 있다. 이처럼 구비적인 담론을 넘어 기록서사로 변모할 수 있었던 것은 유교계의 전기가 서생을 중심으로 한 지식층이 가담하여 가능했듯이, 서승을 중심으로 한 불교계 식자층이 의도하여 제작한 때문이라 할 수 있다.

---

10) 이는 전기에서 시작되어 일반 고전소설에 오면 크게 확대되어 나타난다. 출장입상을 통한 부귀영화, 그것도 대를 이은 복락이 그것을 반증하고 있다.

2) 작품의 구도

전기소설은 유교적인 관점에서 주목되는 바가 크다. 유교계 서생은 경사(經史)를 콘텐츠로 하여 시부사(詩賦辭) 등의 문학을 익히면 출세의 길이 보장된다. 그런데 그것이 불가능할 때는 전기를 활용하여 자기의 불우한 처지를 드러내곤 하였다. 출세에 대한 욕망이 있지만 그 꿈이 좌절되었을 때 오는 상실감과 전도된 의식을 담아놓은 것이 전기서사라 하겠다. 그래서 전기에서는 뛰어난 문재(文才)에도 불구하고 그 욕망이 성취되지 못했을 때는 세상에 대한 분노도 마다하지 않고 담아놓았다. 전기가 문언문체에다 수사(修辭)가 돋보이고 문예문은 물론 실용문까지 다양하게 삽입한 이유도 여기에 있다. 이른바 문재를 과시하기 위하여 다양한 글의 종류를 작품 내용에 틈입시킨 것이라 하겠다. 유교계의 전기가 주인공이 현실에서 출세할 욕망이 있음에도 불구하고 그것이 이루어지지 않아 경제적으로나 신분적으로 퇴락하고, 그러한 결핍을 충족하고자 전기소설의 가상세계에서 한때나마 부귀영화를 누리도록 한 것이다.[11] 현실의 결핍이 가상의 세계를 통해 해소되도록 하면서 극적인 정화를 의도한 것이라 하겠다. 그러한 사정을 표로 간략하게 보이면 다음과 같다.

---

11) 《금오신화》의 각 작품에서 가상의 세계를 설정하고 서생의 능력을 입증해 보이는 한편으로, 『기재기이』의 〈하생기우전〉에 오면 죽음과 재생을 통해 현실의 복락을 장황하게 다루고 있다.(김진영, 「〈하생기우전〉의 결말구조 양상과 그 의미」, 『인문학연구』 19-2, 원광대학교 인문과학연구소, 2018, 181-206쪽 참고)

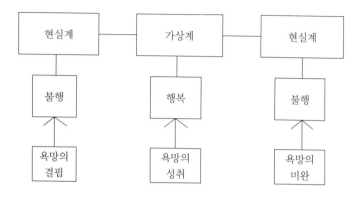

위에서 보는 바와 같이 유교를 바탕으로 하면서 현실적인 행복을 중시한 서사는 꿈의 가상세계에서 개인의 욕망이 성취되도록 한다. 또는 주인공의 이념이나 철학의 정당성을 인정해 주기도 한다. 이것은 현실에서 주인공이 인정받지 못하는 것을 역설적으로 담아낸 것이라 하겠다. 현실의 높은 장벽으로 자신의 뜻을 실현할 수 없기에 가상의 시공간을 설정하고 현실과는 반대의 상황을 조성한 것이라 하겠다. 그렇게 하면 일시적으로나마 미진했던 것이 충족될 수 있기 때문이다.

불교를 중심으로 서사된 전기는 그와는 사정이 사뭇 다르다. 현실에서의 삶 자체가 질곡이고, 그러한 현실을 부정할 때 찬연한 불교의 이상세계로 진입할 수 있었기 때문이다. 그래서 기본 전제가 현실공간은 불교적인 행복의 세계를 표방하고, 가상공간은 현실의 불행이 점철된 곳으로 해석한다. 〈조신몽〉도 그와 같은 입장을 고수하여 세규사의 장원인 조신과 꿈속의 조신은 많은 차이를 보인다. 물론 꿈을 깬 다음의 조신과도 차이를 보인다. 꿈꾸기 전의 조신은 출가한 불승이면서도 세속적인 욕망을 떨치지 못한다. 그는 불교에 귀의하여 안온한 세계를 찾아야 함에도 불구하고, 그것에는 등한히 한 채 오로지 세속적인 욕

망을 중시하며 좇을 따름이다. 그렇기에 가상의 시공간인 꿈을 통하여
세속적인 욕망이 이루어질 수 있도록 특단의 조치를 단행한다. 현실에
서의 욕망이 가상의 시공간에서 성취되도록 조치한 것이다. 그래서 조
신이 꿈속에서나마 세속적인 욕망을 성취하고 가족공동체를 이루어
행복을 기약한다. 그런데 그 현실은 궁핍과 유랑이라는 극단의 비극으
로 치닫고 말았다. 그 결과 천륜인 자식이 죽거나 아픔으로 고통 받기
만 하여 마침내 그토록 염원했던 부인과의 인륜도 저버림으로써 불행
이 종식된다. 극한의 슬픔에서 비극적인 상황을 종식하고자 헤어짐을
단행한 것이다. 가상의 시공간을 통하여 비극을 알게 된 조신은 꿈을
깬 후의 삶이 달라질 수밖에 없었다. 불교에 귀의하여 무소유의 삶을
지향하면서 자신의 사가(私家)마저 사찰을 조성하기 위해 희사한다. 마
침내 안온한 불교에 귀의하여 종교적인 행복을 추구한 것이다. 그러한
사정을 표로 보이면 다음과 같다.

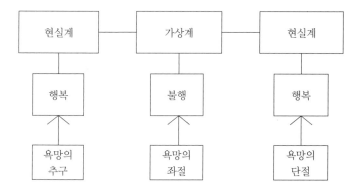

이상에서 보듯이 이 작품은 꿈꾸기 전의 현실계는 종교적인 관점에
서 보면 행복의 세계일 수 있다. 조신이 출가한 승려이기에 수행정진

을 통해 무상의 깨달음을 얻으면 충족된 행복이 보장될 수 있었기 때문
이다. 그런데 조신이 불교적인 신앙심보다 세속적인 욕망을 추구하여,
그것도 미인을 탐하는 애욕 때문에 마음이 충족될 수 없었다. 종교적
인 의지와 세속적인 지향이 충돌하여 온전하게 행복을 추구하지 못했
다. 행복이 마련된 세계이지만 그것에 반하는 행위로 문제를 야기하고
말았다. 그래서 꿈의 시공간을 통해 세속적인 삶의 허망함을 보일 필
요가 생겼다. 이미 다른 곳으로 출가한 김 여인을 소환하여 조신과의
애정이 전격적으로 성취되도록 조치한 것이다. 문제는 김 여인과 살면
서 가정은 물론 개인적으로 고통이 연속된다는 점이다. 그 고통이 정
점에 이르렀을 때 그토록 인연 맺어지기를 갈구했던 김 여인과 헤어지
는 것으로 꿈의 이야기가 종식된다. 유교계의 전기와 정반대의 세속적
삶을 그린 것이다. 불행으로 점철되었던 가상의 꿈은 현실의 욕망이
가져온 결과이다. 그러한 불행이 마지막 꿈을 깬 후의 세계에서는 종
교적인 행복으로 환치된다. 모든 세속적 욕망을 단절하고 무소유의 삶
을 선택함으로써 행복한 삶을 추구할 수 있었다. 그래서 이 작품은 전
반적으로 작품의 구도가 불교적인 이념을 따라서 행복의 세계, 불행의
세계, 행복의 세계로 전이해 감을 알 수 있다. 유교계의 서사가 불행의
세계, 행복의 세계, 불행의 세계로 전이해 간 것과 좋은 대조를 이룬
다. 그것은 서승 등의 불교문사가 유교계의 서생이나 문사의 글쓰기
방식을 준용하면서도 불교적인 이념을 효과적으로 수렴하여 나타난
결과라 할 만하다.

3. 시공간의 초월적 활용과 서사적 변이

이야기문학에서 이계(異界)를 활용하는 것은 오랜 전통이다. 현실의
문제를 직설적으로 다루는 것보다 우의적으로 보이면서 문제를 더 곡
진하게 부각할 수 있었기 때문이다. 한편으로는 경외감을 조성하면서
문학적인 역량을 높이기 위하여 이계를 활용하기도 한다.[12] 그 이계는
천상과 수중은 물론 지하나 굴혈 등 아주 다양하다. 여기에 가상적인
꿈이나 명계를 다루기도 하고, 때로는 동물에 빗대어 현실적인 문제를
드러내기도 한다. 이계가 전기에 오면 몇 가지로 유형화된다. 죽음의
세계와 꿈의 세계, 그리고 동물의 세계가 그것이다. 죽음의 세계를 다
루는 것은 원통하게 죽은 사람을 현실로 소환하여 미진했던 삶이 충족
되도록 하는 것이거니와[13] 꿈을 서사한 것도 현실의 결핍을 충족되게
그리기 위한 수단이다.[14] 사람의 문제를 직설적으로 다루는 부담을 덜
기 위하여 동물을 빗대어 서사하는 것도 종종 확인된다.[15] 그렇게 하면
서 이야기의 시공간이 가상이라는 특별한 세계로 옮겨지게 된다. 이
옮겨진 시공간에서 현실의 문제를 아주 기발한 사건으로 직조하여 다
루는 것이다.

1) 시공간의 초월적 활용

〈조신몽〉은 시공간에 변화를 주면서 꿈이라는 가상의 세계로 진입하

---

12) 소인호, 「저승체험담의 서사문학적 전개 – 초기소설과의 관련 양상을 중심으로」, 『우
　　리문학연구』 27, 우리문학회, 2009, 103-130쪽.
13) 〈최치원〉과 〈수삽석남〉 등이 이에 해당된다.
14) 〈침중기〉와 〈남가태수전〉이 이에 해당할 수 있다.
15) 〈김현감호〉와 〈원광서학〉이 이에 해당된다.

고, 그곳에서 현실적인 문제를 충격적으로 다루어 의도한 바의 서사적
인 지향을 드러낸다. 현실에서는 이루어질 수 없는 일을 가상의 시공간
을 통해 더 곡진하게 드러나도록 한 것이다. 이는 전기의 서사방식에서
보편화된 것이라 할 수 있다. 전기는 의도한 바의 이야기를 직설적으로
전개하는 부담을 덜기 위해, 그리고 자신의 신분을 드러내는 문제를
우회하기 위해 가상의 시공간을 마련하고 사건을 직조한다. 따라서 전
기는 이 가상의 시공간에서 벌어지는 일이라는 점 때문에 더 강렬하게
자기주장을 펼치는 강점이 있다. 초월적인 시공간으로 인하여 현실 문
제를 더 유의미하게 다룰 수 있었던 것이다. 그러한 기법이 서사적인
역량을 강화하여 이야기문학의 발전에도 일조한 것으로 볼 수 있다.

〈조신몽〉에서는 그러한 초월적인 시공간이 바로 꿈이다. 꿈을 통한
서사 공간은 불교경전에서 확인할 수 있는 것이기도 하고, 중국의 전
기 〈남가태수전〉·〈침중기〉 등에서도 확인이 가능하다. 이 가상의 공
간에서는 작자가 의도한 바를 마음껏 구현할 수 있다. 그것이 현실이
아니라는 전제 때문에 부담을 덜고 현실 문제를 더 적극적으로 부각할
수 있었기 때문이다.[16) 또는 풍자적인 기법을 동원하여 신랄하게 비판
하는 것도 가능할 수 있었다. 시공간의 변주가 작자의 창작의식을 고
취하는 장치로 작용한 셈이다. 〈조신몽〉에서는 그러한 창작의식이 현
재적인 삶을 부정하는 것으로 나타났다. 즉 꿈을 가상으로 내세우고,
그곳에서 역설적이게도 현실에 집착하는 삶을 부정적으로 그려냈다.
현실의 고통이 큰 만큼 불교에 귀의해야 할 당위성이 강화되도록 의도
한 장치라 하겠다.

---

16) 양승목, 「《삼국유사》 속 꿈 화소의 활용 양상과 〈조신〉의 위상」, 『동양한문학연구』
39, 동양한문학회, 2014, 139-166쪽.

〈조신몽〉은 꿈이라는 가상의 시공간을 배경으로 현실에서 불가능한 것을 전격적으로 다루었다. 이미 출가하여 성취될 수 없는 애정 문제가 해결될 수 있도록 했기 때문이다. 하지만 그것은 애정을 추구했을 때 빚어지는 고통과 불행을 부각하기 위한 첫 단계에 지나지 않는다. 그 애정이 불행의 씨앗이 되어 무수한 고통을 양산하기 때문이다. 그러한 현실을 부정하는 데서 이 작품의 불행이 종결된다. 그래서 가상 공간을 초월적으로 활용하는 것은 문제의 진단과 처방을 단행하기 위한 것이고, 그 처방의 결과가 나타나는 곳이 바로 꿈을 깬 후의 일이라 하겠다. 이는 의도한 바의 핵심을 강조해서 서사하기 위해 가상의 시공간, 즉 초월적 시공간이 필요했던 것이라 하겠다.

2) 서사적 변주

꿈을 통한 시공간의 변화는 필연적으로 서사적인 변주를 가져오게 된다. 전기(傳記)에서처럼 현실의 문제를 사실 위주로 나열하면 문학적인 수식이 어려울 수 있다. 작자의 창작의식의 발로가 제한적이기 때문이다. 객관적인 정보로서의 텍스트라면 모를까 문학적인 감동을 전제한 서사라면 주관적인 변용이 불가피하다. 그것이 이른바 서사적인 확장이요, 변주에 해당될 수 있다. 전기(傳奇)에서처럼 가상의 세계를 통해 의도한 바의 문학행위가 이루어지면 사실의 허구화가 진척되고, 허구의 산물이 소설로 발전하는 원동력이 될 수 있다. 잘 아는 것처럼 구어적인 구비서사에다 문어적인 수식을 가미하면 기록서사가 될 수 있다. 이 기록서사는 곳곳을 화려하게 치장하면서 문재(文才)를 한껏 뽐낸다. 전기서사가 이에 해당된다. 그래서 전기는 앞선 구비서사의 특성을 공유하

기 마련이다. 전대의 장르적인 특성을 수렴하면서 그곳에 새로운 이념을
가미하여 별도의 장르가 생겨나기 때문이다. 더욱이 문식력(文飾力)이
뛰어난 서생(書生)이 자신의 능력을 한껏 뽐내는 수단으로 전기를 활용하
면서 이야기의 증폭, 서사적 확장이 가속화될 수 있었다. 물론 그러한
일을 불교계에서는 서승(書僧)이 담당했을 것으로 본다.

〈조신몽〉은 서사의 확장이나 변주를 위한 장치로 꿈을 선택하였다.
이 꿈을 통해 현실에서 다하지 못한 이야기, 할 수 없는 이야기를 장황
하게 토로했기 때문이다. 이야기가 확장·부연된 부분이 꿈이라는 점
에서 필연적으로 허구를 지향하게 되었다. 그러는 중에 작자가 의도한
바가 증폭되어 부각될 수 있음은 물론이다. 집단적인 이념을 수렴하는
데 치중했던 구비서사에서 개인적인 의취가 중시되는 전기, 전기소설
로 장르적인 방향타가 설정되었음을 알 수 있다. 현실의 문제를 직설
적으로 전개할 때 오는 단조로움을 극복하고자 가상의 시공간인 꿈을
창안하였고,[17] 그 꿈속에서 자신의 뜻을 펼치면서 소기의 목적을 달성
한 것이라 하겠다. 그 소기의 목적이 이른바 작자의식에 해당될 수 있
다. 이제 〈조신몽〉에서 꿈을 통한 시공간의 변화와 그로 인해 촉발된
장르적인 변이가 어떠한지 구체적으로 살펴보도록 한다.

첫째, 사건의 확장과 이야기가 부연되었다는 점이다. 이 작품은 꿈
밖의 세계는 단조로울 수 있다. 세규사 장원으로 부임한 조신이 태수
김흔공의 딸을 흠모하지만 그것이 현실적으로 불가할 뿐만 아니라 그
여인이 다른 곳으로 시집을 가서 이야기가 비극으로 종결되고 말 것이
었다. 그런데 조신의 집착과 결핍을 해결하기 위하여 새로운 시공간인

---

17) 김미령, 「환상공간으로서의 꿈의 기능」, 『인문학연구』 33, 조선대학교 인문학연구소,
   2005, 113-136쪽.

꿈이 필요했고, 이 꿈속의 이야기가 부연·확장되어 지금의 서사가 되었다. 그래서 꿈은 조신이 소망했던 바를 펼쳐 보이는 새로운 시공간이라 하겠다. 그 소망이 애정의 성취였지만 그 소망이 이루어진 결과 조신의 삶은 파국으로 치닫는다.

먼저 애정이 성취되는 곳의 이야기이다. 조신은 관음보살에게 김 여인과 인연을 맺게 해달라고 간청한다. 그러한 염원도 보람이 없이 김 여인이 다른 배우자를 만나 떠난다. 낙담한 조신이 관음보살을 원망하다가 꿈을 꾸면서 새로운 시공간이 전개된다. 꿈속에서 김 여인이 찾아와 자신이 흠모한 것은 조신이지만 어쩔 수 없는 외압에 다른 사람에게 시집갔다고 고백한다. 그러면서 조신과 함께 살기 위해 찾아왔다고 밝힌다. 둘은 부푼 마음과 행복을 기약하며 조신의 고향으로 돌아가서 가정생활을 꾸린다. 이러한 애정의 성취는 조신이 그렇게 간절하게 바라는 것이기도 했다. 애정의 성취로 현실에서 결핍되었던 바가 해소되는 듯하다. 현실의 욕망이 충족될 기본 요건을 갖추었기 때문이다. 이제 서로가 사랑을 확인하며 행복한 나날을 보내면 될 일이다.

다음으로 애정의 성취에 따른 고통 부분이다. 조신의 소망인 애정이 성취되어 맛보는 행복감은 찰나에 지나지 않는다. 세속적인 애정이 성취되었지만 그것으로 인해 파생되는 고통이 길면서도 강하게 그들을 지배하기 때문이다. 조신과 김 여인은 부부의 연으로 만나 다섯 자식을 둔다. 사랑의 결실이라고 할 수 있지만 그 자식들로 인해 고통은 점증된다. 자신의 몸 하나를 건사하기도 힘든 상황에서 부인까지 거느리다 보니 어려움이 증폭되었고, 거기에다 자식이 다섯이나 생기면서 삶에 무게는 가중되었다. 어느덧 늙고 병들어 경제활동도 불가하여 극빈의 상황으로 내몰려 유랑하는 처지가 되었다. 뿐만 아니라 끼니를 해결하는 것도 요원하여 굶는 것이 일상이다. 마침내 한 아이가 굶주리다 죽자 땅에 묻고, 또 다른 아이가 구걸하기 위해 찾은 마을에서 개에게 물리고 돌아와 고통을 호소한다. 달콤한 행복이 영원하리라 생각하고 만났지만 생각과는 전혀 반대의 상황이 전개된다. 인륜이나 천륜으로 맺어진 가족이 큰 업보여서 지속적인 고통만 유발할 따름이다. 극한의 상황이라서 조금의 행복도 맛볼 수 없는 지경이 되었다. 극도의 상황에 내몰려서 겪는 현실의 참상은 지옥과도 같을 따름이다. 복구불능의 비극으로 점철된 꿈이 되고 만 것이다. 꿈이라는 서사장치를 통해 시공간의 변화를 가져왔고, 그곳에서 역설적이게도 현실에서 겪을 수 있는 참상을 길고 강하게 맛보도록 했다.

마지막으로 애정의 성취와 고통의 결과이다. 마침내 그토록 만나고자 했던 두 사람은 이별하는 것으로 활로를 모색한다. 만나야만 행복할 것이라고 굳게 믿었지만 정작 만나고 보니 헤어져야 삶을 모색할 수 있는 처지가 되었다. 극한의 상황으로 내몰렸을 때 김 여인이 지금의 불행은 애정의 성취에서 비롯된 것이기에 이제 헤어져서 불행을 종식해야 한다고 말한다. 꿈속에서 처절한 인생역정을 지내온 김 여인이 울부짖음에 준하는 회고와 자성을 절절한 마음으로 토로한다. 그것을 들은 조신도 기꺼이 인정하고 각기 두 자녀씩을 데리고 헤어지기로 결정한다. 행복이어야 할 만남이 불행으로 점철되어 헤어짐으로 불행을 마감하고 새로운 삶을 모색하려는 순간 꿈에서 깨어난다. 애정의 성취가 즐거움의 연속일 줄 알았지만 그것이 역전되어 나타남으로써 결국은 헤어짐이라는 결과를 초래하고 말았다. 애정이 부질없는 것이요, 그 애정이 불행으로 나아가는 길임을 강렬하게 부각하면서 헤어짐으로 마감하고 만다.

이상의 내용은 모두 꿈이라는 전기적인 서사장치에 의해 가능할 수 있었다. 실제로 조신은 승려라서 김 여인과 인연을 맺는 것은 부당한 일이다. 그러한 문제를 합리적으로 처리한 것이 꿈을 통한 서사이다. 현실에서 불가한 것을 꿈을 통해 실현되도록 하고, 그 꿈이 이루어졌을 때 나타날 수 있는 문제를 심각하게 그려놓은 것이다. 이렇게 함으로써 서사의 변화와 확장이 가능할 수 있었다. 서사내용이 지속적으로 추가되면서 현실에서 있을 법한 것을 꿈으로 재현하였기 때문이다. 그러는 중에 서사구성의 인자가 늘어나고 그것을 수용하는 미감도 증폭될 수 있었다. 기존의 설화에서 맛볼 수 없는 새로운 요소의 개입이 장르적인 변이를 유발한 근본 원인이라 하겠다. 이른바 구비적인 서사에서 기록적인 전기로 옮겨가게 된 것이다. 기록문학적인 요소가 강화되면서 설화에서 소설로 넘어가는 가교역할을 꿈의 서사장치가 담당한 셈이다. 즉 꿈을 통한 시공간의 변화와 이야기의 변주가 장르적인 변이를 촉발하여 전기로 나타난 것이라 하겠다.

둘째, 표현의 고도화가 진척되었다는 점이다. 꿈을 통한 시공간의 변화는 제작자의 생각을 인상 깊게 각인하는 수단이고, 그러는 과정에서 등장인물의 내면 심리가 촘촘하게 드러나게 마련이다. 이 작품에서는 그토록 애정이 성취되기를 갈망했던 조신의 뜻을 김 여인이 꿈속에서 흔쾌히 수락하는 것으로 이야기의 실마리를 마련했다. 그런데 사랑으로 충만되어야 할 두 사람의 삶이 비극의 연속이다. 살면 살수록 비극이 가중되어 극한의 지경으로 내몰리고 말았다. 그러한 상황을 조성한 다음에 그 처연한 심정을 김 여인의 입을 통해 드러내고 있다. 김 여인은 조신과 처음 만났을 때는 아무리 사소한 것도 소중하고 즐거웠지만, 늙음과 병으로 가족을 돌보지 못해서 자식이 죽거나 고통의 나

락으로 떨어진 것을 한스러워한다. 그러면서 그간의 애정이 아무 소용
이 없음은 물론 헤어짐이 오히려 낫다고 말한다.

　　부인이 눈물을 씻으며 창졸히 말했다.
　　"내가 처음 당신을 만났을 때는 얼굴도 아름답고 나이도 젊었으며 입은
옷도 깨끗했습니다. 한 가지 음식이라도 당신과 나누어 먹었으며, 작은
의복이나마 당신과 나누어 입으면서 함께 살아온 것이 어언 50년입니다.
그동안 정은 깊어졌고, 사랑도 굳게 얽혔으니 참으로 두터운 인연이라 하
겠습니다. 그러나 근년에 이르러 쇠약해져 생기는 병이 날로 더해지고,
굶주림과 추위가 날로 심해지니 남의 집 곁방살이나 보잘 것 없는 음식조
차도 빌어 얻을 수가 없게 되었으며, 천문만호에 걸식하는 부끄러움은 산
더미보다 더 무겁습니다. 아이들이 추위에 떨고 굶주려도 이것도 미처 돌
보지 못하였는데, 어느 틈에 부부의 정을 즐길 수 있겠습니까? 젊은 얼굴
과 어여쁜 웃음도 풀잎에 이슬이요, 굳고 향기롭던 약속도 바람에 나부끼
는 버들가지입니다. 이제 당신은 내가 있어 누가 되고, 나는 당신이 있어
더욱 근심이 됩니다. 지난날의 기쁨을 곰곰이 생각해 보니 그것이 바로
우환에 이르는 계단이었습니다. 당신과 내가 어찌하여 이런 지경에까지
왔을까요? 뭇 새가 다 함께 굶어 죽는 것보다는 짝 잃은 난새가 거울을
향하여 짝을 부르는 것이 나을 것입니다. 추우면 버리고 더우면 친하는
것은 인정에 차마 할 수 없는 일이지만, 가고 머무는 것은 사람의 뜻대로
만 되는 것이 아니고, 헤어지고 만나는 것도 운명이 있습니다. 청컨대 여
기서 서로 헤어지기로 합시다."[18]

---

18) 婦乃[皺]澁拭涕 倉卒而語曰 子之始遇君也 色美年芳 衣袴稱鮮 一味之甘 得與子分之
　　數尺之煖 得與子共之 出處五十年 情鐘莫逆 恩愛稠繆 可謂厚緣 自比年來 衰病歲益深
　　飢寒日益迫 傍舍壺漿 人不容乞 千門之恥 重似丘山 兒寒兒飢 未遑計補 何暇有愛悅夫
　　婦之心哉 紅顔巧笑 草上之露 約束芝蘭 柳恕飄風 君有我而爲累 我爲君足憂 細思昔
　　日之歡 適爲憂患所階 君乎子乎 奚至此極 與其衆鳥之同餒 焉知隻鸞之有鏡 寒弃炎附

문제는 이 말이 하소연이나 푸념 정도에 머무는 것이 아니라 전아한 표현으로 극한의 슬픔을 관조적으로 표출하고 있다는 점이다. 그래서 세속적인 통속성보다는 숭고한 비극미를 맛보는 데 도움이 되도록 했다. 인생사가 행복이기를 소망하지만 그것은 부질없는 일에 지나지 않고, 지속되는 고통과 갈등이 우리를 지배한다는 근원적인 슬픔을 말하였기 때문이다. 그만큼 격조와 품격을 가진 표현이라 해도 좋겠다. 그런데 이러한 표현은 지식층에서 자신들의 문재(文才)를 드러내는 수단으로 선호했던 것이기도 하다. 그 지식층의 허구적인 산물이 바로 전기서사이다. 그런 점에서 이 작품은 표현에서도 전기적 특성을 갖는 것으로 볼 수 있다. 다만 꿈이라는 서사장치를 활용한 시공간의 변화가 곡진한 이야기와 표현을 낳는 원동력이라는 점에서 주목할 만하다. 전기가 지식층이 전아한 문체로 글재주를 한껏 뽐내면서 제작한 면이 없지 않기에 이 작품의 이러한 문체는 전기의 그것과 상통한다 하겠다.

셋째, 개인적인 자의식이 분명해졌다는 점이다. 전기가 개인의 문제에 중점을 두었다면, 그것에 선행하는 전설은 집단적인 인식을 담아내는 장르라 할 수 있다. 소설이 개인이 사회에서 겪는 심사를 고도의 수법으로 표현해낸 장르라면, 전기는 그러한 단계로 나아가는 첫 단계의 서사라 할 만하다. 그것은 당시의 사회에 적응하지 못하거나 욕망에 사로잡힌 개인의 복잡다단한 사정을 전기 장르가 포착한 것으로 이해할 수 있다.

〈조신몽〉에서도 개인의 문제가 극대화되어 있다. 특히 꿈속의 조신과 김 여인은 집단보다는 개인의 차원에서 처절한 고통을 성찰하고

情所不堪 然而行止非人 離合有數 請從此辭.(《三國遺事》 권제3 탑상 제4)

있다. 먼저 조신은 개인적인 욕망 때문에 고통을 겪게 되었다. 그는 공인이나 마찬가지인 승려의 신분임에도 불구하고 태수의 딸을 흠모하여 상사병을 앓게 된다. 간절한 마음을 관음상에게 전했지만 그 여인은 다른 곳으로 시집을 가고 말았다. 그래서 애정에 대한 욕망이 좌절되고 상실에서 오는 결핍이 증폭되었을 때 꿈속에서 여인을 만나 사랑할 수 있도록 했다. 그런데 그 꿈이 행복을 보장하지 않고 지속적으로 고통만을 가져온다는 점이다. 개인적인 욕망을 꿈이라는 가상공간을 통해 성취했지만 그것이 개인에게 가하는 고통의 양만 늘려놓았을 따름이다. 마찬가지로 김 여인도 꿈속에서 조신과 가정을 꾸리고 살면서 고통이 증폭된다. 잠시 신혼의 행복이 있었지만 그것은 찰나에 지나지 않고, 자식을 다섯이나 낳고 사는 동안에 경제적으로 궁핍해져 거처할 곳도 없이 헐벗고 굶주리는 고통을 감내해야 했다. 더욱이 그토록 애지중지했을 자식들을 입히고 먹이지 못해 하나는 굶어서 죽고 또 다른 하나는 개에 물려 고통을 호소하는 지경에까지 내몰린다. 이렇게 두 인물은 가족공동체를 구성했지만 알고 보면 애정의 성취가 불행의 근원적인 씨앗이었다. 그 씨앗이 자라 그 고통은 날로 확대되어 나타난다. 그래서 이 작품은 개인이나 가족의 문제, 그것도 애정으로 맺어졌지만 궁핍이 그들의 모든 것을 앗아간 담론이라 하겠다. 통일신라 말기의 어려운 정치·경제의 상황을 감안하면 집단이 개인에게 가하는 폭력으로 인해 이들이 그러한 나락으로 떨어진 것이라 할 수 있다. 즉 부부의 인연을 맺고 자식을 낳아 기르는 오롯한 가족공동체를 꿈꿨지만, 반대로 비극적인 상황을 벗어나지 못하는 것은 당시의 현실이 그러한 고통으로 내몬 것이라 할 수 있다. 그렇게 해서 좌절하고 낙담·체념하여 방랑으로 점철되는 개인의 불행을 이 작품이 수렴한 것으로 생각할 수 있다.

한편으로는 불교적인 깨달음을 갈구했던 조신 개인의 문제를 극단적으로 해결하기 위하여 이와 같은 작화가 요구되었는지도 모른다. 본연의 임무를 방기한 조신의 그릇된 행태를 시정하는 과정에서 처절한 비극이 필요할 수도 있었기 때문이다. 어쨌든 이 작품은 어느 모로 보나 개인이나 가족의 문제가 극대화되어 나타난 비극적인 서사이다. 그것이 사회적인 문제였든, 종교적인 문제였든 간에 집단의 이념보다는 궁지로 내몰린 개인이나 해당 가정의 문제를 서사한 것임에는 틀림이 없다. 그렇게 된 데에는 꿈이라는 시공간을 설정하여 서사의 변폭을 확장했기 때문이다. 이것을 전기가 갖는 문학적 속성으로 이해해도 좋겠다. 별도의 시공간을 설정하여 파격적인 사건을 전개하고, 그것이 현실의 문제로 귀착시켜 서사적인 묘미가 발휘되도록 한 것이다. 이 모든 것이 이야기문학의 장르를 변모시키는 원천이었음은 물론이다.

4. 시공간의 변주에 따른 문학적 성격과 의의

전기는 가상의 시공간을 창안하고 그곳에서 현실 문제를 다각적으로 설파하는 특징이 있다. 〈조신몽〉은 꿈이라는 가상의 시공간을 끌어들여 불교적인 깨달음의 문제를 극단적으로 형상화한 작품이라 하겠다. 현실의 욕망을 추구하는 것이 얼마나 부질없는 일인가를 설파함으로써 궁극에는 불교적인 행복을 지향하도록 유도한 것이라 하겠다. 가상의 시공간에서 서사된 이야기가 기존의 유교계 전기의 그것과 상반되는 이유이기도 하다. 따라서 불행으로 점철된 내부액자의 꿈 이야기가 이 작품의 불교전기적 특성을 분명하게 드러내는 요소라 할 수 있다. 이를 전제하면서 가상의 시공간을 통해 확인할 수 있는 서사적 성격이나 문학사적 의의를 살펴보도록 한다.

1) 문학적 성격

전기는 가공의 세계를 끌어들여 현실에서 미진했던 이야기, 부족했던 이야기, 주저되는 이야기를 전격적으로 다룬다. 그러한 가상의 공간 때문에 전기는 꿈을 통한 이계담(異界談), 죽음을 통한 명부담(冥府談), 동물과 관련된 교구담(交媾談)으로 전개되는 특징이 있다. 이것이 허구로 나가는 밑거름이었고, 허구적인 결구가 인과적으로 고도화되면 전기소설로 변모하게 된다.

전기는 그 생래적인 특성이 지식층의 문학이라서 문재를 한껏 부각하는 수단으로 쓰였다. 그 지식층이 바로 서생으로 그들은 사회적으로 출세하지 못하여 언제나 세속적인 출세의 욕망에 사로잡혀 있었다. 그러한 욕망이 있을지라도 현실은 그들을 요구하지 않는 것이 문제였다. 그러한 괴리의 틈을 매워준 것이 바로 전기서사이다. 전기가 가상적인 공간을 통하여 현실에서 결핍된 욕망을 통쾌하게 해결해주기 때문이다. 즉 꿈이나 명계, 그리고 동물세계에서 만나는 상대와 한때나마 충족된 욕망을 성취하도록 한다.[19] 전기의 가상공간에서 만나는 인물들은 행복으로 일관되는 특성이 있다. 현실에서의 부족을 전기 작품에서만큼은 충족될 수 있도록 형상화했기 때문이다. 중국의 당대 전기 〈남가

---

19) 단발적인 욕망성취가 전기의 특징이라면 세속적인 욕망을 장기간에 걸쳐 성취할 수 있도록 의도한 것이 바로 일반 고전소설이라 하겠다.

태수전〉·〈침중기〉가 그러하고, 우리의 경우도 〈최치원〉·〈김현감호〉 등
이 그러하다. 물론 후대의 전기소설인 『금오신화』·『기재기이』의 모든
작품이 그러한 경향을 보이고 있다.

　문제는 〈조신몽〉의 경우 꿈속의 세계가 이와는 판이하다는 점이다.
다른 전기가 긍정적인 요소로 충만된 반면에 이 작품은 부정적인 것으
로 가득하기 때문이다. 애정을 성취한 결과가 궁핍으로 이어져 유랑의
길에 올랐고, 마침내 다 쓰러져가는 버려진 집에 머물러야 하는 상황에
놓였다. 옷도 다 떨어져 살을 가리기 어려웠고, 자식들은 죽거나 개에게
물리는 참상이 전개된다. 이제 사랑하는 사람과 함께 있는 것이 불행을
가속화함을 알고 헤어지기로 다짐한다. 천륜과 사별하는 고통에 이어
인륜마저 저버리는 상황으로 치닫는다. 그렇게 해서 부부의 이별은 물
론 사랑하는 가족공동체가 해체되면서 꿈속의 이야기가 종식된다. 악
몽 중에 악몽을 꾸고 현실로 돌아와 낙담하고 스스로를 성찰하게 된다.

　〈조신몽〉이 다른 작품과는 달리 비극으로 가상의 세계를 다룬 것은
종교적인 목적 때문이라 하겠다. 일반적으로 유교적인 전기는 과거를
통해 출사해야 할 서생이 등장하여 자신의 뜻을 우회적으로 표출하곤
한다. 세속적인 야망에 불타지만 그것이 현실에서 이루어질 가망성이
없자, 가상의 세계에서나마 모든 일이 충족된 것으로 환치한다. 현실
에서와는 반대의 입장에서 가상세계를 꾸며놓고 대리만족을 느낀 것
이라 하겠다. 그러한 전통 때문에 유교계의 전기, 적어도 서생이 주인
공으로 등장하는 전기에서는 가상의 행복이 당연한 현상이라 하겠다.
이에 반하여 불교계의 전기는 사정이 사뭇 다르다. 불교계의 전기는
현실에서의 복락을 의미 있게 다루면 출가하여 깨달음을 추구하는 것
이 무의미해지기 때문이다. 현실적인 모든 것을 부정적으로 그리면서

출가와 득도의 길로 유도해야 했다. 〈조신몽〉도 그러한 전통을 수렴하여 가상 세계인 꿈속이 비극으로 점철된다. 현실을 강하게 부정할 필요성 때문에, 그리고 현실에서 가장 소중한 것이 알고 보면 커다란 고통의 원천이라는 점을 부각해야 하기 때문에 그렇게 비극적으로 다룬 것이라 하겠다. 가장 소중하면서도 삶의 목적일 수 있는 부부, 부모자식 간의 문제마저도 비극의 원천으로 삼아 다룬 것은 현실을 그만큼 강렬하게 부정한 것이라 하겠다.[20] 그렇게 되면 출가와 득도의 당위성이 확대될 수 있기 때문이다. 그래서 이 작품은 유교전기와 상반되는 꿈속 이야기가 불교서사, 불교전기의 특성을 강하게 보이는 바라 하겠다. 그것은 이러한 작품을 포교의 텍스트로 활용하기 위한 목적 때문이기도 하겠다. 그렇기 때문에 이 작품은 불교전기적인 속성이 농후하며, 그로 인해 불교문학적인 가치가 더 선명해진다 하겠다.

2) 문학사적 의의

〈조신몽〉은 전기에서 일반적인 행복한 결구, 이를 테면 가상의 시공간에서 보이는 충족된 삶을 그리지 않았다. 정반대로 불행이 점층되어 그토록 만나기를 갈망했던 여인과 헤어지는 파격을 보인다. 이것은 한국 전기에 영향을 끼친 중국의 작품에서도 보편적인 것이 아니거니와 우리 전기문학의 상황과도 차이를 보인다. 일반 전기가 현실의 이념이나 욕망을 가상의 세계에서 실현되도록 한 것과는 큰 차이를 보이기 때문이다. 가상의 꿈에서 벌어지는 참상은 현실적인 것을 거부하는 불

---

20) 박진아, 「환몽구조(幻夢構造)로 본 〈조신전(調信傳)〉 연구」, 『국학연구론총』 6, 택민국학연구원, 2010, 247-276쪽.

교의 세계관에서 기인한 것이라 하겠다. 이는 불교서사이면서 불교전기가 갖는 숙명적인 성격이라 할 만하다. 실제로 이 작품과 같이 가상의 세계에서 고통을 겪으면서 현실의 욕망을 떨쳐버리는 담론이 불경에서도 확인된다. 본생담이나 비유담에서 현실의 고통을 말하고 그것을 벗어나는 길이 깨달음으로 나아가는 것이라고 본 것이다. 〈사라나비구〉와[21] 같은 경우 무고하게 구타를 당한 사라나비구가 현실의 왕자로 돌아가 자신이 가진 권력으로 적대자에게 복수하려 하지만, 꿈에서 실제 현실로 돌아갔을 때의 굴욕적인 패배를 다룸으로써 세속적인 것에 집착하는 것이 더 큰 불행이 될 수 있음을 알도록 했다. 그래서 불교서사 및 불교전기는 종교적인 목적 때문에 가상의 세계가 현실로 나타나고, 그 현실의 세계를 끔찍한 비극으로 조성하여 그곳을 이탈하는 것이 곧 행복으로 나가는 길이라고 작화한다. 그 행복의 길이 불교의 신앙인이 되어 깨달음을 얻는 것이라 했다. 불교에 귀의하도록 유도하기 위하여 민중적인 포교담이나 지성적인 전기담 모두에서 현실의 애욕이 불행의 씨앗이고, 현실의 지속되는 삶이 불행을 가꾸는 것으로 보았다. 그래서 불교적인 서사는 가상의 세계가 불행으로 일관된다.

〈조신몽〉도 그러한 작화전통을 계승한 것이라 하겠다. 꿈을 활용하는 형식적인 것이야 중국 당대의 전기문학에서 영향을 받았을지라도 그 내용에 있어서는 가상공간에서 불행을 다루는 불경의 서사를 원용한 것이 아닌가 한다.[22] 더욱이 불교전기의 특성 때문에 민중에게 포교하는 것도 가능하겠지만 서승(書僧)이거나 불교계의 식자층에게 유용한

---

21) 『잡보장경』 2권 24.
22) 오대혁, 「나말여초 傳奇小說의 형성 문제 — 불교계 전기소설을 중심으로」, 『동악어문학』 46, 동악어문학회, 2006, 97–125쪽.

텍스트라 할 수 있다. 이것은 이 작품이 구비담론에서 기록담론의 전기로 변모하면서 불교의 세계관을 전폭적으로 수용하였기 때문이다.

불교전기로 자리매김한 이 작품은 그러한 전통을 후대의 불교서사에 영향을 끼쳤을 것으로 본다. 적어도 고려후기의 본생담들이 이러한 작화의 특성을 보이기 때문이다. 본생담도 현실공간-가상공간-현실공간으로 구성되는데 가상공간에서 현실의 이야기를 전개하되 그 이야기의 주인공에게 처절한 고통이 수반되도록 구조화한다. 주인공이 왕이나 세자로 등장하여 가족을 거느리면서도 육바라밀을 실천하느라 어려움을 겪도록 한다. 그러한 고통의 산물로 유통분인 현실공간에서 부처나 보살로 우뚝한 지위를 확보할 수 있다. 그래서 근본적으로는 작화의 방식이나 결과가 〈조신몽〉의 삼단구조와 같을 뿐만 아니라 다른 내용에서도 동질성을 확보하고 있다. 그런 점에서 〈조신몽〉은 이른 시기 불교계 지식인의 산물로서 불교전기로 자리매김하고, 그러한 기록문학의 전통이 고려대의 불교담론에 영향을 준 것으로 볼 수 있다. 불교전기의 기록문학적인 특성이 불교소설로 넘어가는 초기의 모습을 이 작품이 확보함은 물론, 그러한 작화 전통을 후행의 불교서사에 넘겨준 것으로 볼 수 있다. 따라서 이 작품을 불교소설사의 측면에서 남다른 의의가 있는 것으로 평가할 수 있다.

5. 맺음말

이 글은 시공간의 변주를 중심으로 〈조신몽〉의 불교전기적 특성과 문학사적 의의를 살피는 것이 목적이었다. 시공간의 변화가 이야기의

변화를 촉발하고, 그것이 서사문학의 발전에 일조했음을 파악하고자
하였다. 먼저 〈조신몽〉의 제작의도와 작품의 구도를 불교전기를 전제
하여 살피고, 이어서 시공간의 변주가 서사의 확장·부연과 어떻게 관
계되는지 검토하였다. 이를 바탕으로 시공간의 변주에 따른 서사문학
적인 성격이나 서사문학사적인 의의를 조망해 보았다. 지금까지의 논
의를 요약하면 다음과 같다.

첫째, 제작의도와 작품의 구도이다. 먼저 제작의도이다. 〈조신몽〉은
문식력(文飾力)이 뛰어난 서승(書僧)이 제작했을 것으로 본다. 그것은
이 작품의 문체가 돋보이는 면이 없지 않기 때문이다. 유교계의 전기를
서생이나 문사가 제작했다면 이 작품은 불교계 지식인이 유교계의 전기
를 참고하여 제작한 것으로 본다. 다만 식자층의 불교전기라는 점에서
그 포교의 대상이 민중보다는 재가나 출가자든 간에 지식층을 전제한
것이라 할 수 있다. 다음으로 작품의 구도이다. 유교계의 전기는 현실에
서의 욕망이나 결핍의 문제를 가상의 시공간을 설정하여 충족되도록
그린다. 가상공간에서나마 행복으로 그려 대리만족을 의도한 것이라
하겠다. 그와는 반대로 〈조신몽〉은 현실에서 가장 소중한 삶조차 고통
의 연속으로 담아냈다. 불교에 귀의할 것을 권유하기 위해 그러한 기법
을 동원한 것이라 하겠다. 그래서 내부액자가 비극으로 점철되어 유교
서사의 그것과 판이한 것이 특징이다. 작품의 거시적인 구도가 행복–
불행–행복을 전제하고 있는데, 이는 유교계의 저기서사가 불행–행복–
불행으로 결구된 것과 좋은 대조를 보인다.

둘째, 초월적인 시공간의 활용과 서사적 변이이다. 먼저 초월적인
시공간의 활용이다. 전기는 현실의 문제를 직설적으로 말하기 곤란할
때 가공의 세계를 창안하고, 그곳에서 현실의 문제를 강조하여 다루곤

한다. 그러는 중에 문학적인 윤색이 가해져서 이야기문학의 발전에도 일조한다. 〈조신몽〉은 꿈을 가상의 시공간으로 내세워 현실의 질곡을 증폭해서 보이고, 그 불행을 종식시키고 행복으로 나가는 것이 불교에의 귀의라고 역설한다. 다음으로 서사적인 변이이다. 〈조신몽〉은 가상의 시공간을 설정하고 그곳에서 핍진한 이야기를 전개하여 문학적인 변화를 촉발하였다. 이른바 서사적인 확장·부연과 수사적인 문체의 발달은 물론 강렬한 작가의식을 구현할 수 있었다. 가상의 공간이라는 점에서 부담 없이 서사를 확장할 수 있었고, 그러는 중에 허구적인 연설이 가능했던 것이다. 그리고 문언문체의 문식(文飾)은 대중적인 구비담론을 귀족적인 기록담론으로 변화할 수 있도록 했으며, 강렬한 작가의식은 집단의 서사가 개인의 문제로 선회했음을 보이는 바라 하겠다. 이러한 모든 것은 전기의 특성을 보이는 것이거니와 이것이 일신하여 전기소설로 발전할 수 있었던 것이다.

셋째, 시공간의 변주에 따른 서사문학적인 성격과 의의이다. 〈조신몽〉은 시공간의 변주 때문에 서사문학적인 성격과 문학사적인 의의를 확보할 수 있었다. 먼저 서사문학적인 성격으로 불교서사, 불교전기적인 특성을 분명히 했다는 점이다. 가상의 세계인 꿈을 통해 보인 세계관은 현실을 부정적으로 다루었다. 이것은 이 작품이 불교적인 이념을 전제한 것이기에 불교전기적인 특성을 분명히 한 것으로 이해할 수 있다. 다음으로 불교전기적 성격이 불교서사문학사에서도 나름의 위상을 확보하고 있다는 점이다. 이 작품에서 내부액자인 꿈을 비극적으로 그린 작화는 후대 불교서사에서 중시되는 요소이다. 후대에 나온 다수의 불교서사도 내부액자인 전생담의 비극이 〈조신몽〉의 그것과 상통한다. 즉 삼단구조에서 도입 및 종결액자를 긍정적으로 그리고 내

부액자를 부정적으로 그리는 전통이 동일하다. 이 〈조신몽〉이 비극적
인 현실을 다루는 불교서사의 초기 작품이라는 점을 상기할 때 서사문
학사적인 측면에서 주목해야 마땅하다.

〈균여전〉의 역사성과 예승(藝僧)담론

1. 머리말

균여는 광종을 도와 개혁의 이념이나 사상을 제공했던 인물이다. 그러는 과정에서 종교적 지도자로 우뚝한 지위에 오를 수 있었다. 이는 역으로 균여의 불교적 위용을 광종이 적극으로 활용한 것이기도 하다. 새로운 국가 질서를 다지는 상황에서 구심적인 역할을 불교와 승려가 맡도록 한 것이다. 그래서 균여에 대한 전승이 다양할 수 있었고, 그것을 혁련정이 종합적으로 찬술하여 전하는 것이 지금의 〈균여전〉이다.[1]

〈균여전〉은 기존의 다양한 서사를 참고한 후 지금의 형태로 찬성하여 나름의 특징을 갖게 되었다. 특히 서사문학의 발전상에서 볼 때 〈균여전〉은 나름대로 독특성을 드러내면서 그 위상을 확보하고 있다. 〈균여전〉이 유가적인 전기는 물론, 불가적인 고승전, 여기에 민간전승의 영웅담까지 수렴하여 다양한 서사장르를 계승한 특성을 가지고 있기 때문이다. 향가 연구를 위한 방증텍스트를 넘어 그 자체의 서사문학적

---

1) 〈균여전〉은 해인사의 《팔만대장경》의 명함(冥函) '석화엄교분기원통초 釋華嚴敎分記 圓通鈔' 권10 말미 보유판에 판각되어 전하는데, 그 명칭은 〈대화엄수좌원통양중대사 균여전(大華嚴首座圓通兩重大師均如傳)〉이다.

성격을 종합적으로 살펴야 하는 이유도 여기에 있다.

그간 〈균여전〉에 대한 논의는 다양하게 진척되었다. 특히 향가문학
사의 대미를 장식하는 〈보현십원가〉가 수록되어 관심이 집중되었다.
향가 작품 자체는 물론이거니와[2] 향가를 둘러싼 균여와 혁련정의 논평
에 대해서도 큰 관심을 기울였다.[3] 그런가 하면 균여의 생애와 사상을
살피는 데도 유용하게 활용되다가[4] 그 일대기, 즉 전기의 관점에서 이
작품을 조명하기도 하였다.[5] 그러한 결과 이 작품의 시가문학사적 위상

2) 박재민, 「〈普賢十願歌〉難解句 5題-口訣을 基盤하여」, 『구결연구』 10, 구결학회,
   2003, 143-175쪽.
   장소연, 「〈普賢十願歌〉의 漢譯 양상 연구-향가와 한역시의 구조 비교를 중심으로」,
   『어문학』 108, 한국어문학회, 2010, 87-132쪽.
   서철원, 「〈恒順衆生歌〉의 方便詩學과 〈普賢十願歌〉의 배경」, 『우리문학연구』 15, 우
   리문학회, 2002, 133-155쪽.
   윤태현, 「〈보현십원가〉의 문학적 성격」, 『동악어문학』 30, 동악어문학회, 1995, 207-
   242쪽.
   이건식, 「均如 鄕歌 請轉法輪歌의 내용 이해와 語學的 解讀」, 『구결연구』 28, 구결학
   회, 2012, 99-163쪽.
   서철원, 「羅末麗初 鄕歌의 지속과 변모 양상」, 『우리문학연구』 20, 우리문학회, 2006,
   81-105쪽.
3) 김수업, 「삼구육명에 대하여」, 『국어국문학』 68·69, 국어국문학회, 1975, 121-144쪽.
   김선기, 「삼구육명에 관한 연구」, 『어문연구』 10, 어문연구회, 1979, 183-227쪽.
   최 철, 「향가 형식에 대하여: 三句六名의 재고」, 『동방학지』 36·37, 연세대학교 국
   학연구원, 1983, 559-576쪽.
   양태순, 「삼구육명의 새로운 뜻풀이(3)-그 음악적 해명」, 『인문과학연구』 9, 서원대
   학교 인문과학연구소, 2000, 75-111쪽.
   손종흠, 「三句六名에 대한 연구」, 『열상고전연구』 37, 열상고전연구회, 2013, 375-
   408쪽.
4) 하영환, 「均如 연구의 현황과 문제점」, 『돈암어문학』 1, 돈암어문학회, 1988, 77-
   92쪽.
5) 김승찬, 「〈균여전〉에 관한 연구」, 『코기토』 15, 부산대 인문학연구소, 1976, 55-86쪽.
   신명숙, 「〈균여전〉 연구 - 서사적 기술을 중심으로」, 단국대대학원 석사학위논문,
   1994.

이나 서사문학적 가치 등이 어느 정도 구명된 것이 사실이다.

하지만 서사문학적인 측면에서 더 주밀한 논의가 진행되어야 하겠다. 기존의 서사양식과 변별되는 점을 들어 설화에서 소설로 넘어가는 과도기적인 작품이라는 평가도 있지만,[6] 정작 그것이 어떠한 점을 전제한 결과인지 명확하지가 않기 때문이다. 도출된 결과에 대한 인과적인 논증이 더 요구되는 상황이라 하겠다.

이에 이 글에서는 〈균여전〉이 기존의 어떠한 서사를 수렴했는지, 그 결과 〈균여전〉만의 서사전략이 무엇이며, 그것이 서사문학의 발전에 어떠한 영향을 끼쳤는지 짚어보고자 한다. 즉 설화에서 소설로 넘어가는 과정에서 징검다리 역할을 맡은 〈균여전〉의 서사 내외적 실상을 고찰함으로써 막연하게 다루어졌던 〈균여전〉의 서사문학사적 위상을 제대로 부각하고자 한다.

2. 〈균여전〉의 서사적 계승 양상

〈균여전〉은 기존의 텍스트를 바탕으로 새롭게 찬성한 것이다. 기존에 이미 창운(昶雲) 등이 지은 균여의 전기가 있었지만 그것이 미흡하여 깁고 더해 새롭게 지은 것이 지금의 〈균여전〉이다. 혁련정이 기존의 인물담을 종합적으로 참고하면서 지금의 작품을 지은 것이라 하겠다. 그래서 현전의 〈균여전〉은 서사문학의 전개상에서 의미 있는 위치를 점유한다 하겠다. 이 작품이 그 이전의 작품과 변별되고, 그것이

---

6) 정하영, 「〈균여전〉의 전기문학적 성격」, 『한국언어문학』 20, 한국언어문학회, 1981, 135-136쪽.

후대 서사문학의 변화에 기틀을 제공했기 때문이다. 이를 전제하면서 이 장에서는 기존의 서사양식을 수렴한 사정을 몇 가지로 나누어 짚어 보도록 한다.

1) 민간신앙적 인물담의 계승

〈균여전〉은 민간전승을 활용하여 그 영웅됨을 부각하고자 하였다. 그것도 고대의 신화를 차용하여 균여의 남다른 위상을 보이고자 하였다. 잘 아는 것처럼 신화의 주요 화소 중의 하나가 기아모티브와 입사의식이다. 태어나서 부모에게 버림을 받고, 특이한 행적으로 부모에게 복귀된 다음에 스스로 능력을 보여 영웅으로 우뚝한 지위에 선다. 그런데 우리의 건국신화에서는 입사의식 장치 중의 하나로 알이나 궤에 갇혀 출생하도록 했다는 점이다. 그 알이나 궤의 내부에서, 즉 혼돈의 암흑에서 벗어났을 때 모든 사람들이 인정하는 인격 나아가 신격을 갖는다. 이러한 사정을 잘 다루고 있는 것이 균여의 출생담이다. 해당 부분을 들어보면 다음과 같다.

대사께서 막 태어나셨을 때 용모가 몹시 추악하여 비길 데가 없었다. 부모가 꺼림칙하여 길거리에 버렸더니 까마귀 두 마리가 날갯죽지를 펼쳐 아기의 몸을 덮어주었다. 길을 가던 사람이 그 신이함을 보고서 그에 따라 본 광경을 죽 이야기해 주었다. 이에 부모님은 후회하고 거두어 길렀다. 그러나 아기의 모습은 남에게 보이고 싶지 않아서 상자 안에 놓아두고 젖을 먹여 키우다가 여러 달 뒤에야 마을사람에게 내보였다.

師始生 容貌甚醜 無可倫比 父母不悅 置諸街中 有二鳥比翼連蓋兒身 行路人見其異 遂尋家而縷陳之 父悔母恨 而收育焉 而諱厥狀 乃置笥 鬪穀給

乳之意 數月而後 示於鄕黨, 均如傳, 降誕靈驗分[7]

이상에서 보는 바와 같이 신화에서 영웅인물의 형상화 수단인 출생을 〈균여전〉에서 적극적으로 원용하고 있다. 먼저 균여를 추악한 인물로 그리고 있다. 균여가 출생했을 때 그 몰골이 극히 비정상적이라서 사람 구실을 못할 것으로 보았다. 그것은 '무가륜비(無可倫比)'를 통해서 짐작할 수 있다. 그러기에 그 부모가 못마땅하여 아이를 버리고 만다. 신화에서 난생으로 처리했던 것을 그나마 합리성을 구비하여 못생긴 것으로 제시했지만 기아만큼은 그대로 따랐다. 신화의 기아모티프를 따르되 그것에 변화를 주어 활용한 것이다.

신화에서와 마찬가지로 결국은 그 부모가 아이를 거두게 된다. 어쩔 수 없이 양육함으로써 부모의 역할을 다하고, 그에 호응하여 아이는 영웅적인 성장을 보인다. 문제는 균여의 경우 가두어 키우면서 다른 사람에게 보이지 않았다는 점이다. 아이를 상자에 담아두고 젖을 먹이다가 수개월이 지난 후에야 사람들에게 보인다. 이것 또한 신화와 상통하는 것으로 볼 수 있다. 일반적으로 신화의 주인공은 알이나 궤에 갇혀 출생한다. 이 특정한 공간에 유폐되었다가 벗어남으로써 공동체의 구성원으로 환영받는다. 균여가 상자에 놓여 수개월간 있었던 것은 신화의 주인공이 궤에 갇힌 것과 상통하는 면이 있다. 신화소를 끌어들여 균여를 특수한 인물로 형상화하기 위함이라 하겠다.

〈균여전〉과 같이 신화소를 활용하는 일은 역사인물을 다루는 곳에서 종종 확인할 수 있다. 신화가 더 이상 신뢰받지 못할지라도 그 서사

---

7) 최철·안대회, 《균여전》 역주, 새문사, 1986.

기법이나 화소만큼은 서사적인 관습이 되어 영향력을 행사한 것이다. 영웅성을 기리는 서사에서 자주 이용되는 이유도 거기에 있다. 특히 명장이나 명재상과 같이 사회적인 지배계층이 자신들의 위치에 대한 당위성을 만드는 과정에서 신화소를 끌어들이곤 하였다.[8] 그런데 〈균여전〉은 특이하게도 불교적인 인물을 다루는 데 신화적인 인물서사기법을 차용하였다. 이는 민간전승, 민간신앙의 서사기법을 그 용도에 맞게 계승한 것이라 할 수 있다.

2) 유가적 인물담의 계승

유가적인 관점에서의 계승은 크게 두 가지 측면에서 확인할 수 있다. 하나는 작품 외적인 것으로 구조와 형식적인 측면이고, 다른 하나는 작품 내용의 엄정한 객관성이라 할 수 있다. 전자의 경우 입전의 동기를 밝힌 서와 입전인물의 행적을 다룬 본기, 그리고 작자의 느낌을 다룬 논평을 들 수 있다. 그리고 내용에서 객관적인 사실 위주로 서사하는, 즉 '술이부작(述而不作)'의 입장을 전제한 것도 유가적인 인물담을 다루는 것과 큰 차이를 보이지 않는다. 이제 이 양자를 차례대로 살펴보도록 한다.

첫째, 거시적인 구조가 유가의 전기를 계승하고 있다. 잘 아는 것처럼 〈균여전〉은 삼단으로 기술되었다. 즉 도입부-전개부-종결부가 그것이다. 도입부인 서(序)에서는 전을 짓게 된 배경을 말하고, 전개부인

---

8) 대표적인 것이 《삼국사기》 열전의 〈온달〉이라 하겠다. 전설이지만 신화의 양마화소(養馬話素)를 차용하여 온달의 무용(武勇)을 부각했기 때문이다.(김진영, 「養馬모티프의 변환과 문학적 의미」, 『한국언어문학』 73, 한국언어문학회, 135-158쪽)

본기에서는 균여의 가계에서부터 이룬 업적과 열반에 이르기까지의 내용을 다룬다. 마지막으로 종결부인 후서에서는 균여의 위대성을 찬양하면서 갈무리한다. 그래서 유교적인 전기에서 도입부의 인정서술, 전개부의 행적, 종결부의 논평과 흡사하게 되었다.

실제로 인정서술에 해당하는 도입부에서는 의상과 균여에 의해 동방에서 게송이 불리게 되었다고 말한다. 하지만 그 공덕에도 불구하고 균여의 경우 전기가 미진하여 안타까워한다. 그러던 중 일승행자(一乘行者)들의 청으로 전을 짓게 되었다고 내력을 밝힌다. 이어서 전을 지은 기간을 말하고 전체의 10개 과분(科分)의 목차를 제시하였다. 전의 전체적인 안내 역할을 담당하도록 한 것이다. 행적에 해당하는 전개부에서는 균여의 특이한 태몽과 출생, 그리고 기아와 양육을 다룬 1과분, 식현화상과 의순공에게 차례대로 출가하여 큰 가르침을 얻은 2과분, 균여 자신뿐만 아니라 동기간 모두가 영민함을 보인 3과분, 깨달음을 얻은 후에 전국 사찰을 누비며 종파의 일통을 위해 노력한 4과분, 많은 논장과 의기를 소종래에 따라 정리한 5과분, 무한한 신통력으로 위용을 드러낸 6과분, 사뇌가를 지어 만인을 교화한 7과분, 사뇌가를 한시로 번역하여 그 공덕이 끝없이 뻗어가기를 바란 8과분, 온갖 마귀를 굴복시킴으로써 안온의 세계를 희구한 9과분, 끝없는 복전을 남기고 입적한 10과분이 주요 행적으로 제시된다. 파편화된 이야기, 즉 자잘한 행적을 한 곳에 모아 일대기의 얼개를 마련하였다.

논평부인 종결에서는 입전인물에 대한 찬자의 의견이 개진된다. 행적을 객관적으로 기술한 다음, 논평에서 찬자가 개인적인 견해를 담아 평가한다. 〈균여전〉에서는 후서에서 그러한 내용을 담았다. 즉 성인의 반열에 오른 균여의 행적과 교화의 성과, 그리고 후학의 번성 등을 제시하며 그 위용을 찬양하고 있다.

둘째, 미시적인 내용에서 유가의 전기를 계승하고 있다. 유가적인 전기는 사마천의 《사기》 열전에서부터 시작된다. 열전은 객관적인 역사를 이해하는 방편으로 서사된다. 즉 인물을 중심으로 역사를 이해하되, 그곳에 유교적인 이념이 투영되어 목적성이 부각되도록 했다. 역사를 객관적으로 이해해야 현재의 문제를 진단하고 처방하는 도구로 활용할 수 있듯이 인물전도 객관성이 전제되어야 신뢰하고 따를 수 있다. 그러한 전통은 유가적인 이념을 가진 인물의 전기에서 지배적이다.

혁련정 또한 진사로서 요나라의 사신으로 왕래하거나 평양의 장락전 학사로 활동할 만큼 학자와 유자로서의 삶을 중시했다. 그래서인지 그가 찬한 〈균여전〉의 다수는 객관적인 사실을 서사하고 있다. 그에 해당하는 것으로 제2 '출가청익분', 제4 '입의정종분', 제5 '해석제장분', 제7 '가행화세분', 제8 '역가현덕분' 등을 들 수 있다. 물론 이 중에서 '가행화세분'의 마지막 부분에 나오는 치병과 '역가현덕분'에 등장하는 송나라 사신과 균여의 면담 부분은 인위적인 가공의 흔적이 없지 않지만, 전반적으로는 균여의 행적과 업적을 객관적으로 기술하고자 했다.

먼저 '출가청익분'은 균여가 출가하여 수행하는 과정을 차례대로 서사하였다. 충분히 있을 법한 사정을 들어 '술이부작'의 관점에서 기술하였다. 즉 부흥사에서 식현화상에게 수행하다가 스스로 도량이 커짐을 알고 영통사의 의순공을 찾아가 노력 끝에 문도가 되는 과정을 담았다. 수식과 군더더기 없는 사실만을 기술한 특징이 있다. '입의정종분'에서는 나누어져 갈등을 겪고 있는 종단을 통일하고, 다양한 의기(義記)를 풀어 올바른 방향을 정한다. 그러자 모든 무리가 균여의 견해를 따름은 물론이다. 이 또한 종교지도자로서의 위상을 역사적인 사실 위

주로 기술한 것이라 할 수 있다. '해석제장분' 또한 같은 사정을 다루고
있다. 균여가 제가의 문서를 소상히 밝혀 주기를 단 사정과 그 전적을
명기하고 있다. 이는 사실을 확인하면서 균여의 성과를 부각한 것이라
하겠다. '가행화세분'에서는 균여가 사뇌가를 짓게 된 내력을 밝히고,
해당 사뇌가를 11수를 수록해 놓았다. 균여의 향가 작자, 포교자로서
의 역할을 확인할 수 있다. 그리고 '역가현덕분'에서는 최행귀가 사뇌
가의 가치를 평가하면서 그것이 중국에서 소통되지 못하는 아쉬움을
적시하고, 한역한 것을 제시해 놓았다. 균여 및 사뇌가에 대한 생각과
자국문화에 대한 자긍심을 있는 그대로 적은 다음, 해당 작품을 칠언
율시로 제시하여 균여의 덕을 드러내고자 했다. 행적에 대한 타인의
평가를 있는 그대로 명기한 것이라 할 만하다.

   …(전략)… 대사는 매양 남악과 북악의 종지(宗旨)가 승패 없이 다투기만
하는 것을 탄식하고 분파가 생기는 것을 막아 통일된 길로 인도하고자
뜻을 같이 한 수좌 인유와 함께 명산을 찾아다니고 큰 사찰을 방문하여
큰 법고를 울리고 큰 법당(法幢)을 세워 불가의 젊은 승려들로 하여금 모두
그 뒤를 따르게 하였다. 또 화엄교 가운데 앞선 분들이 초해 놓은 30여
가지 의기(義記)가 있었는데 그 명목은 …(중략)… 글이 번잡한 것은 요점을
추려서 깎아내고, 그 뜻이 잘 드러나지 않는 것은 자세히 고구하여 드러내
었다. 이러한 모든 것이 부처의 경과 보살의 논에서 의거하여 교정을 하였
으니 한 시대의 성스러운 교화를 다 살펴볼 수 있다.
   師每歎南北宗趣矛盾未分 庶塞多岐 指歸一轍 與首座仁裕同好游歷名山
婆婆玄肆 振大法鼓 竪大法幢 盡使空門幼艾靡然向風 又華嚴教中有先公鈔
三十餘義記 …(中略)… 文之繁者 撮要而刪之 意之微者 詳究而現之 皆引佛
經幷論以爲訂 則一代聖教 斟酌盡矣. 均如傳, 立義正宗分[9]

이처럼 있었던 일을 객관적으로 서술하여 화엄종 수좌로서의 면모를 짐작하도록 했다. 균여가 화엄학의 대가로서 그간 흩어졌던 종파를 하나로 모으고 잘못된 의기를 바로잡음으로써 불교 일통의 꿈을 실현한 사정을 객관적으로 담아내고 있다. 균여의 행적과 그 성과를 소개하는 것으로 충족될 수 있어 굳이 신성한 내용의 부연이 필요치 않다. 고승전이지만 그야말로 술이부작이면 족할 수 있는 내용이라 하겠다. 이러한 사정은 앞에서 살핀 모든 과분에서 확인되는 바이다. 그래서 〈균여전〉은 승전이면서도 유가적인 전기의 특성을 갖게 되었다. 이는 최치원이 객관적인 사실 위주로 고승전을 편찬하고자 했던 것에서 예견된 일이라 하겠다.[10] 혁련정 또한 유학자로서 그러한 '술이부작'의 전통을 모를 리 없었다. 그래서 객관적인 사실을 있는 그대로 제시함으로써 신뢰를 담보하고자 했다.

3) 불가적 인물담의 계승

불가적인 관점에서도 거시적인 측면과 미시적인 관점에서 계승 양상을 살펴볼 수 있다. 거시적인 측면에서는 10개 과분으로 나눈 것을 대표적으로 들 수 있고, 미시적인 측면에서는 다양한 신성담이 주목된다. 과분의 분장은 이미 전대 고승전의 서사방식을 차용한 것이거니와 신성담은 불가의 고승전에서 필연적인 것이라 하겠다. 그러한 사정을 구체적으로 살펴보도록 한다.

---

9) 최철·안대회, 『균여전 연주 연구』, 새문사, 1986.

10) 김승호, 「초기 승전의 서사구조 양상 – 〈현수전〉과 〈균여전〉을 중심으로」, 『한국문학연구』 11, 동국대학교 한국문학연구소, 1988, 261-284쪽.

첫째, 거시적인 측면에서 구성을 주목할 수 있다. 즉 전체 구조를 과분으로 나누되, 그것을 10개 단위로 갈무리한 것에 주목해야 한다. 이와 같은 방법은《양고승전》(519)과《당고승전》(645) 그리고 최치원의 〈법장화상전〉(904) 등에서 공통적으로 나타난다. 물론 이들보다 후대에 찬한《송고승전》(988)에서도 나타난다. 이를 감안하면 〈균여전〉(1075)의 10개 과분은 이러한 전통을 계승한 것으로 볼 수 있다. 실제로《양고승전》과《당고승전》모두 10편으로 찬성되었는데, 시기적으로 최치원의 〈법장화상전〉보다 이들이 앞서기 때문에 〈법장화상전〉의 10문(門)은 이들의 기법을 계승한 것으로 보아야 한다.[11] 그런데 만수를 상징하는 10은《송고승전》에서도 확인할 수 있다.[12] 따라서 〈균여전〉의 10개 과장은[13] 기존의 고승전의 형식과 구성을 계승한 것으로 볼 수 있다. 특히 시기적으로 〈균여전〉 직전에 간행된《송고승전》의 영향을 많이 받았을 것으로 본다. 앞에서 제시했던 삼단 구성 중 서와 후서가《송고승전》에서 확인되기에[14]《송고승전》의 영향이 컸으리라 본다. 하지만《송고승전》은 물론《양고승전》과《당고승전》이 불가열전적 성격이 강

---

11) 참고로 〈법장화상전〉의 과장명은 ① 족성광대심(族姓廣大心), ② 유학심심심(遊學甚深心), ③ 삭염방편심(削染方便心), ④ 강연견고심(講演堅固心), ⑤ 전역무간심(傳譯無間心), ⑥ 저술절복심(著述折伏心), ⑦ 수신선교심(修身善巧心), ⑧ 제속불이심(濟俗不二心), ⑨ 수훈무애심(垂訓無碍心), ⑩ 시멸원명심(示滅圓明心) 등이다.

12)《송고승전》의 과장은 역경·의해·습선·명률·호법·감통·유신·독송·흥복·잡과 등이다.

13) ① 강탄영험분(降誕靈驗分), ② 출가청익분(出家請益分), ③ 자매제현분(姉妹齊賢分), ④ 입의정종분(立義定宗分), ⑤ 해석제장분(解釋諸章分), ⑥ 감통신이분(感通神異分), ⑦ 가행화세분(歌行化世分), ⑧ 역가현덕분(譯歌現德分), ⑨ 감응항마분(感應降魔分), ⑩ 변역생사분(變易生死分)이다.

14) 김영태, 「〈균여전〉의 중요성과 그 문제점」, 『불교학보』 31, 동국대학교 불교문화연구원, 1994, 5-27쪽.

하다는 점에서 최치원의 〈법장화상전〉의 영향도 배제할 수 없다. 〈법장화상전〉이 독립된 승전으로 〈균여전〉과 상통하기 때문이다.

종합하면 전체 과분이 10인 것은 고승전 편찬의 오랜 전통을 계승한 것이라 하겠는데, 그 중에서도 《송고승전》의 영향이 컸을 것으로 본다. 여기에 독립 전기인 〈법상화상전〉의 영향도 있었으리라 본다. 양자의 장처를 수렴하면서 현전의 〈균여전〉이 찬성된 것이라 하겠다.

둘째, 미시적인 관점에서 내용의 신성담적 성격에 주목할 필요가 있다. 현실적인 윤리와 실천규범을 중시하는 유교와는 달리 불교는 세계관의 다양성 때문에 불교천문학적인 신성의 세계가 서사에 복합적으로 작용한다. 그래서 교조인 불타의 서사는 물론이거니와 승려의 일대기를 직조할 때도 초월적인 세계와 현상이 큰 비중을 차지한다. 이는 앞에서 살핀 고승전집은 물론 개인 전기에서도 확인할 수 있다. 종교적으로 성도(成道)한 인물을 형상화하다 보니 그 위신력의 고양 차원에서 피할 수 없는 일이라 하겠다. 〈균여전〉에서도 균여의 출생이나 가계(家系)의 뛰어남을 부각하기 위하여, 그리고 깨달은 균여의 특출한 행적을 다루는 부분에서 신성성이나 초월성이 빈발하고 있다. 이것은 유가적인 '술이부작'과는 거리가 먼 것으로 '술이작(述而作)'의 성격이 짙다. 실제로 고승의 행적을 다루다 보면 종교적인 숭앙심을 고취할 목적에서 이러한 작화를 선호할 수밖에 없다. 고승이 신앙의 대상이라는 점에서도 필요할 수 있다. 찬자가 비록 유가적인 안목을 가졌을지라도 입전대상의 특성 때문에 피할 수 없는 일이라 하겠다.

〈균여전〉에서 불가적 인물담의 형상화 전통을 따른 것으로 제1 '강탄영험분', 제3 '자매제현분', 제6 '감통신이분', 제9 '감응항마분', 제10 '변이생사분' 등을 들 수 있다. 이는 불교적인 초월성을 전제하면서

인물의 신비성을 한껏 고양하여 나타난 것이다. '강탄영험분'에서는
균여의 어머니가 봉황이 품에 드는 태몽을 꾸거나 균여가 추하게 태어
나 버려지자 까마귀가 보호하거나, 아이를 상자에 가두어 양육하는 것
이 초월성을 보이고 있다. 일상을 넘어야 비범성을 담보할 수 있기 때
문에 그러한 현상이 나타난 것이다. 적강·기아·조력화소를 동원하여
영험성을 집중적으로 부각한 것이다. '자매제현분'에서는 균여는 물론
이거니와 그 누이의 총명함을 드러내고 있다. 탁발승이 찾아와 8권의
《법화경》을 독송하고, 그것을 누이인 수명이 모두 익힌 것으로 제시하
였다. 그러면서 탁발승은 자신이 보리유지삼장(菩提留支三藏)이고 수명
은 덕운비구의 화신이라 했다. 이는 불교의 윤회사상을 전제로 수명의
특출함을 보인 것이다. '감통신이분'에서는 광종의 비인 대목황후의
옥문에 생긴 부스럼을 의순공이 고치다가 옮겨 붙은 것을 균여가 다시
홰나무로 옮겼다고 했다. 또한 광종을 책봉하려 할 때 일기가 좋지 않
자 균여가 나서서 원음으로 문제를 해결하기도 한다. 이에 광종이 예
우하며 균여를 대덕에 봉한다. 그리고 불일사에 재변이 생겨 방재의
목적으로 강연을 열 때 그 주제를 균여가 맡았다. 이에 선배인 오현철
달이 불만을 표하자 한 거사가 나타나 균여가 의상대사의 제7화신이라
말한다. 대사의 눈빛이 무지개처럼 빛나고 염주 일습이 공중에 떠도는
이적을 보이자 광종이 균여를 더욱 공경하고 총애한다. 유가의 전에서
는 불가한 것들이지만 불가의 전에서는 이러한 것을 주요한 행적으로
다룰 수밖에 없다. '감응항마분'에서는 균여를 참소한 자나 지신(地神)
을 억누르는 내용을 다룬다. 균여에 반하는 자들을 마귀로 규정하고
그들을 제거하는 것이라 하겠다. 정수가 균여가 반역을 획책한다고 법
관에게 고하자 광종이 균여를 잡아들인다. 하지만 그 정상을 보니 반

역의 기미가 없어 호송하여 돌려보낸다. 이에 꿈에 신인이 나타나 불길한 일이 있을 것이라 말하는데, 송악의 소나무 수천 그루가 바람이 없음에도 쓰러진다. 점사에 따르면 법왕을 능욕한 대가라고 한다. 이에 광종이 후회하며 정수와 그 형을 참한다. 대사가 영통사 백운방을 중수하니 지신(地神)이 책망하며 변괴를 일으킨다. 그러자 대사가 노래를 지어 벽에 붙이니 문제가 해결된다. 법왕으로서 모든 신보다 우위에 있음을 불교의 초월성을 들어 확인한 것이다. '변이생사분'은 김해부사에게 한 승려가 나타나 자신이 비바시보살(毗婆尸菩薩)이라 말하며 오백 겁 전의 인연으로 송악산 아래에서 여(如)자로 불법을 펴고 일본으로 간다고 했다. 이 날에 균여가 열반에 들었다. 균여의 제자들이 수좌에 오르고 문도가 크게 번창한다. 이곳에서는 불교의 윤회사상을 기저로 균여의 보살로서의 지위를 확인하고 있다. 그래서 불가의 전기에서만 가능할 수 있는 특성을 갖게 되었다. 이것은 이미 있었던 불가의 입전 방식을 계승한 때문이라 하겠다.

3. 〈균여전〉의 서사전략과 구조

〈균여전〉은 앞 장에서 살핀 바와 같이 아주 다양한 서사적 전통을 수렴하였다. 여기에 균여대사의 일화나 전기 등이 문헌이나 구비로 유전되다가 〈균여전〉에 끼어들기도 했다. 즉 기존의 서사장르적인 전통을 수렴하는 한편으로 균여와 관련된 기존 작품이나 화소를 수용하였다. 〈균여전〉이 서사적인 긴밀성보다 파편화(破片化)된 정보를 나열한 듯한 인상을 주는 것도 그러한 사정 때문이다. 이러한 점을 전제하면서

〈균여전〉의 서사문학적 특성을 몇 가지로 추출하여 살펴보도록 한다.

1) 신성과 세속의 교차

전기문학의 특징 중의 하나가 입전인물의 행적을 객관적으로 제시하고, 그곳에서 얻을 수 있는 교훈을 입전자가 개입하여 논평하는 것이라 할 수 있다. 행적을 바탕으로 교훈이나 감계를 입전자가 주관적으로 기술하는 것이라 하겠다. 그래서 행적의 내용은 개관적으로 제시하는 것이 바람직할 수 있다. 열전이나 유가적인 전기에서는 그러한 것을 엄정하게 다루었다. 하지만 불가의 전기는 고승을 부처와 같이 다루면서 귀감을 보여야 했다. 득도한 인물을 다루어 현실적인 행적만으로는 충족될 수 없었다. 깨달은 후의 이적을 핍진하게 다루면서 초월적인 신성함을 보여야 했기 때문이다. 그 결과 고승전은 불가피하게 역사적으로 인정할 만한 사실과 문학적으로 가공된 신성이 교차·기술될 수밖에 없었다.

〈균여전〉도 세속담과 신성담이 교차되면서 한 편의 서사적인 전기물로 완결된다. 역사적인 사실은 균여의 생애에서 실증될 수 있는 행장이나 전기가 토대였을 것으로 본다. 출가와 활동, 그리고 업적과 성과를 객관적으로 제시한 것이 그것이다. 이에 반해 문학적인 신성담은 균여의 위신력이나 도통한 정도를 증명하기 위한 것이라 하겠다. 신이성을 한껏 고양하여 신도들에게 신앙심이나 숭앙심을 고취할 목적이 내재된 까닭이다. 이제 이 양자가 어떻게 직조되어 있는지 각 과분별로 정리하면 다음과 같다.

신성	기이한 출생과 양육	강탄영험분(降誕靈驗分)
세속	출가수행과 득의	출가청익분(出家請益分)
신성	윤회의 재생과 누이	자매제현분(姉妹齊賢分)
세속	종파의 융화와 일통	입의정종분(立義定宗分)
세속	장소의 해석과 정리	해석제장분(解釋諸章分)
신성	신이적 행위와 이적	감통신이분(感通神異分)
세속	노래의 창작과 유포	가행화세분(歌行化世分)
세속	노래의 번역과 칭송	역가현덕분(譯歌現德分)
신성	악귀의 굴복과 징치	감응항마분(感應降魔分)
신성	생사의 변화와 열반	변역생사분(變易生死分)

위에서 보듯이 〈균여전〉은 기정사실처럼 여길 수 있는 세속담과 문
학적인 윤색이 가미된 신성담이 유기적으로 교차되어 있다. 세속담은
창작보다는 있는 내용을 제시한 것이라 하겠고, 신성담은 현실성보다
는 초월적인 내용을 제시한 것이라 하겠다. 이 양자의 비율을 적절히
안배하면서 현실인 균여와 종교인 균여를 균형감 있게 서사한 것으로
볼 수 있다. 실제로 이 작품에서는 세속과 신성이 각기 5개 과분으로
동등한 비율을 보이고 있다. 하지만 전체적인 서사의 양에서는 균여의
역작인 〈보현십원가〉와 번역 한시로 인하여 세속담이 압도적으로 많
다. 신성적인 것만으로는 균여의 인물됨을 객관적으로 증명할 수 없기
에 현실의 행적을 더 구체적으로 적시한 것으로 볼 수 있다.

유교의 전기에서는 세속적인 출생과 성취, 그리고 죽음을 의미 있게

다룬다. 내세가 없는 유가의 전기에서는 당연한 일이라 하겠다. 혹여 판타지적인 세계가 동원될지라도 그것은 수단에 지나지 않고 이야기의 종지(宗旨)는 여전히 현실의 문제로 귀착된다. 세속적인 문제가 여전히 서사의 중심이라 할 수 있다. 반면에 불가의 전은 깨달음을 얻어 극락왕생하거나 해탈을 통해 무고안온의 세계에 진입하는 것이 목적이라서 이야기의 과정이나 결과에서 신성성이 주종을 이룬다.

위에서 본 것처럼 〈균여전〉은 세속적 행적과 신성적 행위가 조화롭게 교직되어 있다. 세속성이 강조된 서사에서는 현실의 문제를 적시하고 그것이 해결되는 과정과 결과를 중시한다. 즉 균여가 출가하여 스승에게 지식을 얻은 후 도량이 넓어져 종교적인 지도자가 되는 것이 그것이다. 그 결과 갈라진 종파를 하나로 모으거나 잘못된 의기와 장소(章疏)를 바로 잡게 된다. 여기에 그치지 않고 대중적인 불교포교를 위해 우리말 노래를 지어 크게 이바지하고, 그 노래의 의취가 국제적으로 알려질 수 있도록 문인이 한역시를 짓기도 한다. 이는 모두 균여의 실제 행적을 바탕으로 한 것이기에 속지향성이 강할 수 있다. 현실에서 있을 법한 생활이나 종교적인 문제를 사실적으로 그렸기 때문이다. 반면에 성지향적인 담론은 초월성과 신비성을 전제한 것이라 할 수 있다. 균여의 출생이 신화적이었음은 물론, 그 누이의 총명함은 그녀가 전생에 덕운비구(德雲比丘)였기에 가능했다.[15] 균여의 도량이 넓어짐에 따라 신이성이 한껏 고양되어 치병이 가능함은 물론 안광(眼光)을 발하거나 의상의 화신이 되기도 한다. 그런가 하면 지신(地神)을 노래로써 다스리기도 하여 신격의 지위임을 드러낸다. 법왕으로 등극하

---

15) 《화엄경》 '입법계품(入法界品)'에 등장하는 53선지식 중 두 번째에 해당하는 선지식이다. 젊은 구도자인 선재동자가 깨달음과 지혜 등을 물을 때 덕운비구가 화답한다.

여 세속의 제왕이 그를 추앙하도록 만든 것도 이 때문이다. 균여의 위
신력을 드러내는 방법으로 신성한 것을 적극적으로 원용한 결과이다.
이처럼 〈균여전〉은 성속의 화소를 적절히 안배함으로써 현실적인 업
적과 초월적인 성과가 모두 빛나도록 하였다.

2) 산문과 운문의 병치

〈균여전〉은 불가의 승전과 유가의 전기를 모두 전제했기 때문에 변
문(變文)과 전기(傳奇)의 특성을 갖게 되었다. 변문은 이른바 고승변으
로 대중적인 포교와 오락물로 기능하도록 했다. 전기는 현실적인 서사
로 지식층의 소용물이 되도록 했다. 그러한 특징이 잘 드러나는 것이
운문과 산문이 교차된 7과분과 8과분이다. 이를 전제하면서 삽입시가
를 변문의 성격과 전기의 양상으로 나누어 살펴보도록 한다.

첫째, 변문적 성격을 살펴보도록 한다. 잘 아는 것처럼 변문은 강경
과 속강을 통해 포교를 목적으로 전승된 문예양식이다. 이미 중국에서
인기를 얻고 우리의 경우도 불교포교를 위해 성행한 것으로 볼 수 있
다.[16] 그런데 〈균여전〉의 제7과분의 '가행화세분'은 그러한 변문의 유
통과 밀접한 관계를 갖는다. 변문이 이야기와 노래를 바탕으로 포교에
임했던 것처럼 이 사뇌가도 그러한 포교에 유용했기 때문이다. 실제로
변문은 속화된 텍스트적 성격이 짙다. 그래야만 민중 속으로 들어가
포교의 효과를 극대화할 수 있었기 때문이다. 우리의 경우 속화된 텍스
트로 볼 수 있는 것이 우리 말글의 문학작품이라 하겠다. 그런데 균여의

---

16) 그러한 사정은 원효와 대안 및 혜공을 통해 짐작할 수 있다. 이들 공히 대중적인 노선을
걸으며 민중교화에 파격을 보였다. 그러한 현장에서 변문을 통한 포교를 짐작할 수 있다.

경우 운문은 말할 것도 없고, 산문까지도 우리말로 표기하여 손쉽게
연행법석의 텍스트로 활용될 수 있도록 했다. 균여는 그러한 텍스트를
바탕으로 실제 강사·속강사가 되어 포교에 전념하기도 했다.[17] 그것이
정치적인 수단이든 종교적인 목적이든 간에 불교를 전교한 것만은 분명
하다. 균여가 스스로 속강승으로 활약하기 위해 속화된 텍스트가 필요
했고, 그것이 직접 우리말로 창작한 동인이라 할 수 있다.

 균여가 속강사로 활약한 흔적이 텍스트로 남아 있는데, 그 중의 핵심
이 〈균여전〉 제7분의 '가행화세분'이다. '가행화세분'의 서문에서 균여
는 포교사로서의 입장을 적절히 증언하고 있다. 즉 쉬운 노래로 시작하
여 더 깊고 먼 데로 나아갈 수 있음을 밝히고 있다. 이것은 이 노래가
변문의 창사로 기능하도록 의도한 것이라 하겠다. 그러한 결과 이 노래
는 대중의 선호 속에 다양하게 유통·활용되었다. 이는 전통을 계승하
고 그것을 일신함으로써 문학적인 변화를 촉발하고, 그 변화가 긍정적
인 효과를 드러낸 것이라 하겠다.

 둘째, 전기적 양상을 살펴보도록 한다. 전기는 문재(文才)가 뛰어난
서생이 기존의 설화를 가공하여 문언문체로 부연하면서 시작된 장르
이다. 전기에서 내용이 부연된 것은 다양한 글재주를 고위층의 문인에
게 보여 인정받기 위함이다. 문언문으로 쓴 이야기 자체뿐만 아니라
이야기의 곳곳에 배치된 삽입문예를 보이기 위한 목적이 더 컸다. 전
기에 행정·생활의 실용문은 물론 다양한 한시를 배치한 이유도 여기
에 있다. 전기 한편을 읽으면서 그것을 지은 사람의 다양한 문재가 확
인되도록 한 것이다. 이를 행권 또는 온권이라고 한다.[18] 그래서 전기

17) 안병희, 「均如의 方言本 著述에 대하여」, 『국어학』 16, 국어학회, 1987, 41-54쪽.
18) 서경호, 『중국소설사』, 서울대학교출판부, 2004, 221-223쪽.

는 지식층이 생산하고 수용하는 문학이 될 수밖에 없었다. 최행귀가
균여의 사뇌가에 관심을 갖고 그것을 칠언율시로 번역한 것은 전기의
작법 전통을 따른 것이라 할 만하다. 민중의 관심사를 지식층의 산물
로 확대한 것이 전기라고 할 때 최행귀의 글쓰기 행보는 그것과 상통하
는 면이 없지 않기 때문이다.

　실제로 최행귀는 명문가(名文家) 집안 출신이다. 그의 아버지 최언위
는 당에 가서 과거에 급제하였고 돌아와서는 왕건의 책사가 되었다.
최언위는 최치원의 사촌 동생으로 이미 문장으로 일가를 이룬 집안의
일원이기도 했다. 그러한 아버지 아래에서 자란 최행귀는 뛰어난 문재
로 오월국에 유학한 후 비서랑이 되기도 했다. 그러한 그가 균여의 고
승적 위상과 그의 노래를 두루 알리고자 한 것은 대중담론을 식자층의
담론으로 확산하기 위함이었다. 전설에 관심을 가져 그것을 연역하여
전기를 창작한 것처럼 최행귀가 대중적인 고승의 전설에 관심을 가져
그것을 지식층들의 감상거리로 창안한 것이라 하겠다. 이는 전기의 일
반적인 작법 전통을 전제한 작화라 할 만하다.

　〈균여전〉의 '역가현덕분'에서 최행귀는 게송의 전통과 실상을 간략
하게 언급하고, 균여의 뛰어난 행적, 그리고 노래의 우수성을 밝히고
있다. 그러면서 이 노래가 중국의 식자층이 알 수 없음을 애석하게 여
겨 한시로 번역한다. 이는 노래의 번역에 머무는 것이 아니라 균여의
행적을 소개하고 그곳에 한시를 병치하여 고승전기의 성격이 드러나
도록 했다. 최행귀의 뜻이 통하여 번역시를 본 송나라 사신이 생불인
균여를 만나고자 학수고대하기도 한다. 최행귀가 균여의 위용을 부각
하고자 했던 의도가 성취된 것이라 하겠다. 이는 우리말 노래의 변문
이 수행할 수 없는 한계를 전기의 작법으로 극복한 것이라 할 수 있다.

〈균여전〉은 이처럼 양동 작전을 펼치듯 상하민중을 포섭하기 위한 서사물이라 하겠다. 민중지향적인 변문과 상층지향적인 전기를 활용하여 균여의 위신력이 신분과 지역을 초월하여 퍼지도록 한 것이다. 불교의 변문과 유교의 전기의 작법을 따르면서 이룬 성과라 할 수 있다. 그러한 작법은 기존의 문학 장르를 계승하면서 또 한 번 일신한 것이기도 하다.

3) 작중작과 중층 구조

〈균여전〉을 비롯한 전기는 입전인물의 행적을 포폄하기 위해 찬성된다. 특히 고승과 명인 등을 입전할 때는 그 위대성을 부각하는 데 역점을 둔다. 그러기 위해 입전인물의 파편화된 행적을 수습하여 재배치하는 일이 일반화되었다. 일관된 관점에서 서사문맥을 확보하기 어려운 이유도 여기에 있다. 〈균여전〉도 기왕의 행적을 과감하게 끌어와 활용하였다. 대표적인 것이 '가행화세분'과 '역가현덕분'이다. 물론 다른 이화(異話)도 기존의 것을 재가공한 면이 없지 않지만, 그것은 혁련정의 입장에서 정리한 것으로 보아도 좋다. 하지만 이 둘은 작자와 역자가 명확한 기존의 글을 전격적으로 끌어들였다.

우선 '가행화세분'은 균여가 지은 향가와 향가를 둘러싼 가화(歌話)로 구성되었다. 균여가 향가를 대하는 방식과 그것의 효용성 등을 거론한 부분과 11수의 향가를 그대로 활용한 것이다. 이러한 글을 가감 없이 끌어와 씀으로써 문학 속의 문학이 되도록 했다. 작품을 읽는 중에 새로운 문학을 접하는 것은 변문의 서사방식과 상통하는 면이 없지 않다. 그런데 세기를 달라하는 작품을 끌어와 편목을 구성한 것은 독특한 방식이라 할 만하다. 이것은 혁련정이 일관된 관점보다는 균여의 행적을 중심으로 서사를 나열하여 발생한 일이라 하겠다.

다음으로 '역가현덕분'도 마찬가지이다. 이는 균여 시기의 인물인 최행귀가 쓴 글과 번역시를 역시 혁련정이 전폭적으로 끌어와 활용한 것이다. 이 또한 문학 속의 문학이라 하겠다. 이는 전기(傳奇)에서 서사 문맥 내에 다른 문학을 개입시켰던 것과 같은 방식이다. 즉 이야기 내에 다른 종류의 운문과 산문을 틈입시켰던 것과 상통한다. 이는 전기의 서사전통을 이 〈균여전〉이 계승한 것으로 이해해도 좋겠다. 실제로 '역가현덕분'에는 최행귀의 서와 한역시가 배치되어 있는데, 그 자체로 서 독립적인 의미단위를 이룰 수 있다. 그런데 이러한 것을 혁련정이 그대로 끌어와 독립 과분으로 만들었다. 그것의 효용성과 중요도를 생 각하여 그대로 활용한 것으로 볼 수 있다. 이는 앞에서도 말한 바와 같이 전기를 집필하는 전통과 무관하지 않아 보인다. 더욱이 그 한역시 가 정확하게 운율을 맞춘 칠언율시라는 점에서 유가적인 전기의 작법을 전제한 것이라 하겠다.

4. 〈균여전〉의 서사문학사적 의의

〈균여전〉은 상당히 이른 시기의 서사 작품이다. 나말여초의 전기와 설화를 전제할 수 있지만, 현전의 상당 텍스트가 고려후기에 기록되어 당시의 온전한 면모를 보이는 것은 아주 드물다. 그나마 온전한 텍스 트로 전하는 것 중의 하나가 〈균여전〉이다. 그런 점에서 〈균여전〉은 시가문학뿐만 아니라 서사문학적인 관점에서 주목을 요하는 작품이라 하겠다. 하지만 서사적인 긴밀성이나 문맥의 일관성 등이 부족하여 이 분야에서의 논의가 미진했던 것이 사실이다. 그럴지라도 전통적인 서 사관습을 수렴하면서 기존과는 변별되는 서사체로 일신한 만큼 그에 수반된 문학사적 의의를 무시할 수는 없다. 이 장에서는 그러한 사정 을 앞에서 다룬 내용을 중심으로 살펴보도록 한다.

첫째, 세속과 신성의 교차와 문학사적 의의이다. 앞에서도 살핀 것 처럼 〈균여전〉은 다양한 행적을 나열했기 때문에 앞뒤 서사의 인과가 부족하다. 한 편의 승전으로 입전되었음에도 불구하고 다소 이질적인 것들을 나열하여 서사적인 긴장감이 떨어진다. 실제로 이 작품은 인위 적인 가공으로 볼 수 있는 신성담과 균여의 사실적인 행적을 담은 세속 담이 동등하게 배치되어 있다. 실사만 나열하면 고승전의 성스러움이 반감될 수 있어 불가피하게 신성담을 개입시킨 것으로 볼 수 있다. 이 렇게 속과 성을 다루는 서사적인 전통은 고승전집에서 흔히 볼 수 있는 일이다. 하지만 독립된 작품 형태로 일신한 것은 우리의 경우 〈균여 전〉이 초유의 일이라 하겠다. 그런 점에서 〈균여전〉의 문학사적 의의 를 짐작할 수 있다. 세속과 신성을 교차적으로 서사하는 전통이 후대 의 서사문학에서 일반화되기 때문이다.

고려후기에 편찬되는 《삼국유사》의 고승전에서 그러한 면모를 확인 할 수 있거니와 조선 초의 서사시인 《월인천강지곡》과 국문산문인 《석보상절》 등에서 그러한 모습을 확인할 수 있다.[19] 게다가 세속과 신성을 아우른 고전소설 상당수가 이러한 서사기법을 준수하고 있다. 그런 점에서 〈균여전〉이 속과 성을 교차한 이른 시기의 서사라는 점에

---

19) 조동일, 『한국문학통사』, 지식산업사, 2004, 280-285쪽.

서 주목할 만하다. 이는 단편적인 설화에서 유기적인 소설로 변해가는 과도기적 징표를 〈균여전〉이 보이는 것으로 평가할 수 있기 때문이다. 실제로 양자의 교차로 이야기가 수시로 부연될 수 있고, 그러는 과정에서 장편의 서사적 인과를 확보할 수 있었기 때문이다.

둘째, 산문과 운문의 유연한 결합과 문학사적 의의이다. 〈균여전〉은 제7과분과 제8과분에서 운문을 배치하였다. 7과분에서는 불교적인 사뇌가를 배치함으로써 교화를 위한 변문텍스트의 성격이 부각되도록 했고, 제8과분은 정격 한시를 배치함으로써 격식을 갖춘 전기텍스트의 특성이 드러나도록 했다. 실제로 7과분의 '가행화세분'은 포교를 위한 텍스트라는 점에서 변문의 가요와 유사하다. 이는 불교적인 변문의 전통을 계승하는 한편으로, 후행의 변문에도 영향을 끼친 것으로 볼 수 있다. 고려후기에 편찬된 《삼국유사》 고승전의 상당수가 변문적인 특성을 갖는가 하면, 고려후기의 위경류의 한문 단편과 조선 초의 국문 단편도 변문적 성격이 짙다.[20] 그러한 변문의 전통을 이 〈균여전〉이 수렴하고 그것을 후행의 작품에 영향을 끼친 것으로 볼 수 있다. 제8과분의 '역가현덕분'은 상층부, 그것도 중국의 식자층을 전제한 것이기 때문에 민중의 문학을 상층의 문학으로 윤색한 전기의 그것과 흡사하다. 적어도 창작이나 글 쓰는 목적에서 동질적인 속성을 보이기 때문이다. 그래서 문인 최행귀가 작성한 '역가현덕분'은 유가적인 전기의 서사 관습을 계승한 것으로 보아도 좋다. 물론 그러한 특성은 후대의 전기와 전기소설의 작화에 좋은 본보기가 되었으리라 본다. 그런 점에서 이 〈균여전〉은 변문과 전기의 특징을 겸비하면서 그것을 후대

---

20) 김진영, 「그림과 문학의 상호 텍스트성과 그림연행 – 〈안락국태자경변상도〉를 중심으로」, 『어문연구』 51, 어문연구학회, 2006, 347-379쪽.

의 문학에 넘겨주어 서사문학사적인 관점에서 주목되는 바가 크다.

셋째, 시간을 초월한 작중작의 활용과 문학사적 의의이다. 〈균여전〉은 기존의 작품을 적극적으로 활용하면서 전체구도를 구축했다. 그러는 중에 불가적인 작품과 유가적인 작품을 수용하여 작중작의 특성을 갖게 되었다. 특히 제7과분과 제8과분에서 기존 작품을 그대로 끌어들임으로써 전체적으로 이질적인 면이 없지 않다. 이들은 작품 속에 작품을 안긴 모양을 하고 있다. 이는 다른 문예양식을 부담 없이 끌어들였던 장르복합적인 서사관습 때문이라 하겠다. 변문에서 운문을 끌어들여 강창교직을 구비하거나 전기에서 다른 한시를 끌어들여 산운교직 구조를 구비한 것과 큰 차이를 보이지 않는다. 이러한 서사관습은 그대로 후대의 문학에 영향을 끼친 것으로 보인다. 1328년에 운묵이 찬한 《석가여래행적송》이 그러한 전통을 계승했거니와 《삼국유사》의 일부 작품도 이와 유사하다. 그리고 조선 초의 《월인석보》에서도 그러한 양상을 확인할 수 있다.[21] 물론 선초의 전기문학에서도 이와 같은 서사관습을 읽을 수 있다. 이를 감안하면 〈균여전〉에서 보이는 문예적 교차가 후대 문학의 찬집에 일정한 영향을 끼친 것으로 볼 수 있다.

5. 맺음말

지금까지 〈균여전〉의 서사문학적 양상과 서사전략 및 구조 등을 살펴보았다. 먼저 이 작품의 서사적 계승 양상을 기존의 서사장르를 중심

---

21) 김진영, 「불경계 서사의 소설적 변용과 그 의미」, 『한국언어문학』 82, 한국언어문학회, 2012, 125-154쪽.

으로 짚어보고, 그 결과로 나타난 서사구조의 특징이 무엇인지 확인하였다. 이를 바탕으로 서사문학사적인 의미를 통시적인 관점에서 조망하였다. 지금까지의 논의를 요약하는 것으로 결론을 대신하고자 한다.

첫째, 〈균여전〉의 서사문학적 계승 양상을 살펴보았다. 〈균여전〉은 기존의 다양한 장르를 수용하여 찬집되었다. 균여를 대상으로 한 구비전승과 기록전승으로 민간신앙적인 신화, 유가적인 전기, 불가적인 승전 등의 장르 관습을 확인할 수 있기 때문이다. 그래서 〈균여전〉은 장르복합적인 양상을 갖게 되었다. 이는 성사 균여를 특출하게 입전하면서 나타난 결과라 하겠다.

둘째, 〈균여전〉의 서사문학적 특성을 짚어보았다. 앞에서 살핀 장르적 계승이 〈균여전〉만의 서사작품으로 거듭나게 했고, 그러는 과정에서 그 나름의 성격을 갖게 되었다. 실제로 〈균여전〉은 균여의 세속적인 행적을 다룬 사실담과 허구적인 신성담이 겸용되면서 기존과는 다른 작품 양상을 보인다. 그런가 하면 변문적인 노래와 전기적인 한시가 배치되어 유불의 인물담을 모두 구유한 특성도 가지고 있다. 사뇌가는 포교를 위한 창사의 성격이 짙고, 산문은 강설텍스트의 성격이 농후하여 변문을 상고하기에 어려움이 없다. 한편으로 한시는 전기적인 운문으로 문인인 혁련정의 의도가 개입된 것으로 볼 수 있다. 그래서 〈균여전〉은 고승전이면서도 유교의 전기문학적 특성을 갖게 되었다. 뿐만 아니라 〈균여전〉은 작중작의 특성을 갖기도 한다. 균여의 사뇌가와 그 서문, 최행귀의 역가와 그 서문은 이미 노래와 가평, 한시와 시평의 속성을 두루 겸비한 독립된 텍스트로 유통될 수 있었다. 그러던 것이 혁련정이 〈균여전〉을 찬할 때 균여의 위신력을 제고하는 장치로 이들을 개입시켰다. 시공을 초월하면서까지 기존의 작품을 배치하여 작중작의 특성이 두드러지게 되었다. 이는 변문이나 전기 모두에서 이웃 장르를 적극적으로 원용했던 전통 때문에 가능한 일이라 하겠다.

셋째, 〈균여전〉의 서사문학사적 의의를 통시적 관점에서 살펴보았다. 〈균여전〉은 다양한 서사적 전통을 수렴하여 찬성되었기 때문에 문학적인 양상이 독특하다. 기존의 승전 문학을 온전히 따른 것도 아니고, 전기를 그대로 계승한 것도 아니다. 그들을 복합적으로 받아들여 나름대로 장르 변화를 촉발하였기 때문이다. 실제로 세속과 신성을 교차하는 서사적 특성은 그 외연을 확장하면서 후대의 문학작품이나 찬집에 영향을 끼칠 수 있었다. 그리고 산문과 운문이 병치되면서 나타난 변문적 특성과 전기적 양상은 고려후기나 조선조의 불교서사나 전기의 작화에 좋은 본보기가 될 수 있었다. 게다가 시간을 초월하여 편집한 작중작적인 속성도 장르복합적인 속성을 강화하여 유불을 막론하고 찬집형태의 문학에 좋은 귀감이 될 수 있었다. 그래서 〈균여전〉은 자체적인 문학성보다는 서사적인 작화방식이 후대문학의 지침으로 유용할 수 있었다.

· 제3부 ·

유교의 관념적 만남과 심성담론

〈충암선생사적〉의 비극성과 충절담론

1. 머리말

사람의 일대기를 기술하는 문학의 전통은 사마천의 《사기》 열전에서부터 시작된다. 역사를 이해하는 수단으로 작성되던 일대기의 전문학은 시대와 지역을 달리하면서 변화를 거듭한다. 특히 공적인 목적과 사적인 목적에 따라 일대기를 구성하는 방식과 내용에서 변화가 생기면서 이야기문학이 발전한다. 사전(史傳)보다 가전(家傳)이나 사전(私傳)에 오면 문학적인 윤색이 더해지면서 서사문학사적인 측면에서 주목되는 변화가 생긴다.

충암 김정의 일대기를 서술한 〈경주김씨충암선생사적〉(이하 〈충암선생사적〉이라 칭함)은 국문으로 쓰인 일대기이다.[1] 그것도 역사적인 인물을 가전(家傳) 또는 사전(私傳)의 관점에서 기술하고 있어 독특성을 보인다. 더욱이 20세기 전반에 쓰인 것으로 보여 국문소설의 측면에서도 주목되는 바가 없지 않다. 이 사적은 전반적으로 충암 선생의 역사적 행적을 연대기적으로 서술하여 정보 전달에 충실한 반면, 문예적인 감

---

1) 이 작품은 충암의 종중에서 수장하던 것인데, 초강 송백헌 교수가 사본으로 소장하다 필자에게 넘겨주었다.

동은 상대적으로 덜한 편이다.

이 책은 한글필사본으로 단권인데 그 내용을 보면 가계(家系)를 먼저 말하고, 이어서 입전(立傳) 인물인 충암의 사적을 연대기적으로 다루고 있다. 먼저 성장과 학습, 결혼과 출사(出仕), 정배(定配)와 사사(賜死)에 이르는 과정을 다루면서 그의 강직한 사대부로서의 면모가 부각되도록 하였다. 그런 다음 마지막 부분에서 복권되어 정승으로 추증된 내력과 불천위로 모셔진 사정, 그리고 부인 송씨의 절행을 다루어 내외가 사대부 집안의 모범을 보인 내력을 알 수 있도록 했다.

〈충암선생사적〉에 대해서는 학계에 보고되거나 연구텍스트로 활용된 적이 없다. 그것은 종중에서 소장하여 대중적으로 유통될 여지가 없었기 때문이다. 그리고 정보전달의 측면에 유용하도록 작성된 내용이라서 문학적인 감흥을 유발하는 데도 일정한 한계가 있었다. 이 작품은 기존의 문집이나 전하는 바의 일화를 행적 중심으로 정리하여 충암에 대한 존숭과 존모의 마음을 담은 것이 핵심이라 하겠다. 어쨌든 〈충암선생사적〉이 조선후기는 물론 일제강점기에도 여전히 인기가 많았던 국문소설처럼 필사본으로 전하는 것은 표기에서건 내용에서건 간에 문학적인 고찰이 필요하다 하겠다. 정보 전달이 많은 것은 문학의 교술장르적인 특성을 보이는 것이거니와[2] 일대기를 순차적으로 서술한 것은 서사문학적인 특성이 다분하기 때문이다. 문학적인 역량이나 밀도에서 차이가 있을 따름이지 문학을 완전히 벗어난 것은 아니기에 그에 합당한 논의를 펼쳐야 마땅하리라 본다.

이에 본 글에서는 다음과 같은 점에 역점을 두어 논의를 진행하도록

---

2) 조동일 『한국문학통사』 1권(2판), 지식산업사, 1989, 23-24쪽.

한다. 먼저 작품의 제작 배경을 간략하게 살피도록 한다. 그런 다음 서지와 내용, 문학적 성격 등을 검토하여 이 작품만이 갖는 문학적 가치와 의의를 종합적으로 조망하도록 하겠다.

2. 제작의 시기와 주체

〈충암선생사적〉은 국문필사본으로 고전소설의 필사본과 유사하게 제작되었다. 그것도 목판본이 연상될 정도로 한 쪽에 정확하게 10줄씩 필사했음은 물론 계선(界線)으로 행간을 분명히 나누기도 했다. 전반적으로 국문의 달필체로 필사하여 제작의 환경이나 주체 등을 짐작할 수 있도록 했다.

1) 제작의 시기

이 작품은 제작 시기를 추정하기가 쉽지 않다. 그것은 어느 곳에서도 필사시기를 언급하지 않았기 때문이다. 필사자가 명기되지 않아 작자를 통한 제작 시기를 추정하는 것도 쉽지 않다. 뿐만 아니라 마지막 부분에서 간기조차 밝히지 않았다. 그렇다고 이 작품의 제작 시기를 추정하는 것이 아예 불가능한 것만은 아니다. 필사 방식이나 작품의 내용 등을 통해 어느 정도 윤곽을 짐작할 수 있기 때문이다.

먼저 필사 방식이다. 이 작품에서 중시되는 필사방식으로 계선(界線)과 사주단변(四周單邊)을 들 수 있다. 계선과 사주단변은 일반적으로 인본(印本)에서 쓰이는 방식이다. 고전소설의 경우 방각 목판본이나 구

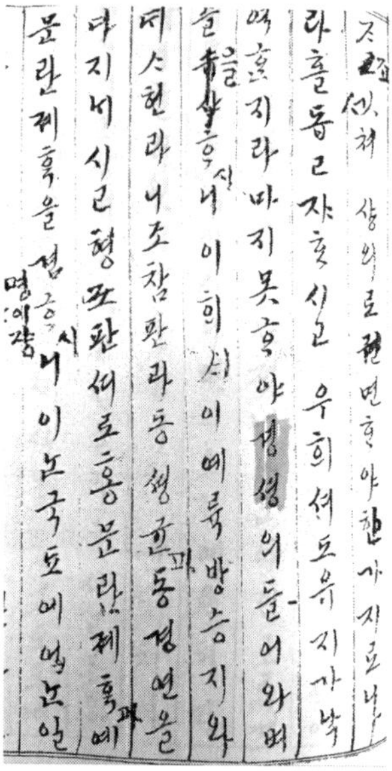

[그림 1] 경성이 표기된 장

활자본에서 일반적이다. 필사본의 경우 예외적인 경우에 한해 그러한 방식을 따른다.[3] 가능하면 한정된 지면 안에 많은 양을 써야 하는 필사본의 경우 계선이나 사주를 그으면 글을 조밀하게 쓰는 것이 어렵기 때문이다. 그럼에도 불구하고 이 작품의 경우 목판본이나 구활자본처럼 정확하게 선을 그어 필사하였다. 그것은 필사할 양이 많지 않아서일 수도 있지만 이 사적을 필사하던 때에 익숙하게 쓰이는 방법을 답습해서 나타난 것일 수도 있다. 실제로 1910년부터 시작된 고전소설의 구활자본은 당시의 필사문화에 많은 영향을 주었다.[4] 일반적으로 필사본에서 구활자본으로 넘어갈 수 있지만, 역으로 구활자본을 본 따서 필사하는 일도 얼마든지 가능했다. 그래서 계선이나 사주의 선이 있는 것은 이 작품이 구활자본 고전소설이 보편적으로 유통된 20세기 초반에 제작되었을 것으로 추정할 수 있다. 그것은 이 작품이 고전소설의 필사방식을 따르면서도 선이나 면 처리를 활자본처럼 꾸민 데에서 짐작할 수 있다.

다음으로 들 수 있는 것이 작품의 내용이다. 작품 내용이 조선 중기

---

3) 주로 목판본이나 구활자본을 모방하여 필사하는 경우 그러한 경향을 보인다.

4) 유춘동, 「구활자본 고소설의 출판과 유통에 대한 몇 가지 문제들 – 원고, 저본, 저작권, 판권지, 광고, 서적목록을 중심으로」, 『한민족문화연구』 50, 한민족문화학회, 2015, 289–315쪽.

의 정치 상황에서 충암의 환로생활과 유배, 그리고 부인의 절행 등을
다루어 시공간 배경이 조선조 중기임을 알 수 있다. 그런데 작품에 쓰
인 어휘 중에서 주목되는 것이 '경성'이라는 단어이다. 이 경성은 일제
강점기에 붙여진 명칭이다. 그 이전에는 한양성 또는 한성이라 불렀
다. 그래서 경성이라는 어휘를 통해 이 작품의 필사연대가 1910년 이
후라고 추정할 수 있다. 실제로 1910년대에 고전소설의 구활자본이 본
격적으로 간행되기 시작했다. 그렇기 때문에 그러한 영향을 받아 이
작품을 소설처럼 필사하는 과정에서 당시에 쓰이던 지명이 자연스럽
게 개입된 것으로 보아야 하겠다. 작품에 쓰인 어휘를 통해 이 작품의
창작 시기가 20세기 초반임을 알 수 있다.

2) 제작의 주체

이 작품은 문학적인 감동을 일으킬 정도로 사건을 유기적으로 축조
하지는 못했다. 역사적으로 분명한 사실을 문학적으로 윤색하는 부담
때문이라 하겠다. 그리고 존모(尊慕)의 마음으로 충암의 행적을 기술하
다 보니 사실 위주의 정보가 더 큰 비중을 차지할 수밖에 없었다. 그래
서인지 제작 시기는 물론 제작자도 누구인지 알 수 없게 되었다. 그럴
라도 다음과 같은 점을 감안하면 제작의 주체를 짐작할 수 있다.

첫째, 충암을 지칭하는 경어에서 제작자를 짐작할 수 있다. 이 작품
의 작자는 객관적인 관점에서 사건을 다루기보다는 다소 주관적인 측
면에서 대상을 바라보고 있다. 충암과 무관한 관점에서 대상을 객관적
으로 보고 서술해야 마땅하지만 그렇게 하지 못하고 있다. 충암을 존
엄하게 대하고 서술하여 여러 곳에서 존칭이 나타난다. 일례로 작품의

[그림 2] 작품의 도입부분

첫머리를 본다.

튱암션싱의 휘는 淨뎡즈이요 즈는 원
즈튱즈이니 신나 경슌왕의 후예요 판도
판셔휘는 장즈유즈의 륙셰손이요 뎡낭
휘는 효즈뎡즈의 버금아드님이라[5]

충암은 물론 그의 육대조와 아버지
에 대해서도 함부로 이름을 부르지
못하고 '자'를 붙였다. 일반적으로 고
전소설의 작자는 특별한 일이 없는
한 등장인물을 객관적으로 대한다.
선입견 없는 사건을 직조하여 독자들에게 제시하면 족하기 때문이다.
그런데 이 작품에서는 충암에 대한 남다른 칭호는 물론이고 충암과
관련된 사건을 극히 중시하고 있다. 이것은 제작자가 충암의 강력한
영향권 내에 있는 인물임을 추정케 한다. 충암의 제자이거나 그의 후손
이어야 가능한 일이기 때문이다. 그런데 앞에서 이 작품을 20세기 초에
지어진 것으로 추정하였으니 충암의 제자일리는 만무하다. 그렇게 보
면 자연스럽게 충암을 존모하는 후손 중의 한 사람이 충암의 행적을
가능하면 알기 쉽게 제작한 것이라 하겠다. 당시에 큰 인기리에 유통되
고 있는 고전소설의 기술방식을 준용하여 충암의 행적을 효율적으로
교육 및 감상할 목적에서 제작한 것이라 하겠다. 따라서 충암을 대하는
서술자의 입장을 통해 제작자가 충암의 후손임을 추정할 수 있다.

---

5) 〈충암선생사적〉, 1쪽.

다음으로 국문으로만 작성되었다는 점
에서 작자를 유추할 수도 있다.[6] 이 책은
한 사람이 필사한 것으로 보인다. 처음부
터 끝까지 단일한 국문체로 서사되어 있
기 때문이다. 한문으로 쓰면 좋을 내용,
이를테면 절구시나 상소문 등도 모두 국
문으로 쓰고 있다. 이것은 한문에 대한 독
해력이 부족한 사람이 작자일 수 있음을
말하는 것이다. 한문에 대한 독해력은 떨
어지지만 국문 독해력이 있어 당시에 인
기리에 읽었던 국문소설의 문체로 제작한
것으로 볼 수 있다.[7] 근대 초기에 국문문

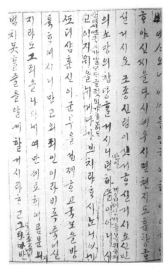

[그림 3] 수정된 내용

학이 지배적인 위치로 올라서고 있음을 감안하면 당시에 성행했던 국
문전기 또는 국문소설처럼 작성하는 것이 유용했기 때문이다. 이로 볼
때 이 책을 제작한 인물은 한문에 대한 독해력은 부족하지만 국문독해
력을 바탕으로 고전소설의 서술방식을 답습하면서 이 작품을 지은 것
으로 볼 수 있다. 그렇기 때문에 전문성이 부족하여 작품의 곳곳을 수
시로 수정하면서 완정성을 기한 것으로 보인다. 그렇게 수정을 거듭했
음에도 불구하고 이 작품의 문학적 완성도는 다소 떨어지는 편이다.
사건의 전개가 연동되지 못하고 정보를 단순히 나열하여 서사성보다
는 교술성이 더 강하기 때문이다. 이 또한 이 작품의 작자를 짐작할

---

6) 작품 전체에서 한자를 쓴 것은 충암의 휘인 '淨'뿐이다.

7) 한문에 아예 문외한인 것은 아니라 본다. 작품의 도입부와 중후반부에 충암의 한시를
   옮겨와 풀이하고 있기 때문이다. 물론 이때도 한자는 전혀 쓰지 않았다.

수 있도록 한다. 국문소설 정도를 즐겨 읽던 인물이 충암의 사적을 소설적인 기법에 입각하여 정리한 것으로 볼 수 있기 때문이다. 충암의 사적을 비교적 상세하게 알기 위해서는 그 후손이어야 가능한 일이다. 더욱이 충암의 문집에 수록된 한시가 이 작품을 짓는 데 활용된 것은 충암의 영향권에 있는 후손이라야 어울릴 수 있다.

마지막으로 이 책이 충암의 종중에 수장되어 왔다는 점이다. 이 책은 얼핏 보아 구한말의 고전소설에서 실기문학과 흡사한 면이 있다. 역사적인 인물을 소설로 형상화하면서 실기로 다룬 것과 유사하기 때문이다.[8] 즉 〈세종대왕실기〉, 〈김유신실기〉, 〈이순신실기〉 등처럼 역사적인 인물의 정보를 소설로 다룬 것에 비견될 수 있다. 이는 실기류의 국문소설을 읽었던 인물이 충암의 사적을 내세워 고전소설처럼 제작한 것으로 이해할 수도 있다. 실기류로 작성함에 있어 무엇보다 중요한 것이 충암에 대한 사적이라 하겠다. 사적을 충실히 파악해야 일대기의 구성이 탄탄해질 수 있고, 그것을 읽는 사람들도 더 큰 감명을 받을 수 있기 때문이다.[9] 그래서 충암의 영향권 내에 있는 인사가 이 작품을 짓고, 그것이 충암의 사적을 이해하는 데 도움이 되자 충암의 문중에 수장된 것이 아닌가 한다.

이상의 내용을 종합해 볼 때 이 책을 지은 작자는 충암의 후손 중에 국문소설을 즐겨보던 인물이라 하겠거니와 한문에 대한 식자능력은 부족해도 국문으로 문자생활을 영위하는 데 큰 어려움이 없었던 인물이라 하겠다. 본격적인 소설보다는 충암의 충절을 의미 있게 정리할

---

8) 이채연, 「실기의 문학적 특징」, 『한국문학논총』 15, 한국문학회, 1994, 82-109쪽.
9) 김장동, 「朝鮮朝 歷史小說研究: 史實과 說話의 小說化過程을 中心으로」, 한양대학교 대학원 박사학위논문, 1985.

목적에서 이 작품을 소설처럼 제작한 것으로 이해할 수 있다.

3. 작품의 내용과 문학적 성격

〈충암선생사적〉은 역사적으로 확정된 내용을 순차적으로 배열하여 일대기문학이 되도록 하였다. 기존의 문집이나 역사서, 그리고 가문 내의 일화를 수집하여 이야기문학으로 형상화한 것이다. 이제 이 작품의 전반적인 내용과 문학적 성격을 살펴보도록 하겠다.

1) 서지와 작품 내용

이 작품은 단권의 국문필사본이다. 모두 58장으로 사주단변에다 한 면당 세로로 10줄을 배치했다. 계선을 그어 판본과 흡사하게 꾸며 행간을 분명하게 구획하였다. 글씨는 비교적 달필에 속하며 의미 단위로 동그라미 점을 찍어 읽는 데 도움이 되도록 했다. 표지가 낙질이지만 첫 면에 〈경주김시충암선생사적〉이라고 명기하여 제목을 알 수 있도록 했다. 목판본이나 구활자본처럼 꾸민 것은 제작 당시에 그러한 작품을 접한 경험 때문이라 하겠다. 이제 작품의 내용을 개조식으로 정리하고 이야기의 근간을 이루는 화소(話素)를 제시하도록 한다. 작품내용을 개조식으로 정리하면 다음과 같다.

① 충암은 신라 경순왕의 후예로 아버지 효정이 용이 솟구쳐 품안으로 들어오는 꿈을 꾸고 태어난다.

② 태어나면서부터 남다른 풍모를 가졌을 뿐만 아니라 여섯 살에 모란

을 소재로 한시를 짓기도 하여 아버지 효정이 장차 집안을 흥하게 함은
물론 후세에 이름을 남길 것이라고 한다.

③ 8세에 글을 잘 짓고 9세에 사서를 통달했으며 어떠한 글이든 모두
알아서 나이 든 선비라도 그를 감당하지 못한다.

④ 춘추좌전을 배움에 모두 외워 틀리는 글자가 없으며 친구들과 공부
를 위해 7일 이상 벽곡(辟穀)을 단행하기도 한다.

⑤ 냉병을 앓는 어머니를 위해 온갖 방법으로 먹을 것을 구해드려 효험
을 본다.

⑥ 14세에 과거에 장원으로 급제하지만 여전히 성현의 글을 궁구하여
건강을 해칠 지경에 이른다.

⑦ 15세에 상사를 당하여 주육을 멀리하며 3년을 어렵게 지낸 다음 부
모에게 잘하려 하지만 기다려주지 않는다고 하여 모든 사람에게 공감을
얻는다.

⑧ 삼년상을 다 치르고 모부인을 지성으로 모시는데 집안이 가난하여
매일 구룡소에 가서 고기를 낚아 봉양하고, 솔방울을 주어다가 기름 대신
불을 밝히며 글을 읽는다.

⑨ 충암이 최원정, 구병암과 함께 구병산 고봉에 초막을 짓고 지내면서
사람은 올바른 마음을 가져야 하고 나라를 다스리는 사람도 그러해야 함
을 역설한다.

⑩ 연산군 계해년 충암이 18세 때 부인 송씨를 맞아 결혼하는데 선생이
계족산 법천사에서 글을 읽다가 인연을 맺었다.

⑪ 22살에 생원시에 합격하고 이어서 대소과를 모두 합격하니 중봉 조
헌 선생이 답 글을 보고 동방에 맹자가 났다고 말한다.

⑫ 성균관 전적, 사간원 정언, 홍문관 수찬을 역임하고, 독서당에서 지
내면서 늙고 병든 어머니를 봉양할 수 있도록 지방관이 되기를 청하여
충청도사 및 순창군수를 맡는다.

⑬ 박원종·유수정·성희안 등이 반대파인 신수근을 죽이고 중종반정에

성공한 후 신수근의 딸인 왕비를 폐위한다.

⑭ 폐위된 장경왕후가 죽자 장성한 아들을 둔 후궁 박숙의가 나쁜 마음을 먹을까 걱정하여 충암이 담양부사, 무안현감과 결의하여 폐위된 신씨의 복권을 상소했다가 정배된다.

⑮ 상소를 결의한 장소를 삼인대 또는 학사대라 하는데 정암 조광조가 정언이 되어 대간들을 논죄하고 충암을 구하니 이때부터 조광조와 반대파 무리가 대립한다.

⑯ 충암이 벼슬을 마다하고 금강산을 찾아 유람하거나 속리산 도솔암에서 글을 읽으면서 물외를 즐긴다.

⑰ 조광조와의 인연으로 상경·출사하여 승지·대사헌·대제학 등을 역임할 때 모부인을 생각하여 사직을 청하지만 윤허하지 않고 더 중히 여긴다.

⑱ 조광조와 충암이 당시의 적폐를 바로잡고 기강을 다져 나라가 올바른 길로 가도록 몰두한다.

⑲ 개혁이 급진적으로 이루어지면서 왕의 뜻을 거스르는 일이 생기고, 소인배가 그것을 틈타서 조광조와 충암 등을 역적으로 무고하여 많은 사람들이 투옥되었다가 정배된다.

⑳ 충암이 금산에 유배되어 지내다가 병을 앓고 있는 모부인을 위해 군수의 허락을 받고 보은에 들르는데 금부도사가 자신을 진도로 이배하러 왔다는 말을 듣고 황망히 돌아와 진도로 이송 중에 순창을 지나니 모든 군민이 나와 길이 막힌다.

㉑ 충암이 적소인 금산을 떠난 것이 문제가 되어 투옥되고 모든 사람들이 스스로 살기 위해 충암이 배소를 도망했다고 말하지만, 충암의 옥중 편지를 본 임금은 어머니를 위한 것이라 생각하여 제주도에 위리안치한다.

㉒ 충암이 바다에 임하여 바람을 기다릴 때 노송에 빗대어 자신의 처지를 한탄한다.

㉓ 제주에 당도하니 도민들이 온갖 제의만 중시하면서 짐승과 귀신을 숭배하는지라 선생이 상장제례를 기록하여 가르치니 문물이 그때부터 바

로 잡힌다.

㉔ 적소의 물이 모두 짜서 마실 수 없기에 선생이 우물을 파니 물이 맑고 좋아 사람들이 모두 소중하게 여기며 판서정이라 칭한다.

㉕ 충암의 아우 참봉공이 따라왔다가 돌아갈 때 선생이 평생 혼자 있으면서도 부끄럽게 하지 않았는데 이런 화를 당했다며 마음을 다잡으라고 당부한다.

㉖ 남곤이 계속해서 참소하여 왕이 충암에게 자진하라 명하고, 충암이 목사의 손을 잡고 형제와 부인에게 글로써 노모를 잘 봉양하라 당부한 후 절명의 글을 남긴다.

㉗ 조광조도 자진을 명받아 담대하게 시행하니 두 사람의 마지막 행실에 조금의 차이가 없다.

㉘ 충암의 부인 송씨가 신씨가 복위될 때까지 충암의 위패를 옮기지 말라 하고, 모부인이 서거한 후에 스스로 8일간 곡기를 끊어 자진한다.

㉙ 후대에 모두 복권되어 충암은 정승으로 추증됨은 물론 불천위로 모셔지고, 부인 송씨는 정려문을 받아 후세에 길이 빛난다.

이상에서 보는 바와 같이 충암의 사적을 중심으로 작품을 구축하되 일부에서는 역사와는 다른 방식으로 일대기를 다루고 있다. 그래서 역사를 다룬 담론이면서도 문학적 윤색을 가하여 역사문학의 텍스트가 되도록 했다. 전반적으로 출생에서부터 서거 후의 일화에 이르기까지 일목요연하게 다루어 전기문학 또는 국문소설적인 성격을 보이기도 한다. 이제 위의 내용을 축약하여 도식화하면 다음과 같다.

가계태몽 (家系胎夢)	성장수학 (成長修學)	응과출사 (應科出仕)	정배효행 (定配孝行)	자진단심 (自盡丹心)	순절복권 (殉節復權)
고려조 판도 판서의 육대손으로 아버지 효정이 용이 품으로 들어오는 꿈을 꾸고 충암을 잉태·생산함	배움에 대한 의지로 벽곡(辟穀)을 단행하는 등 철저히 매진하여 모든 글에 통달하여 선비도 감당 못함	대소 과거에 응시하여 급제하고, 젊은 나이에 승승장구하면서 적폐를 척결하기 위하여 노력함	적폐척결을 위해 노력하다가 문제가 되어 여러 지역에 정배되지만, 어머님에 대한 효행은 철저함	남곤일파의 참소로 임금이 죽음을 내리자 모부인을 걱정하면서 충정의 마음을 드러내고 자진함	부인 송씨가 시어머니를 모신 후 남편을 따라 순절하니 후대에 두 사람의 강상이 모범임을 알고 불천위와 정려를 내림

이상에서 보듯이 이 작품은 충암의 생애담을 기저로 하면서 그 부인의 순절 및 후대의 복권담까지 다룸으로써 충암 집안의 강상 실천담이 되도록 했다. 이것은 유교적인 이념으로 무장 및 실천하여 당대는 물론 후대에 모범적인 사례가 되어 두고두고 이야깃거리가 될 수 있었다. 그러한 이야깃거리를 국문소설처럼 필사한 것이 바로 이 작품이다. 그런데 충암의 생애 전체가 영욕(榮辱)이 점철되어 그것을 객관적으로 서술해도 나름의 자극제가 될 수 있었다. 실제로 고전소설의 사건 구성을 전제하면서 이 일대기를 적용하면 주목할 만한 면이 없지 않다. 가계와 태몽은 이른바 이야기의 모두로 발단에 해당할 수 있고, 성장과 수학은 충암의 남다른 재주와 역량을 제시하는 곳으로 전개에 해당된다. 이어서 과거에 급제하여 격랑의 환로생활에 접어든 것은 위기의 상황에 비견되거니와 참소로 정배되어 어머니를 걱정하는 부분은 충암의 비탄스러운 감정이 증폭되어 나타나는 절정과도 같다. 그런가 하면 자진하여 단심을 보이면서도 모부인에 대한 절절한 효행심을 드러낸 곳은 이야기의 갈무리를

[그림 4] 작품의 종결부분

향하는 하강이라 하겠거니와 모든 것이 끝난 후에 부인의 순절과 복권을 다루는 내용은 최종적인 결과가 드러나는 결말이라 하겠다. 굴곡진 인생 역정이 소설의 그것과 흡사하여 역사성을 살린 이야기문학으로 어렵지 않게 축조될 수 있다.

2) 문학적 성격

이 작품은 역사적인 사건과 문학적인 기법을 엇섞어 형상화한 특징이 있다. 그래서 문학이면서 역사성을, 역사이면서 문학성을 공유한 포괄성을 갖게 되었다. 이는 양가적인 관점에서 이 작품의 의미를 짚어야 함을 뜻하는 것이기도 하다.[10] 하지만 이 작품의 제작 당시의 문예현상, 특히 고전소설의 필사 전통을 준용한 것으로 보아 문학적인 측면에서, 그것도 서사문학적인 측면에서 그 성격을 살피는 것이 유효할 수 있다. 이제 그러한 사정을 몇 가지로 나누어 살펴보도록 한다.

(1) 역사적 사건과 인과 구조

이 작품은 충암의 출사(出仕)와 피화(被禍)가 중심적인 소재이고, 이것을 뒷받침하는 다양한 화소가 나열되어 있다. 즉 출중한 능력으로 과거에 급제하여 다양한 직제를 역임하는 것은 물론 그로 인한 정배와 사사

---

10) 이채연, 『임진왜란 포로실기 연구』, 박이정, 1995.

가 중핵을 이루고, 부분적인 일화가 배치되어 원인이나 사건의 원동력
으로 작동하도록 했다. 먼저 과거에 급제한 후 국가사를 위하여 다양한
직무를 맡게 된 동인에 해당하는 일화를 들어보면 다음과 같다.

① 아버지가 용이 솟구쳐 품으로 들어오는 꿈을 꾸고 잉태하여 충암을
   낳았다.
② 여섯 살에 모란을 소재로 시를 지어 능력을 인정받았다.
③ 여덟아홉 살에 글을 잘 짓고 경전은 물론 모든 글에 통달하여 유자
   도 감당하지 못했다.
④ 좌전을 학습할 때 모두 외워 한 글자도 틀림이 없었다.
⑤ 학문에 정진하고자 친구들과 벽곡을 시작했는데 친구들은 하루 이
   틀에 그쳤지만 충암은 7일간 지속했다.
⑥ 모부인을 위하여 구룡소에서 고기를 잡아 봉양하고 솔방울을 모아
   기름 대신 쓰면서 학업에 전념했다.
⑦ 친구들과 구병산 고봉암에서 학문을 논하였다.
⑧ 계족산 복천사에서 글을 읽다가 인연이 되어 부인 송씨를 만났다.
⑨ 중봉 조헌 선생이 충암의 과거 답안지를 보고 동방에 맹자가 났다고
   했다.

위에서 보듯이 특이한 태몽으로 출생한 충암은 어려서부터 남다른
기질이 있었다. 특히 유교적인 학문에 특출한 능력이 있어 심성수양과
글쓰기에 매진하는데 6세에 시를 쓰고, 8세와 9세에 경사(經史)에 능통
하여 출사할 자질이 확보된다. 하지만 과거를 통하여 출사하는 것보다
성인의 말씀을 통한 학문 수양에 관심이 많아 친구들과 의론하거나
스스로 수양의 마음을 강화하고자 단식을 7일간이나 실행하기도 한다.
그런가 하면 암자를 찾아 글 읽는 것을 낙으로 삼거나 명산을 찾아

물외경을 즐기기도 하였다. 그렇게 함으로써 청아한 지조를 가진 유능한 사대부임이 드러나도록 했다. 이것은 모두 충암과 관련된 일화를 모아 나열한 것이다. 그러한 것을 최대한 모아 출사의 당위성과 지사로서의 면모가 부각되도록 했다. 다만 이들이 복선으로 작용하지 않고 단발적으로 나열되고 말았다는 점이다. 다양한 소재를 가졌음에도 불구하고 소설적인 기법이 부족한 것은 전문적인 작가가 아니라서 그럴 수도 있고, 충암의 명확한 행적을 왜곡하는 부담 때문이기도 하겠다. 그래도 거시적으로는 어렸을 때의 남다른 능력을 나열하여 그가 젊은 나이에 출사하고 승승장구할 원동력으로 작용하도록 한 것은 주목할 만하다.

다음으로 출사하여 국정에 매진하다가 급격한 개혁에 반감을 가진 왕이나 반대 세력의 무고로 끝없이 추락하는 과정을 역사적인 사건을 중심으로 배치하고 있다. 그것도 강도가 더해가다가 마침내 사사됨으로써 비극적인 정서가 확대되도록 했다. 역사적인 사건을 순차적으로 나열하면서 문학적인 감정을 유발한 것이라 하겠다.

① 신씨 복위의 상소를 올렸다가 왕의 노여움을 사서 보은으로 정배된다.
② 다시 환로에 나갔다가 기묘사화를 당하여 금산으로 유배된다.
③ 금산에서 이배되어 진도로 정배된다.
④ 진도에서 다시 이배되어 제주도로 정배된다.
⑤ 제주도에서 풍속을 바로 잡으며 지낼 때 신사무옥으로 사사된다.

이상에서 보듯이 충암은 출사하여 자신의 뜻을 실천하고자 노력했다. 강상을 올바로 실천해야 함을 상소했다가 고향인 보은으로 유배된다. 이 유배가 풀린 후 다시 환로에 나섰는데 이때부터 심각한 일이 벌어진다. 급진적인 개혁을 감당하지 못한 임금과 반대세력의 모함으로 충암에게 불행이 단계적으로 심화되기 때문이다. 처음에는 고향 인근의 금산으로 정배되어 모부인을 섬기는 일도 가능했다. 군수의 허락을 받아 모부인을 만난 것이 그를 반증한다. 하지만 개혁의 주체였던 조광조와 김정은 반대파에게는 제거해야 할 근원이었다. 지속적이면서도 끈질긴 무고가 그래서 일어난다.[11] 그리하여 금산에서 절해고도(絕海孤島)인 진도로 이배(移配)된다. 그곳에서도 안주할 수 없도록 하여 마침내 제주까지 유배를 간다. 유배지가 근기(近畿)에서 절해고도로, 다시 먼 바다 밖의 제주도로 옮겨지면서 비극적인 상황이 심화됨을 알 수 있다. 마침내 신사무옥에 연루되어 사사되니 억울하고 원통한 마음이 극에 달하지만 그것조차 담담히 받아들여 슬픔은 더하고, 충암의 인물됨이 더 잘 부각되도록 했다. 이렇게 정치적인 사건을 계기적으로 제시함으로써 절의지사의 운명적인 몰락이 단계적으로 드러나도록 했다. 역사적인 사건을 나열했음에도 불구하고 문학적인 해석이 가능한 것은 충암의 짧은 일대기가 그만큼 영욕으로 굴곡졌기 때문이라 하겠다. 이는 출중한 능력이 동인이 되어 출사의 결과를 낳고, 출사하여 급진적인 개혁이 동인이 되어 비극적인 정배와 사사의 결과를 초래한 구도를 짐작할 수 있다.

(2) 시문(詩文)의 삽입과 인물 묘사

서사문학은 오래 전부터 다른 문예양식을 수렴하여 목적한 바를 달성하고자 했다. 구비전통의 서사인 변문이나 기록전승의 서사인 전기

---

11) 조현우, 「古小說의 惡과 惡人 형상에 대한 문화사적 접근 – 초기소설과 영웅소설을 중심으로」, 『우리말글』 41, 우리말글학회, 2007, 191-216쪽 참조.

(傳奇)를 막론하고 다른 문예양식, 특히 시가를 차용하여 이야기를 형
상화하는 전통이 있었다.[12] 이로 인해 변문이나 전기의 후대적 전승물
인 고전소설도 다른 문예양식을 차용하여 작품을 형상하였다. 〈충암
선생사적〉도 많지는 않지만 시가를 차용하여 작품의 형상화, 특히 인
물의 묘사에 활용하고 있다.[13] 어린 나이에 지은 시를 출중한 능력을
부각하는 수단으로 삽입·활용하기도 하고, 제주도에 유배되어 가다가
바다에 임하여 노송을 보고 지은 시를 삽입하여 자신의 불우한 처지를
비유적으로 드러내기도 한다.

먼저 어렸을 때 지은 〈모란(牧丹)〉이다. 이 시를 통해 어린 충암의
시작 능력을 증명해 보인다. 이 시는 모란의 화려함이 남다르지만 실
은 그것의 절정은 찰나에 지나지 않음을 다루고 있다. 여섯 살의 어린
나이에 뛰어난 통찰력은 물론, 그것을 시로 표현해 내는 능력까지 보
인 것이다. 삽입된 시를 제시하면 다음과 같다.

낙양에 뛰어난 집안이 많은데	洛陽多甲第
요씨와 미씨가 미색을 다투었지	姚魏鬪芳菲
미색은 양귀비의 모습을 빈 듯하고	色借楊妃貌
향수는 한수(韓壽)의 옷향취를 나눈 듯하다	香分韓壽衣
비취크림이 엉기니 안개 막 대워진 듯하고	翠凝烟乍暖
붉은 분이 윤기 나니 이슬이 막 마른 듯하다	紅潤露初晞
언제나 봄이라고 믿지를 마시오	莫倚春長在
내일 아침이면 천지가 벌써 달라지리니	明朝事已非[14]

12) 김진영, 『한국서사문학의 연행 양상』, 이회문화사, 1999.
13) 김수연, 「〈육미당기〉에 삽입된 한시의 양상과 기능」, 『한국고전연구』 11, 한국고전연
    구학회, 2005, 144-185쪽.

시의 내용이 모란의 화려함을 한껏 고양하다가 그것이 순식간에 사
그라지고 만다고 했다. 한때 우뚝한 지위에 있다가 나락으로 떨어지는
사정을 말했기 때문에 이는 충암의 생애를 상징적으로 집약한 것이라
하겠다. 작품에서 충암의 아버지가 말하는 다음과 같이 말했다.

공이 보시고 놀러여 갈아샤더 글귀법이 말또 쏘 신통ᄒ고 쎄야나고 쏘
슬프니 반다시 그 뜻슬 힝치 못홀 거시요 슈도 질지 못ᄒ려이와 우리집을
크게 흥ᄒ고 쥭은 후에 일흠을 견홀 쟈는 반ᄃ시 이 아희라 ᄒ시더라[15]

충암의 아버지는 시를 통해 자식의 미래를 예견하였다. 자식이 오래
살지 못할 뿐만 아니라 뜻한 바를 실행하지 못하지만, 집안을 흥하게
하고 그 이름을 후세에 전할 것이라 했다. 이것은 이 시를 통해 충암의
미래사를 예견한 것이라서 복선적인 기능도 짐작할 수 있다. 결국은
어린 나이에 지은 시를 통해 충암의 인물됨이나 일생을 예견하도록
하여 인물묘사에 일조하고 있음을 알 수 있다.

다음으로 제주로 유배 도중 남해에 당도하여 노송을 보고 느낀 바가
있어 지은 절구시 3수이다. 노송과 충암의 처지를 빗대어 그 내면이나
처한 상황을 적절히 드러내기 위함이다. 작품을 차례대로 본다.[16]

---

14) 〈충암선생사적〉의 해당 부분이 낙질된 곳이 있어 한문 원문과 해석문은 《충암집》을
   참고하였다.(충암 김정(김종석 역), 《국역충암집》 상, 향지문화사, 1998, 24~25쪽)
15) 〈경주김씨충암선생사적〉, 41쪽.
16) 국문은 《경주김씨충암선생사적》 47~48쪽에서, 한시는 《국역충암집》 하 96~97쪽에서
   인용하였다.

1

더운 씨희 데혀 죽는 샤롬을 가리우고	欲庇炎鄉暍死民
져흐야 멀리 산등을 바려 그 긴 몸을 굽으슴이 흐여시나	
	遠辭嚴壑屈長身
도칙와 불이 날마다 베히고 지지이	村斧日尋商火煮
네 공 알리는 업다	知功如政亦無人

2

바다 바롬이 지날졔는 소리 슬프고	海風吹過悲聲遠
뫼헤 달이 올 제는 글임지 파려흐다	山月高來瘦影疎
곳은 쌀희 지하가지 쮀둘어	賴有直根泉下到
셜상갓튼 직졀이 예로 옷듯흐도다	雪霜標格末全除

3

가지는 것거지고 입흔 석권지라	枝條摧折葉鬖沙
베히고 나믄 몸이 모러예 누어도다	斤斧餘形欲臥沙
듧보와 기둥되기는 할 일이 업는지라	望絕棟梁今已矣
바다 신션의 타난 등걸이나 될봇긔 업다	楂牙堪作海山槎

첫 번째 작품은 노송이 더울 때 그늘을 드리워 많은 사람들에게 도움을 주었지만 지금은 산중을 버려두고 바닷가에서 긴 몸을 눕혔다고 했다. 힘없이 기울어진 나무를 날마다 도끼로 찍고 불로 지지곤 하면서 그 이전의 공을 알아주는 이가 전혀 없다. 우뚝한 지위에서 공무로 힘썼지만 지금은 누구나 공격하는 충암의 처지를 헤아린 것이라 하겠다. 두 번째 작품은 바닷바람이 불 때는 그 소리가 슬프고, 공산에 달이 올라오면 파리할 따름이지만, 실은 그 뿌리가 지하를 꿰뚫었고, 설

상(雪霜)같은 기상은 예전과 다름없다고 하였다. 충암이 지금 비록 유배 가는 처지이지만 굳은 기상과 충정에는 변함이 없음을 그렇게 말한 것이다. 세 번째 시는 굳은 의지에도 소용이 없는 시절이라 체념한 듯한 인상을 준다. 가지는 꺾이고 잎은 엉켜서 모래에 누었기에 이제는 동량이 되기는 글렀고 뗏목 감으로라도 쓰이기를 바라고 있다. 충절에 남다른 의지가 있어도 이미 가망 없는 일이 되어 이제 더 이상 능력을 발휘할 수 없음을 그렇게 담은 것이라 하겠다. 실제로 이 작품을 지은 서술자도 그러한 사정을 다음처럼 확인하고 있다.

> 그 듯으로 글 지어 그 남글 싹고 썻더니 지나가너 니마다 보고 스스로 비훈 말인 줄 알고 젼흐야 외와 눈물 흘이지 안니 리 업더라[17]

이처럼 이 세 수의 시는 충암의 한스러운 처지를 대변하는 것으로, 그것을 보는 사람마다 뜻을 알고 모두 슬퍼했다고 한다. 그래서 이 시는 충암의 내면이나 처한 상황을 적절히 묘사한 것으로 평가할 수 있다. 인물의 묘사에 삽입시가 적절히 활용되었음을 알 수 있다.

(3) 강상의 선양과 주제구현

강상윤리를 중시하면서 축조한 것이 바로 이 작품이다. 그래서 가부장이 권위가 엄연하고 그 가부장이 부재할 때는 적장자가 계승해야 한다고 생각했다. 중종반정으로 폐위된 신씨를 복권시키고 그 아들을 원자(元子)로 삼아야 한다고 상소를 올린 것도 그래서 가능했다. 충암이 이러한 사상에 철저했던 것은 성인의 말씀에 근거했기 때문이다.

---

17) 〈경주김씨충암선생사적〉, 48쪽.

그는 과거를 위한 공부보다는 성현의 가르침인 강상윤리를 무엇보다 중시하였다. 그래서 충암의 일대기를 축조하는 것 자체가 강상의 윤리를 선양하는 것과도 상통한다. 어려서부터 성현의 글을 즐겨 읽었던 일화를 작품에서 들어보면 다음과 같다.

나히 어려 인군 셤길 줄을 엇지 알리요 ᄒᆞ고 또 과거 글은 비우자 할거시 업다 ᄒᆞ시고 성현의 글을 궁니ᄒᆞ여 밤으로 낫슬 삼으니 명낭공이 병나실가 근심ᄒᆞ야 죵더려 기름을 너치 못ᄒᆞ게 ᄒᆞ시더니라[18]

최원명 션싱의 휘는 슈셩이요 구병암 션싱의 휘는 슈복이라 세 분이 벗님으로 동졉ᄒᆞ여 구병산 남역의 고봉이라 ᄒᆞᄂᆞᆫ듸 초옥을 짓고 한가지로 성현의 뜻을 의논ᄒᆞ고 셰샹의 나실 뜻지 업넌지라[19]

첫 번째 인용문은 밤낮을 가리지 않고 경서를 읽어서 건강을 걱정하여 공부를 못하게 한 내용이고, 두 번째 인용문은 어려서부터 친구들과 어울려 성현의 뜻을 의론한 내용이다. 출세보다는 내면의 성찰과 성장에 더 치중했음을 알 수 있다.

어려서부터의 교육과 학습을 통해, 가정에서는 어떠한 환경이든 효를, 국가를 위해서는 어떠한 지경에 처하든 충을 실천하는 것이 기본 덕목임을 인식하게 된다. 그렇기 때문에 원자를 낳은 폐비 신씨를 복위시켜야 한다고 목숨을 걸고 상소할 수 있었다. 그것이 충을 실천하는 기본 덕목으로 생각했기 때문이다. 그 상소문의 일부를 보면 다음

---

18) 〈경주김씨충암선생사적〉, 8쪽.
19) 〈경주김씨충암선생사적〉, 10쪽.

과 같다.

> 그 망홀 째난 무고히 명후을 폐흐다가 육젹의 난을 일위며 쳡을 올이녀
> 젹쳐을 삼다가 징탈지화을 만나ᄉ오니 예브터 나라희 흥망이 일노 말믜
> 암은지라 이졔 명비 신씨ᄂ 폐흐야 봤고 니쳔 졔 십년이 되여ᄉ오니 므슨
> 큰죄 이시며 므슨 큰 일흠을 의거흐야 이런 고이흐고 희악흔 일을 흐시ᄂ
> 이잇가[20)

성현의 뜻에 따르면 당연히 정후 신씨를 복위시켜야 한다. 그가 어
떠한 잘못도 없거니와 원자를 낳은 어머니이기도 하다. 그래서 그를
복위시켜야 후궁의 발호를 막을 수 있고, 적통을 계승하는 데도 문제
가 없다. 목숨을 걸고 충언하는 이유가 여기에 있고, 그것을 실행해야
충신으로서의 직분을 다하는 것으로 생각했다. 그러한 그의 충절도,
그리고 국가사를 위한 분투도 기묘사화를 기점으로 꺾이고 만다. 유배
의 연속과 사사로 인해 자진해야만 했기 때문이다. 그러한 상황에서도
충암은 어머니에 대한 효행과 임금에 대한 충의지절을 드러내고 있다.
이른바 강상의 핵심을 마지막까지 강조하고 있다. 인용문을 본다.

> 명을 듯고 낫빗츨 고치지 아니흐시고 약술를 가져오라 흐야 흔슘의 마
> 시시고 목수의 손을 쟙고 시졀 일을 ᄌ셰이 뭇고 형졔와 부인의 글을 깃
> 쳐 노친을 잘 봉양흐라 흐시고 졀명수 글을 지여 본 뜻즐 뵈이니 그 글에
> 흐여시되 졀국에 던지미여 고혼이 되엿도다 자모을 버리미여 쳔륜을 막
> 혔도다 이 셰상을 만나미여 니 몸을 외로이 굴음을 타고 졔혼에 들어가

---

20) 〈경주김씨충암선생사적〉, 20쪽. 이 상소문은 실제로 왕에게 올렸던 상소문의 내용과
   는 일정한 차이가 있다. 그래서 창작적인 면도도 짐작할 수 있다.

굴원을 조챠 놉히 쇼요ᄒ리로다 긴 밤이 어두우니 어느 ᄲᅵ예 신고단튱이 발그미여 쵸의예 뭇쳐도다 당당ᄒᆫ 뜻을 듕도에 쩍겨도다 오회라 쳔튜와 만셰예 나를 응당 블샹이 너기리로도다[21]

인용문은 정적의 무고로 마침내 임금이 자진을 명하자 그 뜻을 엄정히 받들면서도 자신의 본뜻을 굽히지 않는 내용이다. 제주목사를 통해 부인과 형제가 노친 봉양을 다할 것을 당부함으로써 결국은 어머님에 대한 효행심을 드러내는 한편으로 천륜을 저버리는 통렬한 심정을 토로하고 있다. 그러면서 긴 밤이 어두우니 어느 때에 신고단충(辛苦丹忠)의 뜻이 실현될지 몰라 한탄하고 있다. 여전히 자신의 행위와 생각이 충으로서 올바름을 천명한 것이다. 그러기에 당당한 뜻이 중도에 꺾인 것을 통탄스러워하는 것이다. 충의지절을 실천하지 못하고 유명을 달리하되 그것이 언제인가는 밝혀져 자신을 알아주면서 불쌍히 여기는 사람이 있으리라 믿고 절명한다. 마지막까지 충성스러운 마음을 놓지 않아 이 작품은 전반적으로 사대부의 강상에 대한 문제를 강렬하게 담아내었음을 알 수 있다.

4. 문학적 가치

이 작품은 여러 측면에서 문학적 가치를 생각할 수 있다. 비록 그것이 전문작가에 의하여 준수한 작품으로 형상화되지 못했을지라도 역사적인 인물을 문학으로 변주한 것만은 틀림없기 때문이다. 그러는 중

---

21) 〈경주김씨충암선생사적〉, 51쪽.

에 전통적인 문학을 답습하여 문학적 가치를 확인할 수 있다. 이 작품의 문학적 가치는 크게 장르와 내용을 통해 짐작할 수 있다. 장르적인 양상을 통해서는 국문의 이야기문학을, 내용을 통해서는 문학과 인접 학문의 관계를 파악할 수 있다.

첫째, 장르적인 측면에서 보면 이 작품은 국문전기 나아가 국문소설적인 양상을 확인할 수 있다. 이 작품은 국문으로 필사되었다. 그래서 국문문학이라는 데는 이견이 있을 수 없다. 다만 그것이 역사적인 인물의 일대기를 정리했다는 점에서 거시적으로는 전문학의 범주에 속할 수 있다. 전문학은 일반적으로 특정한 인물을 객관적으로 서사하고 그것의 의미와 가치는 독자들이 판단하는 것이 일반적이다. 객관성을 담보하여 공신력을 높이는 것이 핵심이라 하겠다. 이 전문학은 원래 상층부에서 주목하던 것이라서 한문 위주의 장르였다. 그러던 것이 하층민을 교화할 목적에서 롤 모델에 해당하는 인물을 국문으로 찬성하여 유포하기도 하였다.[22) 그러한 전통은 조선 초의 유교적인 교화서에서 확립된 이후 조선후기까지 이어진다. 이를 감안하면 이 작품은 국문으로 찬성된 전문학이라 할 수 있다. 전문학 중에서도 가전(家傳)이나 사전(私傳)의 범주에 들 수 있다. 대체로 전문학이 역사성을 띠는 사전(史傳)이 일반적이지만 후대로 올수록 변화하여 가전(家傳)이나 사전(私傳)으로 변하게 된다. 이러한 변화가 전문학에서 소설로 발달하는 데 일조하기도 했다.

먼저 이 작품은 가전의 성격을 가지고 있다. 집안의 선대, 그중에서도 국가사를 위해 헌신하다가 그 뜻을 이루지 못하고 유명을 달리한

---

22) 김진영, 「《행실도》의 전기와 판화의 상관성」-《삼강행실도》를 중심으로, 『한국문학론총』 22, 한국문학회, 1998, 239-257쪽.

인물을 선양할 목적에서 찬성했기 때문이다. 이것은 이 작품을 종중에서 수장해온 것과도 상통한다. 가문의 적통과 조상의 숭고한 뜻을 후손들에게 널리 알릴 필요성에서 그러한 가전이 필요했으리라 본다. 한문의 시대가 종식되고 국문의 시대로 변화할 즈음에 소통과 훈교를 원활하게 달성할 필요성에서 국문 가전을 지은 것으로 볼 수 있다. 이 작품이 가전의 특성을 가지고 있음은 충암뿐만 아니라 그 가계, 그리고 송부인의 순절까지 다룬 점에서 확인된다. 충암 가문의 우국충절이 남다름을 후손들이나 후세인들이 인지하기를 바라면서 찬성한 것이라 할 수 있다. 문제는 이것이 공식적인 문헌으로 수렴되지 못하여 가전의 성격이 있으면서도 그 정체성에 다소 문제가 생겼다. 가전의 경우 문중의 족보나 문중의 문집에 공식적으로 수록되는 데 반하여 이 작품은 필사본으로만 전하여 가전의 성격이 있으면서도 가문을 대표하는 서사물로 공변되는 데는 한계가 있어 보인다.

다음으로 이 작품은 사전(私傳) 성격을 보이기도 한다. 사전은 개인적인 정회를 담아 입전하기 마련이다. 대사회적으로 공변된 역사적인 전과는 달리 개인적인 느낌을 반영하여 찬성한 것이 사전이다. 그런 점에서 보면 이 작품은 충암에 대한 숭모의 마음을 담아 그의 행적을 서술하되 주관적인 느낌까지 반영하여 사전의 성격을 갖는다. 실제로 이 작품은 전반적으로 충암의 우국충정의 당위성을 강력하게 피력하면서, 그러한 인물의 죽음을 안타깝게 생각하고 있다. 그러다 보니 충암의 충정심을 가능하면 적극적으로 개진하고자 하여 문학적인 윤색도 마다하지 않았다. 객관성을 담보한 역사적 인물에 주관적인 느낌을 반영하여 사전으로서의 속성이 드러나게 되었다. 다수의 인물이 개입하여 가문의 차원에서 간행하면 가전으로서의 특성이 강화되겠지만, 개인이 필사한 전이라는 점에서 사전적인 속성이 나타날 수밖에 없다. 다룬 내용이 가문의 인물을 기리는 것이기에 가전의 특징을 완전히 배제할 수는 없지만, 개인의 차원에서 충암에 대해 느낀 감회를 역사적 사실을 바탕으로 기술한 것은 사전으로서의 성격이 다분하다.

마지막으로 이 작품은 국문소설의 성격을 배제할 수 없다. 앞에서는 가전이나 사전의 성격이 있음을 간략하게 살폈다. 그것은 이 작품이 문학적인 윤색이 생각보다 많지 않아 단순한 국문산문의 특성이 있기 때문이다. 그렇게 보면 국문으로 된 전문학으로 보는 것이 타당할 수 있다. 하지만 이 작품은 필사본으로 그 분량이 58쪽에 달하고 충암의 일대기를 비교적 자세하게 서술했다는 점에서 형식적인 측면에서 보면 국문소설로 보아도 무방하다. 물론 문학적 형상화나 구조형태 등을 감안하면 소설로서의 자질이 부족한 것이 사실이다. 그럼에도 불구하고 삽입문예의 활용이나 대화체의 구사는 서사문학적인 지향을 보인 것으로 이해할 수 있다. 그런 점에서 충족된 작품성을 확보하지는 못했을지라도 국문소설적인 속성을 보이는 것으로 보아야 마땅하다. 실제로 이 작품의 장르를 논할 때 어느 한 장르로 특정할 수 없는 다양성이 있다. 이것은 문학의 창작을 전제하면서 다양한 수사기법이나 작화전략을 동원하기보다는 특정한 인물의 탁이한 행적을 순차적으로 다루다 보니 서사문학의 각 유형이 혼재되었기 때문이다. 다만 적당한 길이의 국문으로 서사된 점과 인물의 일대기를 다룬 점, 부족하기는 하지만 문학적인 기법을 준수한 점에서는 국문소설의 장르적인 전통을 이은 것으로 볼 수 있다. 특히 귀족적인 영웅소설의 전통을 따른 것으로 보인다. 귀족적 영웅소설은 체제를 굳건하게 준수 또는 수호하면서 그 안에서 모든 행복이 구축되도록 노력한다. 다만 그러한 행복

이 완수되기 전에 다양한 우여곡절을 다루게 되는데 대표적인 것이
정적과의 다툼으로 정배되어 고통을 겪는 것이라 하겠다.[23] 고통을 겪
다가 마침내는 문제가 해결되어 정적을 척결하고 치민에 힘쓰면서 태
평성대를 구가하는 것이 귀족적인 영웅소설의 핵심이다. 마지막에 와
서는 개인의 간난(艱難)이 모두 해소되고 충족된 행복만이 남게 된다.
그런데 이 작품은 과거에 급제하여 출사하고 정적을 만나 정배되는
것까지는 귀족적 영웅소설에 부합하지만, 후반부의 설욕이 삭제되어
미완의 영웅소설처럼 되고 말았다. 후대에 복권되면서 가해자인 정적
이 단죄되지만 주인공인 충암 당대의 일이 아니기 때문에 서사적 긴장
감은 현격하게 떨어진다. 이러한 점을 상기하면 이 작품은 국문소설,
그것도 귀족적 영웅소설의 전반부와 궤를 같이 하는 것으로 이해할
수 있다. 다만 충의지절을 내세우며 비극적인 생애를 마감한 행적 중
심으로 다루어 일반 귀족적인 영웅소설에서처럼 통쾌한 복수에서 오
는 서시미의 발현은 불가능하다. 더욱이 일반소설처럼 대중적으로 파
급되기보다는 문중을 중심으로 교화텍스트로 활용되어 온 것은 나름
의 한계라 할 수 있다.

둘째, 내용적인 측면에서 보면 이 작품의 역사문학적인 가치를 확인
할 수 있다. 문학은 형식과 내용이 모두 중요하다. 아무리 훌륭한 내용
일지라도 적절한 형식을 갖추지 못하면 독자와 소통할 수 없다. 반대
로 뛰어난 형식을 가졌을지라도 다룬 내용이 부족해도 역시 수용층에
게 외면 받을 수밖에 없다. 그런데 이 작품은 이미 확정된 내용, 그것
도 역사적인 내용을 선양하기 위하여 문학장르를 선택하였다. 그래서

---

23) 김동욱, 「〈소대성전〉의 주인공 소대성의 인물형상 연구」, 『고전문학연구』 50, 한국고
전문학회, 2016, 131~157쪽.

문학과 역사 모두를 포괄하여 양가적인 속성을 갖게 되었다. 이른바 역사문학으로서의 특성을 갖게 된 것이다. 실제로 이 작품은 충암의 행적 하나하나가 역사성을 가지고 있다. 충암의 의로운 행적이나 무고에 의한 정배 및 사사 등이 모두 역사적인 사건이라 할 수 있다. 충암이 내세운 강상이 윤리적으로나 법제상으로 타당함을 후대에 와서 공인받게 되자 그 후손이나 문중에서 충암의 의로운 행위를 널리 선양할 필요성이 생겼다. 국가사의 정당한 일을 수행하다가 참변을 당한 억울함을 만천하에 알릴 필요성이 생긴 것이다. 그러한 문제를 효율적으로 공표하고자 당시에 인기 있는 소설장르를 활용한 것이라 하겠다. 특히 국문으로 충암의 행적을 알리면 파급력이나 이해의 수월성 측면에서 유용할 것으로 보았다. 그렇게 해서 나타난 것이 바로 이 작품이다. 역사적인 내용을 다루되 문학적인 방법을 동원하여 이른바 역사문학이 된 것이다. 역사적인 사실을, 그것도 영웅적인 행위를 문학작품으로 형상화하는 것은 이미 오랜 전통이다. 그래서 문학과 역사는 둘이면서 하나이고 하나이면서 둘일 수밖에 없다. 그러한 전통을 수렴하면서 충암의 역사적 사실을 이야기문학처럼 갈무리한 것이 바로 〈경주김씨충암선생사적〉이라 하겠다. 이는 이 작품을 역사적인 영웅과 궤를 같이하는 역사문학의 범주에 넣어야 함을 뜻하는 것이기도 하다.

5. 맺음말

이 글은 〈충암선생사적〉을 문학적인 관점에서 조망한 것이다. 먼저 이 작품의 제작시기와 제작자를 살피고, 작품의 내용을 검토하면서 문학적 성격을 확인하였다. 이를 바탕으로 이 작품의 문학적 가치를 몇 가지로 나누어 조망하였다. 지금까지 논의한 것을 결론 삼아 요약하면 다음과 같다.

첫째, 제작 시기와 제작자에 대하여 살펴보았다. 이 작품은 국문필사본으로 이러한 종류의 서책이 왕성하게 유통되던 때에 필사된 것으로 보인다. 더욱이 구활자본에서 일반적인 사주단변이나 계선 등이 쓰인 것을 보면 20세기 초반에 지어진 것으로 추정할 수 있다. 특히 중시되는 것은 작품 내에 쓰인 경성이라는 지명이다. 경성은 일제강점기에 한성·한양성을 지칭한 말이다. 그래서 이 작품은 아무리 올려 잡아도 제작 시기를 1910년으로 보아야 하겠다. 제작자는 충암에 대한 숭모의 마음을 가진 문중의 후손으로 보인다. 충암에 대한 존숭의 마음이 작품의 곳곳에 스며 객관성보다는 주관성이 강하거니와 한문을 어느 정도 알지만 국문문자를 활용하는 데 더 친숙했던 인물이라 하겠다. 충암의 한시를 인용했음에도 모두 국문으로 음을 쓰고 내용을 설명한 것이 그를 반증하고 있다.

둘째, 작품의 내용과 문학적 성격을 살펴보았다. 먼저 작품의 서지와 내용이다. 이 작품은 국문필사본이면서도 인본(印本)을 모방하였다. 모두 58장으로 각 장마다 세로로 10줄씩 필사하였다. 작품의 내용은 충암의 가계와 출생, 그리고 성장과 출사, 유배와 사사 등이 중심을 이룬다. 전반적으로 충암의 생애와 행적을 순차적으로 제시하면서 그의 굴곡진 인생을 통하여 인생사의 제반 문제를 인지하도록 했다. 그러는 중에 나름대로 서사문학적인 성격이 드러날 수 있었다. 다음으로 문학적인 성격이다. 구조의 측면에서 확인할 수 있는 문학적 성격은 충암에 얽힌 일화나 역사적 사건을 나름대로 인과적으로 엮었다는 점

이다. 비범했던 수학시절의 일화가 원인이 되어 출사와 출세를 낳았
고, 환로에서의 정치적인 사건이 유배와 사사를 촉발한 동인으로 작용
하기 때문이다. 인물에서의 문학적 성격은 충암의 시문을 인용·삽입
하여 그의 인물됨을 부각했다는 점이다. 인물묘사의 방법으로 삽입시
문을 활용하되 충암의 작품을 활용한 것은 나름의 독특성이라 하겠다.
주제구현에서의 문학적 성격은 아주 명징하게 강상을 중시했다는 점
이다. 이것은 충암이 그 강상을 준수하다가 유명을 달리했기 때문에
당연한 일이라 하겠다. 그러한 사정을 작품의 곳곳에 배치하여 주제
구현에 일조하도록 했다.

셋째, 문학적 가치를 짚어보았다. 이 작품은 장르적인 측면과 내용
적인 측면에서 그 가치를 확인할 수 있다. 장르적인 관점에서는 국문
산문으로서의 가치를 확인할 수 있다. 먼저 전문학적인 측면에서 보면
문중의 인물을 다루었다는 점에서는 가전, 사사로운 필사본으로 조상
을 현창했다는 점에서는 사전으로서의 가치를 확인할 수 있다. 하지만
전문학에서는 일반적이지 않은 많은 분량에다 국문의 필사본이라는
점은 중편의 국문소설적 가치를 갖는 것으로 평가해야 할 것이다. 그
중에서도 귀족적 영웅소설의 전반부, 즉 출사한 주인공이 정적에게 밀
려 유배지에서 우여곡절을 겪는 전반부의 특성을 갖는 것으로 이해할
수 있다. 그래서 정적을 징치하여 복수를 결행하고 가문현창은 물론
복락을 누리는 후반부가 빠져 미완의 영웅소설이 되고 말았다. 다음으
로 내용적인 측면에서의 가치이다. 이 작품은 역사적으로 저명한, 그
것도 충효지사요 강상의 윤리를 중시한 사대부의 억울한 죽음을 다루
어 역사문학적인 성격이 강하다. 문학은 이미 구축된 형식에 탑재할
적절한 내용을 찾고, 역사는 벌어진 사건을 효과적으로 부각하기 위하

여 문학을 찾는다. 그래서 문학과 역사는 하나이면서 둘이라 하겠는데 바로 이 작품이 그러한 경향을 보이고 있다. 그래서 이 작품은 문학과 역사 모두에서 가치를 인정받을 수 있다.

〈하생기우전〉의 관념성과 문사담론

1. 머리말

이 글은 〈하생기우전〉의 결말구조 양상과 기능을 살피고, 그것이 한국소설사에서 차지하는 의미를 검토한 것이다. 〈하생기우전〉은 기존의 전기서사의 장르적 특성을 계승했다는 점에서 의의를 가진다. 그러면서 기존의 전기서사와는 달리 불교 영험담의 특성을 가미하여 낙관적인 세계관을 드러낸 것은 큰 변화라 하겠다. 전기서사는 전설의 비극성을 바탕으로 하여 결말구조가 불행으로 마무리되는 특성이 있다. 그런데 이 작품은 불교의 초월적인 영험성을 바탕으로 행복한 결말 구조를 보이고 있다. 이 행복한 결말구조는 고전소설 일반에서 보편적인 것이기도 하다. 그런 점에서 이 작품이 전기서사에서 일반 고전소설로 변주되는 양상을 보이는 것으로 판단할 수 있다. 이 작품의 문학적 가치와 문학사적 위상을 분명히 밝히기 위하여 결말구조에 더 유의해야 하는 이유이다.

이 작품에 대한 관심이 상당하여 축적된 성과도 주목할 만하다. 그것은 나말여초의 전기에서 《금오신화》로 이어지던 전기서사의 전통을 이 작품을 포함한 《기재기이》가 계승했기 때문이다. 그래서 《기재기

이》에 대한 논의는 물론이거니와 이 작품에 대한 연구 성과도 온축될
수 있었다. 특히 이 작품은 서사적인 결구가 《기재기이》의 다른 작품보
다 뛰어나다는 점에서, 그리고 전통적인 애정서사라는 점에서 특별한
관심의 대상이었다. 이 작품의 연구에서 주목되는 몇 가지 사항을 들면
다음과 같다. 첫째, 비교문학적인 측면에서 관심을 기울였다.[1] 여기에
서는 구우의 《전등신화》의 수용과 변용의 측면에서 연구한 것이 있는
가 하면, 《금오신화》 소재 〈만복사저포기〉와 비교·검토한 성과도 있
다. 둘째, 통시적인 관점에서 관심을 기울인 논의이다.[2] 이에는 이 작품
의 특징인 전기성과 원귀의 특성을 전후대 전기서사와 비교·검토하면
서 이 작품이 어떠한 위치에 있는지 짚어본 것이다. 셋째, 서사구조와
작자에 대한 논의이다.[3] 이 작품의 독특한 구조를 이해하는 방편으로

---

1) 이월영, 「〈만복사저포기〉와 〈하생기우전〉의 비교연구」, 『국어국문학』 120, 국어국문
학회, 1997, 179–202쪽.
　　엄태식, 「한국 고전소설의 《전등신화》 수용연구 – 전기소설과 몽유록을 중심으로」,
『동방학지』 167, 연세대학교 국학연구원, 2014, 155–187쪽.
2) 이정원, 「전기소설에서 '전기성(傳奇性)'의 변천과 의미 – '기이(奇異)'의 정체와 현실
의식을 중심으로」, 『한국여성문학연구』 6, 한국고전여성문학회, 2003, 363–392쪽.
　　정환국, 「조선전중기 원혼서사의 계보와 성격」, 『동악어문학』 70, 동악어문학회,
2017, 159–194쪽.
3) 유기옥, 「〈하생기우전〉의 구조적 특성과 의미」, 『국어국문학』 101, 국어국문학회,
1989, 111–140쪽.
　　박태상, 「〈하생기우전〉의 미적 가치와 성격」, 『동방학지』 90, 연세대학교 국학연구원,
1995, 233–270쪽.
　　유정일, 「〈하생기우전〉에 대한 반성적 고찰 – 주요 모티프의 서사적 기능과 사상적
배경을 중심으로」, 『동악어문학』 39, 동악어문학회, 2001, 265–292쪽.
　　안창수, 「〈하생기우전〉의 문제 해결 방식과 작가의식」, 『한민족어문학』 49, 한민족어
문학회, 2006, 151–192쪽.
　　문범두, 「〈하생기우전〉의 서사구조와 작가의 의미」, 『고전문학과 교육』 37, 고전문학
과교육학회, 2018, 111–149쪽.

작가의 삶에 관심을 기울인 것이다. 윤리의식의 부재와 세속적인 욕망 성취 등을 작가의 삶의 궤적을 바탕으로 이해하려 한 것이다. 넷째, 여성인물에 관심을 기울인 논의이다.[4] 이 작품에서 주목되는 인물 중의 하나가 여주인공이다. 그녀가 죽었다가 재생하면서 현실적인 욕망을 성취하기 때문이다. 그래서 여성인물과 그 가문을 바탕으로 빈천한 문사의 삶을 짚어본 것이라 할 수 있다.

〈하생기우전〉에 대한 기존의 연구에서 서사적 전통과 특징, 그리고 후대적인 영향관계가 어느 정도 윤곽을 드러낸 것이 사실이다. 특히 이 작품이 전기의 전통을 벗어나 세속적 욕망을 드러낸 점에 주목한 논의는 평가할 만한 일이라 하겠다. 전기의 비극적인 서사에서 세속적인 고전소설로 선회한 것이 이 작품이라는 점에서 더욱 그러하다. 하지만 문제를 진단했으면서도 그것에 대해 명징하게 논증하지 못한 한계가 없지 않다. 특히 결말구조가 서사적인 변인의 원천임에도 불구하고 그에 대한 의미를 종합적으로 살피지 못한 한계가 있어 보인다.

이에 이 글에서는 이 작품의 결말구조가 갖는 의미를 가능한 대로 미시적으로 살피고, 그것의 의미를 통시적인 측면에서 조망하고자 한다. 먼저 〈하생기우전〉의 전체구도와 결말구조의 양상을 검토하고, 이어서 결말구조의 서사적 기능과 의미를 다양한 측면에서 조망한 다음에, 결말구조의 특성이 갖는 의미를 문학사적인 측면에서 살펴보도록 하겠다. 이러한 논의를 통해 전설·전기에서 소설로 넘어가는 장르적

---

4) 정규식, 「〈何生奇遇傳〉과 육체의 서사적 재현」, 『한국문학논총』 53, 한국문학회, 2009, 231-261쪽.
   김현화, 「〈하생기우전〉 여귀인물의 성격 전환 양상과 의미」, 『한민족어문학』 65, 한민족어문학회, 2013, 205-234쪽.

인 변화의 양상을 파악할 수 있으리라 본다.

2. 〈하생기우전〉의 전체구도와 결말의 양상

〈하생기우전〉은 전체구도에서 볼 때 결말부분이 특기할 만하다. 결말에 와서 전체적인 창작의지가 구체성을 띠기 때문이다. 이는 작자가 활동했던 시기의 사회적인 상황을 구현했다는 점에서, 그리고 작자의 세속적인 욕망을 형상화했다는 점에서 주목할 만하다. 따라서 이 부분을 집중적으로 살피면 전기소설사의 변주를 의미 있게 짚어낼 수 있으리라 본다. 이를 감안하면서 이 작품의 서사내용을 크게 세 부분으로 구획해 살펴보도록 한다. 실제로 이 작품은 현실적인 욕망의 차단, 이계(異界)에서의 초월적인 결연, 그리고 재생과 세속적 욕망의 성취 구조를 띠고 있다. 결핍되었던 문사가 초월계에 진입하였다가 세속으로 복귀하면서 모든 문제가 해결되도록 했다. 따라서 전체구도를 크게 세 단계로 나누어 그 실상을 확인해 보도록 한다.

첫째, 현실의 부조리와 욕망의 차단이다. 작품의 처음 부분으로 하생이 처한 현실을 보이는 곳이다. 하생이 남다른 능력으로 출사할 수 있음에도 불구하고 세상이 그를 허락하지 않아 하생과 세상이 큰 괴리를 보인다. 하생이 세상과의 불합(不合)을 보임으로써 획기적인 전환을 모색해야만 했다. 문제는 그 결핍이 하생에게서 기인하지 않아 해결책을 찾기가 쉽지 않다는 점이다. 정치의 혼란과 과거제도의 부정에서 욕망의 좌절과 결핍이 초래되었기 때문이다. 해당 부분을 보면 다음과 같다.

① 고려조의 하생이 가난하지만 모든 면에서 재주가 뛰어남.

② 고을 태수가 추천하여 국학에 들어가 학습함.

③ 국학에서 여러 선비와 재주를 겨루어 출중함을 입증함.

④ 장래에 대한 기대가 컸으나 어지러운 정치와 부정한 과거제로 출사하지 못함.

위에서 보는 것처럼 하생은 쇄락한 집안의 서생으로 남다른 능력을 가지고 있었다. 모든 사람이 그를 인정하기에 태수가 추천하여 국학에 입학할 수 있었고, 그로 인해 하생은 출세욕에 한껏 마음이 들떠 있었다. 그것은 하인들에게 집안을 잘 갈무리하고 있으면 자신이 금의환향하여 영광스럽게 하겠다는 발언을 통해서도 짐작할 수 있다.[5] 세속적인 욕망 성취가 그 앞에 놓인 당면과제요, 절체절명의 숙제였던 셈이다. 그러한 원대한 뜻을 품고 입학한 국학에서 그는 경합을 통해 다른 서생보다 우월함을 증명한다. 그래서 자신의 출사를 당연한 것으로 인식하고 과공에 힘쓸 따름이다. 문제는 그러한 그에게 놓인 정치 상황이 혼란스러움은 물론, 과거 또한 공정하지 못했다는 점이다. 그래서 자신의 우월한 능력을 펼칠 기회조차 잡지 못한다. 세상이 정의롭지 못해 능력을 갖추어도 쓸 곳이 없게 되었다. 이것은 하생의 욕망 좌절에 해당하는 것이라 하겠다.

둘째, 복사(卜師)의 조력과 유계(幽界)에서의 결연이다. 하생은 부조리한 사회에서 더 이상 가망성이 없음을 알고 스스로의 운명을 확인하고자 한다. 그래서 도성 남문의 복사를 찾아가서 점을 치니 복사가 장

---

5) "吾上無父母, 下無妻子, 尙何顧汝輩刺刺? 昔終軍棄繻, 相如題柱, 弱冠皆有大志. 吾雖駑蹇, 頗慕兩子爲人, 他日衣錦歸, 爲爾輩榮, 幸守舊業無墜!"(신광한, 《기재기이》, 〈하생기우전〉)

차 좋은 일이 있을 것이라고 예견하면서 그 구체적인 방안을 제시한
다. 하생이 점괘를 따라 도성의 남문에서 직진하다가 날이 저문다. 이
때 먼 곳에서 등불이 반짝여 찾아가니 집 한 채가 있고, 그 집에는 한
미인이 거처하고 있었다. 용기를 내어 집안으로 들어가 여인에게 허락
받고 사랑방에서 유숙하다가, 그 여인과 마음이 통하여 운우지정을 나
눈다. 하생과 인연을 맺은 여인은 자신의 처지를 하생에게 말한다. 여
인은 자신이 이미 죽은 몸이며, 일찍 죽은 이유는 권세를 가진 아버지
의 잔악함 때문이라 한다. 다행히 아버지가 국문(鞠問)에서 죄인을 선
처한 것이 상제(上帝)에게[6] 인정받아 자신이 환생하게 되었다고 말한
다. 여인은 이 사실을 하생을 통해 자신의 부모에게 급하게 알리고자
한다. 하생이 여인의 부탁을 받고 돌아와 그녀의 부모에게 지금까지의
사실을 고한다. 해당 부분을 정리하면 다음과 같다.

> ① 하생이 미래사를 예견코자 도성 남문의 복사(卜師)를 찾아감.
> ② 복사가 좋은 일이 있을 것이라면서 국도(國都)의 남문을 나가 곧장
>   길을 가라고 지시함.
> ③ 날이 어두워지자 등불을 따라가서 가인(佳人)을 만나 정을 통함.
> ④ 여인이 자신은 이미 죽은 몸이지만 상제의 도움으로 환생할 수 있다
>   고 말함.
> ⑤ 여인이 하생에게 금척(金尺)을 주며 부모에게 알리기를 당부함.
> ⑥ 하생이 당부한 대로 집을 나와 뒤를 보니 무덤만 있음.

이상에서 보는 바와 같이 하생이 현실과의 불합(不合)을 극복할 장치

---

6) 옥황상제의 등장은 도교적인 세계관이 반영된 것이라 할 수 있다. 이로 인해 천상과
   지상의 이원론적인 세계관을 짐작할 수 있다.

로 초월계를 제시하였다. 그런데 이 초월계에서 가인을 만나 특별한 인연을 맺는다. 둘의 만남이 무루 익고 마침내 여인이 이곳에 거처하게 된 사정을 눈물로 토로한다. 그러면서 아버지가 베푼 단 한 번의 선사(善事)와 상제의 특별한 도움으로 재생하게 되었다고 말한다. 하지만 시간이 촉박하여 급히 서둘러야 한다. 하생이 그 중개자로 선택되어 여인과 사랑하는 사이가 된 것이다. 그렇게 해서 현실에서 뜻을 이루지 못하던 하생과 유계에서 외로워하던 여인의 결핍이 해결의 실마리를 찾아간다.

셋째, 현실계의 환속과 욕망 성취이다. 하생이 금척(金尺)을 활용하여 여인의 부모를 만나 자신이 겪은 우여곡절을 사실대로 말한다. 의심하던 부모가 딸의 무덤을 개장하니 딸이 깨어나 한바탕 꿈을 꾸었다고 말한다. 부모님은 딸을 구한 고마운 마음에 하생에게 감사의 뜻을 전하면서도 딸이 하생에게 약속한 결혼만은 인정하지 않는다. 뛰어난 재주가 있지만 부모조차 없는 초라한 문사에게 딸을 시집보낼 수 없었기 때문이다. 유계에서의 굳은 약속도 부질없게 된 하생이 울분의 마음을 여인에게 전하자, 여인이 부모를 찾아가 죽기를 각오하고 하생과의 혼인 의사를 밝혀 뜻을 이룬다. 결혼으로 행복하던 차에 하생이 대과에 급제하여 꿈꾸던 벼슬길에 나가 승승장구하고, 모든 것이 구비된 부귀영화 속에 40여 년을 지낸다. 자연스럽게 두 아들을 낳으니 그들 또한 문명(文名)을 드날린다. 남녀 두 주인공과 세상의 부합(符合)을 그렇게 형상화하고 있다. 이것은 작품 처음 부분에서의 결핍이 충족으로 환치되었음을 의미한다. 해당 부분을 정리하면 다음과 같다.

① 금척을 활용하여 여인의 부모를 만나 무덤을 파게 됨.
② 무덤 속의 여인이 깨어나 죽은 것이 아니라 꿈을 꾼 것 같다고 말함.

③ 하생에 대한 답례로 성대한 잔치를 열지만 문당호대(門當戶對)가 되지 않아 허혼하지 않음.
④ 여인이 하생과의 인연을 죽음을 불사하고 간구하자 부모가 그 뜻에 따름.
⑤ 하생이 대과에 급제하고 40여 년간 가정을 꾸림.
⑥ 적선과 여경 두 아들이 모두 세상에 이름을 떨침.

이상에서 보듯이 금척을 들고 세상에 나온 하생이 도둑으로 몰리는 우여곡절 끝에 여인의 부모를 만난다. 부모를 만나 그간의 사정을 말하지만 모두가 믿지 않는다. 하생이 부모를 적극적으로 설득하여 묘를 개장함으로써 여인이 무사히 현실로 복귀한다. 환생한 여인은 저간의 사정을 부모에게 말하고 하생과의 여생을 꿈꾼다. 부모의 반대로 잠시의 혼사장애가 있었지만 여인의 간청으로 부모가 마음을 바꿔 결혼이 성사된다. 두 사람은 혼인을 통해 단란한 가정생활을 꾸리고, 사회적인 지위를 확보하여 부귀영화를 마음껏 누린다. 더욱이 두 아들마저 입신양명하여 부귀공명을 이룬다. 두 인물의 욕망이 이곳에 와서, 그것도 대를 이어 실현되도록 했다.

이상에서 보는 바와 같이 〈하생기우전〉은 크게 세 단계로 구조화되었다. 첫 번째 단계인 현실의 부조리와 욕망의 차단에서는 하생이 우수한 재능에도 불구하고 사회 진출이 차단된 문제를 다루었다. 출사를 통해 입신양명과 부귀공명을 얻으려 했지만 그것이 좌절되는 상황을 혼란한 정치상황과 과거제도의 불공정성을 들어 지적하고 있다. 이는 하생이 세상과 부합하지 못하고 고독한 처지로 내몰린 사정을 표현한 것이기도 하다. 한편 여주인공도 잠재되어 있지만 역시 불우한 처지임을 알 수 있다. 그녀는 시중인 아버지의 전횡으로 윤리·도덕적으로 감당하기 어려운 처지로 내몰리다가 마침내 비명횡사하고 말았다. 연좌에 의해 권력자인 아버지의 모든 악행을 딸이 받게 된 것이다. 따라서 이 여인도 현실적인 애정성취와 부귀영화를 안정적으로 보장받지 못했음은 물론이다. 두 번째 단계에서는 남녀 주인공이 새로운 활로를 모색한다. 활로를 모색하는 곳이 유계인 무덤 공간이면서 죽음의 세계이다. 초월적인 방법을 통해 대전환을 도모한 것이라 할 수 있다. 물론 이 공간에서 남녀의 결연이 이루어지는 행복한 순간이 없지 않지만, 그것에 만족하지 않고 현실적으로 충족된 행복을 위해 이야기가 변화한다. 이는 현실의 행복으로 나가는 계기를 죽음의 세계에서 마련한 것이라 하겠다. 하생은 죽은 여인을 만나 가연을 맺고, 현실로 돌아와 여인의 재생을 위해 노력한다. 이는 원귀의 일시적인 해원이 아니라 재생한 후의 현실 복락에 서사의 초점이 놓여 있음을 의미한다. 세 번째 단계에서는 잠시의 혼사장애가 있지만 두 주인공이 현실적으로 혼례를 치르고 부귀영화를 다루면서 서사의 완결을 지향한다. 이계(異界)에서 겪었던 한때의 행복이 아니라 현실의 지속적이고 안정된 행복을 도모한 것이라 할 수 있다. 이것은 첫 번째 단계의 좌절과 결핍이 이곳에 와서 성취와 충만으로 환치된 것이라 하겠다. 이상의 내용을 간략하게 도식화하면 다음과 같다.

이상에서 보듯이 첫 번째 단계는 주인공들의 욕망, 그것도 세속적인 욕망이 차단되어 불우한 처지라 하겠다. 남주인공은 능력이 출중함에도 불구하고 출사하지 못해 불만이 팽배하고, 여주인공의 경우 아버지의 횡포가 윤리적인 갈등을 넘어 죽음에 이르게 된다. 두 번째 단계에서는 문제를 극복하기 위한 장치로 유계가 등장한다. 죽음에 이른 여인이 재생을 위해 남성이 필요했고, 그에 부응하여 하생이 여성을 찾음으로써 문제해결의 단초를 마련한다. 죽음으로 마무리할 수 없는 서사지향이 이곳에서 반전을 모색한 것이다. 그래서 이 단계는 결핍과 만족의 중간적인 단계, 즉 준 결핍이라 할 수 있다. 두 사람이 사랑을 성취하는 일시적인 만족이 있지만, 그것이 현실의 안정된 복락이 아니라는 점에서 한계가 있다. 세 번째 단계에서는 모든 문제가 해결되고 적절한 타협 속에 부귀영화가 구현된다. 이 부분에 와서 첫 번째 단계의 결핍, 두 번째 단계의 준 결핍이 모두 해소되어 최종적인 충족으로 갈무리된다. 현실의 부귀영화를 중시하다 보니 윤리·도덕적인 기준이 느슨해지고 유교의 사상적인 이념도 부정하기에 이른다. 현실의 윤리·도덕적인 문제를 직시하기보다는 이완 및 왜곡된 시선으로 개인의 욕망을 실현했기 때문이다.

3. 〈하생기우전〉의 결말구조의 서사적 기능

앞 장에서는 〈하생기우전〉의 전체적인 구도를 세 단계로 나누어 살펴보았다. 그 결과 첫 번째와 두 번째 단계는 결핍과 준 결핍으로 만족을 지향하는 과정임을 알 수 있다. 비극으로 끝나는 전기서사의 특징을 감안하면 두 번째 단계에서 이야기가 갈무리되어야 했다. 여인은 저승으로, 하생은 죽음이나 부지소종(不知所從)으로 처리하면 될 일이었다.[7] 그런데 〈하생기우전〉은 사족과도 같을 세 번째 단계를 유의미하게 다루었다. 전기서사에서 사족과도 같은 결말구조를 부각한 것은 나름대로 의도가 있었기 때문이다. 불행으로 종결될 이야기를 행복으로 변주하여 세속적인 욕망을 구현하기 위함이다. 이는 낙관론적인 작가의 창작의식의 발현임과 동시에 장르적인 변용을 촉발했다는 점에서 주목할 만하다. 후대의 소설이 결말부에서 세속적인 욕망 성취를 주요하게 다룬 점을 생각하면, 이 결말구조의 부귀영화는 후대의 세속 소설로 나아가는 징표라 하겠다. 전기의 비극성 및 신성성을 탈피하면서 고전소설 일반의 희극성과 세속성으로 변주되는 양상을 이 작품이 보인 것이다. 이 작품에서 마지막 단계인 결말구조의 내용을 유의해서 살펴야 할 이유가 여기에 있다. 서사문학의 통시적인 변화를 이 작품의 결말구조를 통해 읽어낼 수 있다는 점에서 문학사적으로 남다른 데가 없지 않다.

1) 이원론적 세계관의 선명성 부각

〈하생기우전〉의 세계는 현실계와 초월계로 양분된다. 그래서 이원론적인 세계관을 기본적으로 구비하고 있다. 이를 더 세분하면 결핍의 공간인 도입부와 시혜(施惠)의 공간인 결말부가 현실의 세계이고, 결핍에서 충족으로 옮겨가도록 유도하는 죽음의 공간인 초월계가 자리하고

---

7) 이 작품 이전까지의 전기서사는 거의 이와 같은 결말구조를 보인다. 나말여초의 작품은 물론이거니와《금오신화》의 각 작품도 마찬가지이다.

있다. 이 중에서 마지막 충족의 공간인 현실계가 이원론적인 세계관을
다룬 고전소설의 그것과 흡사하다. 그래서 마지막 부분인 현실계가 전
기의 서사문법을 변주하면서 일반소설로 나아가고 있음을 알 수 있다.[8]

첫 번째의 세계는 결핍의 공간인 현실계이다. 이곳은 부조리와 부패
가 만연하여 정연한 사회질서를 기대하기 어렵다. 그래서 능력만을 믿
고 출사하려는 하생이나 올곧은 마음으로 애정을 성취하려는 여인 모
두에게 어려움만 가중된다. 일반 고전소설의 초반부에서 주인공이 어
려움을 겪는 것과 다를 것이 없다. 처절한 고통의 나락으로 떨어뜨린
다음에 그들을 극적으로 구제하여 최상의 복락을 누리도록 하는 것이
고전소설의 주요한 서사기법이기 때문이다. 남녀 주인공 모두 극도의
좌절과 어려움에 봉착하는 것이 그래서 관심을 끈다.

두 번째의 세계는 하생이 죽은 여인과 가연을 맺는 초월계이다. 이
곳을 경유하고부터 두 사람이 행복을 추구할 수 있다. 그래서 이 공간
은 행복으로 유도하는 세계라 할 수 있다. 이 초월계는 상제가 주관하
는 곳으로 상제의 명에 따라 유명을 달리할 수 있다. 여인도 아버지의
악행으로 이 유계에 들어왔지만 다행이 아버지가 행한 한 차례의 선행
으로 재생할 수 있었다. 물론 그러한 일을 총체적으로 관장한 것은 초
월계를 지배하는 상제이다. 상제의 의도에 따라 이곳에 찾아온 인물이
바로 하생이다. 하생을 매개로 하여 여인의 재생을 완수하기 위함이
다. 전기서사의 작법과는 달리 하생과 죽은 여인이 뜨거운 사랑을 나

---

8) 물론 재생하여 작품의 후반부가 부연된 것을 더 확인할 수 있다. 불교계 서사인 〈선률
환생〉이 그러하고, 전기서사인 〈수삽석남〉도 그러하다. 하지만 〈선률환생〉은 현실의
욕망성취와 관련이 없거니와 〈수삽석남〉도 재생 후의 구체적인 서사내용을 확인할 수
없다.(김진영, 「불교서사의 작화방식과 전기소설의 상관성(II)」, 『어문연구』61, 어문
연구학회, 2009, 189-218쪽)

누고, 그것이 인연이 되어 현실로 복귀해서도 영원한 동반자가 된다. 그래서 이 공간은 복귀한 현실계에서의 행복을 보장하기 위한 예비 장치라 할 수 있다. 영웅소설의 주인공이 현실의 질곡을 벗고자 이계에 진입했다가 갖은 술법을 익혀 나라에 크게 쓰이고, 그로 인해 개인적인 영광을 얻는 것처럼, 이 작품에서도 유계를 경유해야만 현실에서 복락을 보장받을 수 있다. 그래서 이계는 귀족적 영웅소설에서의 천상 공간과 흡사하다. 영웅소설의 주인공이 적강으로 천상을 벗어나듯이 두 인물도 재생으로 유계를 떠나 현실계로 복귀하기 때문이다.

세 번째의 세계는 다시 현실계이다. 그런데 이 현실계는 앞에서 살핀 현실계와 많은 차이가 있다. 다소의 어려움이 있기는 하지만 궁극으로는 두 남녀 주인공의 행복을 보장하는 안정된 세계이기 때문이다. 그래서 이 공간은 앞에서의 결핍과 준 결핍을 해결해 주는 이상적인 세계라 할 만하다. 실제로 두 주인공에게 결말부는 시혜적 공간이라 해도 이상할 것이 없다. 복귀한 현실공간은 고전소설에서 천상인물이 적강하여 복락을 누리는 것과 다를 바가 없다. 고전소설 일반의 적강 인물이 당시의 통치 구조에 철저히 순응하면서 그 구조 내에서 누릴 수 있는 최고의 행복을 구가하듯이, 〈하생기우전〉의 하생이나 여주인공도 주어진 환경 속에서 자신들의 욕망을 실현할 따름이다. 나아가 그렇게 성취된 욕망에 따라 생활하면서 두 아들까지 낳는다. 그 두 아들 또한 부모처럼 부귀영화로 충만된 삶의 궤적을 밟도록 했다.[9] 그만큼 세속화된 모습을 결말의 현실계가 보이고 있다.

문제는 세 번째 공간이 전기서사에서 일반적이지 않다는 데 있다.

---

9) 김진영, 「〈강남홍전〉의 연구 – 〈옥루몽〉의 개작과 변이를 중심으로」, 『어문연구』 32, 어문연구학회, 1999, 189-208쪽.

보편적으로 전기서사의 작법에 따르면 두 번째 세계관을 다루고 이야기가 마무리된다. 현실의 문제에 강력하게 맞서다가 좌절하고, 그 미진함을 해결할 방법으로 초월계의 인물과 일시적으로 교유한다. 그러는 중에 미진했던 현실의 욕망이 단발적으로 성취된다. 그럴지라도 복귀한 현실의 문제가 여전히 해결되지 않아 초월계의 인물은 저승으로, 현실계의 인물은 죽거나 종적을 감추는 것으로 이야기가 갈무리된다. 그런데 이 작품에서는 일반 전기서사의 그것과는 다르게 결말에서 특수한 현실계를 제시하면서 서사를 연장한다. 전기사사의 측면에서는 사족과도 같은 것을 재생이라는 무리를 두면서까지 제시해 놓았다. 그것은 〈홍길동전〉의 율도국처럼 이 세계를 제시해야만 작자의 의도가 분명해질 수 있었기 때문이다. 유교적인 이념에 따라 입신양명과 가문현창을 통한 부귀공명을 구체적으로 실현하고자 했던 것이다. 이계에서의 한바탕 즐거움으로는 부족했던 것을, 결말부분에서 이상적인 현실계를 제시하고 그곳에서 충족될 수 있도록 의도한 것이다. 이는 신성성보다는 세속성을 이야기의 중심에 두었음을 의미하는 것이기도 하다. 전기의 신성성이 소설의 세속성으로 나아가는 과정에서 그러한 세계관이 필요할 수 있었다. 죽음의 세계인 초월계와 삶의 세계인 현실계를 적절히 안배하다가 마지막 결말부분에서 사대부의 이상적인 현실의 삶을 강조하여 부각한 것이라 하겠다. 이는 기존의 전기와 달리 이원론적인 세계관을 적절히 활용하면서 현실의 삶을 의미 있게 다루어 가능한 일이었다.

2) 개인서사에서 가족서사로의 확대

나말이나 조선 초 전기서사의 공통점은 개인적인 문제를 집중적으로 다루었다는 점이다. 즉 당대의 사회에서 예외자가 된 처지를 판타지적인 수법을 동원하여 토로하고 있다. 그래서 전기는 지식인의 문제, 특히 지식인과 사회와의 갈등을 유의미하게 다룬 장르라 할 수 있다. 이는 필연적으로 세계와 개인의 문제로 귀착되는 특성을 보인다. 〈최치원〉을 비롯한 나말여초의 전기가 개인의 갈등을 그리고 있거니와 《금오신화》의 각 작품도 알고 보면 현실과 괴리된 개인의 고민을 우회적인 방법으로 서사한 것이다.[10] 전기가 고독한 지식인의 개인 소작물이기에 이는 필연적인 현상이라 하겠다.

〈하생기우전〉에서는 그러한 개인서사의 전통을 계승하는 한편으로 결말구조에서는 가족단위로 확대되는 특성을 보인다. 개인서사의 특성이 잘 나타나는 곳은 첫 번째와 두 번째의 단계이다. 첫 번째 단계에서 하생은 조실부모하고 어렵게 학습하여 뛰어난 능력을 갖춘다. 그래서 태수의 추천으로 국학에 입학하여 동료들과 경쟁을 벌인다. 그 결과 자신의 능력이 출중하여 곧바로 출사할 할 것을 기대했지만 부조리한 사회가 그를 방해한다. 그래서 누구에게도 의지할 수 없는 처지의 지식인이 되고 말았다. 축적된 역량을 발휘할 수 없어 스스로 고독한 예외자로 내몰리게 된다. 그것을 타개하고자 복사의 말을 듣고 실행하다가 죽은 연인을 만나 가연을 맺는다. 잠시나마 외로움을 달랠 수 있어서 준 결핍의 상태에 놓인다. 전기서사의 보편적인 문법을 생각할 때 여기까지가 이야기의 전모라 할 수 있다. 개인의 외로움을 현실에서 극대화하다가 이계에서 문제를 해결하고 급전직하로 이야기를 마

---

10) 중국 당대의 전기소설도 그러하거니와 명대 구우의 《전등신화》 소재 작품도 그러한 성격을 갖는다. 지식인이 사회진출에 실패한 사정을 여러 측면에서, 그것도 판타지적인 방법을 동원하여 역설하면서 나타난 특성이라 할 만하다.

무리하는 것이 전기서사의 특성이기 때문이다. 그래서 〈하생기우전〉
의 결말부에서 복잡한 가족상황이나 가정사의 문제를 장황하게 다룬
것은 예외적인 현상이라 하겠다. 이 작품의 결말구조에서 개인에서 가
족의 문제로 서사가 확대되었음을 알 수 있다. 결말에 와서 가족의 문
제가 중심으로 부각되면서, 가정이나 가문의 문제를 다루기도 하였다.
고전소설 일반이 가족의 문제를 복잡하게 다루는 것처럼 이 작품의
결말부에서도 가족의 문제를 중시한 것이다.

먼저 여인이 죽음에 이르게 된 것은 가족구성원 중에 아버지의 악행
때문이다. 아버지는 일인지상 만인지하의 권력을 행사하는 위치에 있
었다. 하지만 함부로 권력을 행사하여 많은 희생자를 낳았고, 그것이
화근이 되어 다섯 아들이 차례로 죽는 불상사가 생겼다. 그럼에도 악
행이 지속되어 막내딸인 여인마저도 죽고 말았다. 여인이 죽은 것은
아버지의 악행에 연좌 처벌을 받은 것이다. 가족 구성원의 그릇된 행
태가 또 다른 가족구성원의 희생을 요구한 것이다. 이는 작자가 살았
던 당대의 사화와 무관할 수 없다. 출사한 가족이 역모 죄에 연루되어
다른 가족 또한 피해를 보던 시대상황이 담긴 것으로 해석할 수 있기
때문이다.[11] 어쨌든 가족구성원 간의 문제가 서사를 확장하는 동인이
되었다. 더욱이 결말부에 와서 그러한 사정을 여인의 입을 통해 드러
낸 것은 가족의 문제가 중요함을 부각한 것이라 할 수 있다.

불완전한 가족에서 완전한 가족으로 거듭 나는 것은 속세로 복귀한
후의 일이다. 여인은 하생의 적극적인 도움으로 현실의 부모 집에 당
도할 수 있었고, 안정을 취해 건강도 회복할 수 있었다. 그래서 이계에

11) 박태상, 「〈하생기우전〉의 미적 가치와 성격, 『동방학지』 90, 연세대학교 국학연구원,
1995, 233-270쪽.

서 굳게 다짐한 하생과의 혼인을 실행하기만 하면 모든 문제가 해결되어 단란한 가정을 꾸릴 수 있었다. 하지만 그러한 바람은 부모의 혼사 방해로 위기를 맞는다. 여인의 부모는 하생의 능력이 뛰어날지라도 문당호대(門堂戶對)할 만큼 집안이 견실하지 못할 뿐만 아니라 고아와 다름없는 그를 사위로 맞아들이는 것에 난색을 표한다. 마침내 하생에게 딸의 생환을 도운 대가로 잔치를 베풀어 위로하고 원하는 바를 묻되 혼사와 관련된 것은 일체 함구한다. 이에 분개한 하생이 여인에게 시로써 자신의 억울함을 토로한다. 이계에서의 굳은 약속이 있었지만 그것이 부질없는 일임을 탄식하며 낙담한다. 이에 여인이 부모를 찾아가 죽기를 각오하고 설득하여 혼사를 이룰 수 있었다. 여인의 적극적인 노력으로 혼사장애를 극복한 다음 예를 갖추어 성례하여 단란한 가정을 꾸린다. 여기에 하생이 그토록 희망했던 과거에 급제한 후 다방면으로 출사하여 안정된 가족을 구성하고 권력과 명예까지 얻는다. 더 나아가 하생과 여인의 두 자식 또한 출중한 문재(文才)로 이름을 드날린다. 위로는 시중 부모를 보시고 아래로는 두 아들을 거느리는 대가족의 모습을 확인할 수 있다. 가족의 화락한 모습을 제시하면서 이 작품은 마무리된다. 그래서 하생 개인의 문제를 넘어 처가의 문제와 자신의 가정 문제가 모두 중요하게 되었다. 고전소설에서 중시되는 것이 가족구성원 간의 문제를 유기적으로 다루는 것이라 할 수 있다. 크게는 가문으로 확대되어 구성원 간의 유대와 화목을 다루기도 한다.[12] 그런 점에서 이 작품의 결말에서 지식인 개인의 문제를 넘어 가족의

---

12) 가정소설은 물론 가문소설, 그리고 기봉소설 등에서 가족의 문제를 중심에 두고 작품을 형상화한다. 실제로 고전소설은 세부 장르를 막론하고 가족구성원 간의 별리를 서사의 핵심으로 삼고 있다.

문제를 의미 있게 다룬 것은 전기서사의 전통을 계승하는 한편으로
일반 고전소설로 확대되는 양상을 보인 것이라 할 수 있다.

3) 비판에서 방임으로의 인식 변환

전기서사는 근본적으로 현실적인 문제를 우의적인 방법으로 고발한
다. 그것도 민중의 서사인 전설을 차용하여 지식층의 고민과 번뇌를
담아 표현하는 양식이라 할 수 있다. 전기가 지식층이 가담하여 나타난
문언문체의 서사인 이유도 여기에 있다.[13] 지식층이 문제를 제기한 것
은 그것의 시정을 촉구하는 일면으로 심각한 사태를 고발한 것이기도
하다. 사회의 제도와 신분의 문제, 그리고 남녀의 차등과 빈부갈등의
문제를 비중 있게 다룬 이유도 여기에 있다. 이는 지식층 개인의 문제이
기도 해서 문사층의 문학으로 이해되기도 하였다.[14] 그만큼 문제에 대
한 지적이 분명하고 그것에 대한 항거의식도 확고했던 것이 전기서사라
할 수 있다. 이는 나말과 조선초의 전기에서 공통적으로 나타나는 것이
기도 하다. 김시습의《금오신화》각 편은 그러한 인식이 더 분명하다.
그것은 평생을 불우하게 살았던, 그러면서도 문재에 있어서는 타의 추
종을 불허했던 그의 처지에서 비롯된 것이라 하겠다. 생육신으로 살면
서 출사의 꿈이 요원하자 스스로 방외인적인 외톨이가 될 수밖에 없었
고, 그렇게 누적된 울분을 담아 표출한 것이 그의 전기서사이다. 그래서
강렬한 비판의식이 각 작품에 내재될 수 있었다. 이는 전기가 그만큼

---

13) 이는 당대에 관리를 선발하면서 온권 또는 행권을 실시한 것과 관련이 있다. 온권과
     행권을 통해 글 쓰는 능력을 인정받아 출사하고자 했는데, 이 글쓰기의 한 방법으로
     전기가 활용된 것으로 보고 있다.
14) 박태상, 앞의 논문 참조.

세계에 대한 비판의식이 강했음을 뜻하는 바라 하겠다.

문제는 〈하생기우전〉에 오면 사정이 사뭇 달라진다는 점이다. 하생의 현실 인식이 부족한 탓도 있지만 비판보다는 타협과 안주에 익숙한 고전소설의 일반적인 속성에 근접했기 때문이다. 하생은 어려서부터 출세욕이 남달랐다. 국학에 입학할 때 가신들에게 금의환향하여 영광을 안기겠다고 한 것이 그를 실증한다. 국학에 입학해서도 출사에만 급급하여 왜곡된 현실을 못마땅하게 여긴다. 답답한 마음에 복사를 찾아가 미래의 운명을 점치는 것에서 그의 세속적인 욕망이 얼마나 강렬한지를 짐작할 수 있다. 여인 또한 아버지의 악행으로 유계에 들게 된 것을 못마땅하게 생각함은 물론, 현실에서의 충족된 삶을 희구하고 있다. 그래서 두 남녀 모두 현실적인 욕망에 사로잡혀 있음을 알 수 있다. 하생의 경우 유학자이면서 서생이기에 공명정대한 뜻을 실천하고 스스로 수양에 힘써야 함에도 불구하고 출사와 성공을 위해 전념할 따름이다. 그러기에 이계에서 돌아온 하생과 여인은 자신들의 욕망 성취만을 위해 노력할 따름이다. 무엇보다도 여인의 아버지가 그동안 무수한 잘못을 저질렀음에도 불구하고 그에 대한 문제를 제기하거나 시정을 촉구하지 않는다. 그는 최고의 권력을 휘두르며 여전히 권위적인 위세를 누그러뜨리지 않는다. 자신의 잘못으로 아들이 다섯씩이나 죽고, 죽었던 딸이 어렵게 환생했음에도 불구하고 반성의 기미가 전혀 없다. 유가적인 이념에 투철해야 할 하생은 그러한 문제를 직시하지 않고 방관할 따름이다. 현실적 문제인 자신의 혼례를 부당하게 반대함에도 불구하고 어떠한 대응도 하지 못하다가 여인에게 자신의 억울함을 호소할 따름이다. 기존 전기서사의 주인공은 유가적인 이념이 투철하여 죽음을 무릅쓴 항거를 마다하지 않았지만 이 작품의 하생은 전혀 그러한 기미가 없다. 정대한 이념보다는 자신의 세속적인 성공이 더 중요했기 때문이다.

현실이 비록 심각하게 왜곡되었을지라도 자신의 성공과 출세가도를 위해서는 적절히 타협하고 방임하는 자세를 확인할 수 있다. 전대의 전기서사가 이념이나 사상, 그리고 문학의 측면에서 문제점을 예리하게 비판했던 것과는 판이하다. 물론 이 작품에서도 첫 번째 단계에서의 하생은 공명하고 정대한 이상을 가지고 있었다. 하지만 그것이 부질없는 것임을 채득하고 세 번째 단계에서는 자신의 욕망과 부합되지 않는 것은 방임하고 있다. 비판과 시정을 촉구해야 마땅한 일이지만 수수방관함으로써 자신의 이익을 극대화하려 한 것이다. 이는 기존 체제나 질서를 긍정도 부정도 없이 자신의 진출과 성공만을 모색하여 빚어진 일이다. 그런데 조선후기 귀족인물이 등장하는 작품에서는 기존의 봉건질서를 운명론적으로 받아들이면서 그 안에서 자신이 구가할 수 있는 행복을 최대한 도모하고자 한다. 다시 말해 기존 질서와 제도에 대한 긍부정의 평가를 생각하지 않고 그것을 절대적인 가치로 수용하고 그에 순응하는 선에서 자신의 행복을 강구할 따름이다. 마찬가지로 〈하생기우전〉의 결말구조에서도 비판의식이 배제되었음은 물론, 왜곡된 현실에서나마 자신의 살 길만을 모색하고 있다. 이는 이미 마련된 세계를 거역할 수 없는 것으로 받아들이고, 그 속에서 자신의 욕망을 성취하려 했던 후대의 소설과 접맥되는 면이 없지 않다. 전기서사의 비판적인 인식이 〈하생기우전〉에 오면 방관적인 것으로 바뀌고, 그것이 일반 고전소설에 오면 당위적인 이념으로 변모한다. 그러한 맥락을 전제할 때 이 작품의 문학사적인 가치를 짐작할 수 있다. 전기서사에서 본격적인 소설시대로 넘어가는 변주현상을 주인공의 이념이나 세계관을 통해 읽어낼 수 있기 때문이다.

4) 왜곡된 유가적 이념의 구현

유가적 이념은 인간의 성정(性情)과 도덕적 가치에 대한 문제로 귀착될 수 있다. 이는 현실적인 문제, 그것도 권력이나 재물에 대한 애착과는 거리가 먼 것이다. 한 마디로 세속적인 욕망을 백안시하는 것이 핵심이라 하겠다. 이처럼 유가의 본질적인 이념을 추수하는 것이 온당하지만 〈하생기우전〉에 오면 그것을 크게 일탈하고 있다.

〈하생기우전〉에서 하생이 보인 유가적인 이념은 공맹을 본받고 문재를 길러 출사하여 권력과 명예를 얻는 것이다. 하지만 왜곡된 현실 때문에 그러한 이상을 실현할 수 없다. 그래서 하생은 불안한 마음에 자신의 미래를 복사를 통해 확인하고자 했다. 그러한 이면에 출사하여 성공을 거두려는 야망이 자리하고 있었다. 공익을 위해 자신의 능력을 순수하게 발양하려는 것과는 거리가 있었다. 그는 출사를 통해 입신양명과 가문현창으로 영광을 얻고자 했다. 원대한 세속적인 욕망을 가슴에 품고 뜻을 이루려 했지만 세상이 그를 쉽게 허락하지 않았다. 그래서 그는 깊은 좌절과 번민에 휩싸이게 된다. 왜곡된 주자학적인 이념을 실현하려 했지만 세상의 방해로 좌절된 것이다.

왜곡된 유가적 이념은 세 번째 단락에서 실현된다. 하생은 유계에서 돌아온 여인과 혼례를 치르고 안정적인 상황에서 생을 영위할 따름이다. 즉 미인과의 결혼은 물론이거니와 명문가의 사위가 되어 명예와 부를 얻게 되었다. 그동안의 삶이 문사 개인이었다면, 지금부터의 삶은 문벌형 문인에 해당된다. 그래서 개인의 나약한 힘에서 가문의 굳건한 힘이 그에게 주어졌다. 여기에 출세를 위해 거쳐야 했던 과거, 그것도 대과에 급제하여 권력의 요직을 두루 역임하게 된다. 세속적인 욕망을 하나하나 성취해 나간 것이다. 그렇게 해서 굳건한 기득권층이 되었고, 그러한 세계가 영속되기를 갈망하여 두 아들 또한 문재로 이름을 알리게 된다. 대를 이어 입신양명은 물론 가문의 현창이 달성되도록 했다. 부귀공명의 이상적인 가정, 가문이 되어 유가적인 측면에서 성공한 듯하지만 사실 이것은 왜곡된 주자학의 이념을 구현한 것에 지나지 않는다. 유교적인 이념을 추수하던 인물들이 입신양명을 통해 부귀공명을 이루면 성공한 것으로, 그렇지 않으면 실패로 치부하는데 이는 왜곡된 유가 이념을 적용한 때문이다. 이 작품에서 그러한 것을 의미 있게 서사한 것은 당대적인 이상을 작품에 수렴한 것이라 하겠다. 실제로 후대로 갈수록 왜곡된 주자학의 이념을 구현한, 그것도 비현실적으로 과장해서 그리는 작품이 양산되는데, 이 또한 전기서사에는 없었던 내용이다. 그런데 〈하생기우전〉에서 문사의 부귀영화를 전격적으로 다루어서 주목된다. 이것은 이 작품이 행복한 결말을 지향하는 고전소설의 초기 모습을 보인 것이라 하겠다. 따라서 이 작품의 결말구조의 특성과 그 의미를 재평가하는 것은 당연한 일이라 하겠다.

4. 〈하생기우전〉 결말구조의 특성과 그 의미

앞에서도 살핀 바와 같이 〈하생기우전〉은 죽은 여인이 재생하여 현실적인 복락을 누리도록 했다. 그것은 기존 전기서사의 작법과 차이를 보이는 것이기도 하다. 기존의 전기서사에서는 주인공이 현실적인 욕망결핍으로 갈등을 빚다가 우회적으로 이계의 인물을 만나 일시적이나마 결핍을 해소한다. 그런 다음 이계의 죽은 인물은 저승으로 돌아가고 산 사람은 현실로 돌아온다. 현실로 돌아온 인물은 의욕을 상실한 체 생을 마감한다. 이에 반해 〈하생기우전〉은 결말부를 새롭게 설정하여 서사를 부연하였다. 즉 저승으로 돌아가야 할 여인을 현실로 소환하여 미진했던 사랑이나 행복이 완수되도록 했다. 그래서 이계를 활용하되 이별을 다루지 않고 만남을 조성한 후 행복을 장황하게 서사한 특징이 있다. 이것은 기존의 서사작법을 벗어나는 것으로 이 작품만의 구조적인 특성이라 할 만하다. 영구적으로 이별해야 할 상황에서 현실로 복귀시킨 것은 현재적인 문제가 전면에 부각되도록 한 것이다. 이는 신성성의 전기서사가 세속성의 고전소설로 일신하는 데 디딤돌 역할을 수행한 것으로 볼 수 있다. 사족과도 같은 결말구조가 이야기 문학의 방향성을 새롭게 설정한 것으로 이해할 수 있다.

결말구조의 독특성은 문학사적으로 남다른 의미를 가지고 있다. 짧지만 이곳에 조선후기적인 소설작법이나 핵심적인 지향의식이 담겨있기 때문이다. 우선 지목할 것이 앞에서 살핀 이원론적 세계관이 비교적 선명하게 담겼다는 점이다. 이것은 후대의 소설에서 현실의 결핍을 극복하는 방편으로 이계를 활용하는 것과 상통한다. 즉 이계를 통한 수련으로 영웅이 되어 부귀영화를 누리는 것과 흡사하다. 방법상에서 다소의 차이가 있을지언정 서사의 근본 줄기와 결과에서는 큰 차이가 없다. 그런가 하면 개인적인 서사가 이 작품의 결말구조에 오면 가족의 이야기로 확대되기도 한다. 이 또한 기존의 전기서사와 다른 것으로, 조선후기 일반 고전소설의 내용에 부합하는 바라 하겠다. 서사의 핍진함이 덜할 뿐 의도하는 바에서는 큰 차이가 없다. 그리고 남주인공이 세상을 바라보는 시각에서도 차이를 보인다. 전기서사의 남주인공은 유가적인 이념을 중시하여 강직한 성품에다 윤리·도덕에 철두철미하다. 부조리한 세계에 맞서 항거하는 이유도 그러한 배경 때문이다. 그런데 이 작품의 남주인공은 왜곡된 현실을 문제 삼다가 결말구조에 가서는 더 이상 부조리한 세계를 비판하지 않는다. 세속적 욕망을 위해 현실의 제반 문제가 산적할지라도 적절히 타협하면서 자신의 성공가도를 모색한다. 초기의 전기서사가 현실적인 문제를 적극적으로 비판한 데 반하여 이 작품에서는 긍부정을 따지지 않는 방관적인 시각을 드러낼 따름이다. 그만큼 속화된 시각을 드러내면서 개인의 이익을 추구하고 있다. 이는 현실의 고착화된 제도를 당위적으로 생각하고 그 안에서나마 행복을 추구했던 후대소설과 접맥되는 면이 없지 않다. 마지막으로 하생은 세속적인 욕망이 성취되기를 갈망한다. 고향에서 국학으로 갈 때도 그렇고, 국학에서 수학하는 동안에도 출사와 성공을 추구할 따름이다. 그것이 불가능하자 국학을 나와 돌파구를 마련한다. 그 결과 세속적인 모든 욕망을 성취한다. 권력과 명예, 그리고 부를 축적하여 부족할 것 없는 생을 살기 때문이다. 그런데 이러한 모든 것은 왜곡된 주자학적 이념이라 할 수 있다. 심성수양으로 공변된 삶을 살아야 하지만 그와는 거리가 먼 출세욕과 재물욕, 그리고 권력욕만을 실현하기 때문이다. 이는 전대의 전기를 계승하면서 후대의 소설로 넘어가는 징표를 보이는 바라 하겠다.

이상의 내용을 감안할 때 〈하생기우전〉을 자아와 세계의 갈등이 부족하여 기존의 소설에서 퇴행했다거나 전기서사의 작법을 벗어난 결말을 사족처럼 인식하는 것은 문제가 있어 보인다. 이 결말구조를 중심으로 소설사의 변주된 사정을 짐작할 수 있기 때문이다. 즉 신성지향의 전기서사에서 세속지향의 소설로 나아가는 다양한 징표를 이 결말구조가 함축한 것으로 볼 수 있다. 그런 점에서 이 작품은 당대의

서사적 특징을 수렴하여 새로운 이야기 줄기를 만든 것으로 평가할
수 있다. 기존의 서사와 다른 작법과 내용을, 역시 기존의 서사에서
확인할 수 없는 결말구조를 통해 새로운 가치를 드러냈기 때문이다.
그런 점에서 작품성의 높고 낮음을 떠나 문학사적인 측면에서 이 작품
을 새롭게 인식해야 하겠다.

5. 맺음말

　지금까지 〈하생기우전〉의 결말구조 양상과 그 의미를 문학사의 측
면에서 살펴보았다. 먼저 이 작품의 전체 구도를 결말구조와 결부시켜
살핀 다음, 결말구조의 기능과 가치를 몇 가지로 나누어 고찰하였다.
이를 바탕으로 결말구조 갖는 의미를 소설사적인 측면에서 짚어보았
다. 이상의 논의를 정리하면 다음과 같다.
　첫째, 〈하생기우전〉의 전체구도와 결말구조의 관계를 살폈다. 이 작
품은 크게 세 단계로 구조화되었음을 알 수 있다. 첫 번째 단계는 결핍
이 상존하는 곳으로 주인공과 사회의 괴리가 갈등을 촉발된다. 두 번째
단계에서는 결핍을 해소하기 위해 해결책을 모색하는 부분이다. 이는
초월계를 동원하여 남녀주인공이 인연을 맺도록 함은 물론, 현실계에
서 미진했던 것을 일시나마 충족되도록 하여 준 결핍의 단계라 할 수
있다. 세 번째 단계에서는 결핍이나 준 결핍을 모두 해소하고 충족된
세계를 드러낸다. 이곳에서 남녀 주인공은 다소의 역경을 극복하고 자
신들이 원하는 바를 모두 이루어 세속적인 욕망이 완수된다. 그래서
세속적 욕망을 기준으로 보면 첫 번째와 두 번째가 미완의 단계이고,

세 번째가 완수의 단계라 할 수 있다.

둘째, 〈하생기우전〉에 나타난 결말구조의 서사적 기능을 살펴보았다. 이 작품은 이원론적 세계관이 비교적 분명한 편이다. 전기서사에서 초월계를 활용하기는 하지만 이 작품에서는 죽음의 세계를 상정하고 그곳에서 상제의 도움을 받아 재생하도록 하여 현실과 가상의 세계가 비교적 분명하다. 귀족적인 이상소설에서 으레 등장하는 이원론적인 세계관의 모습과 흡사하다. 이 작품의 결말구조에서는 개인서사에서 가족서사로 확대되는 양상을 보인다. 기존의 전기서사가 개인의 고뇌를 중점적으로 다루었다면, 이 작품에서는 그러한 고민이 결말부분에 와서 가족서사로 확대된다. 부모와 자식의 행복을 중시하면서 가족구성원 간의 화목을 의미 있게 다룬다. 이는 후대 소설에서 가족이 서사구성의 근간임을 상기할 때 의미 있는 변화라 할 만하다. 그런가 하면 주인공의 세계에 대한 시선이 비판에서 방관으로 변화했다는 점이다. 특히 결말부분에서 보이는 하생과 여인의 태도는 윤리·도덕관념이 부족함을 알 수 있다. 이것은 개인의 욕망을 성취하기 위하여 사회적인 문제에 대해서 적절히 타협한 결과라 할 수 있다. 이는 후대의 소설에서 기존 사회의 문제를 전혀 인식하지 못하고, 오로지 그 안에서 행복을 추구하는 당위적인 세계관과 연계될 수 있다. 마지막으로 이 작품의 주인공은 철저하게 출세 지향적이다. 입신과 양명, 그리고 가문의 현창을 통해 영광을 얻고자 했기 때문이다. 문재(文才)를 키우는 이유도 온전히 그 때문이라 하겠다. 이것은 왜곡된 주자학적인 이념의 구현이기도 하다. 물론 이러한 점은 개인을 넘어 가문의 출세와 성공을 다룬 후대의 고전소설에서 더 일반적이다. 그러한 것을 이 작품의 결말구조에서 확인할 수 있기에 주목할 만하다.

셋째, 〈하생기우전〉에 나타난 결말구조의 특성과 그 의미를 검토하였다. 이 작품은 전기서사의 작법에서 보았을 때 이계 체험 후 보이는 하생의 행태와 여인의 현실적인 재생이 유별난 면이 없지 않다. 그 이전의 서사에서라면 여인이 저승으로 가고 하생은 무기력하게 생을 정리하면 그만이다. 그런데 여인의 재생을 통해 두 사람이 부부의 연을 맺고 화목한 가정을 꾸림은 물론 훌륭한 자식까지 두어 세속적인 부귀영화가 대를 이어 전개되도록 했다. 이는 재생을 통한 서사의 부연에 작자의 의중이 담긴 때문이라 할 수 있다. 실제로 결말부의 재생 후의 서사는 기존의 전기서사에서 확인할 수 없는 반면에 후대의 소설에서는 일반적인 현상으로 자리한다. 다룬 내용의 구체성에 차이가 있을 따름이지 그 목적한 바에서는 큰 차이를 보이지 않는다. 서사의 부연과 확장, 그리고 신성성의 축소와 세속성의 확대 등은 전기에서 본격적인 소설로의 변화를 예고하는 것으로 보아도 좋다. 이는 〈하생기우전〉이 〈만복사저포기〉 등의 전기와 비교했을 때 서사적인 긴장이 덜할지 몰라도 다룬 내용에서는 기존의 서사를 넘어 새로운 방향성을 제시한 것으로 볼 수 있다. 즉 전기에서 소설로 변곡되던 모습을 이 작품의 결말구조가 보이는 것으로 해석할 수 있다. 그런 점에서 이 작품은 문학적 가치보다 문학사적 위상이 더 중요할 수 있다.

〈김씨열행록〉의 이타성과 절행담론

1. 머리말

이 글은 〈김씨열행록〉의 소설적 변용과 서사적 의미를 살피는 것이 주목적이다. 이 작품은 '첫날밤 신랑 피살형' 설화를 기반으로 제작되었기 때문에 그 연원이 아주 오래이다. 그래서 설화의 소설화 경향을 파악하는 데 이 작품이 유용할 수 있다. 더욱이 동계의 설화를 바탕으로 〈조생원전〉·〈성부인전〉·〈사명당전〉·〈주유옥전〉 등의 고전소설은 물론이거니와 이해조의 신소설 〈구의산〉으로 계승되기도 하여 서사적인 변폭이 상당함을 알 수 있다. 이들 중 〈김씨열행록〉에 초점을 맞추어 서사적인 확장과 소설적인 변용이 갖는 의미를 조망하고자 한다.

〈김씨열행록〉은 기존의 설화를 바탕으로 하면서도 소설적인 변용을 가해 작품의 밀도가 더해졌다. 설화에 내용을 부연하여 가정소설과 가문소설, 그리고 송사소설과 영웅소설적인 특성을 갖도록 했기 때문이다. 그만큼 고전소설의 하위 유형을 충실히 수용하면서 새로운 작품으로 형상화한 것이다. 이는 〈김씨열행록〉이 비교적 설화에 충실한 〈조생원전〉·〈성부인전〉, 남성인물을 주인공으로 변용한 〈사명당전〉·〈주유옥전〉, 남편을 살려 유학까지 보낸 〈구의산〉과[1] 변별되는 바라 하겠다.

고전소설의 작법을 충실히 따르면서도 변화를 모색한 이 작품을 주의 깊게 살피면 설화, 고전소설, 신소설이 경쟁하면서 유통되던 사정과 고전소설과 신소설의 작화 경향을 파악하는 데 도움이 되리라 본다.

그간 이 작품에 대해서는 비교적 다양하게 논의되어 왔다. 그것은 이 작품이 설화에 바탕을 두고 소설로 창작되어 통시적인 측면에서 남다른 의미가 있기 때문이다. 실제로 설화와 소설의 관계에서부터[2] 시작하여 고전소설과 신소설의 관계,[3] 각 작품의 서사적 의미까지[4] 짚어내고자 하였다. 여성담론의 측면에서도 남다른 관심을 기울였다.[5] 하지만 이 작품의 연원인 설화를 구체적으로 살피지 못했을 뿐만 아니라, 그것이 후대의 소설과 어떠한 관계망을 갖는지, 그리고 소설적 변용에서 어떠한 요소를 유의미하게 다루었는지가 구체적으로 해명되지 않았다.

이에 본 연구에서는 먼저 〈김씨열행록〉의 연원에 해당하는 설화를 유형화하고, 각 유형이 후대의 소설과 어떠한 관계망을 갖는지 검토하

---

1) 이 작품은 신소설로 남편을 살려두어 며느리의 열행에 대한 보답으로 남편과의 기봉을 의도한 것이라 하겠다.

2) 김영권, 「'첫날밤 신랑 피살담'의 서사적 양상과 의미」, 『한국문학논총』 44, 한국문학회, 2006, 189-218쪽.

3) 김명식, 「〈김씨열행록〉과 〈구의산〉-고전소설의 개작 양상」, 『한국문학연구』 8, 동국대학교 한국문학연구소, 1985, 239-257쪽; 전용문, 「〈조생원전〉과 〈김씨열행록〉의 상관성」, 『어문연구』 51, 어문연구학회, 2006, 411-439쪽; 서혜은, 「이해조 〈구의산〉의 〈조생원전〉 개작 양상 연구」, 『어문학』 113, 한국어문학회, 2011, 327~357쪽; 신희경, 「매체 양식에 의한 고소설의 변이 양상 연구-〈조생원전〉, 〈구의산〉, 〈김씨열행록〉을 중심으로」, 『한국학』 39-2, 한국학중앙연구원, 2016, 81-106쪽.

4) 최운식, 「〈김씨열행록〉 연구」, 『국제어문』 11, 국제어문학회, 1990, 47-76쪽.

5) 이규원, 「〈김씨열행록〉의 갈등양상」, 『한민족어문학』 13, 한민족어문학회, 1986, 345-361쪽; 이현아, 「〈김씨열행록〉의 구조적 특징과 여성 인물들의 성격 형상화」, 『기전어문학』 18-20, 수원대학교 국어국문학회, 2008, 199-226쪽.

고자 한다. 이어서 설화에서 소설로 전개되면서 주안점을 둔 것이 무엇인지 파악한 다음, 그것이 서사문학사적인 측면에서 어떠한 의미가 있는지 조망하도록 하겠다. 이러한 논의를 통해 〈김씨열행록〉의 서사 내외적인 의미가 부각되리라 본다.

2. 서사의 유형과 소설적 전개

〈김씨열행록〉은 그 연원이 상당히 소급된다. 그것은 본래의 이야기가 '첫날밤 신랑 피살형' 설화로 전승되면서 일정한 계통을 확보하고 있었기 때문이다. 《구비문학대계》에서 이 작품과 관련된 이야기는 모두 23편으로 확인된다. 이제 이들을 유형별로 살피면서 후대의 서사와 어떤 관계가 있는지 검토하도록 한다.

1) 서사의 유형

《구비문학대계》에 실린 '첫날밤 신랑 피살형' 설화를 여주인공의 행적을 중심으로 유형화할 수 있다. 여주인공이 억울한 누명을 모두 벗고 남편을 따라 죽으면서 작품이 마무리되는 순절형(殉節型), 아들을 낳고 시부를 찾아와 불완전하나마 가정을 꾸리며 사는 수절형(守節型), 부인의 열행을 강조하다가 남편이 죽지 않고 돌아와 재회하는 열부형(烈婦型)을 상정할 수 있기 때문이다.[6] 이제 각각을 좀 더 구체적으로 살피도록 한다.

---

6) 김경미, 「개화기 열녀전 연구」, 『국어국문학』 132, 국어국문학회, 2002, 187~211쪽.

첫째, 순절형은 가장 기본적인 구조에다 단순한 지향의식을 담았다. 목적한 바를 달성하고 작화가 마무리되어 단발적인 사건, 그것도 비극적인 사건을 다룬 특성이 있다. 그래서 전설적인 모습을 강하게 보이는 유형이라 할 수 있다. 이에 해당하는 작품으로 〈임대장 한을 푼 며느리〉(대계8-8, 경남), 〈사명당〉(대계 8-8, 경남), 〈사명당 출가 동기〉(대계 8-14, 경남) 등을 들 수 있다. 이 유형의 주요 화소를 들면 다음과 같다.

① 한 양반이 결혼하여 아들을 낳지만 부인이 죽는다.
② 후처가 들어와 아들을 낳은 후 전실 자식을 학대한다.
③ 전실 자식이 장성하여 결혼하자 후처가 사람을 시켜 신랑의 목을 자른다.
④ 며느리가 억울한 누명을 쓰자 남장하고 집을 나가 범인을 밝힌다.
⑤ 양반이 문제를 파악하고 후처와 그 자식을 죽인다.
⑥ 억울함을 해소한 며느리가 순절한다.

이 유형은 첫날밤 남편이 죽음으로써 동침했던 신부가 누명을 쓰게 되고, 신부가 그 누명을 벗는 것이 서사의 핵심이다. 그런데 부인이 어려움 끝에 문제를 해결했음에도 불구하고 자결하고 만다. 조선후기 여성의 열절의식을, 그것도 순절을 모범으로 생각한 사회적인 분위기 때문이라 하겠다. 이로 인해 여성인물인 며느리를 중심으로 이야기를 확장할 수 없게 되었다. 이 유형을 가지고 이야기를 확장하여 소설적으로 변용하기 위해서는 며느리를 배제하고 다른 인물을 다룰 수밖에 없다. 실제로 후처에 의해 전실 자식이 죽고, 복수로 인해 후처와 그 아들도 죽었다. 거기에 신부조차 남편의 복수를 마치고 순절하고 말았다. 그래서 이 유형을 소설적으로 확장할 수 있는 방법은 유일한 생존자인 시아버지를 통해야만 가능하다.

둘째, 수절형은 며느리가 죽지 않고 활동하여 지향의식이 다소 복잡성을 띤다. 며느리가 죽지 않고 살아서 그의 활동 반경에 따라 서사적인 확장이 가능한 유형이다. 이에 해당하는 것으로 〈진사의 악독한 후처〉(대계 1-1, 서울), 〈사명당〉(대계 2-7, 강원), 〈사명당의 출가〉(2-9, 강원), 〈사명당의 복수〉(대계 4-3, 충남), 〈사명당의 출가한 내력〉(대계 4-6, 충남), 〈사명당의 입산〉(대계 5-1, 전북), 〈사명당은 임진사〉(6-2, 전남), 〈본처 자식 죽인 서모〉(6-8, 전남), 〈첫날밤에 목 잘린 신랑〉(대계 7-4, 경북), 〈계모의 악행〉(대계 7-6, 경북), 〈누명 벗은 며느리〉(대계 7-6, 경북), 〈사명당의 후처와 누명 쓴 며느리〉(대계 7-9, 경북), 〈사명당 출가 사연과 표충사 유래〉(대계 8-7, 경남), 〈조생원〉(대계 8-14, 경남), 〈전실 자식 죽인 계모(사명당 입산 동기)〉(대계 8-14, 경남) 등을 들 수 있다. 〈김씨열행록〉과 관련된 설화 23편 중 15편으로 가장 많은 분포를 보인다. 이 유형의 내용을 정리하면 다음과 같다.

① 한 양반이 결혼하여 아들을 낳지만 부인이 죽는다.
② 후처가 들어와 아들을 낳은 후 전처 자식을 박대한다.
③ 전처 자식이 결혼하자 후처가 사람을 시켜 첫날밤에 신랑의 목을 자른다.
④ 억울한 누명을 쓴 신부가 남장하고 나서서 사건의 전모를 밝힌다.
⑤ 시아버지가 범인인 후처와 그가 낳은 자식을 불에 태워 죽인 후 집을 나간다.
⑥ 며느리가 아들을 낳고 시아버지를 모셔와 행복하게 산다.

가장 많은 분포를 보이는 이 유형은 며느리가 죽지 않고 살아서 자식을 낳아 훈육하고 시아버지까지 지극정성으로 봉양한다. 이 유형에서는 전처 자식이 첫날밤에 죽고, 그 복수로 후처와 그 자식도 죽는다. 그래서 생존인물은 시아버지와 며느리이다. 그런데 며느리가 아들을 낳아 변화의 토대를 마련한다. 핵심 인물인 며느리가 죽지 않았기 때문에, 그리고 그가 낳은 자식의 활약 때문에 서사의 확장이 수월할 수 있다. 이는 이 유형이 서사의 확장성과 개방성이 그만큼 보장되어 있음을 의미하는 것이다. 며느리의 생존과 그 아들의 활약이 중시되면서 상대적으로 시아버지의 역할은 축소될 수밖에 없었다. 시아버지가 모심의 대상으로 밀리고 며느리의 열행을 다루거나 손자의 활약을 그리는 것이 자연스럽기 때문이다. 생존 인물에 따라서 서사 확장의 방향성이 정해짐을 알 수 있다.

셋째, 열부형은 남편이 죽지 않음으로써 순절 및 수절과 무관할 뿐만 아니라 지향의식도 그만큼 다양할 수 있다. 이에 해당하는 작품은 〈계모의 흉계를 밝혀낸 며느리〉(대계3-4, 충북), 〈서모의 마음〉(대계 5-2, 전북), 〈오대독자 최독선〉(대계 6-7, 전남), 〈계모의 만행〉(대계 8-9, 경남), 〈전처소생 학대하는 계모〉(대계8-9, 경남) 등이다. 이 유형의 내용을 정리하면 다음과 같다.

① 한 양반이 아들을 낳지만 부인이 죽고 만다.
② 후처를 들여 아들을 낳자 후처가 전처 자식을 박대한다.
③ 전처 자식이 장성하여 혼인하니 후처가 종을 시켜 신랑을 죽이라 한다.
④ 종이 다른 사람을 죽이고 그 시신을 신방에 두고 신랑과 함께 도주한다.
⑤ 신부가 신랑을 죽인 것으로 누명을 쓰자 남장하고 집을 나가 범인을

밝힌다.

⑥ 시아버지가 범인인 후처와 그 자식을 죽이고 집을 나간다.

⑦ 며느리가 아들을 낳은 후 조손상봉을 생각한다.

⑧ 시아버지를 찾는 중에 종을 통하여 남편의 생존을 확인하고 모든
인물이 모여 행복하게 산다.

이 유형은 며느리의 생존은 물론 그 남편까지 살림으로써 이야기가
부연될 가능성이 더해졌다. 어려운 여건 속에서도 자식을 잘 키우고,
시아버지 봉양에 남다른 며느리를 효부로 그리거나 남편의 행적을 비
밀스럽게 다루는 것도 얼마든지 가능하기 때문이다. 실제로 이 유형은
생존인물이 가장 많다. 복수를 위해 제거된 후처와 그 아들을 제외하
고 모든 인물이 생존했기 때문이다. 시아버지, 전처 자식인 신랑, 며느
리, 그리고 며느리가 낳은 아들까지 모두 네 명이나 된다. 그래서 이들
을 유기적으로 묶으면서 작화하면 그만큼 복잡한 서사구조의 작품을
생산할 수 있다. 특히 남편의 생존은 이야기를 더욱 극적이면서도 확
장적으로 다룰 수 있다. 긴장된 상황을 조성할 수도 있고, 만남에서
오는 희극미도 극대화할 수 있기 때문이다. 서사적인 부연과 변용의
가능성이 그만큼 보장된 유형이라 할 수 있다.

2) 소설적 전개

'첫날밤 신랑 피살형' 설화는 애초에는 신랑 피살담 정도였다가 신부
의 누명담으로 확대되고, 이어서 신부의 해원담과 시아버지의 복수담
으로 부연된 것으로 추정할 수 있다. 마침내는 복수에서 머무르지 않
고 새로운 출발을 알리는 조손(祖孫)의 기봉담을 더한 후 가정의 행복

담으로 갈무리된 것이라 할 수 있다. 이처럼 이 이야기는 서사적으로 확장하기에 수월한 충격적인 화소로 짜여 있음을 알 수 있다. 이러한 전통은 소설적 전개에서도 확인할 수 있다. 소설에서는 설화에서 생존한 인물들을 모두 서사의 확장 수단으로 삼았다. 그래서 생존한 인물 중 누구에게 초점을 맞추느냐에 따라 소설적인 전개 양상이 판가름난다. 따라서 앞에서 살핀 유형을 참고하면서 소설적인 전개 양상을 인물별로 살펴보도록 한다.

첫째, 며느리 중심 서사와 소설적 전개이다. 며느리 중심 서사는 며느리가 죽지 않고 활약하는 것으로 수절형과 밀접한 관계가 있다. 며느리가 살아서 아들을 낳고, 효부로서 충실하게 생활하자 그 보답으로 아들이 성공하여 봉양하도록 했기 때문이다.[7] 여성의 희생을 증폭하다가 그 보답이 전폭적으로 주어지도록 한 것이다. 이에 해당하는 작품으로 〈조생원전〉·〈성부인전〉·〈김씨열행록〉을 들 수 있다. 〈조생원전〉은 설화와 가장 가까운 것으로 며느리의 활약이 중심을 이룬다. 제명이 비록 시아버지를 따르고 있지만 며느리의 행적을 선양하는 데 초점을 맞추고 있다. 며느리가 수절하면서 아들을 낳고 그 아들이 과거에 급제해서 행복을 맛보는 것이 핵심이다. 〈성부인전〉도 설화의 수절형과 기본적으로 동일하되 며느리의 절행을 강조한 것이다. 본격적인 여성담론으로 확장하는 데 가교적인 역할을 담당한 작품이라 하겠다. 여성의 활동을 크게 확대한 작품이 바로 〈김씨열행록〉이다. 이

---

7) 아들의 성공은 지엽적인 것에 지나지 않는다. 대부분의 이야기가 며느리에 대한 것이고 마지막 일부에서 아들이 과거에 급제하거나 부마가 되는 것으로 처리하였다. 이는 그들에게 서사의 초점이 있는 것이 아니라 며느리에게 보상할 목적에서 그러한 담론이 필요했던 것이다.

작품은 설화를 다룬 전반부는 다른 작품과 다를 것이 없지만 작품의
후반부에 새로운 내용을 덧보태서 가정소설이나 남성영웅소설적인 특
성이 나타나도록 했다. 첩 화씨와 며느리가 갈등을 겪는 부분은 가정
소설적인 특성이, 며느리의 아들이 부마가 되어 어머니인 며느리와 함
께 부귀영화를 누리는 것은 영웅소설적인 성격이 강하다. 모두 며느리
가 생존하여 그녀를 바탕으로 소설적인 전개를 보인 것이다.

둘째, 시아버지 중심 서사와 소설적 전개이다. 순절형에서는 며느리
가 남편의 원수를 갚은 다음에 죽는다. 그래서 서사적인 확장은 오로
지 그 시아버지에게 의존해야만 했다. 그 시아버지가 가족구성원 모두
를 잃었기 때문에 더 이상 가정적인 이야기의 전개가 불가하다. 그래
서 그를 출가시켜 서산대사와 함께 의병장으로 큰 공을 세우도록 한
다. 〈사명당전〉이 여기에 해당된다. 이 작품은 시아버지가 잠적하지
않고, 자신의 능력을 발양하여 국가적인 재난을 극복하는 데 크게 기
여한다. 그래서 그 시아버지는 초인적인 행적으로 우뚝한 민중영웅이
된다. 〈사명당전〉은 전반부와 후반부의 내용이 상이하다. 전반부는 며
느리가 남편의 억울한 죽음과 자신의 누명을 벗고 죽는다. 그래서 전
반부는 며느리의 열행과 순절이 핵심을 이룬다. 그런데 후반부에서는
시아버지가 전처 자식이 살해되고, 후처와 그 자식도 죽었으며, 며느
리마저 죽자 출가를 결행한다. 출가하여 서산대사와 뜻을 같이 하며
강원도에서 의병을 일으켜 공헌하고, 일본에 강화사(講和使)로 가서 적
장을 능멸한 후 많은 포로를 구해 돌아온다. 전반부에서 마지막까지
생존한 남성인물을 확대하여 국난을 극복하고 국가적인 자존감을 세
우는 담론으로 형상화한 것이다.

셋째, 손자 중심 서사와 소설적 전개이다. 이 또한 며느리가 죽지

않고 살아서 아들을 낳아 가능한 작화이다. 수절형에서는 시아버지와 며느리, 그리고 며느리가 낳은 아들이 핵심 인물이다. 이 중에서 며느리가 낳은 아들에 초점을 두고 서사를 확장할 수도 있다. 앞에서 이미 살핀 것처럼 며느리와 시아버지를 중심으로 소설화가 이루어졌다. 그 나머지 인물에 관심을 기울인 것이 바로 손자에 대한 서사이다. 이에 해당하는 작품이 바로 〈주유옥전〉이다. 이 작품은 전반부 며느리의 수절과 효부담적인 속성을 그대로 두고, 후반부에서 며느리가 낳은 아들의 이야기를 거대 규모의 서사로 전개하고 있다. 아들의 행적을 위해 전동흘 관련 전설, 〈최척전〉과 같은 표류기, 〈임경업전〉과 같은 군담 등을 적극적으로 활용하면서 국제적인 담론으로까지 확장하였다. 실제로 며느리가 낳은 아들이 과거에 급제하고 제주부사로 부임하여 살인자를 처단한 후 돌아오는 길에 풍랑을 만나 청나라로 표착한다. 그곳에서 해전과 지상전 모두에서 호왕을 무찔러 황제에게 함흥군을 제수 받고 돌아온다. 이야기가 개인에서 가정으로, 가정에서 국가로, 그리고 국가에서 국제적으로 확장되었음을 알 수 있다.

넷째, 신랑과 며느리 중심 서사와 소설적 전개이다. 이것은 설화의 열부형과 관련된 것으로 주요인물 모두가 생존하여 이야기의 확장이 그만큼 다변화될 수 있다. 며느리의 복수담과 효부담에다 죽었다고 믿었던 남편이 돌아와 서사의 곁가지가 생길 수 있기 때문이다. 신부의 이야기에, 그 아들의 이야기, 그리고 시아버지와 신랑의 이야기가 부가적인 서사줄기로 다양하게 기능할 수 있다. 그러한 사정을 반영한 작품이 신소설 〈구의산〉이다. 이 작품은 신랑이 죽지 않고 종의 도움을 받아 일본에 유학하고 돌아오기 때문에, 며느리의 입장에서는 순절이나 수절이 불가하다. 하지만 며느리는 자신의 노력으로 범인을 찾아

복수하고, 조손상봉으로 가문의 적통을 잇도록 하여 여전히 중요한 역할을 맡고 있다. 그러는 중에 죽은 것으로 여겼던 남편이 생환하여 서사적인 묘미가 발현되도록 했다. 따라서 이 작품은 며느리의 열행과 효부담은 물론 남편을 기이하게 상봉하는 화소가 주효하게 작용하는 작품이라 할 수 있다.

3. 소설적 변용의 양상

앞에서 살핀 바와 같이 '첫날밤 신랑 피살형'의 구비서사는 구조의 개방성·확장성으로 인해 소설로의 부연·전개가 수월할 수 있었다. 여기에서는 위의 세 유형 중에서 두 번째 유형을 계승한 〈김씨열행록〉을 살피도록 한다. 이 작품이 구비서사를 차용하여 고전소설적인 제반 특성을 효과적으로 드러냈기 때문이다. 즉 세 유형 중에서 두 번째 유형을 선택하여 어떠한 점에 역점을 두면서 소설작품으로 작화했는지 검토하도록 한다.

1) 전후 대칭 구도와 사건의 변용

먼저 작품의 내용을 제시하여 전체적인 구도가 드러나도록 하겠다. 이를 바탕으로 사건전개의 핵심을 살핌으로써 구비서사의 사건에 어떠한 변화를 주어 기록서사로 변용했는지 살피도록 한다. 다만 원작에서는 나뉘지 않았던 전·후반을 분석의 편의를 위해 설화적 원화부와 소설적 변용부로 나누어 정리한다.

[전반부]

① 관동 땅의 장공이 양자로 들인 장계현이 문재(文才)가 뛰어나 소년
등과로 벼슬에 나가고, 선녀와 같은 미모에 현숙한 연씨와 혼례를
치른다.

② 장계현이 벼슬을 두루 역임하다가 수신(修身)을 위해 낙향한 후 아
들 갑준을 낳으니 가문이나 향당(鄕黨) 모두가 즐거워한다.

③ 아버지 장공이 득병하여 죽고, 갑준이 10여 세에 부인 연씨마저 세
상을 뜨자 가정살림을 위해 장계현이 유씨를 후처로 들인다.

④ 장계현이 전처 연씨를 그리워하면서 아들 갑준을 아끼자 이미 친자
식을 낳은 유씨가 부자를 못마땅하게 여긴다.

⑤ 갑준이 장성하여 근처 김씨와 혼례를 치르고 처가에서 신혼 첫날을
보낼 때 괴한이 나타나 갑준의 머리를 잘라 가지고 사라지니 모두
신부의 짓으로 보고 곳간에 가두어 굶겨 죽이기로 결정한다.

⑥ 신부가 어머니에게 무고함을 말하고 남장한 후 집을 나가 한 노파의
누추한 집에 사처(私處)를 정하고 노파를 후하게 대한다.

⑦ 노파가 젊은 남자와 긴 수작을 벌이기에 신부가 무슨 내용인지 간청
해 물으니 노파가 자신의 양자가 장씨 집안의 계모 유씨의 부탁으로
장갑준을 살해한 일을 말한다.

⑧ 신부가 시아버지를 만나 자초지종을 말하여 남편의 수급을 찾은 후
본가로 돌아가 처분을 기다린다.

⑨ 시아버지가 아들의 머리를 목함(木函)에 넣고, 집안의 보물과 전답
문서도 함께 며느리에게 보내고, 후처 유씨와 그 아들을 다락에 가
두고 불을 질러 죽인다.

⑩ 장계현이 집을 나가 잠적하고, 며느리는 남편의 장례는 물론 시댁의
가전세물을 잘 받들어 지낼 때 태기가 있어 열 달 만에 아들 해룡을
낳는다.

⑪ 해룡이 3-4세 때 며느리가 시비와 함께 남복개착하고 행장을 꾸려

각처를 3년간 탐문하며 시아버지를 찾아와 조손상봉을 이루도록
한다.

⑫ 집을 새로 지어 며느리가 시부를 정성껏 모시고, 아들의 훈육에 남
다른 노력을 기울이며 행복하게 지낸다.

[후반부]

① 며느리가 시아버지의 혼자됨을 안타깝게 생각하여 과부가 된 친구
화씨를 시아버지의 첩으로 들인다.

② 시아버지가 며느리를 아끼며 가산 모두를 일임하니 화씨가 못마땅
하게 여기다가 남편의 전처 유씨 동생이 관동태수로 부임하자 그와
결탁하여 며느리에게서 가권을 빼앗고자 마음먹는다.

③ 화씨가 유 태수에게 며느리의 계략으로 누이 유씨가 죽었다고 말하
니 태수가 그간 의심하던 바를 확신하고, 장계현이 유씨를 너무 순
식간에 죽인 것을 후회하자 모두 며느리의 계략이라고 말하여 장계
현이 며느리와 손자를 의심한다.

④ 며느리가 눈물로 세월을 보내니 시비 옥매가 화씨를 죽이고자 독약
을 탄 음식을 바친다.

⑤ 화씨 대신 시랑 장계현이 독약을 먹고 죽자 화씨가 이 모든 일을
며느리가 꾸민 것으로 엮어서 유 태수에게 밀통한다.

⑥ 유 태수가 누이가 억울하게 죽었다고 생각하던 차에 옥매와 며느리
를 곧바로 잡아들여 옥매는 옥에 가두고 며느리만을 혹독하게 문초
한다.

⑦ 며느리가 죽음을 각오하고 일체를 함구할 때 옥매가 며느리가 위태
로울 수 있음을 알고 동생 금매를 만나 옷을 바꿔 입고 옥을 나와
상경한다.

⑧ 상경한 옥매가 황제를 만나서 그간의 사정을 기록한 글을 올리자
황제가 즉시 관리를 파견하여 화씨를 잡아들여 문초하니 모든 일을

자복한다.

⑨ 문초 사실을 황제에게 고하니 황제가 화씨를 교살하고, 태수를 파직
하여 서인으로 만들고, 며느리에게는 효열부인(孝烈夫人)을 봉한
후 입시를 하명한 후, 옥매에게는 충비(忠婢)의 정려문을 내린다.

⑩ 며느리가 시아버지 장계현과 화씨의 장례를 치르고 아들 해룡과 함
께 입시하니 황제가 며느리의 열행을 크게 칭찬하고 해룡의 박학다
식함을 알고는 공주의 배필로 삼는다.

⑪ 해룡의 나이 20세에 공주와 혼례를 올리자 황제가 그를 부마궁에
기거하도록 하고, 대부인이 된 김씨는 황은에 감사하면서 어려울
때를 생각하여 항상 겸허하게 지내다가 세상을 뜬다.

⑫ 아들 내외가 대부인을 선산에 모시고, 자손(子孫)에게도 효행으로
교훈하면서 생을 즐기다 마감한다.

위의 내용을 보면 알 수 있듯이 구비서사에다 작품의 후반부를 덧보
태서 새로운 이야기가 되도록 했다. 전반부가 계모의 박해와 전실 자
식인 신랑의 죽음이 원인이 되고, 신부의 누명과 해원 및 범인에 대한
복수가 결과로 이루어져 불행에서 행복으로 서사가 전개되었다면, 후
반부는 첩으로 들어온 화씨가 신부를 모해하는 것이 원인으로 작용하
다가, 살인자로 몰린 신부가 누명을 벗고 그 아들이 부마가 되는 부분
이 결과가 되도록 하여 역시 불행에서 행복으로 마감되도록 했다. 이
렇게 불행과 행복이 반복되면서 서사적인 긴장과 이완도 가능할 수
있었다. 도입-전개-종결의 구조를 두 차례 중첩함으로써 이야기가 복
잡성을 띤 것이다. 사건전개상의 굴곡이 확보되어 서사미감을 확장하
는 데도 유용하도록 했다. 이제 그러한 사정을 좀 더 구체적으로 살펴
보도록 한다.

전반부에서는 장계현이 양자로 들어가 여러 벼슬길에 올랐다가 낙향하여 심성수양하면서 아들을 낳아 화평한 시간을 보낸다. 아들 갑준이 10세에 이르렀을 때 갑자기 부인이 죽어 사건이 비극적인 상황으로 전개된다. 가정을 위해 후처 유씨를 들임으로써 그 비극적 정서는 더욱 확대된다. 후처가 전실 자식을 교묘하게 구박하기 때문이다. 마침내 전실 자식인 갑준이 신혼 첫날밤에 후처에 의해 죽임을 당함으로써 장계현이나 장갑준에게는 비극이 극점에 이른다. 그러한 비극적인 정서는 그대로 신부인 며느리에게 전이된다. 특별한 잘못이 없음에도 남편을 죽인 살인자의 누명을 썼기 때문이다. 비극이 반복적으로 전개되면서 불행이 연속하여 나타난다. 그런데 며느리가 남장하고 복수를 위해 집을 나서는 것에서부터 사건의 반전이 이루어진다. 그녀가 노파에게서 남편이 죽은 자초지종을 모두 확인하고, 시아버지를 통해 범인의 색출 및 징치를 단행하기 때문이다. 그래서 그간의 비극적인 정서가 서서히 종식되면서 행복한 결말을 지향한다. 그 행복은 며느리가 아들을 낳고, 집을 떠난 시아버지를 찾아와 가문을 재건하는 것에서 확인할 수 있다. 이곳에서 안도와 희망의 미래를 짐작할 수 있다. 따라서 전반부는 비극이 서사에서 큰 부분을 차지한다. 장계현의 입장에서는 부인과 아들의 죽음이, 며느리에게는 남편의 죽음과 살인 누명이 비극의 상황을 드러내기에 부족함이 없다. 마지막에 가서 가정을 다시 꾸림으로써 행복을 기약할 수 있었지만 그것은 일부에 지나지 않는다.[8] 전반적인 서사가 비극으로 점철되었기 때문이다. 비극적인 정서가 많은 것은 전설적인 작화 전통을 계승한 때문이라 하겠다.

---

8) 순절형 설화에서는 그나마 부인이 죽는 것으로 이야기가 종결되어, 이 전반부는 비극적인 담론을 전제한 것이라 하겠다.

   소설적으로 변용된 후반부는 사정이 좀 다르다. 비극적인 정서가 나타나기는 하지만 서사의 초점을 그곳보다는 작품 말미의 부귀영화에 두었기 때문이다. 선인선과(善因善果)의 측면에서 서사를 전개한 것이라 하겠다. 며느리는 시아버지를 모시고 아들 해룡과 함께 가정을 꾸렸지만 시아버지가 홀로 지내는 것이 안타까워 시어머니격의 첩을 들인다. 문제는 첩 화씨의 등장으로 갈등이 점증되어 불행이 한동안 지속된다는 점이다. 며느리에게 가권을 빼앗으려는 화씨의 지속적인 모함이 장계현을 죽음으로 내몰고, 살인죄의 누명을 쓴 며느리는 혹독한 문초를 당해야만 했다. 그런데 시비 옥매가 문제 해결을 위해 자발적으로 나서면서 사건이 반전된다. 옥매는 상경하여 직접 상소를 올림으로써 모든 문제를 해결한다. 옥매의 자발적이면서도 적극적인 행동으로 위기에 처한 며느리의 불행이 종식되고 행복으로 나갈 수 있었다. 실제로 며느리는 누명을 벗음은 물론 자신의 효열을 인정받아 황제를 알현하는 행운을 얻는다. 황제를 만난 자리에서 함께 간 아들 해룡이 인정을 받아 부마가 되고, 며느리와 해룡이 부마궁에 머물면서 최고의 복락을 누린다. 고전소설의 낙관적인 세계관이 반영되어 종결부를 행복하게 처리한 것이라 하겠다. 이는 전반부는 물론 후반부까지 온갖 노력을 기울이며 효열을 실천한 며느리에게 전폭적인 보상이 주어지도록 의도한 때문이다. 고전소설에서 일반적인 행복한 결말, 그것도 귀족적인 영웅소설의 결말부를 차용하여 부귀공명이 더욱 돋보이도록 했다.

   이상에서 보듯이 이 작품은 크게 전후반의 구도로 나눌 수 있다. 전반에서 후반으로 넘어가면서 작품의 변용은 물론 사건의 변화도 심각해지기 때문이다. 전부의 사건은 비극적인 정서에 초점을 두어 구축했다. 이는 전설의 비극성을 계승한 담론적 특성 때문이라 할 만하다.

그래서 주인공의 행복보다는 비극을 통해 미감을 얻도록 했다. 반면에 후반부의 사건은 비극적인 정서를 다루되 그것이 원인이 되어 행복한 결말을 유도하고자 했다. 사람의 일생을 다루되 권선징악적인 관점에서 일대기를 마무리한 것이다. 단발적인 사건에서 오는 행불행보다는 복합적인 인생사에서 나타날 수 있는 행불행을 유기적으로 그린 것이라 하겠다. 일대기를 중시한 고전소설의 구조와 낙관적인 세계관이 후반부를 장식하면서 사건에도 변화가 생긴 것이다.

2) 인물 다변화와 형상화의 변용

〈김씨열행록〉은 설화에서와는 다르게 며느리가 아들을 낳고 시아버지를 찾아 화목한 가정을 꾸림은 물론, 온전한 가정을 위해 시어머니 격으로 첩 화씨를 들이면서 이야기가 복잡해진다. 화씨가 등장하면서부터 가정 내의 갈등이 야기되면서 선악대립이 전개되기 때문이다. 인물의 형상화나 성격이 작품의 후반부에 와서 큰 폭의 변화를 가져오는 이유도 여기에 있다. 전반부에서 며느리는 올곧은 성품으로 수절여인의 모범을 보였다. 시아버지는 불의를 참지 못하는 인물이라서 범죄를 저지른 후처와 그 자식을 불에 태워 죽인다. 그만큼 강직한 성격의 소유자이다. 시비 옥매는 자신의 의지를 드러내지 않고 그저 시키는 일을 충실히 수행하는 수동형의 종복이다. 그런데 작품의 후반부, 즉 소설적으로 변용된 부분을 통하여 이들 인물의 성격이 획기적으로 변모한다. 평면적인 인물의 한계를 벗고 입체적인 인물로 재탄생한 것이다. 각 인물을 구체적으로 들어보도록 한다.

첫째, 총부권(冢婦權)을 행사하는 며느리이다. 며느리는 전반부에서는 억울하게 남편을 죽인 것으로 누명을 쓰고, 그 누명을 벗고자 남장한 후 집을 나가 떠돌다 어렵게 범인을 찾아 시아버지에게 알린다. 자신의 억울함을 능동적이면서도 적극적으로 해결할 의지를 가진 인물이다. 여성영웅소설의 주인공이 남장으로 구국을 위해 맹위를 떨치는 것과 비견될 만하다. 그렇게 굳은 의지를 가졌기 때문에 아들을 낳고 그 아들이 세 살이 되자 자신이 시비 하나를 대동하고 역시 남복개착(男服開着)하여 전국을 떠돌며 종적을 감춘 시아버지를 찾을 수 있었다. 자신 앞에 닥친 일을 개척적으로 해결하는 인물형임을 알 수 있다. 그녀의 과단성과 정의로움 때문에 시댁의 가문을 새롭게 잇거나 단란한 가정을 꾸릴 수 있었다. 그녀의 성품을 잘 알기에 시아버지는 가정의 모든 경제권을 며느리에게 맡긴다. 이제 며느리는 총부가 되어 가권을 실제적으로 장악하고 경영한다. 여기까지의 며느리는 거칠 것이 없는 올곧은 성품에다 과단성 있는 행동을 불사하는 인물임을 알 수 있다. 전형적인 강골의 여인상이라 할 만하다.

반면에 후반부에 와서는 며느리의 그러한 성격이 판이하게 바뀐다. 이때는 전형적인 규중의 여인으로 변모하여 지속적인 모함이나 피해에도 그저 인내하며 따를 뿐이다. 적극성이 거세되고 수동적인 인물로 바뀌고 말았다. 친구를 시아버지의 첩으로 들이고 처음에는 문제가 없었지만 총부로서 가정의 모든 권한을 행사하는 며느리에게 못마땅한 첩 화씨가 갈등을 유발한다. 그녀는 며느리를 지속적으로 모함하면서 시아버지인 장계현을 미혹에 빠뜨린다. 게다가 전 부인과 그 아들을 불에 태워 죽인 것도 며느리의 계략이라고 조장한다. 드디어 죽은 전 부인의 동생인 관동태수와 내통하면서 며느리를 제거할 음모를 꾸민다. 이러한 음해와 피해에도 며느리는 묵묵부답으로 억울함을 감내할 따름이다. 마치 〈사씨남정기〉의 사씨처럼 가정 내의 현숙한 여인으로 그리고자 역경에도 인내만 요구한다. 그래서 전반부의 성격과 후반부의 성격이 대비되어 나타난다. 얼핏 보아 평면적인 인물형을 벗고 입체적인 인물로 변모한 것으로 이해할 수 있다. 그런데 문학사의 일반에서 보면 수동적인 여인상이 능동적인 여인상으로 변모하기에 이는 다소 이질적인 변용이라 할 만하다. 이는 고전소설의 작법, 그 중에서도 가정소설의 작법을 추수(追隨)하면서 나타난 특성으로 이해해도 좋겠다.

둘째, 우유부단한 가부장 장계현이다. 장계현은 전반부에서 강직하면서도 어진 선비로 등장한다. 그는 소년등과로 벼슬을 두루 역임하다가 수신을 위해 낙향하여 지낸다. 아들 갑준을 낳고 행복하게 지내다가 부인이 죽자 삼년상을 마치고 가정을 위해 유씨를 후처로 들인다. 그런데 후처가 갑준을 못마땅하게 여기다가 결혼 첫날밤에 죽이고 만다. 그 만행을 인지한 장계현은 후처 유씨와 그 아들까지 불에 태워 죽인다. 이는 가부장의 권위가 인정되던 당시의 이야기를 구비서사에서 포착한 것이라 하겠다.

문제는 작품의 후반부에 등장하는 장계현은 전반부의 사정과는 사뭇 다르다. 그는 우유부단할 뿐만 아니라 자체적인 판단력도 상당히 떨어진다. 강직함은 간곳없고 다른 사람들의 말에 휘둘리면서 그릇된 판단을 일삼는다. 이는 가부장의 권위가 실추된 후대의 사정을 소설에서 수렴한 결과라 하겠다.[9] 그는 후처 때문에 적장자가 죽임을 당하는 참사를 겪었으면서도 여전히 첩을 들이는 데 주저하지 않을 뿐만 아니라, 그 첩의 간악한 행위를 제대로 간파하지도 못한다. 어진 며느리를

---

9) 잘 아는 것처럼 고전소설에서 가정 내의 여성 갈등은 가부장의 권위가 실추되면서 일반화된다.

알아보지 못하고 믿지 않는가 하면 손자마저도 제 혈육이 아닌 것으로 의심한다. 강직한 성격은 사라지고 마치 〈사씨남정기〉와 같은 가정소설의 가부장처럼 결단력이 없는 인물이 되고 만다. 그러한 장계현이 첩을 독살하고자 했던 옥매의 독약을 먹고 죽고 만다. 결과야 어찌 되었든 강직한 인물에서 우유부단한 일물로 변모한 것은 나름대로 입체적인 성격을 갖는다 하겠다. 이는 설화적인 기존 이야기에다 가정소설적인 작화를 덧씌우면서 나타난 특성 중의 하나라 할 수 있다.

셋째, 악인형 인물인 첩 화씨이다. 화씨는 가정의 경제권 때문에 선인에서 악인으로 급변한 인물이다. 그녀는 며느리와 어렸을 때부터 친구로서 우애가 남달랐지만 지금은 과부가 되어 외롭게 지내는 처지이다. 며느리가 가정을 꾸리고 보니 시아버지가 홀로 보내는 것이 안타까워 친구 화씨를 시아버지의 첩으로 들인다. 후처일 경우 가권에 문제가 발생할 것으로 생각하여 첩으로 들인 것으로 보인다. 첩으로 들이고 처음의 가족 간의 생활은 아주 원만하였다. 그래서 며느리가 총부로서 가권을 관장하며 안온하게 지낼 수 있었다. 그런데 위계에 문제가 생기면서 갈등을 촉발하게 된다. 며느리가 가권을 계속 관장하자 첩이지만 항렬이 높은 화씨가 불만을 갖는다. 그래서 화씨는 며느리를 제거해야만 자신의 뜻을 이룰 것으로 믿는다.

화씨는 이제 본격적으로 며느리를 모함한다. 더욱이 죽은 전 부인의 동생이 자신이 사는 관동태수로 부임하자 그와 내통하면서 친구인 며느리를 지속적으로 모함한다. 며느리가 극한 상황의 위기로 치닫는 문제를 더 이상 두고 볼 수 없었던 시비 옥매가 나서서 재앙의 씨앗인 화씨를 제거하려다가 가장인 장계현을 죽이고 만다. 이 기회를 이용하여 며느리를 축출하고자 관동태수와 모의하고 며느리를 잡아들여 엄중 문초하

지만 소용이 없다. 그 잔혹상이 더해갈 때 시비 옥매가 나서서 문제를
전격적으로 해결하여 화씨가 교형에 처해지도록 한다. 이때 화씨는 〈사
씨남정기〉의 교씨와 흡사한 데가 있다. 어찌되었든 유순하고 우애가
남달랐던 화씨가 경제적인 이익을 내세우면서 악인형으로 변모하여
온갖 만행을 저지르는 것은 입체적인 인물의 모습을 보이는 것이라
하겠다. 이는 소설의 작법이 새로워지면서 나타난 것이기도 하고, 기존
의 가정소설 작법을 충실히 따르면서 나타난 것이기도 하겠다.

넷째, 신의를 실천하는 충복(忠僕) 옥매이다. 옥매는 작품 전반부에서
이렇다 할 행동이 없다가 후반부에서 불의를 참지 못하고 선의의 행동을
시행하는 인물이다. 일반적으로 노복은 선이나 악의 편에 서서 끝까지
주인의 말을 거행하는 존재이다. 악을 실천하는 인물의 노복은 만악을
실행하다 죽거니와 선을 실천하는 노복은 선의를 다하다가 마침내 큰
보상을 받곤 한다. 어느 경우든 주어진 임무를 수동적으로 시행할 따름
이다. 간혹 주인의 악행을 따르지 않고 선의를 베푸는 경우가 없지 않지
만, 옥매처럼 적극적으로 나서서 불의에 저항하는 일은 드물다. 그래서
옥매는 자의적으로 악인의 징치나 선인의 구제에 나선 인물이다.

옥매가 보인 행위는 일반적인 가정의 노복과는 상당한 차이가 있다.
〈보심록〉에서의 구돌평처럼 주인의 뜻을 거역하고 자신의 뜻대로 선
의를 위해 행동했기 때문이다. 더욱이 옥매는 자발적으로, 그것도 목
숨을 잃을 수도 있는 극한의 상황에서 신의를 실천하고 있다. 자신과
는 무관한 일에 개입하여 며느리를 구함으로써 유교적인 신의를 실천
하는 모범을 보인다. 옥매가 자신만의 이익을 도모했다면 어려운 상황
에 처하지 않았을 것이다. 적극적으로 나서서 문제를 올바른 방향으로
해결하려는 의지 때문에 곤경에 처한 것이다. 이것은 며느리의 덕행이

노복을 감복시킬 만큼 출중했음을 부각하는 수단이기도 하겠다. 옥매가 죽음을 불사한 선의를 실행한 것은 수동적인 인물에서 개성적인 인물로 변모했음을 보이는 것이라 하겠다.

다섯째, 재자가인형의 인물인 해룡이다. 해룡은 태어나면서부터 재능이 출중했다. 그는 작품의 후반부에 등장하는데 그가 펼친 활약은 이렇다 할 것이 없다. 다만 어머니를 따라 입시했을 따름이다. 그런데 황제가 해룡과 말하는 중에 그의 박학다식함을 확인하고 공주의 배필로 삼는다. 공주와 결혼하고 부마궁에 머물면서 온갖 부귀영화를 누리지만 며느리는 어려울 때를 생각하여 겸손하게 지내다가 죽는다. 아들 부부가 선산에 장례를 치르고 그들 역시 후손들에게 선사를 강조하며 살다가 죽는다. 그래서 해룡은 마지막을 장식하는 부분에서 의미 있는 역할을 담당한다.

해룡이 부마가 된 것은 며느리의 부귀영화를 한껏 고양할 수단 때문이다. 인고의 생활에 대한 보상이 주어져야 하는데 아들이 부마가 되어 지극한 부귀영화를 누리는 것으로 해결한 것이다. 그래서 해룡이 영웅적 행위를 보이지 않았음에도 불구하고 마치 영웅이 출장입상 후 보상을 받는 것처럼 화려하게 꾸며놓았다. 이른바 귀족적 영웅소설의 후반부처럼 대미를 장식하면서 어머니 여생의 부귀영화를 보장한 것이다. 이 또한 기존의 소설작법의 전통을 계승하면서 나타난 특성이라 할 만하다.

3) 시대의식의 반영과 주제의 변용

이 작품은 전반부의 설화형에서는 며느리의 열절이 중심을 이룬다. 남편이나 자신의 억울함을 해결한 며느리가 수절을 결행하면서 아들

을 낳아 가문을 이음은 물론 시아버지를 찾아와서 가정을 꾸리기 때문
이다. 며느리의 절부와 효부로서의 모습을 부각하여 열녀담의 주제의
식과 다를 것이 없게 되었다. 그런데 소설적으로 변용된 후반부의 내
용을 통해서는 이야기의 긴장도가 높아질 뿐만 아니라 서사적 지향에
도 차이를 보인다. 그를 몇 가지로 살피면 다음과 같다.

첫째, 선악 대립을 통한 권선징악이다. 전반부의 열부 선양에서 후
반부에서는 선악의 대결을 통한 권선징악으로 변용하였다. 며느리와
옥매를 선인형으로, 첩으로 들인 화씨와 그 일당을 악인형으로 설정하
고 사건을 추진하여 권선징악을 핵심 주제로 구현한 것이다. 먼저 선
인형 인물은 선사를 위해 행동할 따름이다. 며느리는 가사를 올바로
꾸리면서 시아버지 봉양을 거짓 없이 시행한다. 그럼에도 모함을 받으
면서 어려운 상황으로 내몰린다. 시기와 질투를 금해야 하는 여성이라
서 어떠한 부당한 일에도 참고 인내할 따름이다. 항거하거나 변명도
없이 일관되게 자신의 정당함만을 믿고 행동한다. 선행을 지속적으로
실천하여 스스로의 인물됨을 드러내고자 했기 때문이다. 마치 〈사씨
남정기〉의 사씨처럼 모든 것을 숙명으로 받아들이고 참아낼 따름이다.
반면에 옥매는 불의에 맞서 적극적으로 대응하는 인물이다. 시비에 지
나지 않는 신분이지만 화씨의 간악상을 더 이상 볼 수 없어 독살하기로
마음먹고 결행한다. 하지만 독약이 든 음식을 장계현이 먹고 죽음으로
써 며느리와 옥매가 어려움에 처한다. 특히 며느리가 위기 상황으로
내몰리자 옥매가 다시 자발적으로 나서서 황제에게 상소를 올림으로
써 모든 문제가 해결되도록 한다. 정의를 실천하는 데 열정을 가진 인
물이 옥매임을 알 수 있다.

선에 맞선 악인형 인물이 바로 첩 화씨와 관동태수이다. 화씨는 현

숙한 며느리를 지속적으로 모함한다. 전처의 죽음이 며느리의 계략에 의한 것이라고 계속해서 주장함으로써 남편 장계현을 미혹에 빠뜨린다. 그녀와 밀통하는 관동태수는 며느리 때문에 자신의 누이가 죽었다고 생각한다. 그래서 태수는 자초지종을 모르면서 모함을 사실처럼 여기고 누이의 복수를 다짐한다. 며느리를 잡아들여 과도하게 문초하는 이유도 여기에 있다. 두 인물의 지속적이면서도 치밀한 계략이 악을 형성하여 선인형 인물을 역경에 처하도록 만든다.

이렇게 이 작품은 선과 악으로 후반부를 작화했음을 알 수 있다. 이는 고전소설의 작법을 충실히 따른 것이라 하겠다. 특히 가문이나 가정소설의 작화를 충실히 추수하여 권선징악적인 주제를 구현한 것으로 볼 수 있다. 전반부에서 여성의 희생을 바탕으로 구현한 주제가 여기에서는 가족 구성원 간의 반목과 갈등을 첨예하게 다루면서 권선징악을 부각하고자 했다. 특히 악인형 인물들의 지속적인 모함이 사건전개의 중심을 이루도록 하다가 마침내는 선이 악에 승리하도록 했다.

둘째, 유교이념을 토대로 한 부귀공명이다. 이것은 왜곡된 유교이념을 추수한 것이기도 하다. 경사를 공부하여 모범적인 유자(儒者)가 되면 과거를 통한 출사로 이어지고, 출사해서는 권력과 명예를 바탕으로 부를 축적하게 된다. 그러면서 부귀공명을 누리는 것이 유교의 이념처럼 고착화되었다. 이것은 과거제를 시행하는 내내 이어졌던 전통이다. 그것이 문학작품에서는 더욱 과장되게 형상화되곤 하였다. 귀족적인 이상소설, 애정소설, 영웅소설에서 주요인물의 부귀공명을 화려하게 다룬 이유도 여기에 있다. 하지만 이 작품이 간행되던 1920년대에는 과거제가 폐지되었다. 그래서 과거를 통한 부귀공명을 다루는 것이 불가하였다. 고전소설의 작법을 따르면서 부귀공명을 그릴 필요성 때문에 해당인물에게 변화를 주어 출세하도록 했다.

며느리가 악인형 인물의 모진 가해에도 불구하고 선을 추구한 보답으로 입시케 된다. 그때 아들 해룡을 대동하여 황제를 만나도록 한다. 이때 황제가 해룡과 문답하는 중에 그의 박학다식함을 알고 부마로 결정한다. 지식이 충족되지만 과거의 절차를 거치지 않고 성공시키기 위하여 부마로 삼은 것이다. 이로 인해 해룡은 부마궁에서 공주와 함께 생활할 수 있었고, 자연스럽게 그 어머니도 대부인이 되어 부귀공명을 누릴 수 있었다. 이것은 그간 고생한 선인형 인물에게 보답하는 것이라 할 수 있다. 고전소설에서 선인형 인물에게 주어지는 서사적인 전통을 답습한 것이라 하겠다. 특히 소설의 마무리 부분에서 모든 것이 충족된 가운데 부귀공명을 누리다가 죽음에 이르도록 한 것은 귀족 인물을 다룬 고전소설의 서사전통을 답습한 것으로 보인다.

셋째, 실용성을 바탕으로 한 경제의식이다. 조선후기에 들어와 현실 문제를 다루는 다수의 작품은 민중의 생활상과 경제문제를 전면에 내세우곤 한다. 주자학적인 이념을 강조했을지라도 선결과제에 해당하는 것은 여전히 경제문제이다. 이것은 실제 사건을 다룬 〈유연전〉은 물론이거니와 판소리계소설과 박지원의 단편소설 등에서 흔히 확인되는 바이다. 〈김씨열행록〉이 출판된 1920년대는 실용성과 경제 문제가 더 노골화되었을 가능성이 있다. 그러한 요소의 개입을 확인할 수 있는 것이 바로 장계현의 후처 화씨와 며느리 김씨의 대립과 갈등이다.

며느리는 아버지가 홀로 지내는 것을 마음 아파하다가 마침 홀로되어 어렵게 지내는 어렸을 적 친구를 시아버지의 첩으로 들인다. 화씨가 첩으로 들어가는 것은 재혼에 해당된다. 조선조의 윤리 관념으로는 용인되지 않는 일이지만 경제적으로나 정신적으로 어려운 처지의 친구를 구하는 목적도 있어 그녀를 가족으로 받아들인 것이다. 다만 후처로 들이지 않고 첩으로 들인 것은 경제권을 비롯한 가권을 그녀에게 넘기지 않겠다는 의지의 반영이라 하겠다. 그래서인지 화씨가 첩으로 들어온 초기에는 문제가 발생하지 않는다. 화씨의 경우 어려운 경제상황이 안정적인 여건으로 바뀌었기 때문에 모든 것이 만족할 따름이다. 그런데 장계현이 가권을 모두 며느리인 김씨에게 일임하고 그것이 지속되자 문제가 발생한다. 며느리 김씨가 총부로서 가정의 모든 권한을 행사하자 시어머니격인 화씨와 반목이 발생한다. 화씨는 불안한 신분에다 경제권마저 행사할 수 없자 부당한 방법을 동원해서라도 가권을 차지하려 한다. 이것이 발단이 되어 선악의 대립담으로 확대된다. 기존처럼 쟁총이나 전처 자식과의 갈등과 대립이 아니라 가정의 경제권을 두고 선악이 촉발된 것이다. 이것은 변화된 시대상이 주제의식의 구현에도 일조했음을 보이는 것이다.

이상에서 보듯이 이 작품은 선악대립을 중심축으로 삼으면서 부가적인 목적의식을 곳곳에 배치해 놓았다. 기존의 설화에서 확보된 주제의식에다가 재창작의 과정에서 고전소설의 보편적인 이념이나 새로운 시대의식을 수렴하여 나타난 결과라 하겠다. 이는 구비서사에서는 단순했던 주제의식이 소설로 재창작하면서 다변화되었음을 의미한다.

4. 소설적 변용과 문학사적 의의

〈김씨열행록〉은 설화형에 해당하는 전반부가 여성영웅소설·송사소설과 유사하고, 소설적 변용을 통해 덧붙은 부연담이 가정소설이나 귀족적 영웅소설의 성격을 띠고 있다. 이 설화형의 원화는 충격적인 화소에 다 여성의 주체적인 열행이 뒷받침되어 강력한 인상을 주기에 충분하다. 그 자체로서도 공포와 연민, 그리고 복수를 통한 희열을 맛볼 수 있기 때문이다. 그만큼 다채로운 내용을 구비하여 서사의 확장과 부연이 수월할 수 있었다. 다만 그것이 너무 단일한 구조로 짜여 있어서 충격적인 화소를 활용하고도 효능감이 떨어지는 면이 없지 않았다. 그것을 보충하고자 소설로의 변용을 다양하게 모색한 것이다. 설화의 단순한 설명을 넘어 객관적인 묘사가 큰 비중을 차지하고, 인물에서도 가계를 명확하게 설정함은 물론 묘사와 행동을 통한 형상화를 중시한 것이다. 구비서사에서 기록서사로 변모하면서 나타난 당연한 결과라 하겠다. 그렇게 소설로 전개된 작품 중에 〈조생원전〉이 설화에 가장 가깝고, 〈성부인전〉·〈김씨열행록〉은 여성인물인 신부의 행적을 적극적으로 부연하면서 소설로 재창조하였다. 〈구의산〉은 여성인물의 행적이나 서사적인 기여가 〈김씨열행록〉만 못한데, 그것은 그녀의 남편을 살려두어 서사의 초점이 분산되었기 때문이다. 〈사명당전〉은 원화인 설화형이 사명당의 출가 동인이 되고, 출가한 사명당이 국난 극복에 일익을 담당하도록 재구조화한 작품이다. 〈주유옥전〉은 며느리가 낳은 아들이 과거에 급제하고 제주목사로 부임했다가 표류하여 청국에 가서 군공(軍功)을 세우고 제후가 되는 담론이다. 다만 여기에서는 구비서사의 두 번째 유형을 계승하여 여성인물에 초점을 두고 작화한 〈김씨열행록〉의 소설적 변용이 갖는 의미를 소설사적인 측면에서 검토하고자 한다.

첫째, 고전소설사의 말기적인 제작 현상을 읽을 수 있다. 이 작품이 간행된 때를 1928년 정도로 보고 있다. 물론 〈조생원전〉·〈성부인전〉·〈사명당전〉·〈주유옥전〉 등의 고전소설은 이보다 시기적으로 상회한

다. 그리고 이인직의 신소설 〈구의산〉이 1911년에 창작되었다. 〈김씨열
행록〉이 '첫날밤 신랑 피살담'을 다룬 소설 중 가장 늦은 시기에 간행되
었음을 알 수 있다. 이 작품이 유통되던 때는 고전소설이 구활자본으로
간행되면서 상당한 인기를 얻고 있었고, 신소설도 고전소설과 같은 통
속성을 바탕으로 인기가 상당하였다. 물론 근대소설도 1920년 이전에
〈무정〉(이광수), 〈마을집〉(주요한), 〈의심의 소녀〉(김명순), 〈약한 자의
슬픔〉(김동인), 〈몽금〉(윤백남) 등이 창작되면서 장르적인 정체성을 찾아
나갔다. 그래서 이때는 고전소설과 신소설, 그리고 근대소설이 각기
장처를 드러내며 경쟁하고 있었다.

　〈김씨열행록〉은 그러한 시대상황에서 제작되었으면서도 지극히 고
전소설적인 작법을 준용하였다. 〈구의산〉이 신소설로 전개되면서 인
기를 끈 반면에, 이 작품은 철저하게 고전소설의 전통을 살리면서 대
중적인 인기에 영합하고자 했다. 이는 고전소설의 대중적인 인기가 여
전하여 가능한 일이었다. 박문서관의 사장이었던 노익형의 증언에 따
르면 1938년에도 〈춘향전〉·〈심청전〉·〈조웅전〉·〈유충렬전〉 등이 1년
에 3-4만부씩 판매되었다고 한다.[10] 그를 감안하면 1920년대에도 구
활자본 고전소설이 상당한 인기를 얻은 것으로 볼 수 있다. 다만 1910
년부터 간행된 구활자본의 고전소설은 비용과 종이에 제한이 있어서
적절한 분량의 작품이 요구되었다. 그를 맞추기 위해 때에 따라서는
내용에 변개를 주어 간행하는 것도 불사하였다.[11]

10) 김진영, 「〈몽금도전〉의 창작배경과 장르성향」, 『배달말』 57, 배달말학회, 2015, 65-
　　96쪽.

11) 유춘동, 「활자본 고소설의 출판과 유통에 대한 몇 가지 문제들－원고/저본, 저작권,
　　판권지, 광고, 서적목록을 중심으로」, 『한민족문화연구』 50, 한민족문화학회, 2015,
　　289-315쪽.

　〈김씨열행록〉은 기존의 이야기를 바탕으로 새롭게 편찬한 소설이다. 그래서 당시에 인기가 있던 소설 유형을 충실히 반영했을 것으로 본다. 작품의 대중적인 유통을 전제하면 그것은 당연한 일이라 하겠다. 이 작품에서 여성영웅소설·송사소설, 그리고 가정소설과 남성영웅소설의 특성이 드러나는 것도 그 때문이다. 당시의 출판사에는 이른바 편집자들이 있어 소설의 제작에 관여하였다. 박문관의 경우 직원 150여 명에 편집자가 15명이었다.[12] 이를 감안하면 편집자들이 당시에 인기가 있던 화소나 소설 유형을 참고하여 새로운 작품을 창안한 것이라 하겠다. 그렇게 제작된 작품이 바로 〈김씨열행록〉이다. 그래서 이 작품은 개인의 창작품처럼 사건이 인과적으로 전개되지 못하고, 인물의 관계도 긴밀성이 떨어진다. 모두 고전소설사의 말기적인 현상, 그것도 편집자들이 개입하여 기존의 흥미로운 화소를 재배치하면서 나타난 현상이라 하겠다.

　둘째, 고전소설사에서 중시했던 하위장르를 확인할 수 있다. 앞에서 살핀 것처럼 출판사의 편집자들이 새로운 작품을 제작할 때는 당시에 인기 있던 유형에 주목하지 않을 수 없다. 이 작품에서는 그러한 양상을 여성영웅소설, 송사소설, 가정소설, 남성영웅소설의 측면에서 확인할 수 있다. 이는 이러한 유형의 소설이 당시에 인기가 높았음을 의미하는 것이기도 하다.

　먼저 여성영웅소설적인 면모이다. 〈김씨열행록〉은 신부인 며느리가 설화형인 전반부에서는 말할 것도 없거니와 후반부에서도 중요한 역할을 맡고 있다. 그런 점에서 이 부분은 여성영웅소설을 전제한 작

---

12) 김진영, 『고전서사의 향유와 전승』, 도서출판 월인, 2017, 296쪽.

화라 할 만하다. 설화형에 등장하는 주요인물인 시아버지, 아들, 며느리 중에서 억울한 누명을 쓴 며느리에 초점을 맞추고, 그녀가 누명을 벗고 가정을 꾸리는 일을 의미 있게 다루었기 때문이다.[13] 전반부에서 억울한 누명을 쓰고 남장한 후 출가하여 신랑을 죽인 범인을 색출하는 것이 그러하고, 아들을 낳은 다음에 집을 나간 시아버지를 역시 남장을 하고 찾아 나선 것도 그러하다.[14] 전국을 떠돌며 온갖 고초를 감내하면서 뜻을 이루는 과정이 여성영웅이 목적한 바를 탐색하는 것과 동일하다. 그래서 여성영웅소설의 작화방식을 차용하여 전반부가 제작되었음을 알 수 있다.

다음으로 송사소설적인 양상이다. 이 작품은 전반부와 후반부 모두에서 송사구조를 가지고 있다. 전반부의 경우 후처 유씨가 전실 자식인 갑준을 신혼 첫날밤에 죽이고, 신부가 살인자로 누명을 쓰자 스스로 나서서 해결하고자 한다. 집을 나와 노파가 사는 곳에 사처(私處)를 정하고 지내다가 그 노파의 양아들이 후처에게 매수되어 살인한 사실을 알고 시부에게 알린다. 시부는 아들의 머리를 찾고 후처와 그 자식을 불에 태워 죽인다. 개인적인 차원에서 문제를 해결한 셈이 되었다. 그래서 엄밀한 의미에서는 관이 개입하지 않아 송사담으로 미흡할 수 있다. 반면에 후반부에서는 사정이 다르다. 첩 화씨의 모함으로 관동

---

13) 〈조생원전〉에서는 신부의 활약이 미진하여 작품의 제목도 그 시아버지인 조생원을 내세웠다. 〈사명당전〉에서도 신부의 활약을 기대하기 어렵다. 신부가 신랑과 자신의 억울함을 해소하고 순절하기 때문이다. 그래서 그 시아버지인 사명당을 확대 서사하여 남성 중심의 담론이 되도록 했다. 〈구의산〉에서도 여성의 활약이 상대적으로 적다. 시아버지를 찾는 일을 신부가 스스로 나서지 않고 아들에게 일임하기 때문이다.

14) 장시광,「여성영웅소설에 나타난 여화위남(女化爲男)의 의미」,『한국고전여성문학연구』 2, 한국고전여성문학회, 2001, 301~338쪽.

태수에게 끌려온 며느리가 모진 고초를 감내할 때 그릇된 문제를 해결
하고자 옥매가 나서서 황제에게 모든 사정을 알린다. 이에 관리를 파
견하여 문제의 시말을 파악한 다음 화씨를 교살하고, 관동태수를 파직
하여 서인으로 만든다. 가정 내의 문제를 관이 개입하여 판결함으로써
송사구조를 갖추고 있다. 사태를 촉발한 자가 있고, 그로 인해 피해자
가 발생한 문제를 촉발한 자에게는 징치를 피해자에게는 구제를 단행
하기 위해 송사의 방식이 필요했던 것이다.

이어서 가정소설적인 모습이다. 소설적으로 변용된 후반부를 보면
전반부에서 호기롭던 며느리를 현숙한 아녀자로 그려놓았다. 가정소
설에서 전형적인 선인형 여성인물로 형상화해 놓은 것이다.[15] 며느리
는 홀로 된 시아버지가 안타까워 과부가 된 친구를 첩으로 들인다. 그
러면서 첩과 며느리의 갈등이 고조된다. 거기에 악인형으로 관동태수
를 더하여 첩과 태수가 며느리를 끝없이 모함하도록 했다. 모함으로
선인형 인물이 곤경에 처했을 때 조력자로 시비 옥매가 활약하여 문제
가 해결되도록 한다. 그래서 가정 내에서 벌어지는 모함과 그로 인한
송사가 작품 후반부의 중심을 이룬다. 그러면서 권선징악적인 가정소
설의 특성이 부각되도록 한 것이다. 이는 가정소설의 기존 서사방식을
원용하여 제작한 때문이라 하겠다.

마지막으로 남성영웅소설의 모습이다. 이 작품의 후반부는 남성영웅
이 출장하여 공을 세우고 돌아와 재상, 제후가 되어 화려한 인생을 사는
것과 흡사하다. 여성을 주인공으로 내세웠을 때 불가능한 담론을 며느
리의 아들을 내세워 실현한 것이다. 며느리가 열행이 뛰어나 황제가

---

15) 김귀석, 「고소설에 나타난 여성인물의 삶과 의미-가정소설의 여성인물을 중심으로」,
『한국문학이론과 비평』 7, 한국문학이론과 비평학회, 2000, 128-158쪽.

입시하기를 하명하고, 그에 따라 아들 해룡과 함께 황제를 알현한다. 그런데 황제가 해룡과 담론하는 중에 해룡의 박학다식함을 확인하고 부마로 삼는다. 해룡은 국난을 극복하는 일을 담당하지도 않았고, 신묘한 능력으로 공을 세운 것도 없다. 며느리의 아들이라는 이유로 공주와 결혼한 후 부마궁에 기거하면서 대부인이 된 어머니를 모실 따름이다. 이것은 그 어머니의 열행에 대한 보상을 시행하는 방편으로 그 아들을 활용한 때문이라 하겠다. 그러는 중에 남성영웅소설에서 주인공에게 주어지던 국가적 차원의 보상이 전격적으로 시행된 것이다. 며느리만을 내세웠을 때 불가한 서사가 아들을 통해 가능하도록 한 것이다. 부귀담의 개연성이 부족한 것도 그러한 사정 때문이다. 이 또한 편집자들이 작품을 필요에 의해 짜깁기 식으로[16] 제작한 때문이라 하겠다.

이상에서 보는 바와 같이 〈김씨열행록〉은 설화형의 인물, 즉 시아버지, 아들, 며느리 중에서 며느리에 초점을 두고 작화한 작품이다. 며느리인 여성인물의 출중한 일대기를 그리기 위하여 당시에 인기가 많던 여성영웅소설과 송사소설, 그리고 가정소설과 남성영웅소설의 작화방식을 두루 수렴하여 짜깁기 방식으로 형상화한 작품이다. 사건의 인과가 다소 부족하고 인물형상화의 필연성이 떨어지는 이유도 바로 여기에 있다. 그런 점에서 이 작품은 고전소설사의 말기적인 상황에서, 그것도 통속적인 관점에서 새롭게 제작한 작품이라 할 만하다.

---

16) 이은봉, 「신자료 〈주유옥전〉의 소설 창작 양상 연구」, 『고소설연구』 31, 한국고소설학회, 2011, 273-298쪽.

5. 맺음말

이 글은 '첫날밤 신랑 피살형' 설화를 계승한 〈김씨열행록〉의 소설
적 변용과 그 의미를 살핀 것이다. 먼저 '첫날밤 신랑 피살형'의 서사유
형을 나누고, 〈김씨열행록〉이 어떠한 유형에 초점을 두어 소설적으로
변용됐는지 살폈다. 이를 바탕으로 소설적 변용과 문학사적 의의를 검
토하였다. 이상의 내용을 정리하면 다음과 같다.

첫째, 서사 유형을 분류하고 그것이 소설로 어떻게 전개되었는지
고찰하였다. '첫날밤 신랑 피살형' 설화는 억울한 누명을 쓴 여성인물을
중심으로 그 유형을 크게 셋으로 나눌 수 있다. 순절형, 수절형, 열부형
이 그것이다. 순절형은 신부가 억울함을 풀고 신랑을 따라 죽는 것으로
유교적인 이념이 가장 강렬한 유형이다. 수절형은 신부가 죽지 않고
자식을 낳음은 물론 시아버지를 모셔와 새로운 가정을 꾸리는 유형이
다. 열부형은 신랑이 죽지 않아 순절이나 수절과 무관한 것으로 서사적
인 복잡성이 강화된 유형이다. 순절형은 모든 인물이 사망하고 시아버
지만 남아 그를 중심에 두고 서사의 확장을 모색할 수 있다. 수절형은
며느리와 며느리가 낳은 아들을 중심으로 이야기가 부연되기 쉽다. 열
부형은 모든 일물이 생존하여 이야기의 확장이 가장 다채로울 수 있다.
어느 경우든 생존 인물을 바탕으로 이야기를 확장·부연하면서 소설적
인 전개를 보이고 있다. 며느리 중심의 서사와 소설적 전개는 〈조생원
전〉·〈성부인전〉·〈김씨열행록〉을, 시아버지 중심의 서사와 소설적 전
개는 〈사명당전〉을 들 수 있다. 손자 중심의 서사와 소설적 전개는
〈주유옥전〉을, 며느리와 아들 중심의 서사와 소설적 전개는 〈구의산〉
을 들 수 있다.

둘째, 세 유형 중 두 번째 유형에 해당하는 〈김씨열행록〉의 소설적 변용 양상을 확인하였다. 소설적 변용의 핵심은 며느리가 아버지를 위해 친구를 첩으로 들이는 것이라 하겠다. 이로 인해 그간의 이야기가 큰 변화를 가져와 소설적인 묘미를 더하기 때문이다. 먼저 인물에서 강인했던 며느리가 유순한 현부가 되고, 강직했던 시아버지가 유약한 가부장으로 변모한다. 그런가 하면 우애가 남달랐던 며느리의 친구가 첩이 되면서 악인으로 형상화되며, 수동적이고 몰개성적인 시비가 주체적이면서도 강렬한 의지를 가진 개성적인 인물로 변한다. 평면적· 전형적인 인물에서 입체적· 개성적인 인물로 변모하고 있다. 이것은 소설의 기법이 그만큼 변화하여 나타난 현상일 수도 있지만, 이질적인 소설의 하위 유형을 짜깁기한 결과일 수도 있다. 사건에서도 불행과 행복의 단순한 구조에다가 같은 구조를 다시 한 번 덧씌움으로써 이야기가 그만큼 복잡해진다. 단발적인 구비서사에다 연쇄적인 사건을 접목시켜 기록서사의 특성이 드러나도록 했다. 주제의 경우 효열만을 강조했던 전반부와는 달리 후반부를 덧붙여 선악의 대립을 통한 권선징악과 유교적인 부귀공명, 그리고 경제의식을 중요하게 다루었다. 구현한 주제와 사상이 소설에 와서 그만큼 다채로워졌음을 알 수 있다.

셋째, 소설적 변용과 문학사적 의의를 살폈다. 〈김씨열행록〉이 간행된 때는 1928년으로, 이때는 같은 설화를 계승한 〈조생원전〉·〈성부인전〉·〈주유옥전〉·〈사명당전〉 등의 고전소설이 이미 유통되었을 뿐만 아니라, 신소설 〈구의산〉도 간행된 뒤이다. 그럼에도 불구하고 이 작품은 고전소설의 작법을 충실히 따르고 있다. 그것도 인과적인 논리보다는 흥미소를 짜깁기한 방식으로 새롭게 창작하였다. 이는 출판사의 편집자들이 당시에 인기 있던 고전소설의 유형을 교조적으로 재편한 때문이라 하겠다. 그런 점에서 소설을 짓는 방식을 새롭게 했지만 서사기법에서 기존의 방식을 크게 벗어나지 못한 것은 한계라 할 수 있다. 한편 이 작품은 전반부의 여성영웅소설·송사소설적인 모습과 후반부의 가정소설·남성영웅소설적인 모습을 두루 수렴하고 있다. 이는 짜깁기식의 제작임과 동시에 그러한 하위유형들이 당시에 인기가 높았음을 반증하는 것이기도 하다.

· 제4부 ·

유교의 통속적 만남과 세태담론

고전소설의 익명성과 대중담론

1. 머리말

우리의 고전소설은 기록문학임에도 불구하고 작자가 알려지지 않은 작품이 대부분이다. 따라서 본고에서는 그러한 현상이 왜 일어났으며, 향유층은 그것에 어떻게 대응해 왔는지 살펴보고자 한다. 이를 바탕으로 우리 고전소설만이 갖는 문예적 특성이 무엇인지 검토해 보도록 하겠다.

고전소설은 중세에서 근대로 변환되는 시기에 집중적으로 향유되었다. 물론 최초의 작품이야 그 이전에 나왔지만 대중적인 관심사로 크게 부각된 것은 조선후기에 와서이다. 이때에 오면 하층이 문학의 향유층으로 적극 가담하면서 지식층의 소작인 고전소설이 대중의 애호물로 자리잡는다.[1] 그러는 중에 고전소설이 민중의 문예처럼 유통되어 개인작보다는 공동작이라는 인식이 강화된다. 익명성 때문에 마치

---

[1] 소설의 발생 시기를 특정할 수는 없지만 적어도 태동기로 볼 수 있는 나말여초의 작품은 지식층의 의식을 담아내는 한편으로 문식 또한 주목되는 바가 크다. 이것은 고려를 거쳐 조선 초까지도 여전하였다. 실제로 상당한 수준의 창작력이 있어야 소설을 지을 수 있기에, 작가는 예나 지금이나 전문가로 활약하기 마련이다. 그런데 익명의 고전소설에 와서는 그러한 전통을 크게 벗어난다.

설화에서처럼 작품의 전승에 너도나도 개입하여 나타난 결과이다.[2] 그래서 고전소설의 다수는 기록문학이면서도 구비문학처럼 향유되는 특성을 갖게 되었다.[3]

고전소설이 공동의 창작품처럼 유통된 것은 다양한 동인이 있었기 때문이다. 그 중에서도 신분이나 주자학적인 윤리관 때문에 작품을 짓고도 뒤로 숨어버려 작품만 유통되는 상황이 일반화되었다. 이러한 작품은 주인 없는 것으로 인식되어 향유층을 중심으로 재창작하는 일이 빈발하였다. 그러면서 개인작의 특성은 퇴색되고 공동작의 성격은 강화되어 공동체의 이념이 지배하는 작품이 될 수 있었다. 이것은 우리 고전소설의 특성을 드러내는 요소이기에 이에 대해 분석하고 그 의미를 구체적으로 검토할 필요가 있다.

그간 고전소설 작가의 익명성에 대한 논의는 용어를 달리한 채 곳곳에서 진행해 왔다. 특히 고전소설의 작자와 유통에서 집중적으로 논의하였다.[4] 작자의 측면에서는 무명작가가 많다는 점과[5] 유통에서는 필사와 판본은 물론[6] 낭송유통이 크게 활성화되었음을 지적하였다.[7] 그

---

2) 최진형, 「세책본 고소설의 개작 양상」, 『반교어문연구』 30, 반교어문학회, 2011, 121-148쪽.

3) 중국의 경우 재창작한 작품일지라도 작자를 명기하고 있다. 대표적인 애정서사인 〈서상기〉의 경우 당대 원진(元稹)의 〈앵앵전〉을 연역·개작한 동해원(董解元)의 〈제궁조서상기〉, 이를 다시 조정·각색한 왕실보(王實甫)의 잡극 〈서상기〉 등이 그것이다. 이처럼 잡극이나 남방희곡인 전기, 그리고 소설에서 작자를 명시하는 것이 일반적이다.

4) 조윤형, 「고소설의 독자(讀者) 연구」, 『독서연구』 17(1), 한국독서학회, 2007, 331-358쪽.

5) 최운식, 『한국 고소설의 연구』, 보고사, 1997, 85-89쪽.

6) 유탁일, 「古小說의 流通 構造」, 『동아어문논집』 1, 동아어문학회, 1991, 5-17쪽. 이주영, 「舊活字本 古典小說의 刊行과 流通에 關한 硏究」, 서울대학교 대학원, 1997. 김재웅, 「필사본 고소설의 지역별 유통과 문화지도 작성」, 『대동문화연구』 88, 성균관대학교 대동문화연구원, 2014, 232-263쪽.

러는 중에 고전소설은 몰락한 상층의 지식인이 소설작가로 크게 활동했음도 거론되었다.[8] 이와 같은 논의의 근저에는 알게 모르게 고전소설 작자의 익명성이 가로놓여 있다. 익명성 때문에 누구든 어렵지 않게 소설을 재창작하여 기록으로 남기고, 구연에서도 부연이나 축소가 자유로웠기 때문이다.

위의 사정을 감안하여 이 글에서는 다음과 같이 논의를 진행하고자 한다. 먼저 고전소설 작자의 익명성 동인을 개괄적으로 검토한 다음, 익명성의 실태를 확인하기 위해 작가를 지명과 익명으로 나누어 살피도록 한다. 이어서 익명성이 갖는 문예적 의미를 종합적으로 검토하도록 하겠다. 이러한 논의가 체계적으로 진행되면 적어도 창작과 유통의 측면은 물론 내용에서도 한국소설의 특징이 어느 정도 부각되리라 기대한다.

2. 작자 익명성의 동인

소설은 지식인의 소작이다. 그래서 소설을 전문으로 창작하는 사람을 두고 소설가라고도 한다. 작금의 상황에서는 소설가의 경우 차이는 있지만 사회적인 지위를 보장받는다. 이러한 사정은 중세라고 하여 다

7) 김진영, 「古小說의 朗誦과 流通에 對하여」, 『고소설연구』1, 한국고소설학회, 1995, 63-85쪽.
  김진영, 「고소설의 演行樣相 고찰」, 『국어국문학』125, 국어국문학회, 1999, 279-303쪽.
8) 권성기, 「朝鮮朝 英雄小說의 作者層 硏究－沒落 兩班과 庶孼層을 중심으로」, 경희대학교 대학원, 1984.

를 것이 없었다. 소설을 짓는 것이 생업이면서 사회적으로 인기를 얻을 수 있는 방법이었기 때문이다. 동서양을 막론하고 소설가로서 명망을 얻은 사람이 적잖음에도 우리의 경우 지명 작가가 특별할 정도로 익명 작품이 대부분이다. 그렇게 된 데에는 우리의 신분제와 주자학적 윤리관이 큰 요인으로 작용했다. 그래서 이 두 가지 사항을 들어 익명성의 원인을 짚어보도록 한다.

1) 신분제적 동인

조선조에 들어오면 신분에 대한 문제가 온 사회를 지배하게 된다. 양반에서 천민에 이르기까지 계급이 나뉘고, 각기 자신의 처지에 맞는 일을 맡아야 했다. 이른바 사농공상을 각기 형편에 맞게 생업으로 삼아야 했다. 잘 아는 것처럼 고전소설이 성행한 조선후기의 신분제는 양반과 중인, 상민과 천민으로 나뉜다. 이 신분에 따라 벼슬에 나아가는 방법이나 생업도 달랐다.[9]

양반은 최상위층에 군림하며 권력과 명예를 독식했다. 또한 사회의 기득권층이기도 했다. 이 양반은 세력가는 물론 몰락양반일지라도 이념적인 삶에 충실했다. 주자학적인 이념에 충실하여 현실과는 괴리된 삶을 살았다. 그들이 출사를 위해 치르는 과거의 응시과목인 문학도

---

9) 조선후기의 신분제도가 넷으로 세분되기도 하지만 이것을 뭉뚱그려 반상 또는 양천제도로 나누기도 하였다. 반상은 양반과 상민을 구분하는 것으로 양반을 지배층, 그 이하의 신분을 피지배층으로 구분한 것이다. 양천제도는 과거에 응시할 수 있는 신분, 즉 양반·중인·상민을 양인이라 하였고, 노비의 신분을 천인으로 나눈 것이다. 얼핏 보아 천민을 제외한 신분을 동일시한 듯하지만 실은 엄격한 상하의 질서가 있었다. 반상이든 양천이든 간에 지배층으로 군림한 것은 여전이 양반이었기 때문이다.

알고 보면 실용성이 없었다. 오로지 과거를 위한 시험과목에 지나지 않는 경우가 많았다. 더욱이 그들이 견지한 주자학도 실용노선과는 거리가 먼 관념철학이었다. 그럴지라도 그들은 그것이 자신들과 하층민을 변별하는 요소로 여겨 굳건히 추수하였다. 그렇게 하면서 자신들은 하층의 문화를 창작하거나 수용할 수 없는 것처럼 인식하였다. 문화는 모름지기 위에서 아래로 흘러야 하는 것으로 생각한 나머지 하층민이 열호하는 소설 따위를 받아들일 수 없다고 생각했다.

　하지만 모든 양반이 그렇게 하층민 위에 군림하며 살 수는 없었다. 출사에는 한계가 있었고, 그로 인해 경제적으로 궁지에 몰린 양반들이 대거 등장한다. 이른바 몰락양반이 그들이다.[10] 이들은 중소지주도 못 되고, 그렇다고 하층민처럼 노동으로 생업을 삼기에도 어려움이 있었다. 이러한 사람들은 자신들이 잘하는 글을 통하여 생계를 유지할 수밖에 없었다. 그나마 그것이 점잖은 일이라 하여 선호되기도 하였다. 이들이 세책점에 고전소설을 필사하여 팔기도 하고, 때로는 새로운 작품을 창작하기도 하였다. 문식력이 있는 문사들이 소설을 창작하는 주요 계층이었음은 물론이다.[11] 그럼에도 불구하고 사회적으로 신분제가 엄연하여 그들이 자신의 작품이라고 이름을 내세우는 일은 불가하였다. 이른바 전문적인 소설가로 자처하기에는 어려움이 있었다. 그것은 스스로 상층부의 위엄을 무너뜨리는 것이기에 있을 수 없는 일이었다. 생업을 위한 창작과 명예를 위한 신분이 대립하게 된 것이다. 결국은 명예를

---

10) 지식층이 과거를 통해 출사하지 못하면 문예가 발전하는 효과를 가져 오기도 한다. 원나라에서 80여 년 동안 과거시험이 중단되었을 때 이들이 잡극본 창작에 가담하여 원잡극이 발전하는 동력이 되었다. 우리의 몰락양반이 고전소설을 발양한 것과 비교할 만하다.

11) 이상택 외, 『한국 고전소설의 세계』, 돌베개, 2005, 92-96쪽.

선택하여 자신이 작품을 쓰고도 이름을 드러내지 않았다.

중인은 준 귀족의 위치에 있었다. 물론 양반자제 중 서얼도 여기에 해당된다. 실무적인 일을 맡는 계층이라서 이들에 의해 실용문화가 발달할 수 있었다. 이들은 실무의 직책을 맡아 보면서 양반과 상민의 중간계층을 이루고 있었다. 그래서 신라시대의 육두품과 흡사한 모습을 이들에게서 확인할 수 있다. 하지만 이들은 상층의 관료에 오를 수 없었다. 자신들이 처한 신분 때문에 다양한 능력을 가졌음에도 불구하고 그것을 제대로 펼쳐 보일 수 없었다. 그래도 이들이 주도하여 대중문화가 꽃필 수 있었다. 고전소설의 경우 이들이 역관으로 활동하면서 중국소설을 수입하여 고전소설의 공시적 확장에 크게 기여하였다. 상대적으로 신분의 굴레에서 자유로워 대중문화에도 관심을 가질 수 있었던 것이다.

상민은 이른바 평민으로 농공상에 종사하는 대부분의 사람이 이에 해당된다. 제도적으로는 과거에 응시하여 출사할 수 있었지만 제도와 현실은 큰 차이가 있었다. 이들 중 대다수는 문자 해독력조차 없었기 때문에 과거를 통해 출사하는 것은 사실상 불가능에 가까웠다. 이들이 맡은 임무는 생산과 유통이 중심을 이룬다. 농업이나 수공업에 따른 생산과 상업을 통한 유통이 이들이 맡은 핵심 생업이다. 하지만 이들이 소설을 활성화하는 근간이었음은 물론이다. 책의 생산은 물론이고 유통을 담당한 상인, 그리고 주요 고객층인 농민들이[12] 이른바 상민으로서 소설의 활성화에 기축을 이루었기 때문이다.

천민은 관노비와 사노비로 신분적으로 관이나 개인에게 예속되어

---

12) 김진영, 「고전소설의 경제적 유통과 그 의미」, 『어문연구』 72, 어문연구학회, 2012, 161-184쪽.

있었다. 개인적인 인격이 보장되지 않았음은 물론, 재산으로 취급되어 매매되는 처지였다. 식자능력이 없었을 뿐 아니라 자유로운 이동도 불가하여 질곡의 삶을 살아야 했다. 그럴지라도 고전소설의 수용층, 특히 구비유통의 수용층이었음은 물론이다.

중인 이하 상민과 천민은 고전소설의 주요 향유층이라 할 수 있다. 하지만 이들도 때에 따라서는 소설의 제작에 기여해 왔다. 소극적으로는 소설에 반응하는 것으로 제작에 영향을 끼칠 수도 있었지만, 적극적으로는 제작에 직접 가담할 수도 있었다. 특히 중인계층은 문식력이 뛰어날 뿐만 아니라 사회비판적인 안목도 남달라 그들이 소설을 얼마든지 제작할 수 있었다. 문제는 이들이 지은 작품이 기존의 제도나 질서를 부정·비판하는 내용일 수밖에 없었다는 점이다. 문제의식을 가진 중인 이하 계층에서 사회비판적인 작품을 짓고 뒤로 숨은 이유라 하겠다. 상하의 신분을 막론하고 지명작가로 나서기 어려운 사회문화적인 분위기를 짐작할 수 있다.

2) 주자학적 동인

고전소설이 왕성하게 유통되던 조선후기는 주자학적인 이념으로 무장한 양반사대부 계층과 중인 이하의 신분이 문화적으로나 경제적으로 팽팽하게 맞선다. 그럼에도 불구하고 제도나 관습은 주자학적인 이념이 여전히 맹위를 떨친다. 조선전기부터 다지기 시작한 유교적인 교화가 조선후기에 오면 상층은 물론 중인 이하의 신분에게도 큰 영향을 미친다. 이른바 유교적인 충신·효부·열녀 되기를 상하층을 막론하고 강요받는다. 특히 지배층은 주자학적인 이념을 발현하고 도덕과 윤리를 따르며 역사를 통해 현재를 올바로 볼 수 있는 안목을 키우는 것이 무엇보다 중요하다고 여겼다. 그러한 이념의 고취에 방해가 되는 것이 고전소설로 보고 소설을 배척하는 기류가 생겼다.

첫째, 도덕과 윤리적 측면에서 고전소설이 문제가 있다고 보았다. 주자학적인 측면에서 보면 상하의 윤리를 올바로 세우는 것이 무엇보다 중요하다. 그러한 내용은 이른바 경(經)에서 다루는 핵심이기도 하다. 유교 경전의 대부분이 윤리적인 인간, 도덕적인 인간으로 살기를 요구한다. 그것은 당대의 지배적인 이념이기도 했다. 그런데 고전소설에서는 그러한 것을 왜곡하여 다루고 있다는 점이다. 소설의 속성상 사회비판적인 성격이 강하여 기존의 제도나 관습을 부정하는 경우가 왕왕 있다. 상하의 질서를 부정하고 나아가 남녀의 윤리를 일탈하는 것이 소설에서는 비일비재하다. 이것이 지배층에서 소설을 비판하는 근거이기도 했다. 이른바 경의 세계를 따르지 않는 비도덕·비윤리적인 행태를 배척한 것이다.

둘째, 역사의 측면에서 문제를 제기하였다. 이른바 사(史)를 거스르는 행위를 못마땅하게 생각했다. 고전소설은 역사를 모방한 작품이 상당수인데 그것이 역사를 왜곡한다고 비판한 것이다. 주자학적인 측면에서 보면 지배층이 갖추어야 할 덕목의 핵심이 바로 역사에 대한 지식이다. 전고(典故)로 알려진 역사는 현실을 조망하는 거울과 같기 때문에 현실 문제를 해결하는 열쇠로 역사를 인식하였다. 그래서 역사를 밝게 알고 있어야 왜곡되지 않게 현재의 문제를 판단할 수 있다고 믿었다. 그런데 이러한 역사를 왜곡하여 흥미를 증폭한 것이 바로 고전소설이다. 그래서 독자의 관심을 촉발하는 데 유용할 수는 있어도 역사를 올바르게 인식하는 데는 부정적일 수 있다.[13] 지배층에서는 그러한 문제를 간과할 수 없어서 소설에 반감을 드러낸 것이다.

　셋째, 문체의 측면에서도 문제를 제기하였다. 잘 아는 것처럼 고전소설은 패사소품류의 문체로 취급받는다. 그러한 근저에는 소설에서 리얼리티를 살리는 방법으로, 그리고 사건을 핍진하게 그리는 방법으로 구어적인 대화를 많이 쓰기 때문이다. 이것은 소설장르가 갖는 특성이기도 하다. 이를 두고 중국에서는 백화문체라 하여 소설문체로 인식하였다. 국문이야 어차피 정사를 살피는 데에 활용하지 않아 큰 문제가 없지만, 한문의 경우 사정이 사뭇 다를 수 있다. 한문의 경우 유교적인 전통에 따르면 고문(古文)을 가장 모범적인 것으로 인식해 왔다. 이 고문에 윤리적이거나 도덕적인 모든 것이 완비되어 그것을 전범으로 삼고 글쓰기를 해야 마땅하다고 보았다. 그런데 소설문체는 그러한 것과 변별되어 순정한 문학을 해치는 것으로 인식하였다.[14] 문체반정이 저간의 사정을 대변하는 것으로 이해해도 좋다.

　이상과 같은 요인은 주자학적인 이념에서 보았을 때 시정되어야 마땅하다. 적어도 그러한 방향으로 나가는 것을 방치할 수는 없었다. 그래서 소설에 대한 부정론을 주창하는 사람들이 끊이지 않았다. 지배층이 이러한 시각을 견지하고 있었기 때문에 소설을 긍정적으로 생각하여 창작한 사람들이거나 생업을 위해 어쩔 수 없이 소설을 제작한 사람들조차 자신들이 소설의 작가라고 드러낼 수 없었다. 실제로 조선 후기에 모든 것이 급속하게 변화할지라도 주자학적인 통치이념만은 여

13) 김일렬, 『고전소설신론』, 새문사, 2010, 68-69쪽.
14) 김혈조, 「燕巖體의 成立과 正祖의 文體反正」, 성균관대학교 대학원, 1981.
　　박상영, 「문체반정의 논리구조와 18세기 문학담론에 끼친 영향」, 『한국언어문학』 72, 한국언어문학회, 2010, 219-257쪽.

전하였고, 그 범주를 벗어나는 삶은 상하를 막론하고 지탄의 대상이
되었다. 주자학적인 이념에서 보았을 때 사회악으로 지목된 소설을 탐
독하는 것조차 주저되는 분위기에서 그것을 창작하는 것은 부정한 행
위를 솔선하는 것으로 비춰지기에 충분했다. 문예욕구에 따라 훌륭한
작품을 짓고도 숨어버린 이유가 바로 여기에 있다.

3. 작자 익명성의 실태

고전소설의 작가를 통계적으로 살피는 것은 무의미할 수 있다. 그것
은 천여 편을 헤아리는 작품 중에서 지명작가로 알려진 것이 수십 편에
불과하기 때문이다. 그래서 지명작가의 작품을 살피고 그 외의 작품을
익명작가의 작품으로 다루는 것이 합리적일 수 있다. 이 장에서는 고전
소설 작가의 익명성의 실태를 확인하는 방편으로 먼저 지명작가의 작품
을 거론하고, 이어서 익명작가의 작품을 유형별로 살펴보도록 하겠다.

1) 지명작가의 작품

고전소설 중에 작가가 알려진 작품은 지극히 한정된다. 논자마다
고전소설의 개념과 범주에 차이가 있어 작자를 살피는 데도 이견이
있을 수 있다. 그래서 이론의 여지가 없는 조선 전기의 작품부터 확인하
는 것이 합리적일 수 있다. 그렇게 보면 지명작가로 세기를 대표하여
등장하는 인물이 있다. 바로 김시습·허균·김만중·박지원이 그들이다.
이들을 기축으로 방계 작품의 작자들이 포진하기 때문에 극히 제한적인

지명작가군을 짐작할 수 있다.

　네 작자는 각 시대를 대표하는 비판적인 지성이라 할 만하다. 그렇기 때문에 당대의 문제를 예리하게 짚어내며 작품으로 형상화할 수 있었다. 사실성을 잘 살리면서 당대의 문제를 소설에서나마 적극적으로 다루어 지식인의 고민이 무엇인지 짐작할 수 있도록 했다. 소설이 지적 사유물임을 이들이 입증해 보였다. 더욱이 특정한 개인이 자신이 처한 세계를 고도화된 구조로 형상화하여 소설의 기록문학적 속성을 확고하게 보이고 있다.

　이들 작품은 당대의 대문호가 사회와의 갈등을 첨예하게 다루었다는 점에서 많은 반향을 불러일으켰다. 속편처럼 파생작이 창작되는 것도 그래서 가능할 수 있었다. 김시습의 《금오신화》를 전제하면서 신광한이 《기재기이》를 창작하였고, 김만중의 〈사씨남정기〉를 염두에 두고 조성기가 〈창선감의록〉을 창작하였다. 그리고 〈구운몽〉을 전제하면서 남영로가 〈옥루몽〉·〈옥련몽〉 등을 제작할 수 있었다. 그런가 하면 박지원의 한문단편을 바탕으로 이옥과 김려가 전을 지을 수 있었다.[15] 여기에 불경의 내용을 바탕으로 연역한 서유영의 〈육미당기〉, 역시 불교의 윤회사상을 바탕으로 한 김소행의 〈삼한습유〉, 그리고 대장편소설의 작자를 짐작케 하는 심능숙의 〈옥수기〉 정도가 지명작가 작품이라 하겠다. 그 이외에도 몽유록이나 전기소설의 작가를 일부 더 거론할 수 있지만 대체적으로 이 범주에서 크게 벗어나지 않는다.[16]

---

15) 네 명의 작가 중에서 〈홍길동전〉의 경우 지명작가의 모방작이 없다. 그것은 허균이 역적으로 몰려 사사되었기 때문에 흡사한 작품을 이름을 대놓고 창작하기에는 주저되었을 것이다. 하지만 〈홍길동전〉이 민중의 소망을 통쾌하게 실현하여 후대적으로 영향을 끼칠 수 있었다. 익명의 〈전우치전〉이 그를 반증하고 있다.

16) 그간 고전소설을 지은 작가로 생몰연대가 알려진 인물을 시대순으로 들어보면 다음과

지명작가의 작품은 작자의 세계관이나 이념이 잘 반영되어 있다. 소설이 작자와 세계가 호응하는 과정을, 그것도 투쟁적인 대립을 주요하게 다루기 때문에 개인의 사정이 잘 반영될 수밖에 없었다. 현실에서 배척되어 고통스러운 생을 살았던 김시습, 제도적인 문제에 민감하게 반응했던 허균, 사상적인 다양성을 견지하며 문화예술을 인식했던 김만중, 하층민의 진솔한 삶에 큰 반응을 보였던 박지원 등을 보면 모두 사회에 대한 예리한 관찰과 고민이 반영되었음을 알 수 있다. 지식인 개인의 이념과 가치관이 소설 속에 그만큼 잘 용해되어 있음을 알 수 있다. 집단의 의식이나 이념보다는 개인의 냉철한 관심사가 더 의미 있게 형상화된 것이다. 이것은 정도의 차이는 있지만 그 방계의 작품 또한 흡사하다. 지식인의 고민과 번뇌가 고도의 사고과정을 통해 서사된 것이 소설이기에 그것은 당연한 일이라 하겠다. 그래서 지명작가의 작품은 익명작가의 작품에서보다 더 예각화된 주제를 다루게 된다.

2) 익명작가의 작품

앞에서 지명작가를 제시하고 그들의 작품성향을 대략적으로 살펴보았다. 그 이외의 작품은 모두 익명으로 보아야 하겠다. 고전소설의 작가가 익명으로 전한다고 해서 작가가 없는 것은 아니다. 잘 아는 것처럼 소설은 고도로 구조화된 문학장르이다. 소설이 서사문학사에서 마지막을 장식하는 이유이기도 하다. 신화시대를 지나 전설·민담시대를 거쳐

같다. 김시습, 채수, 심의, 신광한, 임제, 조위한, 권필, 허균, 정태제, 김만중, 조성기, 홍세태, 박지원, 김소행, 이이순, 목태림, 정기화, 서유영, 남영로, 심능숙, 정태운 등이 대표적이다.

마침내 소설시대로 이어진 것이다. 신화는 상층의 지배층이 자신들의 우월성을 드러내기 위하여 전문적으로 형상화한 것이고, 전설은 합리적인 측면에서 특별한 행적을 고취·선양한 것이며, 민담이 민중적인 이상과 동경을 한껏 부각한 것이라면, 소설은 집단성에서 벗어나 개인적인 취향을 예리하게 구조화한 장르이다. 지식층에서 사회문제를 관찰하고 자신의 의도를 기존의 서사와는 다른 방법으로 그려낸 것이라 하겠다. 하지만 문식력이 없는 계층에서도 소설의 창작에 일조했음은 물론이다. 대표적인 것이 구비전승되면서 서사성을 구축한 판소리계 소설이 해당될 수 있다. 이런 점을 전제하고 익명작가를 신분에 따라 살펴보도록 한다.

첫 번째로 중인 이하의 신분으로 문맹층과 식자층을 들 수 있다. 먼저 문맹층에 해당하는 작가로는 대체로 판소리 창자가 해당될 수 있다. 판소리는 구비문학으로 전승되었지만 창자가 음악과 사설을 고도로 정비하여 문예성이 돋보이게 되었다. 특히 고도화된 사설은 그대로가 소설적 구조를 완비하게 된다. 고전소설과 긴밀한 관계를 가지며 유통되어 그러한 구조를 구비했거나, 창자가 연창하면서 가다듬어 그러한 구조를 갖출 수도 있었다. 어느 경우든 창자는 구비전승물을 연행하면서도 기록문학인 소설의 창작에 일조한 것만은 틀림없다. 실제로 이들은 도제식으로 사설을 익히고, 거기에 자신의 장처를 첨가하여 창본을 만들었다. 그러한 과정을 개작으로 볼 수 있기에 이들이 판소리계 소설의 형성에 일익을 담당한 것만은 틀림이 없다.

다음으로 중인 이하에서 식자층으로 활약한 인물을 짐작할 수 있다. 판소리에서의 신재효처럼 작가적인 역할을 수행한 인물을 상정할 수 있다. 적어도 국문 정도를 익히고 판소리계 소설과 같이 설화에 연원을 둔 작품을 연역하는 것은 얼마든지 가능했기 때문이다. 특히 판소리와 같이 뛰어난 이야기를 문식이 뛰어난 중인층에서 기록·정착시키는 일은 얼마든지 가능했다.[17] 실제로 중인 중에는 뛰어난 문식력으로 문학계에 영향을 끼치는 일이 많았다. 이러한 부류의 인물이 고전소설의 제작·향유에 가담하며 비판적인 시각을 드러냈으리라 본다. 다만 자신들이 제작한 작품의 내용이나 사회의 분위기상 이름을 드러내지 않았을 따름이다.

두 번째로 양반의 신분으로 무산계급과 유산계급을 들 수 있다. 먼저 양반의 신분이면서 무산계급을 들 수 있다. 이른바 몰락양반이 이에 해당된다. 18세기에 들어오면 소설이 대중적으로 큰 인기를 얻는다. 소설이 경제상품·문화상품으로 각광받게 되자 창작과 유통도 크게 활성화된다.[18] 고전소설이 판본으로 간행되거나 세책업이 인기를 얻게 된 것도 그 때문이다. 이러한 상황에 부응하여 작품을 양산하는 부류, 즉 전문적인 작가층이 나타날 수 있었다. 문제는 고전소설의 향유층 대부분이 문맹이라서 기록문학인 소설을 제작·유통시키는 데는 한계가 있었다는 점이다. 하층민은 소설을 수용하고 재연역하는 정도의 임무를 수행할 수는 있어도 그들이 주도적으로 소설을 창작·전승하는 데는 어려움이 따랐다. 적어도 지식층에서 상하층의 문제의식을 문식을 가미하여 형상화해야만 했기 때문이다. 그렇게 보면 상당수의 작자가 상층의 신분이면서 식자층이라 할 수 있다. 이들이 생업을 위해 당시에 인기가 많던 소설을 필사하기도 하고, 새로운 소설을 창작하기도 했으리라 본다. 고

---

17) 이상택 외, 앞의 책, 98쪽.
18) 김진영, 「고전소설의 문화적 전통과 계승 방안」, 『한국언어문학』 56, 한국언어문학회, 2006, 93-124쪽.

전소설이 유형별로 작품의 형상화 방식이 유사한 것도 그러한 배경 때문이다. 즉 가정소설·영웅소설 등이 그만그만한 구조에다 동일한 주제를 형상화한 것도 직업적인 전문작가가 양산한 때문이라 하겠다.

다음으로 양반의 신분으로 유산계층을 들 수 있다. 고전소설 중에서 양반사대부, 그중에서도 가문의 명예를 강조한 일군의 작품이 있다. 이른바 대장편소설이 이에 해당된다. 이들은 벌열가문의 다단한 문제를 다루되 결국은 주인공이 입신양명하여 효와 충을 구현하도록 하였다. 다시 말해 당시의 벌열집안에서 구가할 수 있는 제반 내용을 소설에 수렴해 놓은 것이라 하겠다. 그래서 이러한 작품을 창작하는 것은 큰 문제로 인식되지 않아 상층의 양반사대부 계층에서 작자로 왕왕 활동하기도 하였다.[19] 이들은 소설의 창작을 통해 경제적인 이익을 얻을 수도 있었지만, 자신들의 문예능력을 구현하는 방편으로 삼는 것이 더 일반적이었다. 명망가 집안의 아녀자가 대장편소설을 창작하여 스스로의 능력을 부각하고자 한 것을 보면[20] 이들 소설은 최상층의 창작과 수용이 빚어낸 결과물이라 할 만하다.

고전소설은 이처럼 여러 부류의 계층이 가담하여 창작하였을 것으로 보인다. 대체로 신분의 고하를 막론하고 중요한 것이 식자능력이라 할 수 있다. 다만 판소리의 경우 창자가 고도화된 예능인으로 사설을 가다듬어 기록문학과 다를 바 없게 되었다. 그래서 판소리 창자는 식자능력과 무관하게 고전소설의 작가로 일익을 담당한 것으로 보인다. 고전소설의 익명작가가 이러하기 때문에 형상화된 작품도 유사성을 보일 수밖에 없었다. 형상화된 주제가 공동체의 관심사를 두루 담은

---

19) 이상택 외, 앞의 책, 99-102쪽.
20) 이상택 외, 앞의 책, 102쪽.

것도 그러한 사정 때문이다. 그러한 사정은 지명작가의 작품과 비교하면 쉽게 확인할 수 있다.

4. 익명성과 문예적 대응

작자의 익명성은 우리 고전소설의 주요한 특성으로, 소설의 유통에 큰 영향을 끼쳤다. 기록문학인 소설을 마치 구비문학처럼 유통되도록 한 원천도 알고 보면 주인 없는 작품, 더 나아가 공동체의 작품이라는 기저의식 때문이다. 그로 인해 향유층에서 소설을 일신하는 일도 가능할 수 있었다. 마치 릴레이소설처럼 수용과 개작을 반복하여 개인작의 예봉은 사라지고 공동작의 무난함이 부각되었다. 실제로 고전소설은 익명성으로 인하여 향유층의 문예적 대응이 수월할 수 있었다. 주인이 없는 작품이라는 생각에, 더 나아가 공동체의 소유물이라는 생각에 부담 없이 변용할 수 있었고, 그러한 변용이 다양한 이본을 산출하는 동인이 되기도 했다.[21] 수용층이 자신의 가치관에 맞게 내용을 변개하거나 새로운 화소의 참가와 잉여화소의 삭제 등을 수행하며 이른바 준작가로 활약한 것이다. 이를 몇 가지 절로 나누어 상론하도록 하겠다.

1) 독자의 작자화

소설은 구비문학의 한계를 극복하고 문식이 가미되면서 창안된 문

---

21) 김진영, 「水山의 〈廣寒樓記〉를 통해 본 知識層의 小說論」, 『어문연구』 42, 어문연구학회, 2003, 59~87쪽.

예장르이다. 그래서 지식층의 소산이면서 기록문학의 특성을 갖게 되었다. 특히 작자의 경우 당시 사회에 대해 어떠한 측면에서든 문제의식이 충만했던 인물이었다.[22] 그들에 의해 고도화된 구조에 문식이 가미된 소설이 창작될 수 있었다. 이것이 소설이 설화와 변별되는 요소이기도 하다.

문제는 고전소설의 경우 그러한 작가로 확인되는 작품이 일부에 지나지 않는다는 점이다. 실명작가로 거론되는 인물이 20여 명에 지나지 않기 때문에 대부분의 고전소설은 설화에서와 마찬가지로 공동의 문화자산처럼 취급되었다. 그래서 독자층이 기존의 작품에 자신의 의견을 덧보태는 것은 아주 자연스러웠다. 그러한 방법이 크게 두 가지 측면에서 나타났다. 하나는 한문이건 국문이건 간에 문자해독력이 있는 사람이 기존의 작품에 가필하는 것이고, 다른 하나는 문맹계층에서 개작의식을 발현한 것이다.

첫째, 독자층의 작자화 경향이다. 이는 다시 개인적인 문예의식에 따라 변개한 부류와 상업적인 목적의식을 가지고 개작한 부류로 나눌 수 있다. 전자의 경우 주로 필사의 형태로 나타났다. 가장 일반적이고 원형적인 변개의 유형이라 할 만하다. 더욱이 여러 사람이 지속적으로 변개에 개입하여 이른바 소설의 공동문화화에 크게 기여한다. 이들은 고전소설을 필사하면서 의도적으로 내용을 새롭게 변용하였다. 무의식적인 변화의 경우 지엽적이라서 큰 문제가 되지 않지만 적어도 의도적으로 변화를 준 것은 새로운 이화(異話)로 주목할 만하다. 의도적인 개변에서는 제목의 조정은 물론이고 내용을 첨삭하거나 구조를 새롭게 짜거

---

22) 이것은 김시습, 허균, 김만중, 박지원 등 고전소설의 주요 작가를 통해 족히 짐작할 수 있다.

나 순서를 역전하는 등의 변화가 나타난다. 사회통념상 받아들여질 만한 내용이라면 부담 없이 변용한 것으로 볼 수 있다. 필사자가 필사본에 변화를 주거나 이화를 만들어내면서 준작가로 활약할 수 있었다. 다음과 같은 내용이 필사자가 소설을 재창작했던 사정을 짐작케 한다.

> 본치 전호는 홍빅젼이니 계당 주닌이 언셔로 번역홀시 젼혀 계상셔 순부닌 셜부닌 삼졀식의 스젹을 긔록ᄒ민고로 젼호을 고쳐 낙양삼졀녹이다ᄒ노라(〈낙양삼졀록〉, 《나손본필사본고소설자료총서6》, 보경문화사, 1991, 753쪽)

위의 내용은 〈홍백전〉이라는 작품을 읽은 후 부인들의 사적을 중시하여 새롭게 고쳐 필사하고 제목 또한 〈낙양삼절록〉으로 고쳤다. 부인들의 행실이 잘 부각되도록 제명을 정함은 물론 그에 맞게 내용도 고쳤음을 짐작할 수 있다.

> 밀셩 후인 박경희 한묵을 희롱ᄒᆞ여 스젹과 ᄌᆞ최롤 후셰의 오리 젼코져ᄒᆞ미러니 붕우 중 츙원의 후인 지득한이 유젼ᄒᆞ여 드롤 말과 경희록과 모든 글을 수습ᄒᆞ여 셩편ᄒᆞ노니 후인은 젹실ᄒᆞ믈 알지어다(〈남졍팔난기〉, 《한글필사본고소설자료총서6》, 오성사, 1986, 180-1816쪽)

위의 인용문은 〈남정팔난기〉의 필사배경을 비교적 정확하게 알 수 있다. 밀양박씨의 후인인 박경희의 사적을 전하는 말과 글을 수습해 책을 이루었다고 했다. 이는 기왕의 소설을 개변하는 것을 넘어 재창작한 수준이라 할 만하다. 적어도 전하던 사적을 바탕으로 대대적인 개변이 이루어졌기 때문이다. 이 정도라면 준작가의 면모를 보이는 바라 하겠다.

다음으로 상업적인 목적에서 소설을 개변하기도 하였다. 고전소설은 작자의 익명성 때문에 출판업자가 간행을 통하여 이익을 도모하는 데 주저할 이유가 없었다. 더욱이 이익을 극대화하기 위해서는 작품내용에 변화를 주는 것도 마다하지 않았다. 다음과 같은 기록을 통해 활자본의 유통에서 소설을 개작했던 사정을 짐작할 수 있다.

> 일찍이 들으니 중주의 학구들이 모여서 이야기를 하다가 문득 술과 고기 생각이 났다. 그들 중 한 사람은 이야기 줄거리를 부르고 다른 한 사람은 그것을 받아쓰고 몇 사람은 판각을 하여 두 세 편의 소설을 지어 서사에 팔아 고기를 마련하여 먹고 마시면서 놀았다고 한다(李德懋, 『靑莊館全書』 上 「嬰處雜稿」)

위의 인용문은 학생들이 소설을 제작하는 과정을 말하고 있다. 소설을 구연하고, 필사하고, 판각하고, 서사에 판매하는 과정을 말하고 있다. 말하고 쓰는 것이야 쉽지만 판각은 그렇게 간단하지만은 않다. 전체적으로 소설을 간행하기까지의 과정을 말한 것으로 보아야 하겠다. 여기에서 주목되는 것이 바로 구연하고 받아썼다는 내용이다. 소설은 구연하고 받아쓸 정도로 단순한 문예양식이 아니다. 그럼에도 그렇게 할 수 있었던 것은 기존의 작품을 새롭게 개작하거나 이미 있는 작품을 판각하기에 용이하도록 필사한 것으로 보아야 하겠다. 아무 것도 없는 것에서 새로운 작품을 제작한 것이기보다는 이미 있었던 작품을 재가 공한 것으로 보아야 하겠다. 그것도 판본을 전제했다는 점에서 상업적인 이윤을 염두에 둔 것이라 하겠다. 이러한 방법을 통해 고전소설은 개인작에서 볼 수 없는 공동의 관심사를 담는 그릇이 되었다.

둘째, 청자층의 작가화이다. 고전소설이 대중적인 인기를 얻자 상하층을 막론하고 향유하게 된다. 문제는 대다수의 수용층이 글을 해독할 수 없었다는 점이다. 그럼에도 불구하고 이들 또한 소설을 감상하는 데 어려움이 없었다. 그것은 소설을 읽어주는 사람들이 있어 가능할 수 있었다. 그런데 이들에 의해서도 소설의 내용이 지속적으로 변해왔음은 물론이다.

먼저 청자들의 기호에 따라 소설이 변할 수 있었다. 상황에 따라, 시대에 따라 수용층의 문예욕이 변할 수 있었고, 소설은 그들의 요구에 맞게 탄력적으로 변용해야만 했다. 이 또한 작품의 익명성 때문에 가능한 일이라 하겠다. 실제로 수용층의 요구가 무엇인가에 따라 작자나 구연 및 필사자의 제작방향이 설정되기 마련이다. 요구에 부응하는 작품을 짓거나 유통시켜야만 목적한 바를 달성할 수 있었기 때문이다. 그래서 단순한 청자일지라도 자신들의 관심을 표명하거나 특정한 내용에 반응하는 것만으로도 소설의 개변을 촉발할 수 있었다. 이는 고전소설 개변에 소극적으로 개입한 것이라 할 수 있다.

다음으로 구연자들의 연행을 통해 소설이 변용될 수 있었다. 고전소설을 낭송하는 전문가들을 전기수라고 한다. 이들은 고전소설의 유통에서 일익을 담당하였다. 기록문학인 소설을 구연하여 수용층을 확대하는 데 일조했기 때문이다. 전기수는 원래 기록된 텍스트를 읽는 것이 본질이다. 하지만 소설을 보고 읽는 단조로운 연행을 통해서는 현장적인 흥미가 증폭될 수 없다. 눈으로 짚어가며 읽으면 청중들과 호응하지 못해 단조롭거나 따분한 연행이 될 공산이 크다. 이를 극복하기 위해서 나타난 것이 암송구연이다.[23] 암송구연을 통해 소설 전체를 연행하는 것이다. 단편적인 설화를 구연하는 것과는 달리 복잡한 소설을 구연하여 많은 사람들이 크게 호응했다. 암송구연이기 때문에 청중의 반응에 쉽게 대응하고 그것이 인기를 얻는 요인이었다. 그렇게 연행하는 과정에서 소설의 내용이 변하게 되었다.

> 묘중 앞에는 무뢰자며 건달이 수천이어서 시끄럽기가 시험장 같았다. 창이나 봉술을 익히거나 주먹을 단련하며 말을 타며 유희하는 흉내를 내다가도 앉아 〈수호전〉을 읽는 사람이 있으면, 여럿이 둘러 앉아 듣는데, 그는 머리를 두드리거나 코를 벌름거리는 꼴이 눈에 사람이 보이지 않는 듯했다. 대목은 와관사가 불에 타는 부분이었고, 암송하는 책은 〈서상기〉였다. 글은 한 자도 모르면서 입맛 따라 익살스럽게 잘도 읽었다. 한편 우리나라에서도 동쪽 거리의 가게 앞에서 〈임장군전〉을 구송하다가 잠시 중단하고 두 사람이 비파를 타는데 한 사람은 징소리를 내는 것과도 흡사하다(朴趾源, 《熱河日記》, 渡江錄, 關帝廟記)

위의 내용은 중국에서 〈서상기〉를 펴놓고 〈수호전〉을 구연하는 상황을 말하고 있다. 글을 전혀 모르는 사람이 마치 소설을 구연하는 것처럼 보이도록 책을 펴놓았다. 그것은 어디까지나 보이기 위한 것이고 실은 작품의 모든 내용을 외워서 연행하고 있다. 전체를 암송구연하기 때문에 그의 연기가 돋보일 수 있었다. 즉 몸짓이나 표정을 살리면서 구연을 진행하여 감상거리가 많을 수 있었다. 우리의 경우 〈임장군전〉을 구연하는 것이 그와 흡사하다고 했다. 그래서 암송구연이 우리의 소설유통에서도 유용했음을 알 수 있다. 문제는 이렇게 암송구연하는 사람들은 어렵지 않게 자신의 의견을 소설 내용에 틈입시킬 수 있었다는 점이다.

---

23) 황인덕, 「고소설(古小說) 암송구연고(暗誦口演考)」, 『인문학연구』 18(2), 충남대학교 인문과학연구소, 1991, 63-102쪽.

글을 모르기 때문에 처음에는 청자 수용층이었다가 마침내 작품을 모두 외워 연행자로 변모한 후에는 내용의 변개에도 가담한 것이다. 이들은 청중의 반응을 살피면서 첨삭을 가하여 소설의 변용에 적극적으로 가담한 작자층이라 할 만하다.

위에서 보는 바와 같이 독자수용층이건 청자수용층이건 간에 소설의 내용에 변개를 가한 것은 매 한가지이다. 이러한 과정을 통해 개인작이면서 기록문학인 소설이 공동작이면서 구연문학으로 변용될 수 있었다. 특히 누대에 걸쳐 변용되면서 민중의 관심사가 적층되어 우리만의 독특한 소설세계를 구축할 수 있었다. 향유층이 중심에 서서 소설을 수용하고 개변하는 과정에서 새로운 소설이 생기게 되었다. 작자의 익명성이 소설의 향유에서 우리만의 전통과 특징을 만들어낸 것이다.

2) 소설의 공기(公器)화

거듭 말하거니와 소설은 개인작의 기록문학이다. 비록 고전소설의 대다수가 익명으로 유통될지라도 그것의 근원에는 작자의 개입이 있었다. 그들이 기록하고 문식을 가미하여 소설이 형성될 수 있었기 때문이다. 그럼에도 불구하고 우리 고전소설의 경우 개인작으로 보기 어려운 데가 있다. 여러 가지 원인으로 소설의 작자가 이면으로 숨고 작품만이 유통되었기 때문이다. 이 작품은 더 이상 개인에 결부되지 않고 공동의 작품으로 유통되었다. 그러는 중에 소설 속에 당시의 관념이나 사상을 용해하기 시작하였다. 개인의 문제를 심각하게 형상화하기보다는 공통의 관심사를 부각하는 데 소설이 동원된 것이다. 익명성으로 너나없이 소설내용을 개변하다 보니 공통의 관심사가 주제로 형

상화된 것이다. 고전소설이 공기로 기능하게 된 것은 유교적인 이념을
담아내거나 민중의 공동관심사를 천명했기 때문이다.

먼저 유교적인 이념을 담아낸 사정을 본다. 이는 상층부의 생각을
담는 그릇으로 고전소설이 활용된 것이다. 고전소설은 일부의 작품을
제외하고는 권선징악을 주요하게 다룬다. 그 권선에 해당하는 것이 바
로 나라에 대한 충, 부모에 대한 효, 남편에 대한 열, 형제에 대한 우
애, 친구에 대한 신의 등이다. 이것을 실천하면 천행이 있어 복을 받
고, 그것을 어기면 악으로 낙인찍혀 징계를 받는다. 이러한 내용을 가
장 적절하게, 그리고 사실적으로 묘사한 장르가 고전소설이다. 소설이
교화서로서의 기능을 충실히 수행할 수 있었던 이유이기도 하다. 권도
(權道)의 방법으로나마 그러한 이념을 효율적으로 담아낸 것이다. 그러
한 측면에서 보면 고전소설은 조선후기 내내 지배이념을 담아낸 공기
역할을 담당한 것으로 볼 수 있다. 다음의 인용문을 보자.

> 이러무로 착훈 사람은 복을 밧고 악훈 사롬은 앙화를 밧으니 후인을
> 증계흐염즉 흐고 스적이 긔이흐기로 디강 긔록흐야 후세의 견흐노니 보시
> 는 이는 명심흐소셔 흐더라 희로이락을 지셩근고흡니다(〈사시남정기〉,
> 《인천대학교 민족문화연구소 구활자본고소설전집4》, 1983-1984, 76-
> 77쪽)

권선징악을 다룬 〈사씨남정기〉의 후언이다. 어느 경우를 막론하고
착한 사람에게는 복이, 악한 사람에게는 재앙이 수반된다는 교화적인
내용을 핵심으로 다루었다. 물론 이러한 내용은 다양한 교화서나 경서
에서도 강조하고 있다. 그런데 그러한 전적은 재미보다는 교훈성에 역
점을 두어 접근이 쉽지 않았다. 반면에 고전소설은 흥미를 가지고 읽

는 중에 자신도 모르는 사이에 유교적인 덕목을 익힐 수 있도록 했다.
방법에 차이가 있을지라도 당시의 핵심 이념을 익히도록 했다는 점에
서 주목할 만하다. 이는 소설의 장르적 특성을 활용하여 상하민중에게
유교이념을 전파한 것이라 하겠다. 그런 점에서 고전소설이 상층의 공
기로 활용되었음을 알 수 있다. 다음의 인용문을 보자.

> 고서에 운ᄒ엿스되 착ᄒ 나무에 착ᄒ 열미 열고 악ᄒ 나무에 악ᄒ 열미
> 열난다더니 쟝김 양인을 지목ᄒ여 말ᄒ 것 갓도다 독즈시여 김희경과 장슈
> 정의 충효절의와 여러 동렬의 화목ᄒ든 힝젹을 열심 효칙홀지어다(〈김희
> 경전〉, 《필사본고전소설전집2》, 아세아문화사, 1980-1983, 303-304쪽)

이 인용문 또한 선인선과악인악과(善因善果惡因惡果)를 전제로 김희
경과 장수정의 충의절의를 강조하였다. 충의절의를 실천하면 선이요,
그를 배격하면 악이 되는 것이다. 유교적인 관념론에 입각한 충효를
전제하고 그것을 어떠한 상황에서든 따를 것을 강조한 것이다.

유교적인 통치를 단행하면서 상하남녀의 질서를 마련하고 그것을
따를 것을 조선조 내내 강요하였다. 그러한 이념을 고전소설에서도 주
요한 내용으로 다루었다. 소설을 읽으면서 유교적인 이념을 익히도록
고려한 때문이다. 조선조 내내 그러한 교화를 내세웠기 때문에 상하층
을 막론하고 그를 추수해야 했고, 고전소설에서도 그를 전폭적으로 받
아들여 형상화한 것이다. 개인의 문제의식을 담아내는 소설이 익명성
으로 인해 누구든 자신의 의견을 피력하는 창구로 기능했고, 그러는
중에 공통의 관심사를 광범위하게 수렴하는 공기가 된 것이다. 고전소
설의 주제와 사상이 당시에 요구되는 유교적인 도덕률이나 윤리관이
중심을 이루는 것도 바로 그 때문이다.

다음으로 민중의 공동된 관심사를 담아내기도 했다. 이것은 하층부의 생각을 담는 그릇으로 고전소설이 활용되었음을 뜻한다. 고전소설의 익명화는 자연스럽게 민중문학·대중문학화 경향을 보일 수밖에 없었다. 작자가 뒤로 숨고 작품만 유통되자 하층에서도 공통의 관심사를 담게 된 것이다. 잘 아는 것처럼 이야기문학에서 소설시대라 할 수 있는 조선후기에는 상층과 하층의 갈등이 첨예하게 대립한다. 상층부에서는 자신들이 수립한 가치관대로 살 것을 강요했지만, 하층부에서는 그러한 삶에 결코 만족할 수 없었다. 그래서 자신들만이 공감하는 지향의식을 고전소설에 담게 되었다. 문제는 그러한 의식을 담더라도 겉으로 부각할 수는 없었다는 점이다. 소설일지라도 상층부를 비판하는 것이 부담이 될 수 있었기 때문이다. 그렇게 해서 작품의 이면에 자신들이 소망하는 바를 담게 되었다. 즉 상층부의 이념을 겉으로 치장하고 그 이면에 자신들의 생각을 펼쳐놓았다. 물론 익명의 작품에서 그러한 경향이 더욱 농후하다. 충효, 절의, 우애를 말하면서 실은 신분해방을 갈망하거나 제도의 모순을 비판하거나 경제적인 실용을 중시한 것이 그것이다. 이러한 내용은 비판의식이 강했던 판소리계 소설에서 잘 나타난다. 판소리계 소설 이외에 영웅소설이나 세태소설 등에서도 민중의 저항의식을 담아놓았다. 이처럼 민중의식을 담는 그릇으로 고전소설이 쓰였음을 알 수 있다.

3) 이념의 공유화

잘 아는 것처럼 소설은 현실 문제를 가장 적실하게 표출하는 문예장르이다. 주로 비판적인 안목에서 문제를 지적하며 시정을 촉구하곤 한다. 현실적으로 문제 해결이 어려우면 판타지적인 방법을 동원해서라도 대책을 강구해 왔다. 이러한 사정은 고전소설의 지명작가 작품에서 일반적이다. 그런데 익명작가의 대부분에서는 개인보다는 공동의 관심사가 주종을 이룬다. 즉 형상화된 주제가 공동체의 이념을 선양하는 데 역점을 두었다. 이른바 삼강오륜을 기치로 내세우면서 충효열을 형상화하거나 여성의 정절이나 형제간의 우애, 사회적으로는 타인과의 신의 등을 강조하고 있다. 모두 유교적인 이념을 중시한 것이다. 조선 초기부터 교화서를 펴내며 유교적인 도덕관·윤리관을 주입하기 위하여 부단히 노력한 결과 조선후기에 오면 상하를 막론하고 그것을 마땅히 추수해야 하는 것으로 여긴다. 고전소설에서도 그러한 것을 중심에 두고 작품을 형상화하였다.

한편으로는 상층의 이념을 부정하고 자신들의 처지를 헤아린 작품도 유통되었다. 즉 하층의 이념을 반영한 작품도 다양하게 유통된다. 이것은 기득권층에 대항하면서 형성된 의식을 표현한 것이라 할 수 있다. 이를 감안하여 상하층부에서 중시하는 이념의 공유화 양상을 살펴보도록 한다.

먼저 상층부에서 중시한 이념의 공유화이다. 익명소설은 대중적으로 유통되면서 공동체의 이념, 특히 상층부의 이념에 맞게 조정되는 것이 일반적이었다. 그래서 권선징악을 전제하면서 충효열과 우애 및 신의를 철칙처럼 다루었다. 특히 충효는 어느 작품을 막론하고 주요하게 다루었다. 주인공의 출세가 국가적인 충이면서 동시에 가정적인 효이기 때문이다. 그에 해당하는 주요한 작품의 후언을 보면 다음과 같다.

스룸이 셰상이 나매 노왕과 용문만 못ᄒ면 엇지 스룸이라 으리리요 위 지식층이니라 아마도 ᄆᆞᆺ진 스연을 보건더 용문젼이 ᄯᅩ 잇나보오 오셔낙 자가 만스오니 늘너 보옵(〈쇼디셩젼〉, 《한글필사본고소설자료총서26》, 오성사, 1986, 150쪽)

대져 효ᄌ의 도ㅣ 여러시라 혼졍신셩ᄒᆞ야 부모의 몸을 봉양흠은 효도의 쳐음이오 입신양명ᄒᆞ야 부모의 일흠을 낫타님은 효도의 맛침이라(〈쟝풍운 젼〉, 영창서관, 1925, 1쪽)

박씨부인의 츙절덕ᄒᆡᆼ과 재모괴계는 희한하고 셰상에 민멸키 앗갑기로 디강 긔록하노라 이 박씨젼은 조선 고래 유명한 이약이거리 책이온 바 두번 셜명할 것 업기니와 다시 이 아래 부속한 글을 보면 본대 착한 사람은 아무가론이어니와 죠금 착하지 못한 사람이라도 한번 보면 텬연한 량심이 은연중 발하야 부지 중에 현인군자가 될 터이오니 부대 이 감응편을 명심하 여 보시옵(박씨부인젼), 《필사본고전소설전집2》, 아세아문화사, 1980– 1983, 445–446쪽)

… 츙효로 웃듬을 숨으니 억지 희한치 아니ᄒᆞ리오 니러흔 사젹을 등한이 보미 올치 아니한 고로 디강 긔록ᄒᆞ야 후셰 사룸으로 ᄒᆞ여금 이를 본바다 본셩을 아뭇조록 일치 말고 오륜삼강을 본을 숨아 셰상 힝락을 누리게 젼ᄒᆞ노라 이 아리 단편소셜 륙장은 취미가 젼진이 잇사오니 이독ᄒᆞ시옵 (〈진디방젼〉, 신구서림, 1915, 45–46쪽)

위의 인용문에서 앞의 두 작품은 남성영웅소설이고, 세 번째 작품은 여성영웅소설이다. 그리고 네 번째 작품은 가정소설이다. 그런데 어느 작품을 막론하고 효와 충을 강조해 놓았다. 가정에서의 효행이 확대되 면 국가에 대한 충으로 구현되기에 이는 필연적인 현상이라 할 수 있 다. 더욱이 사람의 일대기를 중심으로, 그것도 모범적인 사람의 일대 기를 그리다 보니 가정과 사회에서 모두 훌륭해야 했고, 그것을 드러내는 방편이 가정에서의 효와 국가에서의 충이었다. 물론 그것이 당대의 가장 바람직한 이념이요, 생활윤리이기도 했다. 이러한 것은 익명 작품에서 더 보편적이다.

> 이 ᄉ적이 진실ᄒ기로 디강 긔록ᄒ노니 디져 이 사적을 보와도 암실에서 마음을 속이나 신명의 눈은 번기 갓트여 복션화음이 그림ᄌ 형상을 싸름 갓ᄒ니 엇지 두렵지 아니ᄒ리요(〈김씨열행록〉,《활자본고전소설전집2》, 아세아문화사, 1976-1977, 20쪽)
>
> 이 착 보는 ᄉᄅᆷ덜도 허낭이 아지 말고 옛 일을 싱각ᄒ야 낭ᄌ의 빙셜갓헌 졀힝을 본바다 너일갓치 알면 쳔심이 ᄌ연 감동ᄒ여 복녹이 도라올거시니 부디 예차로 보지 말고 각심ᄒ고 명심ᄒ소셔(〈슉힝낭자젼〉,《나손본필사본고소설자료총서27》, 보경문화사, 1991, 345쪽)

위의 인용문은 여성의 절행을 강조한 것이다. 조선조가 시작되면서 신유학으로 무장한 신진사대부는 여성에 대한 교육에 열의를 올렸다. 그런데 그 교육이 남녀를 종속관계로 설정하고 여성의 희생을 일방적으로 강요하는 데 그치고 말았다. 여성의 능력을 발양하는 것이 아니라 여성은 가정에, 더 나아가 남성에 예속되어야 한다고 가르쳤다. 특히 남편에 대한 절의를 두고두고 강조하여 상하층을 막론하고 그것을 소중하게 여겼다. 그리하여 다수의 고전소설에서 여성의 절행을 주제로 내세우게 된 것이다. 남존여비의 관점에서 작품을 형상화한 것이라 할 수 있는데, 그렇게 하는 것이 당시로서는 합당인 일로 인식되었다. 물론 그러한 주제도 알고 보면 공통의 관심사를 형상화한 것이다. 이념을 공급하는 도구가 바로 고전소설이었던 셈이다.

대저 녯말의 젹덕지가에 필유여경이오 젹악지가에 필유여앙이라 하니
텬하만사의 보복지리는 자연한 리치라 쳔디신명이 은연즁 소소하니 이
책 보는 쳠군자는 유의하여 볼지어다.(〈명사십리〉,《인천대학교 민족문화
연구소 구활자본고소설전집20》, 1983-1984, 94쪽)

위의 인용문은 형제간의 우의를 그린 것으로 젹덕지가(積德之家)에는
반드시 복이 따르고 그렇지 못한 집안에는 징치가 수반됨을 말한다.
〈명사십리〉는 〈금낭이산〉·〈보심록〉 등으로 불리는 작품으로 친구의
아들을 양자로 들여 정성껏 키우자, 그들이 자라서 죽음을 무릅쓰고
은혜를 갚는다는 내용이다.[24] 어떠한 상황에서도 유교적인 덕목을 실
천해야 함을 그렇게 형상화한 것이라 할 수 있다.

이상에서 보는 바와 같이 고전소설은 조선조 내내 강조했던 유교
이념, 주자학적인 질서를 선양하는 데 동원되었다. 권도일지라도 그
목적이 정당하기에 문제가 되지 않았다. 소설이 상하층을 막론하고 인
기리에 유통되자 그 속에 담긴 유교적인 이념을 모든 계층이 공유하도
록 한 것이다. 물론 그렇게 된 데에는 익명의 작품이 지속적으로 유통
되는 과정에서 공통의 관심사를 수렴했기 때문이다. 이른바 공동작의
문화가 이념을 공유하도록 이끈 것이다.

다음으로 하층민의 이념을 중시한 작품도 없지 않다. 고전소설에서
주요하게 다룬 이념은 상하를 막론하고 유교적인 덕목이 핵심이다. 하지
만 일부의 작품에서는 하층민의 의식을 비중 있게 다루기도 했다. 그것

---

24) 김진영, 「〈보심록〉의 구조적 특성과 문학적 가치」, 『한국언어문학』 65, 한국언어문학
회, 2008, 179-211쪽.
　　차충환·김진영, 「고소설 〈보심록〉 계열의 형성과정과 그 사적 의미」, 『동양학』 47,
단국대학교 동양학연구원, 2010, 49-67쪽.

도 익명의 작품이기에 효율적으로 담아낼 수 있었다. 하층민들의 이념과 의식은 제도와 신분 때문에 누적된 불만이 고착화된 것이라 하겠다. 그래서 저항의식을 기저에 깔면서 이상세계의 동경을 다룬 것이다. 현실에서 받는 질곡을 문학에서나마 통쾌하게 해소하려고 한 것이다.

이에 해당하는 고전소설은 아주 많을 수 있다. 양반사대부의 문제를 지적하고 하층민의 능력을 제고한 세태소설이나, 신분적으로 어려움에 처해 있던 하층민의 소망을 담은 서민영웅소설, 그리고 모든 면에서 열악한 위치에 있던 여성의 능력을 한껏 발양한 여성영웅소설, 하층민의 소망을 이면에서나마 심각하게 다룬 판소리계 소설 등에서 민중의 공통된 관심사를 읽어낼 수 있다. 이처럼 고전소설을 통해 상층에서부터 하층에 이르기까지 다양한 이념과 의식을 공유했음을 알 수 있다. 그렇게 될 수 있었던 핵심 동인 중의 하나가 바로 작가의 익명성이다. 작자의 개성화가 부각되지 못하고 공통의 관심사를 소설 속에 용해시켜 나타난 결과라 할 수 있다.

5. 맺음말

지금까지 고전소설 작자의 익명성과 향유층의 문예적 대응에 대하여 살펴보았다. 먼저 익명성이 나타난 동인을 간단하게 살피고, 다음으로 익명성의 실태를 정리하였다. 이를 바탕으로 익명성에 따른 문예적 대응을 살펴보았다. 이상의 논의를 정리하면 다음과 같다.

첫째, 익명성의 동인이다. 고전소설은 지명작가의 작품이 얼마 되지 않는다. 다수가 익명작가로 유통되었기 때문이다. 그러한 동인은 다양할 수 있지만 그 근저에는 신분제와 주자학적인 이념이 자리하고 있다. 먼저 신분으로 보았을 때 식자능력을 갖춘 양반, 특히 몰락양반이 소설의 작자로 크게 활약했을 것으로 보인다. 문제는 양반의 체면상 패사소품류에 지나지 않는 소설의 작자라고 자신을 드러낼 수 없었다는 점이다. 문식력이 있는 중인 이하 계층에서도 자신들의 작품을 익명 처리했음은 물론이다. 다음으로 주자학적인 이념 때문에 익명작가가 양산될 수 있었다. 주자학의 이념에서 보면 경사가 아닌 학문은 잡기로 보아 배척해 왔다. 더욱이 소설은 경전의 도덕성이나 역사의 사실성에 위배되어 척결의 대상이었다. 이러한 사회통념이 있었기에 익명작품이 양산될 수 있었다.

둘째, 익명성의 실태이다. 고전소설의 지명작가는 20여 명에 지나지 않는다. 천여 편을 헤아리는 작품 중에 수십 편만이 작가가 알려져 있다. 대부분의 작품은 익명작품으로 유통되었다. 그렇지만 이 익명작품도 애초에는 지식층이 가담하여 형상화한 것이다. 그러한 작가로 추정할 수 있는 인물군으로, 첫째 중인 이하의 신분으로 식자층과 문맹층을 들 수 있다. 식자층은 이른바 설화에서 기원한 작품을 기록으로 남기는 데 일조하였고, 문맹층에서는 판소리의 창자처럼 구비작품을 정제하여 기록문학으로 넘기는 데 기여한 것으로 보인다. 둘째 양반의 신분으로 무산계급과 유산계급을 들 수 있다. 무산계급은 몰락양반으로 생업을 위해 전문작가로 활약했을 것으로 보인다. 유산계층은 문예욕을 한껏 고양하는 차원에서 작자로 나섰을 것으로 짐작된다. 대장편소설의 작자를 통해 그러한 사정을 알 수 있다.

셋째, 익명성의 문예적 대응이다. 작자 없이 작품만 유통되다 보니 고전소설은 저작권을 주장할 사람이 없었다. 그래서 수용층은 고전소설을 개인작보다는 공동작으로 인식하게 되었고, 나아가 자신의 취향에 맞게 변개하는 것도 마다하지 않았다. 그러는 중에 독자들이 소설을 수용하는 동시에 새로운 개작자로 활약하게 된 것이다. 다수의 인물이 소설을 변개하여 자연스럽게 공동체의 이념을 담게 되었다. 소설이 공동의 관심사를 담아 유통시키는 공기로 활용된 것이다. 개인작의 날카로움보다는 공동체의 이념을 두루 수렴하여 선양하는 도구로 소설이 쓰인 것이다. 한편으로는 이념을 공유하기도 하였다. 조선조 내내 주자학적인 이념을 상하층 모두에게 강요하여 그것이 소설의 내용을 지배하게 된다. 한편으로는 상층의 기득권에 대항하는 민중의식을 담아내기도 하였다. 이것은 하층민이 이념을 공유하며 소설을 형상화한 것이라 하겠다. 고전소설은 이처럼 이념의 공유화에도 일조하였다.

〈게우사〉의 기교성과 경제담론

1. 머리말

고전소설 중 판소리계 소설은 선각적인 의식을 가진 기층민이 생산했지만 그것이 인기를 얻자 상하를 막론하고 즐겨 수용하는 장르가 되었다. 판소리계 소설은 애초부터 기득권층을 풍자·폭로할 목적 때문에 그에 필요한 서사기법이 발달하였다. 그러한 기법 중의 하나가 바로 작중극이다. 작중극은 사건을 전개하다 내부액자처럼 새로운 이야기를 직조해 보임으로써 의도한 바의 서사 효과를 강화한 장치이다. 그래서 이들 작품은 풍자와 폭로, 그리고 비판과 고발의식이 더 치밀할 수 있다.[1] 판소리에서 창을 잃은 원인을 이 작중극의 기법에서도 찾을 수 있다. 비판과 고발만 일삼는 한편으로 상층민의 기호에 영합할 유교이념이 부족하자 창자들이 그러한 작품을 기피한 것으로 볼 수 있기 때문이다.[2] 이는 역으로 풍자와 비판의 장치로 작중극이 유용했음을 의미하

---

1) 이는 고도의 서사기법을 보인 박지원의 한문단편과 비교할 만하다. 박지원의 한문단편도 다양한 기법, 특히 특정 상황을 연출하여 당시의 사회적인 문제를 고발했기 때문이다.
2) 판소리계 소설 중에서 작중극을 활용한 작품은 모두 넷이다. 〈무숙이타령〉·〈배비장전〉·〈강릉매화타령〉·〈가신선타령〉 등이 그것이다. 이들 모두 실창되었는데 그 원인 중의 하나가 바로 일방적으로 풍자·폭로한 작중극이라 하겠다.

는 것이기도 하다. 따라서 이에 대한 논의를 밀도 있게 살피면 다양한
관점에서 그 의미를 찾을 수 있으리라 본다. 본고에서는 그러한 작중극
의 서사기법을 〈게우사〉를 중심으로 살펴보고자 한다.

〈게우사〉는 유산계층이 야기하는 문제를 극단적으로 풍자·고발한
작품이다. 자본이 중시되는 사회가 되자 빈부 격차는 물론이고, 유산
계층의 부도덕성과 몰지각한 행태가 사회문제로 대두되기 시작한다.
그러한 문제에 대해 비판을 넘어 시정을 촉구하는 데까지 나아간 것이
〈게우사〉이다. 이 작품에서는 문제를 진단하고 그것을 시정하는 전
과정을 효과적으로 보이기 위해 작중극을 활용하고 있다.

그간 〈게우사〉에 대해서는 그 형성[3] 및 사설 정착 과정에서부터 풍
자의식과 문학사에[4] 이르기까지 다양하게 논의되어 왔다.[5] 그러한 논
의에도 불구하고 이 작품의 풍자의식이나 주제구현에서 중요한 작중
극을 밀도 있게 살피지는 못했다. 일부의 경우 서사기법의 장치로 접
근하여 주목할 만한 시각을 보였지만,[6] 이 작품만을 대상으로 주밀하
게 살피지는 않았다. 이제 이 작품의 서사적인 특징을 올바로 이해하

---

3) 김헌선, 「〈무숙이타령〉과 〈강릉매화타령〉형성 소고」, 『경기교육논총』 3, 경기대학교
   교육대학원, 1993, 5-21쪽.
   최원오, 「〈무숙이타령〉의 형성에 대한 고찰」, 『판소리연구』 5, 판소리학회, 1994,
   299-322쪽.
4) 김종철, 「〈무숙이타령〉 연구」, 『한국학보』 18-3, 일지사, 1992, 62-101쪽.
   인권환, 「실전 판소리 사설 연구 - 〈강릉매화타령〉, 〈무숙이타령〉, 〈옹고집타령〉을
   중심으로」, 『동양학』 26-1, 단국대학교 동양학연구원, 1996, 69-108쪽.
5) 이수정, 「〈이춘풍전〉 연구 - 〈게우사〉와의 대비를 중심으로」, 성균관대학교 대학원
   석사학위논문, 1999.
   배선희, 「〈게우사〉와 〈이춘풍전〉 대비 연구」, 신라대학교 대학원 석사논문, 2002.
6) 송주희, 「고전소설에 나타난 속이기의 서사기법적 연구」, 충남대학교 대학원 석사학위
   논문, 2008.

기 위한 방편으로 작중극의 양상이나 기능 등을 종합적으로 살펴보고
자 한다. 그러한 논의가 효과적으로 진행되면 작중극이 갖는 의미를
서사기법이나 주제구현의 측면에서 확인할 수 있으리라 본다.

2. 작중극 기법의 형성 배경

작중극은 아주 다양한 고전소설 작품에서 활용되어 왔다. 물론 고전
소설의 서사기법이 완숙되면서 작중극의 활용이 보편화된다. 그것은
고전소설이 발달하면서 특정 상황을 연출하거나 묘사할 필요성이 생
겼기 때문이다. 작중극은 대체로 특정 인물이나 집단이 또 다른 특정
인물을 속이는 형태로 나타난다. 초기소설인 단편 전기에서는 확인되
지 않던 방법이 김만중의 〈구운몽〉과 〈사씨남정기〉에 와서 사건전개
의 묘미를 더하는 장치로 애용되었다. 그러던 것이 후대의 소설에서
그 목적에 따라 다양하게 활용하였다. 이 작중극은 소설 기법의 고도
화로 나타난 이래 조선 말기의 작품에 이르기까지 지속된다. 그만큼
작중극이 서사기법으로 유용한 면이 있었던 셈이다. 이제 〈계우사〉를
중심에 두고 활용 배경을 문학적인 측면과 사회경제적인 측면으로 나
누어 살피도록 한다.

첫째, 문학적인 측면에서의 활용 배경이다. 고전소설은 다양한 유형
의 작품에서 작중극을 활용해 왔다. 작중극이 모함과 흥취, 은닉과 풍자
를 강화하는 수단으로 활용되어[7] 가능한 일이다. 작중극을 주요하게
활용한 고전소설 유형은 가정소설을 중심으로, 장편몽유소설, 여성영

---

7) 김진영, 『고전소설과 예술』, 도서출판 박이정, 1999.

웅소설, 풍자소설, 판소리계 소설 등을 들 수 있다. 가정소설의 경우 작중극을 활용한 작품으로 〈사씨남정기〉·〈창선감의록〉·〈장화홍련전〉·〈김인향전〉 등을 들 수 있다. 이들은 주로 처첩 또는 후처와 전처 자식 사이에서 벌어지는 모함의 장치로 작중극을 활용하였다.[8) 대체로 후처와 첩이 처와 전처 자식을 모함하는 수단으로 모해극을 펼치곤 하였다. 장편몽유소설의 경우 작중극을 활용한 작품으로 〈구운몽〉·〈옥루몽〉·〈옥선몽〉·〈옥린몽〉 등을 들 수 있다. 이들 작품에서 쓰인 작중극은 다소의 차이가 있는데 가족구성원의 화합을 강조하면서 이상세계를 구현한 〈구운몽〉의 경우 부귀영화를 강화하는 수단, 즉 즐김의 장치로 작중극이 활용된 반면에,[9) 후기 장편몽유소설의 경우 〈구운몽〉의 기법을 계승하는 한편으로 등장인물 간의 갈등을 첨예하게 다루는 수단으로 작중극을 쓰고 있다. 이는 특정인물을 모해하는 가정소설의 기법을 준용한 것이기도 하다.[10) 여성영웅소설에서 작중극을 활용한 작품은 〈정수정전〉·〈이대봉전〉·〈홍계월전〉 등을 들 수 있다. 이들 작품에 나타난 작중극의 특징은 자신을 속이는 것이라 할 수 있다.[11) 여성이 사회에 진출

---

8) 속임수를 통해 자신의 이익을 도모한다는 점에서 트릭스터담과 흡사하다. 석탈해가 호공의 집터를 빼앗는 것이 서사기법적인 면에서 주목된다. 이는 구비문학에서 일찍이 작중극의 서사기법이 있었음을 의미하는 것이다. 그러한 것을 고전소설에서 서사기법의 다양화와 서사역량의 고도화를 위해 차용된 것이라 하겠다.

9) 최수현, 「〈명주기봉〉의 유희적 속이기의 특징과 기능」, 『고전문학연구』 45, 한국고전문학회, 2014, 85-130쪽.

10) 후기에 나타난 장편몽유소설의 경우 작중극을 기준으로 볼 때 〈구운몽〉의 장치를 계승하는 한편으로 〈사씨남정기〉와 같은 가정소설의 모해극적인 작중극도 적극적으로 활용하였다. 후기의 장편몽유소설이 욕망의 성취나 이념의 관철보다는 인물간의 갈등을 증폭하는 과정에서 작중극이 필요했기 때문이다.

11) 장시광, 「여성영웅소설에 나타난 여화위남(女化爲男)의 의미」, 『한국고전여성문학연구』 2, 한국고전여성문학회, 2001, 301-338쪽.

하여 활동하는 것이 불가했기에 남장하여 활동하는 전체가 작중극과 흡사해졌다. 풍자소설의 경우 〈이춘풍전〉·〈오유란전〉 등을 들 수 있다. 이들 중 〈이춘풍전〉은 판소리계 소설로 논의되기도 한다. 이들에 내재된 작중극은 위선적인 인물을 폭로하는 장치로 쓰인다. 판소리계 소설의 경우 〈배비장전〉·〈강릉매화타령〉·〈게우사〉 등을 들 수 있다. 이곳에서 활용된 작중극은 위선적이거나 방탕한 생활을 일삼는 인물을 풍자·비판하기 위한 장치라 하겠다.

이상에서 보는 바와 같이 작중극 기법이 두루 쓰이는 것은 극적 상황을 조성하여 작자가 의도한 바를 더 적극적이면서도 극단적으로 보이기 위해서이다. 이는 인물의 형상화에도 도움이 될 뿐만 아니라 긴장된 사건을 조성하는 데도 유용하여 문예미를 높이는 장치이기도 했다.[12] 실제로 작중극을 활용하면 독자들의 반향도 남다를 수 있다. 평면적인 수용보다는 입체적인 극적 상황이 미감을 증폭하는 요소로 작용하기 때문이다. 작중극이 통공시적으로 애용된 이유도 여기에서 찾을 수 있다. 다만 작중극이 서사의 인자로 활용되는 것을 넘어 서사 자체로 활용된 것은 조선 말기의 작품에서 나타나는 특성이다. 이것은 작중극의 서사기법이 작품의 형상화나 수용미학의 측면에서 그만큼 유용하여 가능했던 것이다. 더욱이 상층의 문제점을 고발·폭로하고자 했던 판소리계 소설에서는 그러한 서사기법이 더 요구될 수 있었다. 〈게우사〉에서 작중극이 활용된 것도 그러한 사정과 무관하지 않다.

둘째, 사회경제적인 측면에서의 활용 배경이다. 판소리계 소설 중 작중극을 활용한 작품은 〈배비장전〉·〈강릉매화타령〉·〈게우사〉이다.[13]

---

12) 송주희, 「고전소설에 나타난 속이기의 서사기법적 연구」, 충남대학교 대학원 석사학위 논문, 2008.

이들 중 상위층의 위선이나 일탈적인 행태를 비판한 것이 〈배비장전〉
과 〈강릉매화타령〉이다. 반면에 〈게우사〉만은 신분보다는 계층의 문
제를 폭로·고발하는 장치로 작중극을 활용하고 있다. 중세적인 이념을
중심에 두고 작중극을 조성했던 기존의 작품과 변별되는 양상을 보이는
바라 하겠다. 이것은 당시의 사회경제적인 요인과 무관하지 않다.

  판소리계 소설이 성행했던 당시의 사회는 자본을 중심으로 재편되
기 시작한다. 유교적인 이념에 따르면 인본을 강조하는 것이 마땅하지
만 이제 그것보다는 자본이 삶을 좌우하는 시대로 선회한다. 신분에서
오는 차등을 자본으로 어느 정도 극복할 수 있게 된 것이다. 조선 말기
쯤 오면 그러한 사정이 더 하여 이제 신분을 내세우며 사회적인 우위를
주장하기 어렵게 된다. 반면에 경제적인 우위를 내세우며 기득권을 주
장하기도 한다. 신분이 낮아도 경제력을 바탕으로 사회적인 영향력을
확대한 것이다. 신분에서 오는 열등감을 경제력으로 회복하면서 그들
또한 기득권층을 형성한다. 이른바 유산계층으로 부각되면서 금권을
바탕으로 사회적인 우위를 점령한다. 그러는 중에 부정적인 문제가 도
처에서 야기된다. 중세적인 도덕관념을 부정하는 것은 기본이고, 실용
성을 강조했던 당시의 사회에서도 용인하기 어려운 일이 빈발하게 된
다. 특히 거부로 불리는 유산계층에서는 자신들의 자본력만을 믿고 방
탕한 생활을 일삼아 상하신분을 막론하고 그들을 비판하고 나섰다. 자
본을 중심에 두고 생활하다 보니, 공동체의 이념이나 윤리기강이 헤이
해지는 문제가 발생할 수 있었기 때문이다. 그러한 사회 문제를 포착
하여 작품으로 형상화한 것이 바로 〈게우사〉이다. 문제에 대한 효과적

---

13) 내용이 전하지 않는 〈가신선타령〉과 판소리계 소설로 운위되는 〈이춘풍전〉도 작중극
   을 활용하고 있다.

인 진단과 강한 징치, 그리고 시정을 촉구하기 위하여 강력한 표현기
법인 작중극이 필요했던 것이다.

이상에서 보듯이 서사기법의 고도화로 특정 상황을 극적으로 형상화
할 필요성에서, 그리고 경제적으로 촉발된 문제를 적극적으로 고발하
기 위하여 작중극이 요구되었다. 이 작중극이 심각한 문제를 해학적이
면서도 철저하게 표출하는 장치라서 가능한 일이었다. 이는 작중극이
작품의 형상화에서 그만큼 유효한 장치임을 반증하는 것이기도 하다.

3. 작중극 기법의 존재 양상

〈게우사〉는 〈흥부전〉·〈옹고집전〉과 마찬가지로 경제적인 문제를
중심에 두고 작품을 형상화했다. 그런데 세 작품 모두 형상화에서 독
특함을 확인할 수 있다. 현실적인 문제를 다루면서 가상의 상황을 통
해 문제의식을 더 강렬하게 드러냈기 때문이다. 그 중에서 〈게우사〉는
작중극을 서사기법으로 아주 의미 있게 활용하고 있다. 먼저 활용 양
상을 작중극 예비단계, 작중극 실행단계, 작중극 마감단계로 나누어
정리하도록 한다.

　① 작중극 예비단계
　① 나라가 태평하고 연풍(連豊)하니 온갖 탕객들이 청루고각을 찾아 풍
류를 즐긴다.
　② 장안의 중촌(中村) 갑부의 아들 김무숙은 온갖 재주를 겸비하였으되
남의 말을 듣지 않고 색주가에서 나날을 보낼 따름이다.
　③ 어진 부인이 살림을 잘하지만 김무숙은 처자식을 돌아보지 않고 기

생방을 본댁으로 여기며 지낸다.

④ 각종 벼슬아치들과 한량이 모여 상춘(賞春)하는 곳에 김무숙이 호사스러운 치장을 하고 찾아온다.

⑤ 김무숙이 통성명하고 자신이 그간 부모의 덕으로 잘 살았으니 이제 한바탕 놀이를 끝으로 정신을 차려 치산(治産)에 힘쓰겠다고 말한다.

⑥ 이에 좌중이 무슨 놀이를 할지 물으니 자신은 전국의 각처를 다 다녔고 금은보화에 의식이 충족될 뿐만 아니라 기생도 모르는 경우가 없다고 한다.

⑦ 군평이 말하길 한양의 미인은 다 아는 처지이니 화개동에 기방을 차린 평양기생 의양을 찾아가 한바탕 노는 것이 좋겠다고 하자 김무숙이 흔쾌히 동조한다.

⑧ 김무숙 무리가 의양 집을 찾아가서 그녀를 만나보니 절세미인이라서 김무숙이 그녀와 백년가약을 맺고자 하고, 모든 사람이 적극적으로 권하지만 의양이 그 뜻을 따르지 않아 파연(罷宴)한다.

⑨ 김무숙이 의양에게 간절한 마음을 담아 편지를 보내니 의양이 그 뜻을 따라 백년가약을 맺기로 다짐하고 김무숙과 함께 산다.

⑩ 김무숙이 수천 냥을 들여 의양을 속신하고 의양의 집을 매입하여 화려하게 치장한다.

⑪ 김무숙이 의양과 살면서도 여전히 탕아로서 돈 쓰기에만 전념하자 의양이 못마땅하여 무숙을 희롱하고자 호기 있게 돈 쓰는 것을 보고 싶다 하니 무숙이 유산놀음으로 10만 냥을 허비한다.

⑫ 이어진 선유놀음에서 수많은 사람을 불러 즐기느라 또 다시 수많은 돈을 허비한다.

⑬ 의양이 거친 말로 잘못을 지적하자 김무숙이 죽으면 그만이라서 부귀영화를 탐하는 것이 당연하다 하니 의양이 본처에게 속이기의 계책을 알리고 허락받는다.

② 작중극 실행단계

① 의양이 막덕이, 대전별감, 경주인 등과 모의하여 재산을 모두 팔아 김무숙이 진 빚을 갚는 데 썼다고 속여 파산토록 하고, 대전별감을 집으로 들여 외도하는 것처럼 꾸민다.

② 김무숙이 의양을 구타하니 의양이 기다렸다는 듯이 김무숙의 수염을 잡고 재산을 탕진한 것에 대해 비판하면서 기생이 마음이 바뀌는 것은 당연하다고 말한다.

③ 김무숙이 의양의 거친 언사에 탄식하다가 잘 살기를 당부하고 집을 나가버린다.

④ 집을 나온 무숙이 정처 없이 떠돌다가 본처의 집으로 가서 부인과 자식을 만난다.

⑤ 부인이 자식을 살리기 위하여 천지사방으로 구걸하여 연명하니 무숙이 참측한 마음에 품팔이를 자청한다.

⑥ 장안의 모든 허드렛일을 도맡아 처리하면서 돈을 벌지만 연명하기조차 힘들 따름이다.

⑦ 남의 가게 한 구석에 의지하여 추위에 웅크리고 잘 때 의양의 노복 막덕이가 찾아와 의양의 집으로 데려간다.

⑧ 의양이 무숙을 모른 척하다가 무숙에게 남의 술집에서 심부름을 하였으니 이제 이곳에서 중노미를 하라고 권하자 김무숙이 어쩔 수 없이 수락한다.

⑨ 상전이 된 의양이 김무숙을 하대하고 김무숙은 의양을 상전으로 모시면서 온갖 굴욕을 감내하며 심부름한다.

⑩ 마침내 의양이 함께 살기로 한 대전별감이 찾아온다며 온갖 준비를 김무숙에게 시키자 불평불만을 토로하며 따른다.

⑪ 김별감이 찾아오니 의양이 아양을 떨며 반갑게 맞이하고, 무숙이 참담함을 감추지 못할 때 의양이 목욕물을 데우라 하자 격앙된 마음이 극에 달한다.

③ 작중극 마감단계

① 의양이 그간의 행위가 모두 무숙의 개과천선을 위한 속임수임을 밝히고 잘못을 빈다.

② 의양이 자신은 무숙을 향한 일편단심뿐이라고 말하면서 새 사람이 되어 잘 살아보자고 말한다.

③ 김무숙이 그간의 상황이 어이없어 눈물만 흘릴 따름이다.

④ 김 별감이 친구로서 김무숙이 잘되기를 바란다며 의양의 깊은 뜻을 헤아리라고 권한다.

이상에서 보는 바와 같이 이 작품은 아주 독특한 기법을 보이고 있다. 현실에서는 주인공이 경제적으로 최상의 정점을 향해 내달리다가 작중극에서는 그것이 역전되어 최악의 상황으로 내몰리도록 했기 때문이다.[14] 문제적인 인물의 행태를 고발하고 시정할 목적에서 그러한 서사기법을 동원한 것이라 하겠다. 실제로 작중극의 예비단계에서는 주인공이 최상의 방탕한 생활, 즉 온갖 주색잡기와 풍류를 만끽하도록 한다. 김무숙이 보이는 행태는 예나 지금이나 문제가 됨은 물론이다. 그래서 그 문제를 시정하고자 정반대의 작중극이 설정된 것이다. 그러는 중에 다양한 풍자와 해학, 연민과 동정, 그리고 비판과 시정 등이 가능할 수 있었다. 작중극 마감단계에서는 그간 작중극을 단행한 목적을 말하고 문제 인물인 김무숙의 개오를 촉구한다. 이로 볼 때 작중극이 이 작품 형상화의 핵심 기법임을 알 수 있다. 이제 작중극의 문학적 양상을 살피도록 한다.

---

14) 판소리계 소설에서 이러한 방법을 애용해 왔다. 풍자와 비판을 효과적으로 달성하기 위한 방법이라 할 수 있다. 현실과 가상을 전도하여 보임으로써 풍자인물을 궁지로 몬 것이라 할 수 있다.

1) 작중극의 액자 구성 양상

〈게우사〉는 작중극을 중심에 두고 그 양방을 도입과 종결액자처럼
감싸고 있다. 이렇게 액자 형태로 구성하면 작자가 의도하는 바를 우
의적이지만 더 곡진하게 설파하는 장점이 있다. 그래서 서사기법으로
이러한 구조를 활용한 것이 오랜 전통이다.[15] 다만 판소리계 소설에서
의 작중극과 기존 서사에서의 작중극에는 다소간의 차이가 있다. 기존
의 귀족적 영웅소설이나 가정 및 가문소설에서의 작중극은 소재 정도
로 쓰이는 데 반해 〈게우사〉를 비롯한 판소리계 소설에서의 작중극은
서사분량이나 기능 등을 감안할 때 그 자체가 서사전개의 중심축을
이루기 때문이다. 소재적 차원의 작중극이 사건을 추동하는 요소로 기
능하여 서사 기법으로 주목되는 바가 크다.[16]

---

15) 이 작품의 액자구성은 기존의 서사에서 구사했던 방법과는 다르다 대체로 액자구조는
불경에서 비롯된 본생담이나 몽유계 서사에서 일반적인 것이었다. 본생담의 서사에서
보이는 액자는 액자내부의 인물과 외부의 인물이 동일하되 내부만이 문학적으로 형상화
되고 외부는 현실의 실제담으로 처리되는 경우가 많다. 반면에 몽유계 서사에서는 몽유
록의 경우 액자 내외부의 인물이 동일한 반면에 몽유소설에서는 내외부 액자의 인물이
다르다. 하지만 〈게우사〉와 같은 작중극의 액자구조에서는 내외부 액자의 인물이 동일
할 뿐만 아니라 서사전개의 일관성도 담보되어 있다. 그래서 서사적인 몰입도나 긴장에
서 작중극의 액자가 유용한 기교라 해도 과언이 아니다.
16) 〈게우사〉의 작중극은 판소리계 소설의 다른 작품과 변별된다. 작중극을 활용한 〈배비
장전〉·〈강릉매화타령〉·〈가신선타령〉에서는 작중극에서 대상인물을 몰래 관찰하는 이
른바 엿보기식 작중극이라 할 수 있다. 〈배비장전〉의 경우 배비장의 그릇된 행태를 조장
하면서 그것을 엿보다가 폭로하고, 〈강릉매화타령〉에서도 골생원의 매화에 대한 애착
을 조장하며 엿보다가 폭로하며, 〈가신선타령〉에서도 가신선의 가짜 신선 행위를 엿보
다가 마침내 그 위선을 드러낸다. 작중극의 인물이 자신이 원하는 바를 양껏 행사하도록
하다가 그것을 만천하에 폭로하여 창피를 주는 특징이 있다. 반면에 〈게우사〉는 옥죄기
식 작중극이라 할 수 있다. 작중극에서 김무숙의 행위가 점차적으로 축소되다가 마침내
죽음을 불사할 지경까지 몰렸을 때 속이기임을 밝힌다. 이것은 김무숙의 방탕한 생활을
정반대의 상황으로 그리기 위해 필요한 것이었다. 현실에서 김무숙의 그릇된 행태를

〈게우사〉의 액자구조를 보면 다음과 같다. 먼저 속이기 예비단계로 도입액자에 해당된다. 김무숙은 중촌(中村) 갑부의 아들로 태어나 경제적으로 충족된 삶을 산다. 그는 처자식을 아랑곳하지 않고 오로지 주색과 풍류로 나날을 보내며 재화를 탕진할 따름이다. 마지막으로 놀이판을 한 번만 더 벌이고 개오하기로 결심한다. 마지막 놀이를 위해 찾아간 곳이 평양기생 의양의 기루이다. 여기에서 김무숙은 의양의 미모에 애혹(愛惑)되어 그녀를 첩으로 들이기로 결정한다. 많은 한량들 앞에서 그것을 천명하고 의양의 의중을 묻지만 의양은 묵묵부답이다. 김무숙이 답을 듣지 못하고 집으로 돌아와 편지로써 의양에게 긍정적인 답을 얻은 후 첩으로 들인다. 문제는 의양이 첩으로 들어와 살림을 알뜰하게 꾸림에도 불구하고 김무숙은 여전히 주색잡기에만 전념한다. 의양이 그러한 김무숙의 행태가 문제임을 알고 어쩌나 보기 위해 유산놀음을 말하자 10만 냥을 들여 시행한다. 기개가 남다르다고 하자 이번에는 선유놀음으로 많은 돈을 탕진한다. 의양이 그 버릇을 고치기 위하여 작중극을 기획한다.

다음은 작중극의 실행단계로 내부액자에 해당된다. 의양은 노복 막덕이와 다방골 김선달, 대전별감과 모의하여 작중극을 기획한다. 먼저 막덕이를 시켜 집안의 재산을 모두 빼돌린 다음 돈을 마련하여 김무숙에게 전한다. 집안의 가재도구를 팔아 놀이의 밑천으로 쓰고 있음을 보이기 위한 것이다. 꾸며진 것이지만 김무숙은 그것을 사실로 인지한다. 더 나아가 이곳저곳에서 김무숙이 진 외상 술값이 있다며 받으러 오도록 한다. 김무숙은 여전히 자신이 건재함을 과시하면서 가전 세간

확대하다가 작중극에서 그것을 차단·축소함으로써 그를 외톨이로 만든 것이다. 그래서 다른 작품의 작중극과는 달리 옥죄기식의 작중극이라 할 만하다.

은 물론 자신의 의복마저 판다. 이제 막다른 길목에서 상투까지 베어서 팔아 모두 탕진되었음을 확인한다. 마침내 의양의 거친 항의에 집을 나온 김무숙이 전전하다가 본처의 집으로 찾아간다. 처자식의 처참한 사정을 헤아리고 스스로 온갖 노동으로 생계를 이어보지만 불가항력이다.[17] 술집의 심부름꾼이 되어 처참하게 생활하며 연명할 때 막덕이가 찾아와 그를 의양의 집으로 데려간다. 의양이 사뭇 안쓰러워하면서도 의연하게 그를 모른 체하다가 중노미로 살 것을 요구한다. 마지못한 김무숙이 그를 허락하고 하대 받는 처지가 된다. 의양은 더 나아가 대전별감과 연인 관계임을 밝히며 그를 불러 애정행각도 불사한다. 물론 모두 가상의 일이지만 김무숙은 극한의 질투로 분개한다. 의양이 대전별감과 함께 있으면서 김무숙을 시켜 목욕물을 데우게 한다. 김무숙이 죽음을 불사하고 두 사람을 헤치려 할 때 모든 것이 자신의 개오를 위해 꾸며진 것임을 알게 된다.

작중극의 마감단계로 종결액자에 해당된다. 김무숙이 의양과 대전별감이 함께 살기로 결정한 후 애정행각을 벌이는 것으로 착각하고 극도의 치욕과 분노를 느낀다. 그래서 그들을 헤칠 마음을 먹을 때 의양이 모든 것을 밝혀 작중극이 마감된다. 작중극이 끝나고 의양이 그간의 일이 김무숙을 개과천선케 하려는 의도였다며 용서를 빈다. 김무숙은 처참한 심경으로 눈물만 흘릴 따름이다. 이때 대전별감이 나서서 의양의 진심을 말하며 친구인 김무숙이 개오하여 잘 살기를 당부한다. 이상의 내용을 수월하게 이해할 수 있도록 도식화하면 다음과 같다.

17) 김진영, 「도시의 발달과 고전소설의 인물다변화 양상 – 연암소설을 중심으로」, 『어문연구』 76, 어문연구학회, 2013, 37–66쪽.

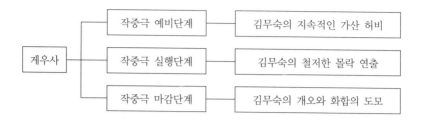

표에서 보는 것처럼 이 작품은 작중극이 중요한 요소로 내재되어 있다. 작중극으로 의도한 바의 서사전략을 구사했기 때문이다. 특히 예비단계에서 제기되었던 문제를 치료의 과정처럼 활용하는 것이 바로 실행단계이다. 그래서 마감단계에서는 화합을 지향하며 건전한 미래의 삶을 기약하게 된다. 작중극이 풍자와 비판의 목적이 있었지만 마지막 단계에서는 모든 것을 관용으로 포용하는 축제적 화합을 모색한 것이라 하겠다.

2) 내외부 액자의 단계적 대비 양상

〈게우사〉는 판소리계 소설 중에서도 〈옹고집전〉·〈흥부전〉과 같이 재화를 중심에 두고, 그것을 통해 벌어지는 천태만상을 형상화한 작품이다. 그중에서도 〈게우사〉는 재화의 허비와 탕진이 사회적으로 큰 문제임을 적시한 서사라 할 수 있다. 김무숙을 전면에 내세워 당시의 향락과 유흥문화에 빠져 지내는 유산계층의 안일한 삶을 고발한 것이라 하겠다. 문제는 충격적이면서도 극단적으로 대처하여 그러한 부정적 인물에게 강한 경계심을 심어줄 필요가 있었다는 점이다. 그렇게 해서 나타난 것이 바로 작중극이다. 이 작중극이 더 적극적인 방식으로 대상 인물을 치밀하게 공격할 수 있었기 때문이다. 〈게우사〉에서 현실의

방탕한 삶과 작중극의 비굴한 삶이 잘 대비되어 나타나는 것도 저간의
사정 때문이다. 이제 그러한 사정을 구체적으로 살피면 다음과 같다.

먼저 작중극 예비단계의 현실적인 삶을 보겠다. 이것은 도입액자에
해당하는 것으로 김무숙의 호탕한 삶, 경제적 여유 등이 한껏 확장적
으로 그려진다. 재화를 허비하는 문제가 단계적으로 확대되어 나타나
는 것이다. 각 단계를 들어보면 다음과 같다.

첫 번째 단계로 김무숙이 주색잡기로 가산을 허비하는 부분이다.
김무숙은 중인들의 마을인 중촌의 갑부 아들이다. 그래서 태어나면서
부터 부유하여 경제적으로 충족된 삶을 누렸다. 스스로 생업에 종사하
지 않아도 아무런 문제가 없기에 결혼하여 처자식이 있음에도 불구하
고 재화만을 믿고 방탕한 생활로 나날을 보낸다. 주색잡기와 온갖 풍
류로 생활하다가 더 이상 할 것이 없어 한량들이 모인 곳에서 마지막으
로 한번만 더 놀고 놀이를 그만두겠다고 다짐한다. 한양의 기생을 모
두 알기에 마지막 놀이의 장소는 평양기생 의양이 차린 기방이었다.
마침내 친구들과 야단스럽게 의양의 집을 찾아간다. 그곳에서 김무숙
이 의양을 보고는 그간의 모든 놀이가 허사였음을 인지한다. 김무숙은
의양의 미모에 반해 그간 다른 기생과 놀았던 것을 후회하면서 의양을
첩으로 들이고자 노력한다. 놀이로 가산을 허비하던 일을 그만두겠다
고 다짐했지만 의양을 보고는 마음이 바뀌었다.

두 번째 단계로 의양의 속신을 위해 가산을 허비한다. 의양을 처음
본 이후 김무숙은 그녀를 첩으로 들이기 위해 노력한다. 편지를 써서
그 뜻이 이루어지자 그녀의 집을 호사롭게 재정비하고 함께 생활한다.
문제는 의양을 속신해야 한다는 점이다. 마음이 들뜬 김무숙은 의양이
속한 기관에 속신을 위한 돈을 내면 그만인데 온갖 관청에 돈을 뿌려

속신한다. 그래서 필요한 것보다 훨씬 많은 돈을 들여 의양을 속신한다. 의양의 미모에 반해서 많은 재화를 허비해서라도 자신의 뜻을 이루려 한 것이다. 경제관념의 미비로 과소비를 넘어 가산을 탕진하는 모습을 확인할 수 있다. 더욱이 첩을 들이는 과정에서 가산을 허비하는 것이기 때문에 문제가 더 크다.

셋째, 유산놀음으로 큰돈을 허비한다. 김무숙의 낭비벽은 의양을 첩으로 들이고도 여전하다. 주색잡기에 풍류로 나날을 보내면서 재화를 허비한다. 보다 못한 의양이 무숙의 뜻을 보고자 유산놀음을 말하니 보란 듯이 10만 냥을 들여 놀이를 시행한다.

넷째, 선유놀음으로 가산을 허비한다. 의양이 희롱삼아 김무숙에게 기개가 남다르다고 말하자 연이어 선유놀음을 진행한다. 선유놀음에 온갖 배를 모아 장식하고 한강 곳곳을 유람하면서 먹고 마시며 즐긴다. 당시에 이름 있는 놀이꾼을 모두 모아 한바탕 흐드러지게 놀이판을 벌인다. 광대와 사당패를 불러 노는가 하면, 만석춤을 추기도 한다. 어부사 등의 시조를 부르거나 유명한 판소리 명창이 등장하기도 한다. 고수관, 송흥록, 모흥갑 등의 판소리 창자들이 동참하여 기교를 자랑하는 것이다. 분수를 헤아리지 않고 놀이에 빠지자 의양이 재화의 허비가 자심함을 들어 항의한다.

이상에서 보듯이 김무숙은 어떠한 기준도 없이 오로지 놀기에만 전념한다. 처자식도 필요 없고 부귀영화를 누리는 것만이 중요하다고 여긴다. 한번 늙어서 죽는 것을 그 누가 대신할 수 없기에 노는 것만이 중요하고, 그 놀이를 위해 재화가 허비되어도 신경 쓰지 않는다. 그래서 도입액자인 현실에서는 재화의 허비가 단계적으로 확대되는 양상을 보인다.

다음으로 작중극에서는 그것과 정 반대로 김무숙의 기질을 축소 지
향적으로 옥죄인다. 경제적인 기반을 점차적으로 해체하여 김무숙이
재화에 더 이상 의지할 수 없도록 만드는 것이다. 박탈을 통해 경제적
인 극빈자로 만들어 그의 행위가 현실과 대조를 이루도록 했다.

첫 번째 단계로 김무숙이 가산을 모두 탕진한다. 김무숙은 자신의
재력만을 믿고 방탕한 놀이를 일삼았다. 그래서 의양이 기획하여 그의
재화를 모두 빼돌린다. 모두 김무숙의 빚을 해결하기 위한 것으로 꾸
민다. 여기에서 더 나아가 지게꾼 백여 명을 동원하여 가전세물을 빼
돌리는가 하면, 김무숙이 입은 옷가지나 소지품까지 외상값이라며 모
두 탕진하도록 만든다. 그렇게 소중히 여기는 상투까지 잘라 처리함으
로써 김무숙을 험상궂은 몰골로 만든다. 마침내 의양이 김무숙에게 가
산탕진을 항의하자 김무숙이 잘 살기를 당부하고 집을 나간다.

두 번째 단계로 집을 나가 본처를 만난 후 온갖 잡일로 연명한다.
집을 나온 김무숙은 살길이 막막하지만 갈 곳조차 없었다. 호사스러운
삶에서 급전직하 노숙자 신세로 전락하고 말았다. 정처 없이 떠돌다가
그동안 박대하기만 했던 처와 자식을 찾아간다. 부인이 맞아들여 김무
숙의 행색을 말하며 그간의 행태를 비판한다. 자식들은 아버지를 만나
서 좋다며 따른다. 이에 그간의 잘못을 생각하며 처자식을 위해 노력
하지만 근근이 연명할 따름이다. 시장 바닥을 전전하며 온갖 허드렛일
을 도맡아 하지만 생활이 나아지지 않는다. 마침내 술집에서 심부름하
는 천한 삶을 살게 된다.

세 번째 단계로 김무숙이 의양의 집에 들어와 중노미로 생활한다.
김무숙이 남의 집에 기식하는 것을 알고 막덕이 찾아와 의양의 집으로
데려간다. 의양이 짐짓 모른 척하다가 자신의 집 중노미로 살 것을 요

구한다. 김무숙이 못마땅하지만 하는 수 없이 수락한다. 의양은 김무숙을 향해 하대하고 김무숙은 의양에게 존대하는 역전된 상황이 전개된다. 의양은 그러한 김무숙에게 온갖 심부름을 시키며 모욕감을 준다. 김무숙은 살아가기 위해 어쩔 수 없이 의양의 하인으로 행동한다. 의양의 심부름으로 친구 집을 찾아가서 치욕을 겪기도 한다.

네 번째 단계로 의양이 대전별감을 간부인 것처럼 꾸며 김무숙의 질투심을 유발한다. 김무숙은 자신의 처지를 비관하여 비상으로 죽을 마음을 먹는다. 그런 그에게 의양이 대전별감과 살림을 차리겠다며 거침없이 행동한다. 마침내 대전별감이 오자 의양이 반겨 맞으며 갖은 아양을 떤다. 미리 공모된 것이지만 그것을 알 리 없는 김무숙은 자신의 처지를 헤아리며 비관할 따름이다. 더욱이 의양이 김무숙에게 목욕물을 데우라고 하자 질투의 마음이 극에 달한다. 그래서 목욕물에 비상을 넣고 끓이면서 저주하다가 의양에게 발각된다. 의양이 지금까지의 일이 모두 김무숙의 개오를 위한 모의였음을 밝힌다.

이상에서 보는 바와 같이 이 작품은 현실에서는 끝 간 곳 모르는 방탕한 생활을 극대화하여 그리고, 작중극에서는 최저의 바닥으로 떨어뜨려 곤궁에 빠뜨린다. 최상의 삶에서 급전직하하여 최악의 삶을 살도록 기획한 것이다. 빈부의 양극단을 치닫도록 함으로써 삶의 균형감각을 일깨우고자 한 것이다. 이상의 논의를 표로 정리하면 다음과 같다.

위의 표에서 보듯이 재화만을 믿고 방탕하게 살 때는 김무숙의 호기로운 기상이 갈수록 확대된다. 생산성이 전혀 없는 주색잡기와 풍류, 그리고 첩을 들이는 데 막대한 돈을 허비하는 것이다. 그래서 김무숙은 많은 사람들에게 비판의 대상이 되었다. 그러한 문제를 해결하기 위해 정 반대의 조치를 취할 수밖에 없었다. 작중극에서 김무숙의 파탄과 몰락을 그리는 핵심적인 이유도 여기에 있다. 작중극의 상황에서 재화가 탕진되자, 다음단계로 가출과 혹독한 노동에 시달리도록 하고, 정신적인 각성을 위해 의양의 중노미로 만든다. 계급을 급격하게 떨어뜨려 정신적인 충격을 가한 것이다. 다음 단계에서는 자신의 첩마저 친구에게 빼앗겨 치욕을 넘어 분노를 유발한다. 경제에서 신분, 그리고 애정에 이르기까지 모든 것을 상실한 후 새로운 출발을 모색하도록 의도한 것이다. 그 결과 방탕한 허비도 아니고 빈궁한 굶주림도 아닌 균형 잡힌 삶을 지향하게 된다.

4. 작중극 기법의 서사적 효용

판소리계 소설은 기법 면에서 독특성을 보인다. 대중적인 연행을 전제한 서사라서 그러한 특성을 갖게 된 것으로 보인다. 한편으로는 기득권층을 풍자할 목적에서 파격적인 서사기법을 모색한 것이기도 하다. 실제로 판소리계 소설은 평면적, 일대기적인 서사에서 벗어나 사건을 집약해서 보이는 방법을 선택했다. 그러한 방법 중의 하나가 우의적인 서사기법이라 할 수 있다. 〈게우사〉를 비롯하여 〈배비장전〉·〈강릉매화타령〉·〈가신선타령〉처럼 작중극을 활용하거나 〈옹고집타령〉처럼 가짜를 내세워 진짜를 공격하도록 했다. 그런가 하면 〈토끼전〉과 〈장끼전〉처럼 동물우화로 형상화하거나, 〈변강쇠타령〉·〈흥부전〉처럼 특정한 사물이나 동물을 통해 사건의 묘미를 더하기도 한다. 이 중에서 〈게우사〉의 작중극 기법을 중심으로 서사적 효용을 타진해 보도록 한다.

첫째, 서사기법의 철저성을 들 수 있다. 〈게우사〉는 문제적인 중인(中人) 갑부의 그릇된 경제관념을 지적한 작품이다. 신분제 사회에서 계급제 사회로 넘어가면서 기존의 신분에서 오는 위선을 풍자하는 한편으로, 계급의 우위에 군림하면서 야기하는 문제를 폭로·비판할 필요성도 생겼다. 이 작품의 김무숙은 유산계층으로 사회적인 우위에 있으면서 비정상적인 행태를 연속해서 보인다. 끝없는 유락과 주색으로 재화를 허비하여 많은 사람들에게 지탄의 대상이 된다.[18] 무엇보다 재화의 중요성이 부각되던 당시에 그것을 악용하는 것을 도저히 묵과할 수 없었다. 그러한 문제를 폭로하기로 결정한 만큼 극단적이면서도 철

---

18) 박진아, 「〈게우사〉의 형성과 문학사적 위상에 관한 고찰」, 『국학연구론총』 12, 택민국학연구원, 2013, 78–101쪽.

저하게 풍자·고발할 필요가 있었다. 그렇게 해서 나타난 것이 작중극
이다. 현실적으로는 경제적인 파탄에 이르도록 할 수 없기에 가상의
상황을 만들어 치열하면서도 철저하게 응징한 것이라 하겠다.

실제로 작중극을 활용함으로써 김무숙에 대한 철저한 징치가 가능
할 수 있었다. 작중극을 실행하는 인물들은 그것이 가상임을 알기에
극단적인 방법으로 김무숙을 공격할 수 있다. 그 상황을 현실로 인식
한 김무숙의 입장에서는 철저한 파괴이기에 무서운 체험이 아닐 수
없다. 실제로 작중극을 통해 김무숙이 가진 모든 것을 완전히 파괴한
다. 그가 누리는 모든 것을 박탈함으로써 파괴의 철저성을 기하고 있
다. 먼저 그가 가진 재화를 모두 박탈한다. 재화는 그가 존재하는 원천
이기도 했다. 그것을 바탕으로 주색잡기는 물론 친구들과 빈번한 풍류
생활도 가능했기 때문이다. 그 재화를 모두 탕진토록 함으로써 기존의
삶과 철저하게 단절시킨다. 경제적으로 몰락한 김무숙을 이번에는 지
위를 끌어내려 극단의 상황으로 내몬다. 경제의 몰락이 지위의 몰락까
지 야기함을 보인 것이다. 김무숙이 집을 나왔지만 그가 할 수 있는
일은 거의 없었다. 그간에 김무숙은 소비만 일삼고 생산에 종사한 적
이 없었다. 그런 그에게 생계의 문제가 가로놓이자 어떠한 일이든 감
내해야만 했다. 그가 시장의 골목에서 닥치는 대로 막노동을 하는 이
유이기도 하다. 천민과 다름없는 임노동자로 살면서 삶을 모색하지만
감당하기 힘든 앞날만 있을 따름이다. 경제적으로 몰락하자 사회적 지
위도 보잘 것 없게 되었다. 그러한 그의 파멸은 자존감마저 버려야 하
는 형국이다. 자신의 첩인 의양의 중노미가 되어 허드렛일을 해야만
했기 때문이다. 경제력을 바탕으로 군림하던 그가 그 경제의 몰락으로
첩을 상전으로 모셔야 하는 치욕을 당한다. 경제적인 몰락이 사회적인

지위의 역전을 불러왔다.[19] 그런 상황에서 의양이 대전별감과 연인 관
계임을 드러내며 애정행각도 불사한다. 김무숙은 그 둘을 위해 목욕물
을 데워야 하는 극한의 상황으로 내몰린다. 애정의 박탈을 넘어 철저
한 배신으로 나락에 떨어진다. 그는 더 이상의 삶의 의미를 찾지 못한
다. 죽음을 각오하거나 의양을 죽이겠다고 마음먹는 이유이다. 그런데
이와 같은 징치의 철저성과 극단성은 가상의 작중극이기에 가능하다.
그러한 점에서 작중극의 서사적 효능을 확인할 수 있다.

둘째, 주제구현의 수월성을 들 수 있다. 작중극을 활용함으로써 제작
의도를 수월하게 부각할 수 있다. 이것은 주제를 분명하게 드러내는
것과도 상통한다. 이 작품의 작중극은 현실과 상반되는 상황을 연출하
고 있다. 그래서 현실과 작중극의 상황이 전도되어 나타난다. 현실에서
는 충족된 재화로 끝 간 데 없이 방탕한 생활이 이어진다면, 작중극에서
는 경제적인 몰락으로 끝없이 추락된 삶을 살아야 한다. 현실에서는
경제력을 바탕으로 호기롭게 살면서 수많은 사람들과 어울려 유락할
따름이다. 하지만 작중극에서는 경제력의 상실로 사람은 물론 신분이
나 애정까지 모두 잃게 된다. 철저하게 고립된 빈궁한 삶만이 그를 지배
할 따름이다. 이렇게 극단적인 설정은 주제구현에도 도움이 된다.

이 작품에서 의도한 주제는 과도한 재화의 낭비를 금하고 건전한
경제생활을 영위하는 것이라 할 수 있다. 가정이나 사회공동체의 일원
으로 올바른 경제관을 견지해야 한다고 보았다. 극단적인 사치와 빈궁
을 벗고 중도의 경제관을 갖는 것이 무엇보다 중요한 것으로 제시하였

---

19) 조광국, 「19세기 향락상에 대한 평천민 여성의 자의식 구현의 한 양상」-〈이춘풍전〉,
    〈무숙이타령〉, 〈삼선기〉를 중심으로」, 『한국고전여성문학연구』 1, 한국고전여성문학
    회, 2000, 213-239쪽.

다. 그런데 현실은 최고의 부귀영화를, 작중극은 최하의 궁핍을 제시하고 있다. 부유한 삶에서 느낄 수 없었던 감정을 빈궁한 외톨이가 되어 느낄 수 있도록 한 것이다. 그렇게 함으로써 김무숙의 경제관이 올바로 정립되기를 바란 것이다. 그런 점에서 이 작품은 경제적으로 문제가 많은 김무숙을 작중극이라는 극단적인 상황을 체험하도록 하여 치료한 것이라 할 수 있다. 실제로 어려운 경제상황을 겪으면서 김무숙은 자신의 생활을 반추한다. 이는 의양을 비롯한 모든 인물이 보조 연기자로 등장하여 김무숙을 치료한 것이라 하겠다.[20] 문제적인 유산계층을 고발하고 그들을 올바른 방향으로 시정하고자 했던 민중의 생각이 작중극을 통해 실현된 것이라 하겠다. 비판의 강도를 더하면서 사회적인 문제를 해결하고자 했던 의지를 작중극을 통해 수월하게 달성한 셈이다. 이는 서사역량을 높이면서 주제를 구현하는 장치로 작중극이 활용되었음을 의미한 것이기도 하다.

셋째, 수용미학의 다양성을 들 수 있다. 희곡은 현장예술을 전제한 것이다. 즉 연극으로 공연하기 위한 문학텍스트라 할 수 있다. 그를 위해서는 기획과 연출은 물론 배우가 있어야 한다. 그런데 그러한 것을 가상으로 설정하고 실행한 것이 바로 작중극이다. 등장인물들이 가장하여 특정인물을 속이면서 연극적인 상황을 조성했기 때문이다. 작중극의 대상인물은 자신도 모르는 사이에 작중극의 핵심적인 인물로 활동한다. 이렇게 하면 일대기적인 구조를 평면적으로 서술하는 고전소설의 일반적인 작법을 크게 벗어날 수 있다. 그것도 단발적으로 끝나는 소재적인 차원의 작중극을 넘어 사건이나 주제구현에 깊숙이 관

---

20) 신효경, 「판소리계 소설에 나타난 기녀의 양상과 서사적 기능」, 『어문연구』 93, 어문연구학회, 2017, 93-121쪽.

여하는 서사기법이기에 중시되는 면이 있다.

실제로 작중극을 구사하면 수용미학적인 측면에서 유용할 수 있다. 그것을 수용하는 사람들의 흥미를 높임으로써 긴장과 이완 등 감정의 기복을 강화할 수 있기 때문이다. 그래서 수용미학적인 측면에서 작중극이 진일보한 기법이라 할 수 있다. 작중극을 시행하면 가상의 상황이라는 전제 때문에 수용자들이 훨씬 더 흥미를 느낄 수 있기 때문이다. 특정인물만 상황을 모르고 나머지 모든 인물이 그를 속이는 것에서 오는 긴장이 수용자의 감정에 파장으로 남을 수 있다. 그런가 하면 인물 간의 대립과 갈등도 고취할 수 있다. 더 충격적이고 극단적인 방법으로 상대인물을 공격할 수 있기 때문이다. 모두 작중극의 꾸며진 상황이라서 가능한 일이다. 그러는 과정에 부정적 인물에 대한 철저한 징치에 환호할 수도 있다. 풍자든 고발이든 간에 문제적 인물을 통쾌하게 공격하면서 카타르시스를 맛볼 수 있도록 한다. 한편으로는 표현의 묘미도 극대화할 수 있다. 가상의 상황이지만 등장인물들이 행위와 대사를 통해 사건을 추진하기 때문이다. 자연스럽게 희곡의 기법이 동원되어 대화를 중심으로 한 표현이 풍부해져서 그에서 오는 미감도 맛볼 수 있다. 이처럼 작중극이 인물의 형상화나 인물간의 대립과 갈등을 강화하고, 사건의 극단성과 치밀성을 제고함은 물론, 표현의 묘미를 살리기도 한다. 이 모두 작중극을 활용하여 가능하였기에 작중극이 서사미학을 고양하는 인자임을 확인할 수 있다.

5. 맺음말

지금까지 〈계우사〉에 나타나는 작중극을 서사적 효용의 관점에서
살펴보았다. 먼저 작중극이 나타나게 된 배경을 살피고, 이어서 〈계우
사〉에 나타난 작중극의 양상을 제시하였다. 이를 바탕으로 작중극의
서사적 효용을 몇 가지로 나누어 검토하였다. 지금까지 논의한 것을
결론 삼아 요약하면 다음과 같다.

첫째, 작중극 기법의 배경을 살펴보았다. 먼저 문학적인 배경을 고
전소설에서 확인해 보았다. 작중극의 서사기법은 소설이 난숙기에 접
어들면서 나타난 이후 가정소설이나 몽유소설, 그리고 영웅소설과 풍
자 및 판소리계 소설에서 애용해 왔다. 그중 판소리계소설에서는 작중
극이 기존의 것과 차이를 보인다. 기존의 작중극은 소재로 쓰였음에
반해 판소리계 소설에서는 서사전개의 핵심 요소로 자리했기 때문이
다. 다음으로 사회문화적인 배경을 확인하였다. 판소리계 소설에서는
작중극이 기득권층을 비판하는 장치로 유용하게 쓰인다. 그런데 〈계
우사〉는 다른 작품과는 달리 새롭게 부상한 유산계층의 문제를 고발하
여 독특성이 있다. 공동체의 구성원으로 기능하지 못하는 유산계층을
비판할 목적에서 강력한 서사기법이 필요했고, 그렇게 해서 선택된 것
이 공격적인 작중극이라 하겠다.

둘째, 작중극의 서사기법적 양상을 검토하였다. 먼저 작중극의 액자
구성 양상을 살폈다. 이 작품의 작중극은 분량이나 서사적인 기능 면에
서 주요한 기법이라 할 만하다. 실제로 작중극을 통해 문제적인 인물을
효과적으로 비판·시정하기 때문에 작중극의 앞 서사는 문제를 제기하
는 도입액자의 성격이, 작중극은 문제를 해결하는 내부액자의 성격이

강하다. 그리고 모든 문제를 해결하여 화합을 도모하는 결말부는 종결 액자의 성격이 짙다. 이처럼 삼단의 액자구성에서 작중극을 내부액자로 배치하여 서사적인 효과를 도모한 것이라 하겠다. 다음으로 내외부 액자의 적절한 대비 양상을 확인하였다. 도입액자인 현실에서는 지속적으로 재화를 허비하는 문제가 단계적으로 확대되어 나타나고, 내부 액자인 작중극에서는 파멸의 과정이 점진적으로 강화되어 나타난다. 양극단을 배치함으로써 작중극의 서사적 효과를 제고하기 위함이다.

셋째, 작중극의 서사적 효용을 검토하였다. 먼저 서사기법 면에서의 효용이다. 작중극은 현실 상황과 대비적인 내용을 다루면서 인물 간의 대결과 갈등을 제고하고, 사건의 치밀성과 극단성을 조성한다. 평면적인 서술을 벗어나 긴장과 흥미를 가미한 표현도 주목할 만하다. 다음으로 주제 구현에서의 효용이다. 어느 작품이든 주제를 효과적으로 구현하기 위하여 다양한 수단을 모색한다. 그런데 이 작품에서는 작중극으로 극단적인 대비를 보임으로써 문제가 명징하게 드러나도록 하고, 그것을 시정하는 데 초점을 두어 주제를 구현했다. 즉 경제적으로 비정상을 일삼는 문제를 효과적으로 부각한 후 올바른 경제관념을 갖도록 유도했다. 작중극을 통해 주제 구현을 용이하게 했음을 알 수 있다. 마지막으로 수용에서의 효용이다. 작중극은 연극적인 기법 중의 하나라서 대화 중심의 표현이 발달했음은 물론, 인물이나 사건에서도 변화를 주어 극적 긴장감을 조성한다. 풍자와 비판도 밀도 있게 진척되어 전반적으로 수용미학이 확대될 수 있다. 따라서 이 작품에서 서사역량을 고취하는 데 일조한 것이 바로 작중극임을 알 수 있다.

〈변강쇠타령〉의 과잉성과 풍자담론

1. 머리말

이 글은 〈변강쇠타령〉의 문학적 특성을 과잉이라는 측면에서 살피고, 그 효과와 한계를 검토하는 것이 주목적이다. 문학적인 행위는 제작자가 자신의 이념과 감성을 당대 문학 장르의 형식에 맞게 형상화하고, 그것을 수용층이 의미 있게 받아들일 때 완결된다. 물론 구비와 문헌, 또는 공연을 통해 생산자와 소비자를 연결하는 매개자가 일조하기도 한다.[1] 문제는 소비자인 수용층이 받아들이기 어려운 것을 제작자 및 유통업자가 과도하게 주장하고 나서면 문학적 행위가 이루어질 수 없다. 그러한 행위가 작품에서 반복되면 문학적인 과잉이라 할 수 있다. 이 문학적인 과잉은 이념이나 감성을 강조하거나 비판의식을 고취하려는 의도 때문에 촉발되는데, 문제는 수용층의 입장에서 임계점을 넘으면 문학적인 행위가 완결될 수 없다. 이와 밀접하게 관련되는 작품이 바로 〈변강쇠타령〉이다.

---

[1] 김진영, 「고전소설의 경제적 유통과 그 의미」, 『어문연구』 72, 어문연구학회 2012, 161~184쪽.
　　김수경, 「조선시대 무역 서적과 한국소설의 발달 – 전등신화와 전등여화를 중심으로」, 『한중경제문화연구』 8, 한중경제문화학회, 2017, 45~58쪽.

〈변강쇠타령〉의 서사내용은 당시는 물론 지금의 관점에서도 파격이
라 할 수 있다. 실제로 과장적인 반복이나 지나치게 세밀한 묘사 등은
일반 고전소설에 익숙한 수용층에게는 당황스러운 일이 아닐 수 없다.
그런데 이 문학적 과잉의 정도가 지나치면 부담감이 생겨 감상에 방해
가 될 수 있다. 논점은 다를지라도 〈변강쇠타령〉에 대한 기존의 논의
도 그러한 문제에 집중해 온 것이 사실이다. 특히 성담론을 중심으로[2]
이 작품의 특징을 찾으려 한 것이 큰 비중을 차지한다. 이 작품이 성애
(性愛)를 중심으로 문제를 확장했다는 점에서 그러한 논의는 당연한 일
이라 할 수 있다.[3] 하지만 이 작품을 성애로만 해석할 것이 아니라 그
이면에 놓인 서사 내적인 의미를 중시해야 하겠다.[4] 그래야만 이 작품
을 피상적으로 살피는 우를 범하지 않을 수 있기 때문이다. 이 작품이
비록 문제적인 남녀가 만나 성애를 중심으로 기이한 행위를 보이지만,
실은 서사단락의 곳곳에 당대 사회의 문제나 인간의 근원적인 삶에
대한 고민을 배치해 놓았다. 이 글에서는 그러한 문제를 중점적으로
살피되. 그것이 왜 과잉적인 방법으로 나타났는지 검토하고자 한다.
먼저 〈변강쇠타령〉에 나타나는 문학적인 과잉의 원인과 양상을 검토
하고, 이어서 그 효과와 한계를 살피도록 하겠다. 이와 같은 논의가
효과적으로 진행되면 〈변강쇠타령〉만의 특성이 부각될 뿐만 아니라
그것이 후대적 계승에 어떻게 작용했는지도 확인되리라 본다.

---

2) 정하영, 「〈변강쇠가〉 성담론의 기능과 의미」, 『古小說硏究』 19, 한국고소설학회,
   2005, 167-198쪽.
3) 이문성, 「性描寫의 傳統 속에서 본 〈변강쇠가〉의 '기물타령'」, 『한국학연구』 22, 고려
   대학교 한국학연구소, 2005, 121-138쪽.
4) 정지영, 「〈변강쇠전〉 - 조선후기 성 통제와 하층여성의 삶」, 『역사비평』 65, 역사비평
   사, 2003, 352-370쪽.

2. 문학적 과잉의 원인

〈변강쇠타령〉은 다른 작품과는 달리 창으로 불리지도 않고, 소설로
전승되지도 않는다. 그래서 공연이든 소설이든 간에 전승이 단절된 작
품이라 하겠다. 이 작품이 그렇게 된 데에는 그에 상응한 이유가 있었
으리라 본다. 여기에서는 그 원인으로 문학적 과잉을 제시하고, 그에
대해 집중적으로 살피도록 하겠다. 문학적 과잉이 나타난 원인을 확인
하기 위하여 먼저 판소리 12마당의 구조 양상을 살핀 다음, 〈변강쇠타
령〉에 나타난 과잉의 원인을 추적해 보도록 하겠다.

1) 판소리계 소설의 구조 양상

소설은 구조가 고도화된 문학 장르라 할 수 있다. 기존에 없던 구조
의 출현은 문학적인 역량을 갖춘 인물이 개인적인 관심사를 복잡한
구도로 형상화하면서부터이다.[5] 단발적인 서사에서 인과적으로 엮인
구조물을 지향하면서 소설장르가 확립된다. 판소리계 소설도 예외는
아니어서 기존의 창본을 활용하여 기록문학으로 변모시켰다. 문제는
기존의 창본이 서사성이 다소 떨어진다는 점이다. 현장의 공연성이 내
재되어 유기적인 서사물로서는 미흡한 면이 없지 않다. 그래서 서사의
근간을 확보하고 그를 기준으로 이야기를 확장할 수밖에 없었다. 그
근간적인 골격이 작품을 형상화하는 구심력으로 작용하게 된다. 이른
바 고정체면이 구심력으로 작용하면서 부가적인 이야기를 수렴해온

---

5) 한·중·일 모두 구비설화에서 소재를 취택하고, 그것을 문사나 서생이 자신들의 어려운
처지를 기록문학으로 부각한 전기에서 소설의 연원을 찾는 이유도 여기에 있다.

것이다. 반면에 상황에 따라 부가·확장된 요소는 원심력으로 작동하게 된다. 이들은 기본적인 줄기에서 지속적으로 일탈을 모색한다. 이를 비고정체면이라 할 수 있다. 이 구심력과 원심력을 바탕으로 판소리계 소설의 구조적인 특성을 파악할 수 있다.

첫째, 구심력과 원심력 모두를 확보한 구조 유형이다. 이는 상하층의 관심사가 구심력과 원심력으로 작용하는 것을 말한다. 현재 소설과 창으로 전승되는 작품군이 이에 해당된다. 이들은 주제에서 중의성을 갖는 공통점이 있다.[6] 겉으로는 유교적인 강상을 내세워 상층부의 요구에 부응하고, 속으로는 변화된 이념을 중시하여 하층민의 요구를 수렴했다. 이 둘이 구심력과 원심력으로 작용하면서 서사가 유기적으로 추동된다. 상층부의 요구만을 강조하면 교화서적인 성격이 강해지고, 하층민의 소망만을 내세우면 통속적인 서사물로 전락하기가 쉽다. 그래서 이 구심력과 원심력을 적절히 대응시키면서 작품을 형상화하는 것이 중요하다. 실제로 유교적인 강상을 구심점으로 삼아 이야기를 형상화하면, 부분의 확장에서 끝없이 일탈하는 문제를 방지할 수 있다. 특히 사건의 전개와 무관하게 반복적으로 나열하면서 방만해지는 문제를 제어할 수 있다. 구심점의 명확한 의도가 작용하여 사건이 다시 본궤도로 돌아오도록 유도하기 때문이다. 그렇다고 일탈의 원심력을 무시할 수도 없다. 이 원심력의 작동으로 작품의 내용이나 사상의 다변화가 가능하고, 그로 인해 감상거리가 풍부해지기 때문이다. 이 원심력은 서사성보다는 공연성을 중시한 것으로 그만큼 현장적인 예술성을 반영한 것이기도 하다. 그래서 구심력과 원심력을 모두 구비한

6) 최진형, 「고전문학: 판소리 서사체의 주제에 대한 일고찰」, 『반교어문학연구』 27, 반교어문학회, 2009, 213-245쪽.

구조 유형에서는 서사적인 소설성과 공연적인 희곡성이 중시되고 형
상화한 주제에서도 중의성을 띠게 된다.

둘째, 하층의 관심사가 구심력으로 작용하는 구조 유형이다. 현재는
창으로 불리지 않지만 내용이 소설로 전하는 작품이 여기에 해당된다.
이들의 공통점은 신분이나 계층에서 하층민이 겪을 수 있는 제반 문제
를 이야기의 구심력으로 삼는다. 그래서 이면적인 주제가 따로 없는
것이 이 구조 유형의 특징이다. 하층의 관심사가 구심력으로 작용하면
서 그것을 중점적으로 형상화하는 것이 핵심이다. 의도한 바가 명료하
기에 그것을 얼마나 의미 있게 형상화하느냐가 관건이다. 이 유형은
사회적인 약자에 해당하는 사람들의 관심사가 구심력을 형성하고, 그
것을 가용한 방편으로 펼쳐 보이는 것이 무엇보다 중요하다. 물론 이
구조 유형의 작품들은 유교적인 강상을 전면에 내세우지도 않는다. 표
면적인 주제라 할 만한 것을 따로 설정하지 않았기 때문이다. 이면적인
주제에 해당하는 것이 그대로 주제로 부각되면서 비판이나 풍자의식을
고취할 따름이다. 이러한 구조 유형의 작품은 현실의 제도와 기득권을
형성한 신분이나 계층이 야기하는 문제를 고발·풍자하는 것에 역점을
둔다. 하층민의 관심사가 구심점으로 자리하고, 그것을 기준으로 작품
을 형상화한 것이라 하겠다. 이에 해당하는 작품들이 다양한 서사기법
을 동원하여 극렬하게 풍자한 것도 바로 그 때문이다. 〈무숙이타령〉·
〈배비장타령〉·〈강릉매화타령〉·〈김신선전〉에서는 속이기 기법이,[7] 〈옹
고집타령〉에서는 진가(眞假)의 기법이, 〈장끼전〉에서는 우화 기법이 그
에 해당된다. 공통적으로 가상의 세계를 조성하고, 그곳에서 문제의

---

7) 송주희, 「고전소설에 나타난 속이기의 서사기법적 연구」, 충남대학교 대학원, 2008.

대상을 신랄하게 비판하도록 구조화하였다. 이는 하층민이 문제를 격렬하게 제기한 것이라 할 수 있다.

셋째, 하층의 관심사가 원심력으로 작용하는 구조 유형이다. 첫 번째 구조 유형에서는 상하층의 관심사가 구심력과 원심력으로, 두 번째 구조 유형에서는 하층의 관심사가 구심력으로 자리 잡고 있었다. 어느 경우든 구심력이 있어서 서사내용이 끝없이 일탈하는 것을 제어한다. 하지만 세 번째 구조 유형은 상하층을 막론하고 구심력으로 삼을 만한 것이 따로 없다. 상층부가 강조하는 유교적인 강상을 중시한 것도 아니고, 하층민이 강조했던 기득권층의 문제적 행태를 전격적으로 고발하는 것도 아니다. 그래서 사건 전개를 제어할 구심점, 또는 구심력이 확보되어 있지 않다. 잘 아는 것처럼 구심점이나 구심력은 사건을 유기적이면서도 긴밀하게 직조하는 핵심 인자이다. 말 그대로 사건 전개의 근간을 이루는 요소이다. 이 구심점이나 구심력이 견제하여 일관된 사건을 유도하기 때문이다. 하지만 상하층을 막론하고 내세울 만한 구심점 또는 구심력이 없는 작품은 부분의 확장이 수월할 수 있다. 원심력만이 작동하여 부분의 확장이 끝없이 진척되는 파격도 발생한다. 통제와 견제가 없기 때문에 일탈이 우스꽝스럽거나 기괴스럽게 전개되는 것이 일반적이다. 이에 해당하는 작품이 바로 〈변강쇠타령〉이다.

2) 문학적 과잉의 원인

〈변강쇠타령〉은 견제와 균형을 잃은 채 문학적으로 극단을 치달았다. 부분의 확장이 절제되지 않고 행사되어 문학적인 과잉 현상이 나타난 것이다. 그러한 요인 때문에 이 작품은 소설로 가공되지도 못하고, 공연물로의 전승도 끊기고 말았다. 이제 앞에서 나눈 구조 유형별로 그러한 사정을 짚어보도록 한다.

첫째, 상층의 요구 사항을 구심력으로 삼고, 하층의 소망을 원심력으로 보탠 구조 유형은 구심력과 원심력이 균형과 견제를 유지하며 작품을 형상화한다. 유교적인 강상을 구심점으로 삼고, 하층민의 소망을 부가적인 사건으로 다루면서 원심력으로 삼은 것이다. 그렇게 하면 상하의 이념이 모두 수렴되어 어느 계층을 막론하고 수용하는 데 어려움이 없다. 이 구조 유형은 고정된 감상거리인 서사성에다, 유동적인 감상거리인 연극성을 모두 수용하여 서사적인 독서물과 연극적인 공연물[8] 모두에서 각광받을 수 있다. 이는 상하 계층이 요구하는 바를 견제와 타협을 통해 작품에 유효하게 수렴한 결과이다.

둘째, 하층의 관심사를 구심력으로 삼은 구조 유형은 문제를 촉발한 대상을 풍자·비판하는 데 서사역량을 집중한다. 그래서 문제를 적극적으로 제기하거나 고발하는 선에서 만족하는 경향이 있다. 즉 일탈적인 이야기의 확장·부연보다는 응축된 사건을 중심으로 문제를 조명하는 데 초점을 둔다. 하층민의 관심을 주요하게 수렴하다 보니 기존의 제도나 관습에 대한 문제, 기득권층을 형성한 신분이나 계급에 대한 문제가 고발의 대상이 된다. 하층민의 입장에서는 그러한 문제를 전격적으로 폭로하면서 시정을 촉구한 것이라 할 수 있다. 그래서 공연과 관련된 비고정체면은 이 구조 유형에서 중요한 요인이 아니다. 명시적으로 드러나는 문제를 고발·시정하는 것이 주목적이기 때문에 집약적인 사건이 더 유용하다. 이면적인 주제라 할 것이 따로 없는 이유도

---

8) 전신재, 「판소리 공연학 총론」, 『공연문화연구』 23, 한국공연문화학회, 2011, 159-183쪽.

여기에 있다. 연극성이나 공연성보다는 서사성이나 소설성을 강조한 구조 유형임을 짐작할 수 있다.

셋째, 상하층을 막론하고 구심력을 상실하고 원심력만 작동하는 구조 유형은 문제를 야기한 주체가 명확하지 않다. 그래서 이야기가 귀결될 구심점 또한 불명확하다. 윤리도덕적인 기준을 적용하거나 선악을 대입하기 어려운 구조 유형이라 하겠다. 이 구조 유형은 구심점이나 구심력의 제약이나 견제가 없기 때문에 일탈적인 사건이 끝없이 확장된다. 이른바 비고정체면이 막다른 곳까지 확장되는 것이다. 구심력으로 그것을 제어할 수 없기에 원심력의 부가적인 내용이 서사의 중심을 이루는 것이다. 첫째 유형에서는 구심력으로 작용한 유교적인 강상이 원심력을 적절히 제어했다면, 둘째 유형에서는 하층민의 관심사가 구심력으로 작용하여 이야기의 방만한 일탈을 방지하였다. 하지만 셋째 유형은 부분적인 확장을 제어할 구심력이 확보되지 않아 원심력이 극단적으로 치닫는 특성이 있다. 〈변강쇠타령〉이 바로 이 유형에 해당된다. 그로 인해 이 작품은 문학적 과잉이 도처에서 확인된다. 구심력의 부재가 방만한 일탈을 촉발했고, 그 일탈이 부분을 최대한 확장하면서 문학적인 과잉이 일반화된 것이다. 〈변강쇠타령〉에서 부분의 확장이 반복되면서 작품 내용의 대다수를 차지하는 것도 그 때문이다.

3. 문학적 과잉의 양상

〈변강쇠타령〉은 다른 판소리 창본과는 달리 소설로 전개되지도 못했고 창으로 전승되지도 않는다. 그것은 이 작품이 조선후기의 문제를 노골적으로 풍자하면서 지배층의 이념을 크게 벗어난 때문이라 하겠다. 일탈의 정도가 심하여 정태적인 소설로 읽거나 동태적으로 공연하는 데 한계가 있었던 것이다. 이는 이 작품이 당대의 주요 사안에 대하여 과잉 대응한 때문이라 하겠다. 합리적인 방법보다는 일탈적인 파격으로 대응하였기에 작품을 소비하는 데 주저하도록 만들었다. 그러한 양상을 몇 가지로 나누어 살피도록 한다.

1) 남성에 대한 과잉 도전

조선조는 고려조와는 달리 남성 중심의 사회였다. 성리학적 이념 때문에 남존여비의 제도가 엄연하여 가부장을 섬기는 것이 윤리도덕의 핵심이었다. 가정 내에서 가부장을 위해 자식은 효행을, 부인은 열절을 충실히 수행해야 했다.[9] 때에 따라서는 자신의 목숨을 버리면서까지 효열을 실천하는 것을 선으로 포장하기도 했다. 그러한 사회에서 여성은 항상 약자의 위치에서 희생만을 강요당했다. 이는 〈변강쇠타령〉에서 옹녀가 마을공동체에서 쫓겨나는 일과 관련된다. 옹녀가 사는 고을의 남성들은 옹녀를 성애의 대상으로만 여긴다. 그래서 옹녀가 그러한 남성들에게 대응하되 문제적인 남성들을 모두 죽음에 이르도록 하는 파격을 보인다. 방법이야 어떻든 간에 권위만을 내세우는 문제적인 남성을 모두 제거한 것이라 하겠다. 문제의 근원이 없어지면 여성들을 탄압할 주체가 사라지는 것으로 보았기 때문이다. 해당 부분을 정리하면 다음과 같다.

---

9) 이영미, 「조선조 여성의 전통상에 관한 연구 – 규범류에 나타난 수절관을 중심으로」, 『생활문화연구』 5, 성신여자대학교 생활문화연구소, 1991, 179–189쪽.

① 열다섯 살에 얻은 서방이 첫날밤 급상한(急傷寒)으로 죽는다.

② 열여섯 살에 얻은 서방이 당창병으로 죽는다.

③ 열일곱 살에 얻은 남편이 용천병으로 죽는다.

④ 열여덟 살에 얻은 남편이 벼락을 맞아 죽는다.

⑤ 열아홉 살에 얻은 서방이 급살로 죽는다.

⑥ 스무 살에 얻은 남편도 급살로 죽는다.

⑦ 옹녀와 입 한번 맞춘 놈도 죽는다.

⑧ 옹녀의 젖 한번 만진 놈도 죽는다.

⑨ 옹녀와 눈 흘레한 놈도 죽는다.

⑩ 옹녀의 손을 만져본 놈도 죽는다.

⑪ 옹녀의 옷자락에 어른댄 놈도 죽는다.

⑫ 수천 명의 남자가 옹녀 때문에 죽는다.

⑬ 옹녀가 열다섯 넘은 총각을 다 쓸어버린다.

⑭ 성인 남성이 모두 죽어 여자가 밭을 갈고 집을 짓는다.

⑮ 황해·평안 양도민이 옹녀 때문에 여인국이 될 것이라며 공론하여 옹녀를 쫓아낸다.

옹녀는 절세의 미인이다.[10] 옹녀를 절세미인으로 그린 것은 여성성을 대표하는 인물로 옹녀를 내세웠기 때문이다. 그런데 그 아름다움이 자신을 위한 것이 아니라 남성을 위한 수단으로 활용된다는 점이다. 옹녀와 같은 미인을 탐하는 것은 성적인 욕망을 가진 성인 남성 모두가

---

10) 평안도 월경촌(月景村)에 계집 하나 있으되, 얼굴로 볼작시면 춘이월(春二月) 반개도화(半開桃花) 옥빈(玉鬢)에 어리었고, 초승에 지는 달빛 아미간(蛾眉間)에 비치었다. 앵도순(櫻桃脣) 고운 입은 빛난 당채(唐彩) 주홍필(朱紅筆)로 떡 들입다 꾹 찍은 듯, 세류(細柳)같이 가는 허리 봄바람에 흐늘흐늘, 찡그리며 웃는 것과 말하며 걷는 태도 서시와 포사(포사)라도 따를 수가 없건마는, 사주(四柱)에 청상살(靑孀煞)이 겹겹이 쌓인 고로 상부(喪夫)를 하여도 징글징글하고 지긋지긋하게 단콩 주어 먹듯 하겠다.

해당된다. 그래서 성적인 희생의 여성상을 보이는 인물이 바로 옹녀인 셈이다. 문제는 옹녀로 대표되는 여성의 경우 당시의 상황에서 남성 중심의 사회체제를 극복할 수 없었다는 점이다. 오로지 희생적인 감내만이 미덕으로 여겨질 따름이었다. 그런데 옹녀는 오로지 여성이 가진 아름다움 하나로 문제적인 남성 모두를 척결하였다. 그것도 과잉적인 방법으로 철저하게 해결하고 있다. 문제의 근원이 제거되면 더 이상 여성을 성적으로 착취하는 일도 없어질 것으로 보았기 때문이다. 옹녀가 자신과 결혼한 남편은 물론, 잠시의 인연을 맺은 사람 모두를 죽도록 만드는 이유이기도 하다. 마침내 열다섯 살이 넘은 남성 모두를 제거하여 문제의 근원을 완전히 소거하였다. 그러자 더 이상 참을 수 없었던 양서의 지방민이 옹녀를 공동체에서 축출한다. 성리학적인 이념에 따르면 여성에 대한 착취와 탄압을 당연한 것으로 여긴다. 이 작품에서는 불평등한 삶을 살았던 여성들에게 내재된 불만을 해소하는 차원에서 문제적인 남성을 모두 제거한 것이다. 철저한 가부장제에서 여성들이 항거할 마땅한 방법을 찾지 못하자 문학에서나마 충격적이면서도 기괴스럽게 남성들을 제거한 것이라 하겠다. 이는 내용이나 표현에서 문학의 보편성을 넘은 것이라 하겠다.

2) 억압에 대한 과잉 저항

성리적인 이념은 도덕과 윤리를 앞세우면서 남녀의 본능적인 삶을 철저하게 억압했다. 특히 윤리와 도덕으로 무장하면서 여성과 남성을 내외로 엄격하게 구분 지었다. 그래서 여성은 자아실현이 불가능하여 남성에게 종속되는 삶을 살아야 했다. 주체적이면서도 인격적으로 대우받지 못하고 가문의 후사를 잇는 일이나 남성의 성적인 대상으로만 남게 된 것이다. 그러한 환경에서 여성이 성적인 욕망을 드러내는 것은 아주 부당한 일로 인식되었다.[11] 하지만 남녀를 불문하고 성적인 본능이 발현되는 것은 아주 자연스러운 일이다. 도덕관념만을 내세우며 남녀 간의 성을 억압한다고 해서 해결될 문제가 아니다. 남녀의 성을 과도하게 억압하는 부당함을 이 작품에서는 옹녀와 변강쇠의 행위를 통해 드러내고 있다. 남녀의 생식기나 육체적인 사랑을 과잉되게 다룬 이유가 바로 여기에 있다. 해당되는 부분을 정리하면 다음과 같다.

① 서도에서 쫓겨난 옹녀가, 남도에서 빌어먹다 양서로 향하던 변강쇠를 청석관에서 만난다.
② 강쇠와 옹녀가 지나는 길에 만나 문답하다가 궁합을 보고 인연을 맺기로 결정한다.
③ 청석관에다 신방을 차리고 바위 위에 올라가 대사를 치른다.
④ 밝은 대낮에 두 사람이 홀딱 벗고 애욕을 탐한다.
⑤ 변강쇠가 옹녀의 생식기를 보고 다양한 사물과 비유하며 기롱한다.
⑥ 옹녀가 변강쇠의 남근을 보고 온갖 사물에 빗대어 놀린다.
⑦ 변강쇠가 옹녀를 업고 사랑가를 부른다.
⑧ 옹녀도 변강쇠를 업고 사랑가를 부른다.
⑨ 두 사람이 재행·삼행으로 연거푸 대사를 치른다.
⑩ 대사를 치른 후에 도시에서 생활할 살림살이를 논의한다.

이상에서 보는 바와 같이 이 작품에서는 남녀 간의 성을 대담하면서

---

11) 진재교, 「조선조 후기 문예공간에서 성적 욕망의 빛과 그늘 – 예교, 금기와 위반의 길항과 그 변증법」, 『한국한문학연구』 42, 한국한문학회, 2008, 87–126쪽.

도 과감하게 다루고 있다. 남성을 죽음으로 내몰던 옹녀는 양서지역의 도민들에 의해 축출되어 삼남지방으로 내려오고, 남도의 변강쇠는 양서지방으로 가다가 개성부의 청석관에서 둘이 만나 인연을 맺는다. 이들은 만나자마자 궁합을 본 다음 질탕한 사랑 놀음을 벌인다. 그토록 많은 남성을 죽음으로 내몰던 옹녀는 변강쇠를 만나 행복한 가정을 꿈꾸기도 한다. 그 희망의 서막을 장식하는 것이 질탕한 육체적 사랑이다. 그것도 기물타령으로 금기시되는 남근과 여근을 온갖 사물에 빗대어 묘사하는가 하면, 서로 업고 놀면서 사랑가를 주고받기도 한다. 거기에서 머물지 않고 바위에 위에서 몇 차례 걸친 육체적인 사랑도 불사한다. 그것도 야밤도 아닌 대낮에 서로의 육체를 탐닉한다. 어느 모로 보나 억지스럽고 과한 애정행각이라 할 수 있다. 그렇게 과잉된 행위에는 의도한 바가 내재되어 가능한 일이었다. 억압받고 금기시되던 성을 자연스럽고 떳떳한 것으로 천명하기 위함이라 하겠다. 기존의 제도와 관습의 문제를 과잉된 행위를 통해 고발한 것이라 할 수 있다.

3) 상층에 대한 과잉 대응

조선후기는 신분제에 따라 반상과 양천제(良賤制)를 운영했다. 그래서 양반과 상민으로 구분하거나 양인과 천민으로 나누기도 했다. 어찌되었든 양반이 지배층을 이루고 그 이하 계층이 피지배계층으로서 어려움을 감내해야 했다. 더욱이 기득권을 형성한 양반은 자신들만의 세계를 위해 하층민을 지속적으로 탄압했다. 양반은 실용노선보다는 권위와 명예를 중시하면서 하층민과 차별성을 갖고자 하였다. 그것은 주자학적인 이념이 그들을 지배했기에 당연한 일이라 하겠다. 이 작품에서는 신분적인 우위를 바탕으로 민중층을 감시하면서 수탈했던 양반을 장승으로 변화를 주어 비판한다. 장승은 하찮은 실무를 맡지 않아 손발이 필요 없고, 관념적인 사고에 사로잡혀 머리만 있으면 족할 따름이다. 자존감이 강하여 남에게 굽실거리지도 않아 꼿꼿이 선채로 인사한다. 모두 양반과 동격의 행위를 장승이 보이는 것이라 하겠다. 장승이 마을 어귀에서 모든 사람을 내려다보는 것이, 지역의 양반들이 고을의 모든 백성을 헤아려 수탈하는 것과 흡사하다. 이 양반은 민중의 차원에서는 극복해야 될 대상이 아닐 수 없다. 하지만 현실에서는 그것이 불가하기에 문학작품을 통해서나마 그것도 지배층을 상징하는 장승을 제거하는 것으로 만족해야 했다. 해당 부분을 정리하면 다음과 같다.

① 변강쇠가 지리산으로 들어와 처음으로 나무를 하기 위해 산으로 간다.
② 초동들의 노래를 듣다가 나무를 자르려 하지만 모두 필요한 곳이 있어 화목(火木)으로 쓰는 것이 불가하다.
③ 일모도궁(日暮途窮)으로 난처한 상태에서 산중의 장승을 발견하고 기뻐한다.
④ 장승이 선 데를 찾아가서 장승의 붉은 얼굴을 보고 노기를 띠었다며 호통을 친다.
⑤ 변강쇠가 자신의 위력을 자랑하면서 수족이 없는 장승쯤은 문제없다고 말하며 뽑아서 지게에 얹는다.
⑥ 집으로 돌아와서 나무를 장만해 왔다고 호기(豪氣)를 떨자 옹녀가 반갑게 맞으며 저녁밥을 차려준다.
⑦ 옹녀가 불을 켜고 나무를 구경하다가 장승임을 알고 변강쇠에게 서둘러 제자리로 가져다 두라고 당부한다.
⑧ 변강쇠가 충신 개자추나 기신(紀信)처럼 산 사람이 타 죽어도 문제

　　　가 없는데 장승은 인형일 따름이라 땔감으로 써도 된다고 말한다.
　　⑨ 밥을 먹고 도끼로 장승을 패어 군불을 때면서 두 사람은 사랑으로
　　　농탕을 친다.
　　⑩ 이때에 장승 목신이 강쇠의 도끼에 조각이 나고 아궁이에서 재가
　　　된 원통함을 혼자 해결할 방법이 없어 대방을 찾아가 도움을 청한다.

　위에서 보듯이 변강쇠는 지리산으로 들어와 자활의 필요성 때문에
처음으로 땔감을 구하러 나간다. 그런데 아이들처럼 갈퀴나무를 할 수
는 없어 큰 나무를 자르기로 한다. 문제는 어떠한 나무든 존재가치가
있어 함부로 자를 수 없다는 점이다. 더욱이 살아있는 나무를 자르는
것이 부당하다고 여겨 주저하다가 이미 죽은 나무이면서도 자만심을
한껏 드러내는 장승을 뽑아 땔감으로 쓰기로 결심한다. 장승이 붉은
것이 노기를 띠었다며 호통 치고, 자신의 위력이 남달라 손발 없는 장
승쯤은 문제없이 해결할 수 있다고 장담한다. 장승을 뽑아 집으로 돌
아와 부인에게 호기를 부리면서 저녁밥을 먹고 도끼로 장승을 쪼개어
아궁이에 모두 태워버린다. 무수히 많은 나무를 두고도 양반이나 지배
층을 상징하는 장승을 처참하게 제거한 것은 상층에 대한 항거의 표시
라 할 수 있다. 문제는 그 항거가 지나칠 정도로 과격하게 나타났다는
점이다. 죽음으로 몰고 가면서까지 해결한 것은 대립을 넘어 파멸을
전제한 것이기 때문이다. 그래서 상층에 대한 항거가 과잉되게 나타났
음을 알 수 있다.

4) 하층에 대한 과잉 징치

　신분제가 엄격할수록 상층의 지배력은 강화되고 하층의 항거력은

커질 수 있다. 지배와 피지배는 필연적으로 하층의 반발을 야기하고, 상층의 대응을 부르게 된다. 하층이 목숨을 걸고 항거하면, 상층은 불가역적인 징치를 단행하곤 하였다. 특히 조선후기에 오면 민중의 힘이 커지면서 상층에 대한 저항이 빈발한다. 경제력을 앞세워 신분적인 열세를 극복하려는 의지 때문에 사태는 가중된다. 문제는 어떠한 형태의 항거이든 간에 상층부에서 용인하지 않았다는 점이다. 자신들의 기득권을 지키기 위하여 수단과 방법을 가리지 않고 치열하게 대응했다. 항거와 관련된 모든 인물은 물론 그 주변인까지 척결하면서 대응에 적극적이었다. 기득권을 가진 그들은 관권을 동원하기도 하고, 자신들만의 조직을 통하여 치밀하게 대응했다. 항거에 대응하는 하층민에게 선제적이면서도 과잉적으로 대응한 것이다. 그렇게 해야만 일벌백계의 효과를 거둘 수 있었기 때문이다. 그러한 과잉 징치의 양상을 정리하면 다음과 같다.

① 함양의 장승 신이 대방을 찾아가 억울함의 설원은 물론 후환이 없게 처단해 달라 청원한다.

② 대방장승이 경홀히 할 수 없는 일이라며 전국의 장승을 취회(聚會)하여 논의 끝에 변강쇠의 몸 모든 곳에 병이 들도록 조치한다.

③ 변강쇠가 온갖 병으로 산송장처럼 되자 옹녀가 봉사와 의원을 불러 독경과 진맥을 시행하지만 불치병이라서 모두 허사이다.

④ 변강쇠가 사망하자 치상할 방법을 찾던 옹녀는 다른 남자를 유혹하여 문제를 해결하려 한다.

⑤ 옹녀가 대로변에 앉아 신세타령을 하자 중이 찾아와 변강쇠를 치상한 다음에 부부가 되기로 약속하고 일을 실행하다 합장한 채로 죽는다.

⑥ 초라니가 찾아와 치상 후 부부가 되겠다는 옹녀의 말을 듣고 시체를

치우려다 죽는다.
⑦ 풍각쟁이와 가객이 찾아와 함께 살기를 약조하고 치상하다가 풍각
    쟁이패 모두가 죽는다.
⑧ 뎁득이가 옹녀에게 유혹되어 각설이패의 도움을 받아 송장을 치우
    려 하지만 송장이 달라붙어 떨어지지 않는다.
⑨ 시신을 운구하다 잠시 쉬는 중에 근처의 참외밭 주인 옴생원이 찾아
    와 송장에 붙고, 옹생원의 제안대로 걸사, 사당패, 옹좌수 등이 송
    장에 함께 달라붙는다.
⑩ 좌수가 굿상을 차리고 초청된 악인이 넋두리를 부르자 뎁득이와 각
    설이패를 제외하고 모두 송장이 떨어져 하직하고 돌아간다.
⑪ 뎁득이의 간절한 원이 통하여 모두 자리에서 일어날 수 있었고, 마
    침내 북망산을 찾아가 송장짐을 부리는데 뎁득이에게 붙은 변강쇠
    와 초라니만 떨어지지 않는다.
⑫ 뎁득이가 송장을 세 토막 내어 떼어낸 다음 서울에 가서 처자와 살
    겠다면서 옹녀에게 풍류남자를 만나 백년해로하라고 당부한다.
⑬ 뎁득이의 당부가 있었지만 옹녀가 어디로 갔는지 알 수 없다.

 위의 인용문에서 보듯이 상층의 양반에 해당하는 장승들이 전국적
인 조직망을 동원하여 자신들에게 항거한 변강쇠를 철저하게 응징한
다. 장승에게 전염된 변강쇠가 온갖 병을 앓다가 기괴하게 죽도록 했
는가 하면, 그 시신을 치우려는 모든 사람들까지 달라붙어 비명횡사하
도록 만들었다. 명목이야 옹녀를 탐하는 자들이라서 일부종사를 강조
했던 변강쇠의 행위라고 할 수 있지만, 그 이면을 보면 변강쇠를 포함
하여 연쇄적인 죽음을 야기한 근원은 장승이라 할 수 있다. 이렇게 죽
음을 면치 못하는 인물들은 떠돌이 하층민이 대부분이다. 일부 생원이
나 좌수가 달라붙기도 하지만 그것은 부수적인 것이라서 금세 떨어져

버린다. 끝까지 달라붙어 고생을 면치 못하는 인물은 변강쇠와 마찬가지로 목적 없이 떠도는 인물군상이다. 변강쇠와 동급이거나 동조자 모두를 제거함으로써 항거의 근원을 없애고자 한 것이다. 이는 단발적인 악행에 대한 징치로는 과잉된 것이라 하겠다. 상층부에서 하층에 대한 복수를 과잉되게 처리한 것은 결국은 파국을 전제한 것이라 하겠다.

4. 문학적 과잉의 효과와 한계

〈변강쇠타령〉은 작품에 등장하는 개별인물 또는 계층인물이건 간에 과격성을 보인다. 그들이 행사하는 사건 또한 일탈적인 것이어서 괴기스러울 따름이다. 인물의 성격이나 그들이 보이는 행위 모두가 극단성을 보여 빚어진 일이다. 이것이 문학적 과잉의 원천이기도 하다. 이 작품이 문학적 과잉을 불사한 것은 그만한 사정이 있었기 때문이다. 문학적인 효과를 극대화하는 수단으로 이 방법을 선택할 수도 있었기 때문이다. 이를 전제하면서 이 작품에 나타난 문학적 과잉의 효과와 한계를 짚어보도록 하겠다.

1) 문학적 효과

〈변강쇠타령〉의 문학적 과잉이 문학적 파장을 촉발한 것만은 틀림 없다. 특히 문학의 생산자와 유통업자의 입장에서는 문학적인 효과나 파장이 더할 수 있었다. 그것은 자신들의 표현 욕구를 극대화하는 한편으로, 기존의 문학적인 틀을 벗어나 자유롭게 작품을 형상화하였기

때문이다. 이러한 점을 전제로 다음의 두 가지를 들어 문학적인 효과
를 살필 수 있다.

첫째, 문학적인 철저성 구현이다. 문학을 생산하는 사람들은 자신이
의도한 바가 철저하게 구현되기를 바란다. 하지만 어떠한 문학 장르나
작품이건 간에 형식이나 내용적인 규제가 있게 마련이다. 욕구가 충만
되었다고 해서 무조건적으로 철저성을 따지며 표출할 일은 아니다. 그
런데 〈변강쇠타령〉은 그러한 철저성이 상대적으로 잘 구현되고 있다.
앞에서 살핀 바와 같이 이 작품은 작자나 창자가 의도한 바를 표현하는
데 있어 견제나 구속이 작용하지 않는다. 유교적인 강상이 구심력으로
자리하지도 않았을 뿐만 아니라, 하층민이 중시하는 새로운 이념이 구
심력으로 작동하지도 않는다. 구심력을 바탕에 깔지 않았기 때문에 확
장성이 보장된 원심력만이 중요하게 다루어졌다. 이것은 고정체면의
미비 또는 약화로 비고정체면이 크게 확장된 결과이다. 비고정체면의
확장성으로 이 작품은 작자 또는 유통업자인 창자가 의도한 바를 극단
적으로 표출할 수 있었다. 이는 생산 및 유통업자가 의도한 바를 철저
하게 다루었음을 뜻하는 것이기도 하다.

실제로 이 작품에서는 문학적인 철저성이 다수 확인된다. 그것도
균형이나 견제를 받지 않는 철저성이 곳곳에 내재되어 있다. 특출한
미모의 옹녀가 상부살로 성적인 욕망에 사로잡힌 모든 남성을 제거하
거나 옹녀와 변강쇠가 만나 즐기는 육체적 사랑, 그리고 변강쇠가 기
득권층을 무자비하게 공격하거나 상층으로 대변되는 장승이 변강쇠를
포함한 하층민을 죽음으로 내모는 모든 것이 극단적인 내용이라 하겠
다. 문제적 대상에 대한 서사를 철저하게 처리한 것으로 이해할 수 있
다. 첫 번째 유형에서는 문제적인 대상에 대하여 공격을 단행할지라도

절제된 방법을 동원한다. 상대의 신분이나 체면을 존중하는 차원에서 공격이 이루어지기 때문이다. 두 번째 유형에서는 하층민의 의사를 반영하여 그것을 구심력으로 삼았을지라도 적정한 선을 유지한 채 공격한다. 공동의 선이 기저에 놓여있기 때문에 그것을 준수하는 선에서 공격을 펼치고 있다. 문제가 되는 인물이나 대상을 제거하거나 전복하는 것이 아니라 그의 존재가치를 인정하는 선에서 공격을 단행한다. 대중 앞에 나신(裸身)으로 드러낼지라도 문제의 인물을 죽음으로 몰고 가는 파국만은 피한다. 나름대로 도덕적인 구심력이 작동하여 그러한 일탈을 견제한 것이라 할 수 있다. 이에 반하여 세 번째 유형인 〈변강쇠타령〉은 공감할 만한 구심력을 내세우지 않고, 원심력에 해당하는 부분의 확장을 통해 문제에 대해 극렬하게 대응한다. 그 대응은 문제가 되는 인물을 공동체에서 축출하거나 죽음으로 내몰아 파국으로 점철된다. 관용을 전제하지 않고 철저한 응징만을 단행하면서 의도한 바를 양껏 풀어놓은 것이다.[12] 구심력의 미비와 원심력의 확대가 내용이나 표현의 철저성과 극단성을 야기한 것이라 하겠다. 그러한 측면을 감안할 때 이 작품의 생산자와 유통업자는 자신들이 견지한 생각을 충분하게 토로한 셈이 되었다.

둘째, 문학적 다양성의 추구이다. 문학사의 통시성을 감안할 때 기존의 문학을 거부하고 새로운 문학을 추구하는 것은 보편적인 현상이다. 새로운 것을 통해 기존의 것을 극복할 수 있기 때문이다. 판소리계 소설만을 놓고 보더라도 첫 번째 유형이 상층부의 요구사항으로 구심력을 마련했다면, 두 번째 유형은 하층민의 소망을 담아 구심력을 구

---

12) 이주영, 「〈변강쇠가〉에 나타난 강쇠 형상과 그에 대한 적대의 의미」, 『어문론집』 58, 민족어문학회, 2008, 5-33쪽.

축했다. 그런데 세 번째 유형에 오면 종교적인 윤리도덕이라고 할 구
심력을 마련하지 않았다. 그러면서 문학하는 방법이 새로워졌다. 먼저
작품의 내용에서 주목되는 바가 있다. 구심력이 강한 작품은 내용에
초점을 두어 주제 중심으로 작품이 형성·유통된다. 그것도 공동체의
이념을 잘 살린 주제를 담으면서 공변된 자질을 드러낸다. 하지만 원
심력이 강한 작품은 공동체의 이념을 중시하기보다는 개인의 생각이
나 새로운 이념을 담아내는 데 유용하다. 그것도 파편화된 소재나 제
재 중심으로 형상화하여 기존의 이야기와는 변별된다. 현재도 〈변강
쇠타령〉을 기이한 소재를 다룬 작품으로 인식하고 수용하는 사정도
이와 무관하지 않다.[13] 그런가 하면 사건이 인과적으로 긴밀하지 못할
뿐만 아니라 장편의 일대기 구조를 지향하지도 않는다. 문제적인 사건
을 특정한 시공간을 배경으로 설파하는 현대소설의 기법과 다름이 없
다. 동시대에 사건 중심으로 이야기를 엮어 반향을 일으킨 박지원의
한문단편과도 흡사한 면이 없지 않다. 이는 긍정이든 부정이든 문학을
일신토록 했다는 점에서 주목할 만하다. 그런가 하면 문학의 유통을
다변화하는 데도 일조했다. 문학적인 과잉 대응은 그만큼 갈등을 극렬
하게 다룬 것이라 하겠다. 그런데 갈등을 극렬하게 다루는 장르가 바
로 희곡이다. 구심력이 강한 작품은 논리적인 인과를 강조하여 소설적
인 유통이 자연스러울 수 있다. 하지만 원심력이 강하여 부분의 확장
을 극단적으로 표출한 작품은 서사적인 논리성에서 크게 떨어진다. 이
것은 소설성보다 희곡이나 연극성과 관련된다.[14] 이 작품에 연극적인

---

13) 정재호, 「〈변강쇠가〉에 나타난 성의 표면화 전략과 미디어서사로의 전이」, 『동양고전
　　연구』 72, 동양고전학회, 2018, 97–126쪽.
14) 이현주, 「판소리계 소설의 구술성과 장르적 속성에 대한 소고」, 『인문사회과학연구』

공연성이 그만큼 내재되어 있음을 뜻하는 것이다. 그래서 실창된 다른 작품과는 달리 〈변강쇠타령〉이 일제강점기까지 판소리로 공연된 것이 아닌가 한다. 어쨌든 이 작품은 원심력 위주로 형상화되면서 개인사나 새로운 이념을 다루는 데 유용했고, 그것이 문학 내외적인 변화를 촉발하며 다양성을 확보했다는 점에서 관심을 가질 만하다.

2) 문학적 한계

〈변강쇠타령〉은 다른 판소리계 작품과 변별된다는 점에서 문학적인 파격이라 할 만하다. 그것은 기존의 문학관습을 일신하기 위한 새로운 기법일 수도 있다. 그런 점에서 문학적인 긍정적인 효과를 말할 수도 있다. 하지만 이 작품은 문학적인 과잉이 오히려 문학의 소통이나 전승에 악영향을 미쳤을 수도 있다. 그러한 점을 두 가지로 나누어 살피도록 한다.

첫째, 공감능력의 부족이다. 문학적인 행위는 생산과 유통 그리고 소비가 이루어져야 완결될 수 있다. 생산자는 소비자를 전제하면서 작품을 마련하고, 소비자도 그러한 작자의 의중을 간파하면서 작품을 감상한다. 이러한 기저의식을 바탕으로 문학행위가 이루어질 때 문학적인 공감대가 형성되는 것이다. 생산자는 소비자에게, 소비자는 생산자에게 나름의 기대치를 가지고 문학행위가 이루어지는 것이다. 그 접점이 만족스러울 때 문학적인 소통행위가 완결된다. 문학은 생산자의 과격한 주장만을 담아서도 안 되고, 소비자의 요구를 무조건적으로 수용해서도 안 된다. 그렇게 되면 공감능력이 떨어지는 작품으로 전락하기

14, 부경대학교 인문사회과학연구소, 2013, 113-143쪽.

때문이다. 결국은 보편적인 정서라는 기준을 토대로 작품의 생산과 소비가 이루어져야 한다.

〈변강쇠타령〉은 소비자보다는 생산자의 입장을 더 많이 반영한 듯하다. 자신들의 지식이나 정보, 그리고 문예적인 능력을 과도하게 보이려는 목적에서 문학적인 과잉이 나타났기 때문이다. 이것은 작품의 곳곳에 들어 있는 교술적인 정보가 그를 반증하고 있다. 즉 제작자가 자신이 아는 것을 망라적으로 나열하면서 부분의 확장을 도모했고, 그러한 요인 때문에 문학적인 과잉이 빚어진 것이라 하겠다. 그런데 이러한 내용이 소비자에게도 공감되는 내용이냐가 관건이다. 아름다운 여성이 오로지 여성성만을 발현하여 애욕에 빠진 모든 남성을 제거한다거나 처음 만난 두 남녀가 자의적으로 결혼하고 야단스러운 정사를 반복적으로 펼친다거나 상층부에 대한 항거를 불에 태워 죽이는 것으로 처리하거나 하층민에 대한 징치를 잔악무도하게 그것도 연쇄적으로 반복하는 것이 소비자들에게 공감될 수 있을지 생각해 볼 일이다. 공감능력이 떨어지면 집단에서 축출되어 외톨이가 되듯이 이 작품도 공감능력이 떨어져 당시의 문학 향유층에게 외면 받은 것은 아닌가 생각해 보아야 한다. 이것은 생산자의 입장에서는 후련할 정도의 문학적인 표출이지만, 소비자의 입장에서는 공감능력이 떨어져 외면으로 대응한 것이 아닌가 한다.

둘째, 문예적 전승의 단절이다. 앞에서도 말한 바처럼 이 작품은 원심력 중심의 작화로 서사적인 긴장이나 논리성이 부족하다. 실제로 원심력에 해당하는 것이 많을수록 공연성이 강화되고, 구심력을 확보할수록 소설성이 확대된다. 이 작품은 원심력을 바탕으로 전승되어 공연성이 확대되었고, 그로 인해 비교적 오랫동안 판소리 공연물로 전승된 것으로 이해할 수 있다.

　문제는 원심적인 확장으로 서사적인 긴밀성이 크게 떨어졌다는 점이다. 〈변강쇠타령〉이 부분의 확장에 해당할 만한 네 가지 요소를 병치한 듯한 인상을 주는 이유도 여기에 있다. 이는 소설적인 인과가 부족함을 뜻하는 것이기도 하다. 공연성이 많아질수록 소설성은 떨어지게 마련이다. 그로 인해 이 작품은 다른 판소리 창본과는 달리 소설로 변용되지 못했다. 소설적인 인과를 마련할 구심력이 떨어져서 빚어진 일이라 할 수 있다. 소설적인 전승을 이루지 못하자 이 작품에 대한 공연성도 급격하게 떨어진다. 소설로도 공감할 수 없는 내용임이 확인되자, 이 작품을 공연하는 것도 부담스러울 수밖에 없었다. 이는 작품의 공감능력이 떨어져 소설은 물론 공연에서도 탈락된 것으로 이해할 수 있다. 문예적인 도태가 이루어진 근본 원인 중의 하나가 문학적인 과잉이라 하겠다. 원심력을 중시하여 문학적 표출이 과잉으로 나타났고, 그것이 소설적인 변용을 막는 요인으로 작용했다. 소설로조차 활용할 수 없는 빈약한 내용은 수용층의 공감을 확보하기 어려웠고, 이것이 공연에서도 탈락되는 요인으로 작용한 것으로 볼 수 있다.

5. 맺음말

　이상으로 〈변강쇠타령〉에 나타나는 문학적인 과잉 현상을 살펴보았다. 먼저 문학적인 과잉이 나타나게 된 원인을 살피고, 그 과잉 양상을 제시하였다. 이를 바탕으로 문학적 과잉의 효과와 한계를 검토하였다. 이상의 논의를 요약하면 다음과 같다.

첫째, 문학적 과잉의 원인을 살펴보았다. 판소리계 소설의 특성을 감안하여 구조 유형을 셋으로 나누어 검토한 다음, 〈변강쇠타령〉의 문학적 과잉의 원인을 파악하였다. 먼저 구심력과 원심력을 갖춘 구조 유형은 상층부의 요구와 하층부의 소망을 수용하되 전자를 구심력으로 후자를 원심력으로 삼았다. 현재 창으로 전승되는 판소리계 작품이 이에 해당된다. 다음으로 하층민의 관심사가 구심력으로 작용하는 구조 유형은 단일한 주제를 집중적으로 구현하는 특징이 있다. 실창 판소리계 소설이 이에 해당된다. 마지막으로 원심력 중심의 구조 유형은 대상을 극렬하게 형상화하는 특징이 있다. 이에는 공연이나 소설로도 전승되지 못한 〈변강쇠타령〉을 들 수 있다. 구심력이 강하면 소설적인 인과가 돋보이고, 원심력이 강하면 희곡적인 공연성이 부각된다. 원심력은 부분을 확장하여 다루는 특성 때문에 유동적인 성격이 강하고, 구심력의 견제를 받지도 않아 언제든지 이야기가 극단으로 치달을 수 있다. 〈변강쇠타령〉이 문학적 과잉을 보인 근본 원인도 여기에 있다.

둘째, 문학적 과잉의 양상을 살폈다. 이 작품은 크게 네 가지 점에서 문학적인 과잉을 확인할 수 있다. 물론 지엽적인 것을 감안하면 더 늘 수도 있지만 기본 골격을 전제하면 넷으로 나누어 살피는 것이 유용하다. 이는 부분이 확장된 네 요소가 비인과적으로 엮이면서 이 작품이 형상화되었음을 의미하는 것이기도 하다. 먼저 여성의 남성에 대한 공격이 과잉되어 나타난다. 아름다운 여인일 따름인 옹녀가 성적 욕망에 사로잡힌 모든 남성을 제거하는 것이 그것이다. 그런가 하면 남녀의 애정문제도 과도하게 부각하고 있다. 각기 생활기반을 잃은 옹녀와 변강쇠가 스스로 혼인한 후 대낮임에도 불구하고 적나라한 애정행각을 그것도 반복적으로 단행하는 것이 이에 해당된다. 그리고 상층을 공격함에 있어 화형의 방법을 불사한 변강쇠의 행위도 당대는 물론 지금의 상황에서도 과도한 대응이라 할 수 있다. 마지막으로 가장 많은 양을 할애하여 변강쇠를 철저하게 징치하는 것도 과잉이라 하겠다. 그것도 변강쇠와 동류의 인물들을 모두 죽음으로 내모는 것은 파국적인 징치라 할 수 있다. 이 또한 문학적인 과잉 중의 하나라 하겠다.

셋째, 문학적 과잉의 효과와 한계이다. 〈변강쇠타령〉은 도덕이나 윤리적인 구심력이 미비하거나 약화되어 있다. 그래서 부분의 확장이 극대화되어 원심력이 가장 큰 판소리계 작품이 되었다. 그러한 원심력의 작용으로 이 작품은 끝 간 곳 모를 정도로 격한 내용을 다루고 있다. 모두 문학적인 과잉에서 빚어진 일이다. 이 과잉으로 인해 문학적인 효과가 발생할 수 있다. 먼저 이 작품의 생산 및 유통업자의 표현 욕구가 극대화될 수 있었다. 이는 내용이나 표현에서 철저성을 기한 것으로 이해해도 좋다. 그러는 중에 문학하는 방법이 일신되어 주제보다는 소재나 제재를 중시하게 되었고, 유통에서는 소설성보다는 공연성이 더 부각되기도 하였다. 하지만 한계도 명확하여 과잉된 내용이나 표현이 향유층의 공감을 불러일으키는 데 일정한 한계가 있어 점차 소멸되어 갔다. 생산자 입장에서 유효했던 것이 소비자에게는 공감능력이 떨어져 존립 기반이 와해된 것이라 할 수 있다. 이는 문학적인 과잉이 소설은 물론 공연에서조차 이 작품의 설 자리를 앗아간 것이라 하겠다.

참고문헌

제1부 불교의 초월적 만남과 신성담론

강진옥, 「《삼국유사》〈南白月二聖〉의 서술방식을 통해본 깨달음의 형상」, 『한국민속학』 43, 한국민속학회, 2006, 5-42쪽.

김기종, 「근현대 불교인물 탐구⑥ 김태흡」, 『불교평론』 49, 만해사상실천선양회, 2011.

김동욱, 「〈광덕엄장(廣德嚴莊)〉 이야기의 공간인식과 그 의미」, 『어문학연구』 16, 상명대학교 어문학연구소, 2004, 1-18쪽.

김수연, 「명통(冥通)의 상상력, 죽음과 불사의 대화 - 〈주씨명통기(周氏冥通記)〉와 〈설공찬전〉을 중심으로」, 『한국고전연구』 37, 한국고전연구학회, 2017, 133-162쪽.

김수중, 「한국신화와 고소설에서의 죽음 초극 방법에 관한 고찰」, 『한국언어문학』 38, 한국언어문학회, 1997, 159-176쪽.

김승호, 「〈南白月二聖〉의 창작 저변과 서사적 의의 -《顯應錄》 소재 〈曇翼傳〉과의 비교를 중심으로」, 『열상고전연구』 37, 열상고전문학회, 2013, 509-534쪽.

김용기, 「전기소설의 죽음에 나타난 인연·운명·세계 - 〈김현감호〉·〈최치원〉을 중심으로」, 『온지논총』 53, 온지학회, 2017, 9-33쪽.

김재용, 「전설의 비극적 성격에 대한 고찰」, 『서강어문』 1, 서강어문학회, 1981, 109-126쪽.

김진영, 「불교계 서사문학과 회화의 상관성에 대하여」, 『한국언어문학』 37, 한국언어문학회, 1996, 305-321쪽.

_____, 「불전과 고전소설의 상관성 고찰」, 『어문연구』 33, 어문연구학회, 2000, 203-230쪽.

_____, 「〈심청전〉의 구조적 특성과 그 의미: 본생담과의 비교를 중심으로」, 『어문학』 73, 한국어문학회, 2001, 317-341쪽.

_____, 「팔상의 구조적 특성과 소설적 전이」, 『한국언어문학』 47, 한국언어문학회, 2001, 23-43쪽.

_____, 「팔상문학과 법주사의 팔상전」, 동국대학교 한국문학연구소 편, 『불교문학연구의 모색과 전망』, 동국대학교 한국문학연구소, 도서출판역락, 2005.

_____, 「불교전래 과정의 서사문학적 수용과 그 의미 -『삼국유사』 설화를 중심으로」, 『한국언어문학』 79, 한국언어문학회, 2011, 113-136쪽.

_____, 「〈하생기우전〉의 결말구조 양상과 그 의미」, 『열린정신인문학연구』 19-2, 원광대학교 인문학연구소, 2018, 181-206쪽.

김헌선, 「불교 관음설화의 여성성과 중세적 성격 연구 -《삼국유사》 소재 자료를 중심으로」, 『구비문학연구』 9, 한국구비문학회, 1999, 21-50쪽.

김현우, 「국가 영웅의 '영웅성' 고찰 -〈임경업전〉을 중심으로」, 『한국어문연구』 16, 한국어문연구학회, 2005, 71-87쪽.

민관동, 「중국고전소설에 나타난 죽음의 세계」, 『中國小說論叢』 10, 한국중국소설학회, 1999, 63-80쪽.

박광수, 「팔상명행록의 문학적 실상」, 충남대학교 대학원 박사학위논문, 1999.

박영산, 「한일 구비연행서사시의 희곡화의 비교연구」, 『比較民俗學』 48, 비교민속학회, 2012, 373-399쪽.

박영호, 「고전소설을 통해 본 한국인의 죽음 의식」, 『문학한글』 10, 한글학회, 1996, 5-30쪽.

박영희, 「고전소설에 나타난 죽음인식」, 『이화어문논집』 13, 이화여자대학교 이화어문학회, 1994, 387-404쪽.

박용식, 「이인성불담(二人成佛譚)의 발원과 성취구조」, 『국학연구론총』 4, 택민국학연구원, 2009, 203-223쪽.

潘重規, 《敦煌變文集新書》 上下, 中國文化大學 中文硏究所, 1983.

傅藝子, 「關於破魔變文 -敦煌足本之發現」, 周紹良·白化文 編, 『敦煌變文論文錄』 下, 明文書局, 1989, 495-502쪽.

사재동, 「《월인석보》의 강창문학적 연구」, 『애산학보』 9, 애산학회, 1990, 1-29쪽.
_____, 「《月印千江之曲》의 몇 가지 問題」, 『어문연구』 11, 어문연구학회, 1982, 279-299쪽.
_____, 「불교계 서사문학의 연구」, 『어문연구』 12, 어문연구학회, 1983, 137-198쪽.
_____, 「《월인석보》의 형태적 연구」, 『어문연구』 6, 어문연구학회, 1970, 33-64쪽.
서경호, 『중국소설사』, 서울대학교출판사, 2004.
송재일, 「한국 근대 불교희곡의 팔상 수용 양상」, 『고전희곡연구』 2, 한국공연문화학회, 2001, 269쪽.
신은경, 「《삼국유사》 소재 '郁面婢念佛西昇'에 대한 페미니즘적 조명」, 『여성문학연구』 27, 한국여성문학회, 2012, 7-31쪽.
신현규, 「불교서사시의 맥락 연구 - 《석가여래행적송》과 《월인천강지곡》을 중심으로」, 『어문론집』 26, 중앙어문학회, 1998, 141-159쪽.
심치열, 「〈숙영낭자전〉에 나타난 죽음의 현장감과 재생의 상실감」, 『한국고전연구』 32, 한국고전연구학회, 2015, 515-539쪽.
염중섭, 「《三國遺事》 五臺山 관련기록의 내용분석과 의미 I」, 『사학연구』 101, 한국사학회, 81-125쪽.
유정일, 「〈浮雪傳〉의 傳奇的 性格과 소설사적 의미」, 『동양고전연구』 26, 동양고전학회, 2007, 125-150쪽.
윤보윤, 「성불경쟁담의 문학적 실태와 형상화 방식 연구 - 〈남백월이성〉과 〈부설전〉을 중심으로」, 『불교문화연구』 9, 한국불교문화학회, 2007, 149-167쪽.
이강옥, 「《삼국유사》 출가 득도담 및 출가 성불담의 초세속 지향 양상」, 『고전문학연구』 30, 한국고전문학회, 2006, 213-250쪽.
이보형, 「악학궤범 나례 의식의 기능과 조곡 영산회상의 원류 - 무의식 및 불교 재의식의 기능과 비교하여」, 『한국음악문화연구』 5, 한국음악문화학회, 2014, 15-24쪽.
이상구, 「나말여초 전기의 특징과 소설적 성취 - 당대 지괴 및 전기와의 대비를 중심으로」, 『배달말』 30, 배달말학회, 2002, 317-346쪽.
이학주, 「《신라수이전》 소재 애정전기의 사생관」, 『동아시아고대학』 2, 동아시아고대학회, 2000, 35-75쪽.
이현수·김수중, 「한국 고전소설에 나타난 죽음의 연구」, 『인문과학연구』 13, 조선대학교 인문과학연구소, 1991, 1-22쪽.

전성운, 「〈조웅전〉 형성의 기저와 영웅의 형상」, 『어문연구』 74, 어문연구학회, 2012, 333-362쪽.

정성인, 「傳奇에 나타난 '죽음'의 문제에 대한 재고」, 『동악어문학』 65, 동악어문학회, 2015, 171-196쪽.

주재우, 「인간 탐구로서의 고전문학교육 연구 – 이인성불담(二人成佛譚)을 중심으로」, 『국어교육연구』 23, 서울대학교 국어교육연구소, 2009, 131-157쪽.

최운식, 「고전문학 및 한문학 설화를 통해서 본 한국인의 삶과 죽음에 대한 의식」, 『국제어문』 13, 국제어문학회, 1991, 173-198쪽.

한만영·전인평, 『동양음악』, 삼호출판사, 1996.

제2부　불교의 대중적 만남과 세속담론

강은해, 「《삼국유사》 고승담의 갈등 양식과 의미-당《속고승전》 송《송고승전》과 비교하면서」, 『한국문학이론과 비평』 24, 한국문학이론과 비평학회, 2004, 253-277쪽.

곽정식, 「〈조신전〉의 갈래 규정」, 『효성대학교논문집』 21-2, 효성대학교, 2000, 45-60쪽.

권기현, 「본생담의 기원과 전개에 대한 분석적 연구」, Banaras Hindu University, 1999.

김광순, 「〈조신전〉과 〈침중기〉에 나타난 꿈의 양상과 의미지향」, 『한국고소설사와론』, 새문사, 1990, 149-169쪽.

김기종, 「〈석가여래행적송〉의 구조와 주제의식」, 『어문연구』 62, 어문연구학회, 2009, 99-130쪽.

김나영, 「고전 서사문학에 나타나는 영웅적 특징과 그 의미 – 주몽신화·아기장수전설·홍길동전을 중심으로」, 『돈암어문학』 13, 돈암어문학회, 2000, 233-262쪽.

김미령, 「환상공간으로서의 꿈의 기능」, 『인문학연구』 33, 조선대학교 인문학연구소, 2005, 113-136쪽.

김선기, 「삼구육명에 관한 연구」, 『어문연구』 10, 어문연구학회, 1979, 183-227쪽.

김수업, 「삼구육명에 대하여」, 『국어국문학』 68·69, 국어국문학회, 1975, 121-

144쪽.

김승찬, 「〈균여전〉에 관한 연구」, 『코기토』 15, 부산대학교 인문학연구소, 1976, 55-86쪽.

김승호, 「승전의 서사체제와 문학성의 검토-《해동고승전》을 중심으로」, 『한국문학연구』 10, 동국대학교 한국문학연구소, 1987, 257-274쪽.

_____, 「초기 승전의 서사구조 양상-〈현수전〉과 〈균여전〉을 중심으로」, 『한국문학연구』 11, 동국대 한국문학연구소, 1988, 261-284쪽.

_____, 「불교전기 소설의 유형설정과 그 전개 양상」, 『고소설연구』 17, 한국고소설학회, 2004, 107-131쪽.

김영태, 「전기와 설화를 통한 원효 연구」, 『불교학보』 17, 동국대학교 출판부, 1980, 33-76쪽.

_____, 「〈균여전〉의 중요성과 그 문제점」, 『불교학보』 31, 동국대학교 불교문화연구원, 1994, 5-27쪽.

김종철, 「서사문학사에서 본 초기소설의 성립문제-전기소설과 관련하여」, 『고소설연구논총』, 다곡이수봉선생 화갑기념논총 간행위원회, 1988, 184쪽.

_____, 「고려 전기소설의 발생과 그 행방에 대한 재론」, 『어문연구』 26, 어문연구학회, 1995, 529-552쪽.

김지연, 「《삼국유사》에 나타난 원효의 이인적 성격」, 『한국문학논총』 24, 한국문학회, 1999, 35-57쪽.

김진영, 「불전과 고전소설의 상관성 고찰」, 『어문연구』 33, 어문연구학회, 2000, 203-230쪽.

_____, 「〈심청전〉의 구조적 특성과 그 의미-본생담과의 비교를 중심으로」, 『어문학』 73, 한국어문학회, 2001, 317-341쪽.

_____, 「〈조신몽〉의 형성배경과 문학적 성격」, 『불교어문론총』 10, 한국불교어문학회, 2005, 119-149쪽

_____, 「古典小說에 나타난 적강화소의 기원 탐색」, 『어문연구』 64, 어문연구학회, 2010, 89-117쪽.

_____, 「養馬모티프의 변환과 문학적 의미」, 『한국언어문학』 73, 한국언어문학회, 2010, 135-158쪽.

_____, 「불경계 서사의 소설적 변용과 그 의미」, 『한국언어문학』 82, 한국언어문학회, 2012, 125-154쪽.

_____, 「여말선초의 불교서사와 유교의 관계」, 『어문연구』 78, 어문연구학회, 2013, 103-127쪽.

_____, 「〈하생기우전〉의 결말구조 양상과 그 의미」, 『인문학연구』 19-2, 원광대학교 인문과학연구소, 2018, 181-206쪽.

김한춘, 「한국 불전문학의 연구」, 『어문연구』 22, 어문연구학회, 1991, 199-272쪽.

박재민, 「〈普賢十願歌〉 難解句 5題-口訣을 基盤하여」, 『구결연구』 10, 구결학회, 2003, 143-175쪽.

박진아, 「환몽구조(幻夢構造)로 본 〈조신전(調信傳)〉 연구」, 『국학연구론총』 6, 택민국학연구원, 2010, 247-276쪽.

사재동, 「〈원효불기〉의 문학적 연구」, 『배달말』 15, 배달말학회, 1990, 173-212쪽.

_____, 「《월인석보》의 강창문학적 연구」, 『애산학보』 9, 애산학회, 1990, 1-29쪽.

_____, 「불교계 국문소설의 형성 경위-국문불서 《월인석보》 등을 중심으로」, 『백제연구』 4, 충남대학교 백제연구소, 1994, 142-183쪽.

서경호, 『중국소설사』, 서울대학교출판부, 2004, 221-223쪽.

서철원, 「〈恒順衆生歌〉의 方便詩學과 〈普賢十願歌〉의 배경」, 『우리문학연구』 15, 우리문학회, 2002, 133-155쪽.

_____, 「羅末麗初 鄕歌의 지속과 변모 양상」, 『우리문학연구』 20, 우리문학회, 2006, 81-105쪽.

석길암, 「불교의 동아시아적 전개양상으로서의 불전재현(佛傳再現)-《삼국유사》 〈원효불기〉를 중심으로」, 『불교학리뷰』 8, 금강대학교 불교문화연구소, 2010, 167-190쪽.

소인호, 「저승체험담의 서사문학적 전개-초기소설과의 관련 양상을 중심으로」, 『우리문학연구』 27, 우리문학회, 2009, 103-130쪽.

손종흠, 「三句六名에 대한 연구」, 『열상고전연구』 37, 열상고전연구회, 2013, 375-408쪽.

송재일, 「한국 근대 불교희곡의 '팔상(八相)' 수용 양상」, 『고전희곡연구』 2, 한국공연문화학회, 2001, 267-285쪽.

신명숙, 「〈균여전〉 연구-서사적 기술을 중심으로」, 단국대학교 대학원 석사학위논문, 1994.

안병희, 「均如의 方言本 著述에 대하여」, 『국어학』 16, 국어학회, 1987, 41-54쪽.

양광석, 「한역불경의 문체와 원효의 문풍」, 『안동대학교논문집』 6, 안동대학교,

1984, 105-116쪽.

양승목, 「《삼국유사》 속 꿈 화소의 활용 양상과 〈조신〉의 위상」, 『동양한문학연구』 39, 동양한문학회, 2014, 139-166쪽.

양태순, 「삼구육명의 새로운 뜻풀이(3) – 그 음악적 해명」, 『인문과학연구』 9, 서원 대학교 인문과학연구소, 2000, 75-111쪽.

오대혁, 「〈조신전〉의 구조와 형성배경」, 『한국문학연구』 20-1, 동국대학교 한국문 화연구소, 1998, 349-386쪽

_____, 「나말여초 傳奇小說의 형성 문제 – 불교계 전기소설을 중심으로」, 『동악어 문학』 46, 동악어문학회, 2006, 97-125쪽.

윤보윤, 「고전소설에 나타난 영웅인물의 유형과 형상화 연구」, 충남대학교 대학원, 2013.

윤태현, 「〈보현십원가〉의 문학적 성격」, 『동악어문학』 30, 동악어문학회, 1995, 207-242쪽.

이건식, 「均如 鄕歌 請轉法輪歌의 내용 이해와 語學的 解讀」, 『구결연구』 28, 구결 학회, 2012, 99-163쪽.

이동근·정호완, 「〈원효불기〉의 문화콘텐츠적 탐색」, 『선도문화』 12, 국제뇌교육종 합대학원대학교 국학연구원, 2012, 327-362쪽.

이윤석, 「조신설화의 문학적 가치에 관한 소고」, 『전통문화연구』 4, 효성여대 한국 전통문화연구소, 1988, 167-189쪽.

인권환, 「《석보상절》의 문학적 고찰」, 『민족문화연구』 9, 민족문화연구원, 1975, 143 -173쪽.

임철호, 「조신설화 연구」, 『연세어문학』 7-8, 연세어문학회, 1976, 267-284쪽.

임형택, 「나말여초의 전기문학」, 『한국한문학연구』 5, 한국한문학회, 1981, 89-104쪽.

장소연, 「〈普賢十願歌〉의 漢譯 양상 연구 – 향가와 한역시의 구조 비교를 중심으로」, 『어문학』 108, 한국어문학회, 2010, 87-132쪽.

전진아, 「〈석가여래십지수행기〉의 구성방식 – 저본불경과의 내용비교를 중심으로」, 『한국고전연구』 3, 한국고전연구학회, 1997, 187-224쪽.

정하영, 「〈균여전〉의 전기문학적 성격」, 『한국언어문학』 20, 한국언어문학회, 1981, 135-136쪽.

조동일, 『한국문학통사』, 지식산업사, 2004, 280-285쪽.

지준모, 「전기소설의 효시는 신라에 있다 – 〈조신몽〉을 해부함」, 『어문학』 32, 한
국어문학회, 1975, 117–134쪽.

차용주, 「조신설화(調信說話)의 비교연구」, 『韓國文化人類學』 2, 한국문화인류학
회, 1969, 57–73쪽.

채용복, 「조신구조의 분석적 고찰」, 『어문학』 49, 한국어문학회, 1988, 233쪽.

최연식, 「고려시대 승전의 서술 양상 검토 –《수이전》·《해동고승전》·《삼국유사》
의 아도와 원광전기 비교」, 『한국사상사학』 28, 한국사상사학회, 2007, 161–
191쪽.

최 철, 「향가 형식에 대하여: 三句六名의 재고」, 『동방학지』 36·37, 연세대학교
국학연구원, 1983, 559–576쪽.

최 철·안대회, 『균여전 연주 연구』, 새문사, 1986.

최호석, 「《석가여래십지수행기》의 소설사적 전개 – 〈선우태자〉·〈적성의전〉·〈육
미당기〉를 중심으로」, 고려대학교 대학원, 1994.

하영환, 「均如 연구의 현황과 문제점」, 『돈암어문학』 1, 돈암어문학회, 1988, 77–
92쪽.

황인덕, 「전설로 본 원효와 의상」, 『어문연구』 24, 어문연구학회, 1993, 367–
389쪽.

제3부   유교의 관념적 만남과 심성담론

김경미, 「개화기 열녀전 연구」, 『국어국문학』 132, 국어국문학회, 2002, 187–211쪽.

김귀석, 「고소설에 나타난 여성인물의 삶과 의미 – 가정소설의 여성인물을 중심으
로」, 『한국문학이론과 비평』 7, 한국문학이론과 비평학회, 2000, 128–158쪽.

김동욱, 「〈소대성전〉의 주인공 소대성의 인물형상 연구」, 『고전문학연구』 50, 한국
고전문학회, 2016, 131–157쪽.

김명식, 「〈김씨열행록〉과 〈구의산〉 – 고전소설의 개작 양상」, 『한국문학연구』 8,
동국대학교 한국문학연구소, 1985, 239–257쪽.

김수연, 「〈육미당기〉에 삽입된 한시의 양상과 기능」, 『한국고전연구』 11, 한국고전
연구학회, 2005, 144–185쪽.

김영권, 「'첫날밤 신랑 피살담'의 서사적 양상과 의미」, 『한국문학논총』 44, 한국문

학회, 2006, 189-218쪽.

김장동, 「朝鮮朝 歷史小說硏究: 史實과 說話의 小說化過程을 中心으로」, 한양대학교 대학원 박사학위논문, 1985.

김 정(김종석 역), 《국역충암집》 상, 향지문화사, 1998, 24-25쪽.

김진영, 「《행실도》의 전기와 판화의 상관성 - 《삼강행실도》를 중심으로, 『한국문학론총』 22, 한국문학회, 1998, 239-257쪽.

_____, 「〈강남홍전〉의 연구 - 〈옥루몽〉의 개작과 변이를 중심으로」, 『어문연구』 32, 어문연구학회, 1999, 189-208쪽.

_____, 『한국서사문학의 연행 양상』, 이회문화사, 1999.

_____, 「불교서사의 작화방식과 전기소설의 상관성(Ⅱ)」, 『어문연구』 61, 어문연구학회, 2009, 189-218쪽.

_____, 「〈몽금도전〉의 창작배경과 장르성향」, 『배달말』 57, 배달말학회, 2015, 65-96쪽.

_____, 『고전서사의 향유와 전승』, 도서출판 월인, 2017, 296쪽.

김현화, 「〈하생기우전〉 여귀인물의 성격 전환 양상과 의미」, 『한민족어문학』 65, 한민족어문학회, 2013, 205-234쪽.

문범두, 「〈하생기우전〉의 서사구조와 작가의 의미」, 『고전문학과 교육』 37, 고전문학과교육학회, 2018, 111-149쪽.

박태상, 「〈하생기우전〉의 미적 가치와 성격」, 『동방학지』 90, 연세대학교 국학연구원, 1995, 233-270쪽.

서혜은, 「이해조 〈구의산〉의 〈조생원전〉 개작 양상 연구」, 『어문학』 113, 한국어문학회, 2011, 327-357쪽.

신희경, 「매체 양식에 의한 고소설의 변이 양상 연구 - 〈조생원전〉, 〈구의산〉, 〈김씨열행록〉을 중심으로」, 『한국학』 39-2, 한국학중앙연구원, 2016, 81-106쪽.

안창수, 「〈하생기우전〉의 문제 해결 방식과 작가의식」, 『한민족어문학』 49, 한민족어문학회, 2006, 151-192쪽.

엄태식, 「한국 고전소설의 《전등신화》 수용연구 - 전기소설과 몽유록을 중심으로」, 『동방학지』 167, 연세대학교 국학연구원, 2014, 155-187쪽.

유기옥, 「〈하생기우전〉의 구조적 특성과 의미」, 『국어국문학』 101, 국어국문학회, 1989, 111-140쪽.

유정일, 「〈하생기우전〉에 대한 반성적 고찰 - 주요 모티프의 서사적 기능과 사상적

배경을 중심으로」, 『동악어문학』 39, 동악어문학회, 2001, 265-292쪽.

유춘동, 「구활자본 고소설의 출판과 유통에 대한 몇 가지 문제들 - 원고, 저본, 저작권, 판권지, 광고, 서적목록을 중심으로」, 『한민족문화연구』 50, 한민족문화학회, 2015, 289-315쪽.

이규원, 「〈김씨열행록〉의 갈등양상」, 『한민족어문학』 13, 한민족어문학회, 1986, 345-361쪽.

이월영, 「〈만복사저포기〉와 〈하생기우전〉의 비교연구」, 『국어국문학』 120, 국어국문학회, 1997, 179-202쪽.

이은봉, 「신자료 〈주유옥전〉의 소설 창작 양상 연구」, 『고소설연구』 31, 한국고소설학회, 2011, 273-298쪽.

이정원, 「전기소설애서 '전기성(傳奇性)'의 변천과 의미 - '기이(奇異)'의 정체와 현실 의식을 중심으로」, 『한국여성문학연구』 6, 한국고전여성문학회, 2003, 363-392쪽.

이채연, 「실기의 문학적 특징」, 『한국문학논총』 15, 한국문학회, 1994, 82-109쪽.

_____, 『임진왜란 포로실기 연구』, 박이정, 1995.

이현아, 「〈김씨열행록〉의 구조적 특징과 여성 인물들의 성격 형상화」, 『기전어문학』 18-20, 수원대학교 국어국문학회, 2008, 199-226쪽.

장시광, 「여성영웅소설에 나타난 여화위남(女化爲男)의 의미」, 『한국고전여성문학연구』 2, 한국고전여성문학회, 2001, 301-338쪽.

조동일, 『한국문학통사』 1권(2판), 지식산업사, 1989, 23-24쪽.

조현우, 「古小說의 惡과 惡人 형상에 대한 문화사적 접근 - 초기소설과 영웅소설을 중심으로」, 『우리말 글』 41, 우리말글학회, 2007, 191-216쪽.

전용문, 「〈조생원전〉과 〈김씨열행록〉의 상관성」, 『어문연구』 51, 어문연구학회, 2006, 411-439쪽.

정규식, 「〈何生奇遇傳〉과 육체의 서사적 재현」, 『한국문학논총』 53, 한국문학회, 2009, 231~261쪽.

정환국, 「조선전중기 원혼서사의 계보와 성격」, 『동악어문학』 70, 동악어문학회, 2017, 159-194쪽.

최운식, 「〈김씨열행록〉 연구」, 『국제어문』 11, 국제어문학회, 1990, 47-76쪽.

제4부 유교의 통속적 만남과 세태담론

권성기, 「朝鮮朝 英雄小說의 作者層 硏究 – 沒落 兩班과 庶孼層을 중심으로」, 경희
　　대학교 대학원, 1984.
김수경, 「조선시대 무역 서적과 한국소설의 발달 – 전등신화와 전등여화를 중심으
　　로」, 『한중경제문화연구』 8, 한중경제문화학회, 2017, 45–58쪽.
김일렬, 『고전소설신론』, 새문사, 2010, 68–69쪽.
김재웅, 「필사본 고소설의 지역별 유통과 문화지도 작성」, 『대동문화연구』 88, 성균
　　관대학교 대동문화연구원, 2014, 232–263쪽.
김종철, 「〈무숙이타령〉 연구」, 『한국학보』 18–3, 일지사, 1992, 62–101쪽.
김진영, 「고소설의 演行樣相 고찰」, 『국어국문학』 125, 국어국문학회, 1999, 279–
　　303쪽.
＿＿＿, 『고전소설과 예술』, 도서출판 박이정, 1999.
＿＿＿, 「고전소설의 문화적 전통과 계승 방안」, 『한국언어문학』 56, 한국언어문학
　　회, 2006, 93–124쪽.
＿＿＿, 「고전소설의 경제적 유통과 그 의미」, 『어문연구』 72, 어문연구학회, 2012,
　　161–184쪽.
＿＿＿, 「도시의 발달과 고전소설의 인물다변화 양상 – 연암소설을 중심으로」, 『어
　　문연구』 76, 어문연구학회, 2013, 37–66쪽.
김헌선, 「〈무숙이타령〉과 〈강릉매화타령〉 형성 소고」, 『경기교육논총』 3, 경기대
　　학교교육대학원, 1993, 5–21쪽.
김혈조, 「燕巖體의 成立과 正祖의 文體反正」, 성균관대학교 대학원, 1981.
박상영, 「문체반정의 논리구조와 18세기 문학담론에 끼친 영향」, 『한국언어문학』
　　72, 한국언어문학회, 2010, 219–257쪽.
박진아, 「〈계우사〉의 형성과 문학사적 위상에 관한 고찰」, 『국학연구론총』 12, 택민
　　국학연구원, 2013, 78–101쪽.
배선희, 「〈계우사〉와 〈이춘풍전〉 대비 연구」, 신라대학교 대학원 석사학위논문,
　　2002.
송주희, 「고전소설에 나타난 속이기의 서사기법적 연구」, 충남대학교 대학원 석사
　　학위논문, 2008.

신효경, 「판소리계 소설에 나타난 기녀의 양상과 서사적 기능」, 『어문연구』 93, 어문연구학회, 2017, 93-121쪽.

유탁일, 「古小說의 流通 構造」, 『동아어문논집』 1, 동아어문학회, 1991, 5-17쪽.

이문성, 「性描寫의 傳統 속에서 본 〈변강쇠가〉의 '기물타령'」, 『한국학연구』 22, 고려대학교 한국학연구소, 2005, 121-138쪽.

이상택 외, 『한국 고전소설의 세계』, 돌베개, 2005, 92-96쪽.

이수정, 「〈이춘풍전〉 연구 - 〈게우사〉와의 대비를 중심으로」, 성균관대학교 대학원 석사학위논문, 1999.

이영미, 「조선조 여성의 전통상에 관한 연구 - 규범류에 나타난 수절관을 중심으로」, 『생활문화연구』 5, 성신여자대학교 생활문화연구소, 1991, 179-189쪽.

이주영, 「舊活字本 古典小說의 刊行과 流通에 關한 硏究」, 서울대학교 대학원, 1997.

_____, 「〈변강쇠가〉에 나타난 강쇠 형상과 그에 대한 적대의 의미」, 『어문론집』 58, 민족어문학회, 2008, 5-33쪽.

이현주, 「판소리계 소설의 구술성과 장르적 속성에 대한 소고」, 『인문사회과학연구』 14, 부경대학교 인문사회과학연구소, 2013, 113-143쪽.

인권환, 「실전 판소리 사설 연구 - 〈강릉매화타령〉, 〈무숙이타령〉, 〈옹고집타령〉을 중심으로」, 『동양학』 26-1, 단국대학교 동양학연구원, 1996, 69-108쪽.

장시광, 「여성영웅소설에 나타난 여화위남(女化爲男)의 의미」, 『한국고전여성문학연구』 2, 한국고전여성문학회, 2001, 301-338쪽.

전신재, 「판소리 공연학 총론」, 『공연문화연구』 23, 한국공연문화학회, 2011, 159-183쪽.

정재호, 「〈변강쇠가〉에 나타난 성의 표면화 전략과 미디어서사로의 전이」, 『동양고전연구』 72, 동양고전학회, 2018, 97-126쪽.

정지영, 「〈변강쇠전〉 - 조선후기 성 통제와 하층여성의 삶」, 『역사비평』 65, 역사비평사, 2003, 352-370쪽.

정하영, 「〈변강쇠가〉 성담론의 기능과 의미」, 『古小說研究』 19, 한국고소설학회, 2005, 167-198쪽.

조광국, 「19세기 향락상에 대한 평천민 여성의 자의식 구현의 한 양상」 - 〈이춘풍전〉, 〈무숙이타령〉, 〈삼선기〉를 중심으로」, 『한국고전여성문학연구』 1, 한국고전여성문학회, 2000, 213-239쪽.

조윤형, 「고소설의 독자(讀者) 연구」, 『독서연구』 17(1), 한국독서학회, 2007, 331-
   358쪽.

진재교, 「조선조 후기 문예공간에서 성적 욕망의 빛과 그늘 - 예교, 금기와 위반의
   길항과 그 변증법」, 『한국한문학연구』 42, 한국한문학회, 2008, 87-126쪽.

차충환·김진영, 「고소설 〈보심록〉 계열의 형성과정과 그 사적 의미」, 『동양학』 47,
   단국대학교 동양학연구원, 2010, 49-67쪽.

최수현, 「〈명주기봉〉의 유희적 속이기의 특징과 기능」, 『고전문학연구』 45, 한국고
   전문학회, 2014, 85-130쪽.

최운식, 『한국 고소설의 연구』, 보고사, 1997, 85-89쪽.

최원오, 「〈무숙이타령〉의 형성에 대한 고찰」, 『판소리연구』 5, 판소리학회, 1994,
   299-322쪽.

최진형, 「고전문학: 판소리 서사체의 주제에 대한 일고찰」, 『반교어문학연구』 27,
   반교어문학회, 2009, 213-245쪽.

_____, 「세책본 고소설의 개작 양상」, 『반교어문연구』 30, 반교어문학회, 2011,
   121-148쪽.

황인덕, 「고소설(古小說) 암송구연고(暗誦口演考)」, 『인문학연구』 18(2), 충남대학
   교 인문과학연구소, 1991, 63-102쪽.

김진영(金鎭榮)

충북 옥천에서 태어나 고등학교를 마치고, 충남대학교에서 문학사·석사·박사학위를 취득하였다. 목원대학교·건양대학교·우송대학교에서 강사를 지냈고, 지금은 충남대학교 국어국문학과 교수로 재직 중이다.

어문연구학회 회장, 한국언어문학회 편집위원장, 충남대학교『인문학연구』편집위원장을 역임하였고, 한국어문학회, 한국고전문학회, 한국국어교육학회, 한국불교문화학회, 충남대학교 유학연구소 등의 이사를 역임했거나 맡고 있다.

개인 저서로는『고전소설과 예술』(박이정, 1999),『한국서사문학의 연행양상』(이회문화사, 1999),『고전소설의 전통과 변이』(태학사, 2006),『불교담론과 고전서사』(보고사, 2012),『고전소설의 효용과 쓰임』(박문사, 2012),『고전서사의 향유와 전승』(월인, 2017),『고전서사와 종교의 담론적 만남』(보고사, 2020) 등이 있고, 주요 공동저서로는『국문학과 불교』(고전문학회, 1997),『서포문학의 새로운 탐구』(중앙인문사, 2000),『우란분재와 목련전승의 문화사』(중앙인문사, 2000),『불교문학 연구의 모색과 전망』(역락, 2005),『불가의 글쓰기와 불교문학의 가능성』(동국대학교 출판부, 2010),『다시 보는 고소설사』(보고사, 2010),『필사본 고전소설의 연구』(역락, 2014) 등이 있다.

고전서사와 종교의 담론적 만남

2020년 7월 20일 초판 1쇄 펴냄

지은이 김진영
펴낸이 김흥국
펴낸곳 도서출판 보고사

책임편집 이순민
표지디자인 손정자

등록 1990년 12월 13일 제6-0429호
주소 경기도 파주시 회동길 337-15 2층
전화 031-955-9797(대표)
　　　 02-922-5120~1(편집), 02-922-2246(영업)
팩스 02-922-6990
메일 kanapub3@naver.com / bogosabooks@naver.com
http://www.bogosabooks.co.kr

ISBN 979-11-6587-067-6 93810
ⓒ 김진영, 2020

정가 28,000원